二月河 大河歷史小說

帝王三部曲

개혁군주 옹정황제

【일러두기】

· 번역 원본은 1999년 4월 중국 하남문예출판사가 펴낸 제2판 1쇄본을 사용하였습니다.
· 본문에 나오는 인명과 지명 중 만주어를 제외한 모든 한자는 한글발음대로 표기하였으며, 독특한 관직
  명은 이해하기 쉽도록 의역한 부분도 있습니다. 그리고 소설 진행상 불필요한 부분은 축역하였습니다.

(개혁군주)옹정황제. 1 / 이월하 저 ; 한미화 옮김. -- 서
울 : 산수야, 2005
344p. ;22.4cm.

판권기관칭: 二月河 大河歷史小說
원서명: 雍正皇帝
ISBN 89-8097-114-1 04820 ₩ 8,000
ISBN 89-8097-113-3(세트)

823.7-KDC4
895.1352-DDC21   CIP2005001225

二月河 大河歷史小說

帝王三部曲

改革君主

옹정황제

雍正皇帝

1

산수야

二月河 大河歷史小說

개혁군주 옹정황제 ①

초판 1쇄 인쇄	2005년 9월 15일
초판 4쇄 발행	2013년 6월 20일
지은이	이월하
옮긴이	한미화
발행인	권윤삼
발행처	도서출판 산수야
등록번호	제1-1515호
등록일자	1993년 4월 30일
주소	서울시 마포구 망원동 472-19호
우편번호	121-826
전화	02-332-9655
팩스	02-335-0674
값	8,000원

ISBN 89-8097-114-1 04820
ISBN 89-8097-113-3(세트)

'옹정황제', 13억 중국인을 사로잡다!

【중앙일보】유상철 기자 · 베이징 특파원

중국판 '용의 눈물' 격인 '옹정황제(雍正皇帝)'가 13억 중국인을 사로잡았다. 중국 문단의 일걸(一傑)로 불리는 작가 이월하(二月河)의 원작소설을 바탕으로 중국 중앙방송인 CCTV에서 드라마로 제작해 방영한 〈옹정황제〉는 특히 황하(黃河) 이북 도시들에서는 80%를 넘는 엄청난 시청률을 기록했다. 총 44부작이 종영될 때까지 드라마가 방영된 저녁시간에는 베이징(北京) 거리에 인파가 줄고 모임 약속도 하기 어려울 정도였다. 또한 〈옹정황제〉는 홍콩과 대만에서도 책과 드라마로 폭발적 인기를 누렸으며, 장쩌민 주석과 주룽지 총리는 소설 〈옹정황제〉와 드라마 〈옹정황제〉 녹화본을 구해 몇 번씩 반복해 보았다고 소식통들은 전했다.

옹정제는 청나라 강희제(康熙帝)의 4남이자 건륭제(乾隆帝)의 부친. 중국인들이 '강건성세(康乾盛世)'라고 부르는 청조의 최전성기 한가운데에 끼어 있다. 1678년에 출생, 1722년 제위에 올랐다. 그러나 피비린내 나는 골육상쟁을 거쳐 대권을 잡았고, 13년의 재위기간 중 '냉혈왕(冷血王)'으로 불릴 정도로 잔혹한 정치를 펴 후대 역사가들로부터는 나쁜 평가를 받았다.

5

하지만 옹정제는 2백여 년만에 극적으로 복권되었다. 특히 중국인들은 이 옹정제의 모습에서 주룽지 현 총리를 연상한다. 무엇보다도 엄한 정치 스타일이 닮았다는 것이다. 국가기강을 세우기 위해 사형명령을 연발하는 옹정제의 단호한 모습에서 "밀수선박은 추격할 필요도 없이 바로 포격해 격침시켜라"며 "살! 살! 살!(殺! 殺! 殺!)"을 외치는 주룽지 총리를 떠올린다.

부국(富國)을 위해서라면 아무리 인기없는 개혁정책이라도 과감히 밀고나가는 점도 같다. 옹정제는 놀고 먹는 만주족 상류층에게 토지를 주어 강제로 농사를 짓게 만든 장본인. 그는 주룽지 총리처럼 부정부패와 치열한 싸움을 벌여 선대로부터 물려받은 7백만 냥의 국고를 6천만 냥으로 불려놓았다. 검소한 식단, 하루 8천자씩 결재하는 격무 끝에 58세의 나이로 집무실에서 쓰러질 때까지 오직 정무에만 매진했다. 이러한 옹정제의 일에 대한 열정은 주룽지 총리와 비슷하다. 옹정제는 "모든 욕은 내가 먹겠다"는 말을 자주 했는데, 이는 "내 관을 준비하라"는 주룽지 총리의 비장한 발언과 유사한 점이 많다.

이로 미루어 볼 때 〈옹정황제〉가 높은 인기를 얻는 이유는 역사를 현대적으로 재해석해 흥미를 더한 요인도 있지만 무엇보다 현대 사회의 최고 지도자들이 갖추어야 할 조건과 자질이 그 안에 고스란히 녹아 있기 때문이다.

와룡강은 제갈공명과 이월하를 낳았다!

【청년사회】중국의 유명 잡지·요약

와룡강(臥龍江)은 천하의 효웅(梟雄) 제갈공명(諸葛孔明)을 낳았다. 강산을 일갈하며 만천하에 용맹을 떨쳤던 제갈공명을 말이다. 또한 와룡강은 격정의 중국 역사를 제대로 기록할 수 있는 신기(神技)와 혜안을 가진 '제왕소설의 귀재' 이월하(二月河)를 낳았다. 이제 대청제국의 역사는 시퍼렇게 날이 선 수술칼에 의해 적나라하게 오장육부를 드러내 보이게 되었다. 그에 의해 몇백 년 전의 역사는 저 바다에서 막 건져올린 물고기처럼 생생한 젊음으로 현대를 살아가는 우리들에게 장엄한 대서사시의 막을 열어줄 것이다.

제갈공명이 그 옛날 기지개를 켜기 시작했던 하남성 낙양시 와룡강에 그에 비견되는 오늘을 사는 이월하라는 사람이 있었으니, 그가 바로 그 이름도 유명한 '제왕삼부곡(帝王三部曲)'의 작가이다. 이월하는 제왕삼부곡을 통해 일약 중국 문단의 스타로 부상하였고, 거대한 용틀임은 자금성을 진원(震源)으로 중국 전역은 물론 해외에까지도 미쳤다. 장쩌민, 리펑, 주룽지를 비롯한 중국 최고 지도자들과 차기 대권의 선두주자들 모두 이월하의 제왕 시리즈에 최고의 찬사를 보냈고, 제왕학의 교본으로

7

삼는다고 한다.

그의 본명은 능해방(凌解放)이다. 1945년의 어느 날 세상에 태어난 이월하에게 항일전쟁 승리의 환희에 들끓고 있던 동네 사람들이 해방이 임박했다며 '임해방(臨解放)'이라고 부르기 시작했고, 그는 자연히 능해방으로 불리워지게 되었다고 한다.

고졸 학력이 전부인 이월하는 그러나 묵향 그윽한 지성인 가문에서 태어났다. 큰 벼슬과 공명은 이룩하지 못했지만 조상 대대로 마냥 평범하기만 한 가문은 아니었다. 거인(擧人)이었던 할아버지는 청나라 때의 강량(康梁) 유신파였고, 그의 아버지는 혁혁한 전공을 이룩한 영웅으로 한때는 당 서기와 경찰청의 요직을 맡기도 했다.

이월하가 기러기를 닮았다고 말하는 어머니는 비록 따스한 품에 껴안아 주며 아기자기한 사랑을 주지는 않았지만 먼 발치에서 큰 사랑을 베풀어 사나이 이월하에게 삶의 근본을 가르쳐 주었다고 그는 말한다. 여자의 몸으로 항일운동의 최전방에서 헌신적으로 뛰었던 어머니는 해방 후에 경찰청 수사과에서 흉악범들을 다루는 업무를 맡아 훈장도 많이 탔다. 1956년에는 법원의 부원장으로 승격되기도 했을 만큼 능력을 인정받았다.

어머니는 비록 학교 문턱에도 가보지 못했지만 글솜씨는 놀라웠다. 어머니가 세상을 뜨고 나서 우연히 어머니의 필체가 담긴 일기장을 발견한 이월하는 어머니의 감춰진 문장실력에 크게 놀랐고 지금도 어머니의 유품을 고이 간직하고 있다고 한다. 한여름 극성스런 모기의 모진 공격에도 끄덕 않고 책상머리에서 긴 밤을 하얗게 새우며 원고지와 씨름하면서도, 짖궂게 몰려드는 졸음을 쫓느라 담뱃불로 손등을 지지는 자학을 서슴지 않았지만 모두 그 어딘가에서 지켜보고 있을 어머니에 대한 사무치는 그리움과 사랑이 있었기에 가능했을 것이라고 이월하는 힘주어 말한다.

그의 필명인 '二月河'는 2월의 황하(黃河)를 뜻한다. 물을 가까이 하는 자는 지혜롭다고 했다. 지칠 줄 모르고 줄기차게 흐르는 중화민족의 젖줄인 황하는 바짓가랑이를 걷고 앞머리를 휘날리며 자신을 정감어린 눈빛으로 뚫어지게 응시하는 검붉은 피부의 사내에게 무한한 창작의지와 영감을 선물했다.

어릴 적의 이월하는 노는 재미에 빠진 나머지 학교 수업 빼먹는 건 다반사인 개구쟁이 소년이었다. 자연히 성적은 간신히 턱걸이 하여 진급하는 수준에 만족해야 했고 선생님으로부터 인기를 얻는 일은 사치였다. 나라일에 발벗고 나서는 '잘 나가는' 부모님을 둔 덕춘에 소년 이월하는 일곱 살 때부터 부모와 떨어져 살았다. 부모님의 부재가 가져다 주는 불편함과 서글픔을 이해하기도 전에 이월하는 고삐 풀린 망아지마냥 자유를 만끽했고, 낮에는 온갖 장난에 탐하고 밤에는 〈삼국지〉, 〈수호전〉, 〈서유기〉를 비롯한 중국 고전 명작 읽느라 시간가는 즐 몰랐다. 부모님의 부재를 소년 이월하는 대견스럽게도 독서가 가져다 주는 기쁨으로 충당했고, 삭풍이 부는 한겨울에도 군고구마 대신 묵향(墨香)이 그윽한 책 속에 얼굴을 파묻었다.

별로 기억하고 싶지 않은 시련의 연속이었던 군대 생활에서도 이월하를 지탱하게 하는 유일한 희망은 책읽기였다. 〈한서(漢書)〉, 〈후한서(後漢書)〉, 〈진서(晉書)〉, 〈송원학안(宋元學案)〉, 〈이십사사(二十四史)〉, 〈제자백가(諸子百家)〉 등 고전들을 신들린 듯 읽어내려가며 이월하는 한겨울의 추위와 더불어 오천년의 역사를 분주히 드나들었고 유명한 제왕학의 모태 역시 이때 자리를 잡았던 것이다.

몇해 전 열린 전국출판전시회장에 홀연 모습을 드러낸 등소평의 부인 쥐린은 이월하의 장편소설 〈강희대제〉를 보여줄 것을 요구했다. 그는

'백문이 불여일견'이라며 많은 사람들에게서 회자되고 있는 제왕삼부곡 시리즈를 혼신의 힘을 다해 읽을 것이라고 했다. 주룽지 총리 역시 해외 순방을 떠날 때면 언제나 이월하의 제왕삼부곡을 습관처럼 챙겼다고 한다. 길고 따분한 비행시간 동안 그는 보좌관의 존재가 무색할 만큼 강희와 옹정, 건륭의 치세술에 심취되었다고 했다.

자금성의 거물들로부터 직접적인 찬사와 격려의 메시지를 받으면 흥분에 겨워할 법도 하지만 이월하는 늘 그러하듯이 알 듯 말 듯한 미소를 보이며 담담하게 입을 열어 말하곤 한다.

"문학작품은 아무리 뛰어난 작품성을 지녔다고 해도 백가쟁명에서 완전히 자유로울 순 없다. 높으신 분들이 잘 봐주신다니 다행이라 생각할 뿐이다."

포의본색(布衣本色)은 이월하의 인격을 형성한 밑거름이라고 해야겠다. 일각에서는 소설 〈강희대제〉와 〈옹정황제〉에서 욕심과 집착없이 해탈의 경지에 이른 지혜로운 괴짜 오사도를 작가 자신의 화신인 것 같다고 한다. 이에 대해 이월하는 작품 속의 인물에 대한 자신의 이상(理想)을 결코 부정하지는 않는다. 작가란 본디 작품을 통해 자신의 경지를 드러내는 것이기 때문이리라.

작품에 몰입할 때는 그 인물에 따라 감정이 출렁거리기가 일쑤다. 때로는 책상을 부서져라 내리치는가 하면 때로는 뜨거운 눈물을 흘리다 못해 책상 위에 엎드려 엉엉 소리내어 울기도 한다고 한다. 봉두난발의 미치광이가 따로 없다고 이월하는 자신을 말한다. 그러나 그 작품에 종지부를 찍고 나면 이월하는 다음 작품을 위하여 자신의 안팎을 깨끗이 정리한다고 한다. 몸도 마음도 모든 그늘에서 벗어나 처음 펜을 잡던 문학 초년생의 초심으로 돌아간다고 한다.

이월하는 자신의 제왕 시리즈를 '낙하(落霞)' 시리즈라고도 부른다.

그것은 아무리 찬란한 태양일지라도 결국엔 눈부신 저녁 노을과 함께 밤의 장막 속으로 사라짐으로써 일과를 완성하게 된다는 뜻이 내포되어 있는 것으로, 다시 말해서 강희, 옹정, 건륭 3대에 걸친 대청제국의 흥망성쇠 과정을 뜻한다고 한다. 이것은 결코 어느 누구도 거역할 수 없는 역사의 흐름이며 필연이라고 이월하는 말한다.

청 왕조는 중국 봉건사회의 마지막 왕조이며 봉건사회의 흥망성쇠의 축소판이라고 할 수 있다. 중국 역사상 수많은 조대(朝代)가 있는데, 하필이면 왜 청나라 역사를 택했느냐는 기자의 질문에 이월하는 그 시대의 역사에 대해 자신은 한이 맺혔다고 말한다. 일대 전성기를 구가했고 대내외적으로 부강 일로를 달리던 청나라가 서서히 숨통이 막혀 멸망에 이르는 과정이 거국적인 비극이고 화하민족의 일원으로서의 크나큰 유감을 느낀다고 이월하는 말한다.

방대한 역사 사료(史料)를 어떻게 수집하였느냐는 기자의 질문에 이월하는 이미 절판된 희소가치가 있는 고서에 대해서는 세계 어디든 쫓아다니며 찾아냈다고 했다. 청나라는 강희, 옹정, 건륭 시대에 걸쳐 정치와 문화의 발전을 거듭했지만 옹정황제 때는 문자옥(文字獄)을 비롯한 문화(文禍)도 심했다. 그럼에도 불구하고 청대에는 역사적인 기록이 비교적 상세하고 정확하게 남아 있다. 예를 들면 일년 365일 등안 황제의 의식주에 대한 기록이 놀라우리만치 면밀하게 기록되어 있다. 황제가 무엇을 즐겨 먹었으며 계절과 장소에 따른 복식(服飾)의 변화며 심지어는 그 당시 민간의 두부며 배추 가격을 비롯하여 관혼상제와 해몽에 관한 내용도 상세히 기록되어 있다고 한다.

역사를 해부함에 있어서 지극히 가상한 것은 작가 이월하가 여러 제왕들을 바라보는 시각이다. 이것은 분명히 짚고 넘어가야 될 것 같다. 그는 결코 자신의 사사로운 감정에 얽매여 제왕을 의도적으로 미화하거나 매도하지 않았다. 그는 제왕들에게 염가의 칭송을 하지 않았을 뿐더러 예리한 칼날을 마구 휘둘러 내키는 대로 싹둑싹둑 자르지도 않았다. 그는 처음부터 끝까지 냉엄한 시각으로 역사를 직관하고 투시하는 자세로 일관했다. 그는 천하의 군주라도 밥먹고 변소가는 인간세상의 연화(煙火)를 먹고 사는 인간이라는 데 치중했다. 때문에 그의 작품 속에서 제왕들은 천하무적의 군주이기 전에 할머니를 보면 응석도 부리고 아들 앞에선 눈물도 보일 줄 아는 인간으로 그려졌다. 또한 역사적인 사실에 입각하여 특별한 시대를 산 평범하지 않은 인물들을 무대 위로 끌어냈다.

1 雍正皇帝

제1부 구왕탈위(九王奪位) | 1권

청 왕조 계보

① 태조 누르하치(1616~1626)

② 태종 홍타이시(1627~1643)──────── 예친왕 도르곤

③ 세조 순치제(1644~1661)

④ 성조 강희제(1662~1722)

─ 1황자 ·········· 윤제(胤禔)

─ 2황자 ·········· 윤잉(胤礽)

─ 3황자 ·········· 윤지(胤祉)

─ 4황자 ·········· 윤진(胤禛) = ⑤ 세종 옹정제(1723~1735)

─ 5황자 ·········· 윤기(胤祺)　　　　⑥ 고종 건륭제(1736~1795)

─ 6황자 ·········· 윤조(胤祚)　　　　⑦ 인종 가경제(1796~1820)

─ 7황자 ·········· 윤우(胤祐)　　　　⑧ 선종 도광제(1821~1850)

─ 8황자 ·········· 윤사(胤禩)　　　　⑨ 문종 함풍제(1851~1861)

─ 9황자 ·········· 윤당(胤禟)　　　　⑩ 목종 동치제(1862~1874)

─ 10황자 ·········· 윤아(胤䄉)　　　　⑪ 덕종 광서제(1875~1908)

─ 11황자 ·········· 윤자(胤禌)　　　　⑫ 부의 선통제(1909~1912, 청조 멸망)

─ 12황자 ·········· 윤도(胤祹)

─ 13황자 ·········· 윤상(胤祥)

─ 14황자 ·········· 윤제(胤禵)

─ 15황자 ·········· 윤우(胤禑)

─ 16황자 ·········· 윤록(胤祿)

─ 17황자 ·········· 윤례(胤禮)

─ 18황자 ·········· 윤개(胤祄)

1. 냉면왕(冷面王)과 포의(布衣)

흔히들 양주(楊洲)를 빼놓고 삼오(三吳)를 유람했노라고 말할 수 없다고 말한다. 특히 수정 같은 호수가 절경을 이루고 있는 홍교(虹橋) 일대의 정취에 젖어보지 않고는 자기 안에 잠자고 있는 감동지수를 정확히 알 수가 없다고 입을 모은다. 숫처녀의 속치마처럼 하느작거리는 능수버들이 기나긴 둑을 이루고 비단결 같은 대지에 별처럼 점점이 박혀 있는 안개 자욱한 우윳빛 호수에 함초롬히 이슬 머금은 연꽃이 그득하여 누구나 한번쯤은 주체할 수 없는 시흥(詩興)을 불러 일으키게 하는 바로 그곳 홍교를 말이다. 홍교각(虹橋閣), 서광루(曙光樓), 내훈당(來薰堂)……등 명승고적들이 대숲을 이룬 아름드리 나무들 사이로 붉은 벽과 푸른 기와를 살며시 드러내 보이며 세파에 찌들고 삶에 지친 유랑객들에게 손짓한다.

수많은 묵객들이 세속의 때를 말끔히 씻어내고 상처를 치유받으려고 찾아오는 무릉도원(武陵桃源) 같은 이곳이지만 강 하나를 사이에 둔 멀지 않은 곳에는 해마다 2월이면 벅적거려 홍역을 치르는 '홍교영토지묘(虹橋靈土地廟)'라는 절이 있다. 일명 '증복재신회(增福財神會)'라는 이 모임이 있을 때면 인근에 사는 상인들은 물론 저 멀리에서까지 작심하고 찾아드는 사람들이 장사진을 치고 갖가지 음식과 민속놀이로 명절의 분위기를 만들곤 한다. 강과 호수에는 놀잇배가 줄을 잇고 가문의 무병장수와 한 해의 길운을 기원하는 향객들이 구름같이 모여 들어 대목을 노리고 있는 장사꾼들을 들뜨게 한다. 여기저기서 목에 핏대를 세운 장사치들이 호객에 여념없는 모습이 인상적이다.

"자, 둘이 먹다 둘 다 죽어도 모를 따끈따끈한 순두부요. 강희 부처님도 친히 맛보시고 극찬을 아끼지 않은 순두부요. 자, 처녀가 먹으면 시집 가고 아줌마가 먹으면 떡두꺼비 같은 아들 낳는……."

"왕뚱보네 족발 안 먹어보면 양주 기웃거린 보람이 없지! 자, 기막힌 횡재수 선사하는 왕가네 족발이요!"

……장사아치들이 뒤질세라 목청을 돋구어대는 바람에 장내는 끓는 기름가마처럼 혼잡스러웠다.

때는 강희 46년, 절기상 용이 기지개를 켠다는 음력 2월 2일이 지나자 양주 지역은 아지랑이가 가물거리고 홍교 양안(兩岸)에 봄꽃이 만개하여 사위에 봄기운이 완연했다. 꽃향기 그윽하고 봄바람 싱그러운 어느 날, 양쪽 겨드랑이에 지팡이를 끼운 절름발이 사내 하나가 홍교 남쪽에 위치한 '배흠객잔(培鑫客棧)'을 나와 규칙적인 지팡이 소리를 내며 천천히 걸어가더니 어느새 북새통을 이룬 사람들 틈으로 사라졌다.

그 사내가 바로 무석(無錫) 일대에서 유명한 학문가인 오사도(鄔思道)였다. 부시(府試)와 향시(鄕試)에서 수석은 따놓은 당상이었고, 수재(秀才)와 거인(擧人) 시험에서도 타의 추종을 불허할 정도로 성적이 월등했다. 그는 강희 36년 남경(南京)에서 치러진 춘위(春闈) 시험에 응시했다.

시문(時文), 책론(策論), 시부(詩賦) 세 부분으로 나누어 보는 시험에서 사내는 자신의 뛰어난 문장력에 연신 혀를 내두를 정도로 자신만만하여 고사장을 나섰다. 채점 역시 사람이 하는 일이라 혹 5등 안에는 못 들지 몰라도 열 명 가운데는 무난하다고 흐뭇해하며 방(榜)이 붙을 때까지 날아갈 듯한 기분으로 보내온 사내에게 그러나 현실은 너무나 냉엄했다.

얼마 후에 나붙은 황방(皇榜)에 머문 오사도의 흥분한 눈빛은 차츰 실망과 분노로 뒤바뀌고 말았다. 아무리 눈을 씻고 봐도 나타나지 않던 자신의 이름이 방(榜)의 맨 끝부분에 대롱대롱 애처롭게 매달려 있는 게 아닌가! 된방망이에 뒤통수를 얻어맞은 기분에 잠시 얼떨떨해 있던 오사도가 분노에 치를 떨며 달려가 자초지종을 알아보았다.

사람들은 오사도의 처지에 동정을 표하면서도 삼척동자도 아는 이 바닥의 썩은 관행을 여태 몰랐느냐며 허탈한 웃음을 지어 보였다. 알고 보니 주시험관인 좌옥흥(左玉興)과 부시험관인 조태명(趙泰明)은 나라의 인재를 물색하는 신성한 직업을 등에 업고 여태 돈 먹는 하마 역할을 해왔던 것이다. 이름만 대던 알만한 조정의 거물들이 특별히 부탁한 경우가 아니면 모두 성적에 상관없이 '효도' 액수에 따라 사람을 취했던 것이다! 질 나쁜 족속들의 행세를 모르기도 했지만 설령 사전에 알고 있었다고 하더라도 결코 돈주머니 바리바리 싸들고 가랭이에 바람을 일으키며 찾아다닐 오사도가 아님에야 미역국을 먹는 건 불 보듯 뻔한 결과였다.

그렇다고 불의를 보면 맞서 싸우지 않고는 직성이 풀리지 않는 오사도인지라 권세 앞에 머리를 숙이고 쾌히 패배를 인정할 순 없었다. 그는 자신과 동병상련의 아픔에 처해 있는 4백여 명의 낙방 거인들을 불러모아 궐기하기로 했다. 재신동상(財神銅像)을 들고 문제의 남경 공원(南京貢院)에 쳐들어가 한바탕 난동을 부렸는가 하면 좌, 조 두 사람의 부정을 폭로하는 전단지를 도처에 살포하였다. 남경은 한바탕 아수라장이 되었고 온갖 소문이 난무하는 가운데 '난봉꾼' 오사도는 유유히 남경을 떠나 어디론가 사라져 버렸다.

그 결과 간 큰 '정범(正犯)'을 놓친 강남 순무는 그 죄를 문책당하여 두 등급이나 폄직당했고 혐의사실이 부분적으로 인정되는 좌, 조 두 시험관은 "이 바닥에서 영원히 매몰시킨다"는 식으로 사태는 어느 정도 수습이 되었다.

한편 당금 천자인 강희제(康熙帝)에게까지 이어진 이 사건의 여파는 하마터면 사람 관리에 소홀한 명주(明珠)와 소어투 양대 실력자들의 파면으로까지 치달을 뻔했다. 당연히 명주와 소어투는 오사도에게 앙심을 품게 되었고 민심을 혼란에 빠뜨린 주범이라는 죄명을 덮어씌워 조정의 명의로 전국에 체포령을 내리게 되었다.

세월이 많이 흘러 천하무적이고 안하무인이던 그때 그 시절의 명주와 소어투가 역사 속으로 사라지게 되자 그제야 수년간 무이산(武夷山)에 칩거하고 있던 오사도는 세상으로 나가는 연습을 조금씩 할 수가 있었다. 그러던 어느 날 태황태후가 붕어(崩御)하고 거국적인 대사면령이 내려졌다는 소문을 접한 오사도는 한껏 기지개를 켜며 꿈속에서도 그리던 고향 삼오(三吳)로 돌아올 수 있었다. 하지만 그의 두 다리는 이미 그 당시 도망가는 길에서 몇몇 도적들에게 얻어맞아 부러진 뒤였다.

절도있는 지팡이 소리를 내며 다리 어귀에 다다른 오사도는 잠시 멈춰서서 감개어린 표정으로 주위를 둘러보았다. 수척한 얼굴에 한가닥 씁쓸한 미소가 엷게 번져나갔다. 심산유곡에서 막 돌아온 인간세상은 눈 둘 데를 모를 정도로 변해 있었다. 격세지감(隔世之感)을 온몸으로 느끼며 오사도는 홀연 혼자말처럼 중얼거렸다.

"나 떠날 때는 자그마했는데 십년의 비바람 속에서 많이도 컸구나. 백양나무야……"

"아니! 정인(靜仁, 오사도의 호) 선생 아니십니까?"

갑자기 등 뒤에서 놀란 목소리가 들려왔다.

"참 크고도 작은 세상이라더니 여기서 정인 선생을 만나뵙다뇨? 그래 그 동안 어디 계셨는데요?"

오사도가 천천히 고개를 돌렸다. 서른 살 남짓한 나이에 말끔한 얼굴이 인상적인 젊은이가 팔자 모양의 잘 다듬은 콧수염을 일자로 잡아당기며 환하게 웃고 있었다. 육각형 모양의 딱 맞는 모자에 빨간 비단 정자(頂子)가 드리워져 있었다. 푸른 두루마기에 조끼를 받쳐 입고 허리에 꽃을 수놓은 검은 띠가 둘러져 있는 모습이 정갈하고 멋스러워 보였다.

한동안 젊은이에게 시선을 두고 있던 오사도가 그제야 고향 대가만(戴家灣)의 효렴(孝廉)인 대탁(戴鐸)임을 알아보고는 이마를 치며 소탈하게 웃었다.

"아이구 이게 뉘신가! 십 년 전 항령(項玲, 대탁의 호) 자네를 마지막으로 볼 때 땅 소유권 문제로 주먹 센 놈들과 붙었다가 한방 얻어맞고 거지 신세가 돼서 정신 못 차리고 다니더니…… 어느새 아주 못 알아보게 변했는 걸! 그러게 사람은 무조건 때 빼고 광내고 봐야 한다니까!"

이에 대탁이 헤식은 웃음을 웃으며 말했다.

"사흘 동안 헤어졌다 만났어도 괄목(刮目)해야 한다는데 하물며 강산도 변한다는 십 년인 걸요! 하기야 돌이키기도 싫은 과거사를 들추려면 밑도 끝도 없지 않겠습니까? 정인 선생이 어떻게 생각하실지 모르지만 전 지금 북경에서 부잣집 마름으로 있습니다! 오늘 마침 주인 어른을 모시고 나왔는데, 괜찮으시다면 소개시켜 드리겠습니다!"

다소 어리둥절한 채로 대탁에게 이끌려 다리에서 내려오며 오사도는 한 가지 생각을 떨쳐버릴 수가 없었다. 비록 몰락한 가문의 자손이라지만 한때는 그림자도 밟아선 안 된다는 유명한 학문가의 아들이고 썩 괜찮은 인물이었는데, 아무리 세상 꼴이 험악하게 돌아간다고는 하지만 어쩌다 남의 집 하인 신세로 전락했단 말인가? 미간을 가볍게 찌푸리고 생각에 잠긴 채 다리를 내려오던 오사도는 다리 아래에서 난간에 기대어 서 있는 스무 대여섯 살 되어 보이는 젊은이에게 시선을 두었다. 부잣집 귀공자입네 하는 관능적인 몸동작과 과장된 화려함과는 거리가 먼 소박한 옷차림이었지만 오사도는 느낌만으로도 그 사람이 바로 대탁이 말한 주인임을 알 수가 있었다.

한 눈에 띄진 않지만 정갈함이 돋보이는 청년은 첫눈에도 싫지가 않았다. 기름기 반지르르한 긴 머리채를 등허리에 드리운 청년이 잔잔한 미소를 지으며 다가오더니 뭐라 입을 열려는 순간 대탁은 어느새 미끄러지듯 그 발 밑에 한 쪽 무릎을 꿇으며 아뢰었다.

"넷째 도련님, 기막힌 우연입니다! 이 분이 바로 도련님께서 자주 말씀하시던 오사도 선생입니다! 오 선생, 이쪽은 우리 윤 도련님이세요. 북경에서 우리 도련님 모르면 간첩이죠. 잘 나가는 18명의 황상(皇商)들 가운데서 네 번째로 손꼽히는 대단하신 분입니다!"

"은진(殷眞)이라고 합니다."

청년이 잔잔한 미소를 띄우며 머루알 같이 까맣고 맑은 두 눈으로 오사도를 바라보며 말을 이었다.

"그냥 월명거사(月明居士)라 불러주시면 되겠습니다. 그런데 실례지만 오 선생은 호(號)가 어떻게 되시는지요?"

이같이 물으며 청년은 오사도를 샅샅이 살피려는 듯 아래위를 눈여겨 훑어보았다.

오사도는 속으로 적이 놀랐다. 얼마나 어마어마한 가문의 자손인지는 모르겠지만 초면에 상대방더러 자신을 자그마치 '월명거사'로 불러달라는 사람이 예사롭지 않게 느껴졌기 때문이었다. 그러나 오사도는 놀라는 내색은 전혀 드러내지 않고 담담하게 웃으며 말했다.

"난 변변한 호 같은 것도 없소. 사람들이 가끔씩 정인이라고 불러주니 귀에 거슬리지는 않는 것 같았소."

그러자 은진이 상체를 약간 숙이며 손을 내밀어 길을 안내하며 말했다.

"우렛소리 같은 대명(大名)을 귀에 못이 박히게 들었습니다. 가부(家父)께서도 어르신의 석학을 대단히 높이 평가하시는 걸로 알고 있습니다! 잠깐 뫼실 행운을 주셨으면 합니다."

청년이 '황상(皇商)'이라는 말을 듣는 순간 본능적으로 느끼한 기분을 느꼈던 오사도는 그러나 대탁이 모시고 있다는 눈 앞의 젊은이에게서는 제 아비도 속여 먹는다는 장사꾼의 저질스러움과 교활함 같은 건 전혀 찾아볼 수가 없다는 데 일말의 위안을 느끼며 저도 모르게 머리를 끄덕였다.

은진은 오사도와 어깨를 나란히 하며 천천히 입을 열어 말했다.

"선생, 맹세코 선생께 싸구려 아첨을 하는 건 아닙니다만 그 당시 선생의 고소문 때문에 북경성이 발칵 뒤집혔었죠! 굉장한 괴력이었습니다! 좌옥홍과 조태명에 대한 심장을 찌르는 경구(驚句)가 너무 마음에 와 닿아 한번 읽어본 이래로 뇌리에 박혀 잊혀지지가 않고 있습니다. '조정의 기대를 무참히 짓이겨 버리고 이익을 쫓느라 대의를 저버리다니…… 두 사람이 제 정신이 박힌 사람들인지 의심스럽구나! 금전에 눈이 아홉이 되어 청천벽력도 두렵지 않단 말인가? 수작을 부릴 게 따로 있지, 이 나라의 명운이 걸린 인재등용에 마수를 뻗치다니? 양심이라곤 눈꼽만치도 없는 저런 녀석들 내가 가만 두지 않을 것이다. 계란을 들어 바위에 내리치는 어리석음이라고 할지라도 내 필히 목숨 걸고 싸워 원흉의 목을 베어 국문(國門)에 내걸어 일벌백계를 꾀하리니, 뜻있는 자 내게 상방보검(尙方寶劍)을 주거라!' 선생의 이 한 마디에 꿈자리가 사납지 않을 탐관오리들은 없었을 겁니다. 실로 대단한 용기가 아닐 수 없습니다! 천자께서 대로하신 끝에 박수를 보내셨다는 일화가 있을 법도 하죠!"

은진의 말이 끝나자 대탁이 재빨리 끼어들어 말했다.

"역시 도련님의 기억력은 대단하십니다! 어쩌면 토씨 하나 빠

뜨리지 않고 그렇게 정확히 기억하고 계십니까?'

대탁의 곰살맞은 칭찬이 싫지는 않다는 듯이 은진이 껄껄 웃으며 말했다.

"어디 그뿐인가? 폐하께선 그 당시 오 선생의 문장과 필체에 대해서도 극찬을 아끼지 않으셨는걸!"

워낙 세상을 시끌벅적하게 만들었던 고소장이었는지라 많은 사람들이 기억하고 있을 줄은 알고 있었기에 호들갑을 떨 정도로 크게 놀라지는 않은 오사도였다. 하지만 그래 봤자 '황상'인 젊은 이와 그의 마름이 어찌 고소장을 보고 난 후의 황제의 반응을 마치 곁에서 지켜본 것처럼 말할 수가 있단 말인가?

아무래도 예사로운 일이 아니었다. 하긴 한때는 한 고을의 명류(名流)에 속하던, 부러질지언정 굽히려 들지 않을 정도로 자존심 강하던 대탁이 고향 사람 만난 자리에서 자랑거리나 되는 것처럼 자신의 '마름' 신분을 털어놓는 걸 보면 언뜻 차림새로만 보기엔 색다를 게 없어 보이는 은진이란 청년이 결코 평범한 인물은 아니라는 걸 오사도는 짐작하고 있었다!

그러나 상대방이 설파(說破)할 의사가 없어 보이는지라 못내 궁금하지만 오사도는 담담하게 웃으며 말했다.

"별볼일없는 내게 그토록 큰 관심을 가져 주었다는 것에 대단히 감사하오! 타향에서 지기를 만난 기분이 드는구려! 하지만 십 년 동안 산중에 칩거하면서 이런 저런 책을 많이 접한 오늘에 와서 공명(功名)에 목이 매여 임시 방편으로 우려먹던 문장입네 하는 것들을 돌이켜 보니 쑥스럽기 그지 없소. 얼굴이 다 빨개지려고 하는 걸! 그 빌어먹을 팔고문장(八股文章)이 사람 꽤나 병신 만들었지……"

이같이 말하는 오사도의 입에서 나지막한 한숨이 새어 나왔다. 지나간 일을 들추어 보았자 너 나 없이 별 재미가 없다고 생각한 대탁이 재빨리 말길을 돌려 말했다.

"넷째 도련님, 오늘 노예시장에 가서 쓸만한 아이 두어 명 구해 오실 거라고 아침에 말씀하시지 않으셨습니까? 제가 다녀올 테니 여기 이 술집이 괜찮다는데 들어가 술이나 하시는 게 어떨까요?"

그러자 은진이 웃으며 말했다.

"그게 뭐가 대순가! 오늘 안 한다고 큰일나는 일도 아니고 다음 날 다시 나오기로 하고 오늘은 다같이 들어가 술잔이나 기울이자 구. 자네도 오랜만에 고향 선배를 처음 만났는데 말이야!"

세 사람은 멀지 않은 곳에 새로 지은 양 한껏 멋을 낸 '천광호영 (天光湖影)'이라고 간판을 내건 술집으로 향했다. 안에는 아침부터 벌겋게 취한 사내들이 시뻘건 가슴팍을 훤히 드러내 놓고 제 잘난 멋에 떠들어대고 있었다. 은진이 약간 신경질적으로 이맛살을 찌푸리며 조금 한적한 2층으로 올라가려고 하자 사환 하나가 달려와 사정하는 듯한 웃음을 지어보이며 말했다.

"어르신, 대단히 죄송합니다만 이곳에 새로 부임해온 태준(太尊) 차(車) 어른께서 2층에서 손님을 맞고 계십니다. 1층에도 저쪽 구석께로 조용한 자리가 하나 비어 있습니다. 창가여서 밖의 경치도 구경할 수 있고⋯⋯."

사환의 말이 끝나기도 전에 대탁이 시끄럽다는 듯이 손사래를 치며 말했다.

"까불지 마! 여기 내가 한두 번 오는 줄 알아? 위층에 방이 서너 개는 있는 것 같던데, 각자 눈치껏 알아서 술만 먹고 나오면 되는 거 아니야? 이게 우리를 아주 훼방꾼 정도로 아나 본데⋯⋯."

이같이 말하며 대탁이 주머니에서 족히 다섯 냥은 더 될 것 같은 은병(銀餠) 하나를 꺼내더니 사환에게 던져 주었다. 대뜸 눈이 뒤집혀진 사환이 얼굴 가득 비굴한 웃음을 지어내더니 연신 허리를 새우처럼 굽히며 이들을 위층으로 안내했다. 그러나 새로온 태존이 성질나면 무섭다며 제발 좀 비위 거슬리게 하는 일 없도록 해달라며 연신 부탁하는 것을 잊지 않았다.

병풍으로 칸막이를 했을 뿐 말 소리가 여과없이 들리는 위층에 서쪽 켠으로 자리가 하나 비어 있었다. 거북찜이며 싱그러운 바닷내음이 전해지는 것 같은 굉장한 바닷가재 요리를 포함해 네 가지 요리가 올라오자 은진이 즐겁게 웃으며 술잔을 들어 오사도에게 권했다. 그리고는 옆에 시립하고 있는 대탁을 향해 말했다.

"개도 안 먹는 돈이 좋긴 하구만. 그건 그렇고 오늘 우연찮게 정인 선생을 만난 건 대단한 인연이 아닌가 싶네. 오랜만에 고향선배를 만났는데 자네도 오늘은 같이 앉아 허리띠 풀어놓고 한 잔 하지!"

두 사람이 술잔을 비우는 사이에 대탁은 그제야 조심스레 말석에 엉덩이를 살짝 붙이고 앉았다.

시간은 어느덧 사시(巳時)를 가리키고 있었다. 밖에는 태양이 저 만치 높이 떠 있고 봄바람에 주름지는 호숫가엔 사람들이 꾸역꾸역 모여들기 시작했다. 삼삼오오 떼를 지어 화방(畵舫), 오봉(烏蓬), 수상표(水上漂)라고 일컬어지는 각양각색의 유선(遊船) 쪽으로 향하고 있었다. 창밖의 풍경을 바라보는 세 사람의 얼굴도 어느새 술기운이 역력했다. 병풍 칸막이 건너편에서는 관복을 입은 한 무리가 새로온 태수(太守)에게 얼굴도장을 찍느라 정신이 없었다. 이제 부임한 지 며칠 밖에 안 되는 태수를 놓고 "그 사이

치안이며 세수정책이 몰라보게 좋아졌다"느니 "태수 어른에 대한 지지여론이 비등하고 있다"는 둥 말도 안 되는 소리가 아우성처럼 들려왔다. 그런가 하면 양주 하면 손 꼽는 옥공예품이며 종이공예품, 자기(瓷器), 흙공예품에 대해서도 어느 집이 값도 싸고 질도 좋다는 둥 한바탕 좌판 상인들을 방불케 하는 설왕설래가 듣는 이를 괴롭혔다. 이때 어디선가 비파소리를 동반한 여인의 교태어린 노랫가락이 은은히 들려오기 시작했다.

> 아름다운 우리 양주…… 그 중에서도 제일 가는 이곳 홍교(虹橋).
> 새색시 치마폭 같은 버드나무 3척(三尺) 봄비 같은데,
> 살랑살랑 봄바람에 앵두빛이 예쁘구나…….
> 술 취해 뱃전에 기대어 있으니 저녁바람이 귓볼을 간지럽히누나.

상념에 잠긴 채 잠자코 노랫가락에 귀를 기울이던 은진이 감격에 젖어 한숨조로 입을 열어 말했다.

"요즘 세상 참 요상하게 돌아가는구만! 태후마마가 선서(仙逝)하신 지 반 년밖에 안 됐는데, 이 동네는 완전히 딴 나라 같군!"

원래 핏기없던 얼굴에 술기운이 벌겋게 돌아 보기에 한결 나은 오사도가 느닷없는 은진의 한탄에 웃으며 말했다.

"이런 걸 두고 '친인척은 슬픔이 여전한데 남들은 어느새 고성방가'라는 게 아니겠소! 인간의 이기(利己)는 천가(天家)나 시정(市井)의 소시민이나 마찬가지요! 그러니 너무 상심할 필요는 없소. 바로 옆방에서 측근들의 달착지근한 말에 운무를 타고 있을 저 양반을 포함해서 홍루(紅樓)에 앉아 미경(美景)에 도취돼 술잔을 기울이는 우리 모두가 어찌 엎어지면 코 닿을 곳에 차마 눈

뜨고 보기 어려운 인시(人市)가 있다는 사실을 알리오!"

말을 마친 오사도는 곧 젓가락을 들어 빈 접시를 두드리며 눈을 지그시 감고 노래를 부르기 시작했다.

> 그 옛날의 호기(豪氣)는 가뭇없이 사라지고,
> 홍교(虹橋)를 마주한 이내 마음 우울하구나.
> 못 이룬 꿈 한이 되어 서생 안에 또아리를 틀었지만
> 다시는 돌이키며 아파하지 않으리.
> 베개 밀어내고 새벽달을 마주하니
> 난간을 잡은 손이 이내 맘처럼 시리구나.
> 가슴 저리며 긴긴 밤을 하얗게 지새우지 않은 사람
> 눈물의 쓰라림을 어찌 알랴!

이쯤하여 멈추고 과장된 몸짓으로 박장대소를 하는 오사도의 두 눈에서는 어느덧 굵은 눈물이 소리없이 굴러 내렸다.

은진은 어느덧 넋이 나가고 말았다. 손가락으로 톡 건드리기만 해도 그대로 허물어질 것 같이 은진은 진공(眞空) 상태에 빠져 있는 것 같았다. 오사도의 눈에 은진이 예사롭지 않은 존재로 비추어졌다면 그것은 틀림없는 일이었다. 아무리 교묘한 위장도 오사도의 날카로운 눈을 비껴갈 순 없을 것이다.

오사도가 그런 의혹을 품었듯이 은진은 과연 무슨 '황상'이 아니라 당금(當今) 천자(天子)의 넷째아들인 애신각라(愛新覺羅) 윤진(胤禛)이었다. 이미 패륵(貝勒)으로 봉해진 이 나라의 용자봉손(龍子鳳孫)인 윤진은 냉철하고 인정에 쉬이 흔들리지 않는 태도 때문에 북경에서는 공공연히 '냉면왕(冷面王)'이라 불리우고

있었다. 이번에 흠차 신분으로 안휘성(安徽省)의 하공(河工)들을 독려하기 위해 지방순시를 나왔다가 늘 이맘 때면 말썽을 일으키는 고가언(高家堰)과 보응(寶應) 일대의 제방이 터지는 바람에 수재민들의 식량을 조달하러 양주로 내려왔던 것이다.

재주와 학식이 뛰어난 오사도의 이름을 익히 들어오던 차에 그를 우연히 만난 윤진으로선 경이로움을 금할 수 없었지만 이미 사지가 온전치 않은 데 대해 어느 정도 실망을 느꼈던 게 사실이었다. 그러나 술이 서너 잔 돌아가자 슬슬 그 진가를 보여주는 오사도의 그 옛날의 배짱과 패기가 엿보이는 모습에 윤진은 연민과 경배의 마음이 샘솟았다. 이처럼 훌륭한 인재가 때 아닌 된서리를 맞고 조정(朝政)에 입문할 길이 막혀버린 데 대해 윤진은 말할 수 없는 아쉬움을 느꼈다.

다소 가라앉은 분위기를 애써 돋우어보려는 듯 윤진이 뭐라 입을 열려고 할 때 칸막이용으로 펼쳐 놓은 병풍이 움직이더니 수행원 차림을 한 사내 하나가 다짜고짜 들이닥쳤다. 사내는 떡하니 버티고 선 채 인상을 험악하게 일그러뜨리고 윤진 일행을 호시탐탐 노려보더니 한참 후에야 입을 열어 물었다.

"방금 재수없는 노래를 부른 사람이 누구요? 듣자니 우리 차어른 어쩌구저쩌구 하는 것 같던데, 사내라면 여기서 이러고 있을 게 아니라 우리 어르신이 부르시니 나를 따라 오셔야겠소!"

사내의 일방적인 협박조의 말을 듣고 난 윤진이 쓴웃음을 엷게 띄우며 벌렁 드러눕듯이 의자 등받이에 기댔다. 그리고는 다리를 꼬고 술잔을 잡으며 대탁을 힐끗 쳐다보았다. 대탁이 일어서서 어떤 식으로든 사태를 수습하려고 할 때 오사도가 지팡이에 의지한 채 날렵하게 자리에서 일어나며 말했다.

"바로 나요! 차명(車銘)은 나랑 같은 시기에 효렴(孝廉)이 된 동년배이고, 같은 공부방에서 꿈을 키워온 글동무요. 근데…… 친구 이름을 잠깐 거론했기로서니 기휘를 범했다는 거요?"

조금도 기죽지 않고 오히려 따지듯이 나오는 절름발이 오사도의 기세에 짓눌린 듯 사내는 잠시 주춤하며 못내 누그러진 태도를 보였다. 다리를 꼰 채로 꼼짝 않고 자리를 지키고 있는 윤진과 그 옆에 침착하게 산처럼 버티고 서 있는 대탁을 번갈아보며 사내는 잠시 혼란스러워 하는 것 같았다.

바로 이때, 병풍 하나를 사이에 둔 건너편 술상에서 누군가가 거칠게 소리를 질렀다.

"데려오고 자시고 할 것 뭐 있어! 이깟 병풍 치워버리면 될 걸 가지고. 어떤 인물이길래 그렇게 비싼지 슬슬 호기심이 생기는데?"

말이 떨어지기가 바쁘게 한 무리의 사내들이 떼거지로 몰려오더니 삽시간에 병풍을 걷어버렸다. 그러자 방금까지 병풍 하나를 사이에 두고 시비를 걸어오던 사내들과 윤진 일행은 서토를 마주보는 형국이 되고 말았다.

윤진은 입꼬리를 길게 치켜올려 차가운 미소를 흘리며 찻잔을 입가에 가져갔다. 그러나 시선은 날카롭게 상대방의 술상에 내리꽂혔다. 공작새가 깃을 펴고 금세 날아갈 듯한 공작오림며 백합죽, 해당화죽을 비롯하여 서민들은 평생 구경조차 못해 보는 제비집 요리 등 온갖 값비싼 요리들이 상다리가 부러지게 차려져 있었고 한가운데는 태아 상태에 있는 어린 숫양구이가 시선을 자극했다.

양주 4대 요리 중의 한 가지인 숫양구이는 그 자체가 흰과 권력의 상징이었다. 내로라 하는 지역 유지들이 빙 둘러 앉은 사이로 여덟 마리의 맹수와 다섯 개의 맹수 발톱이 그려진 관복에 백한보자(白鵬補子)를 드리운 관원이 관모도 쓰지 않은 채 기름기 번지르르한 이마를 번쩍이며 떡하니 앉아 있었다. 가느다란 변발(辮髮)이 울룩불룩한 뒷덜미 살에 걸터 앉아 있었다. 취기가 올라 울긋불긋한 얼굴은 고사상에 놓인 돼지머리를 방불케 했다. 관원은 빵가루에 파묻힌 건포도 같은 실눈을 부산스레 굴리며 윤진 일행을 곱지 않은 시선으로 쳐다보고 있었다.

이때 오사도가 지팡이 소리를 내며 한 발 앞으로 나서더니 두 손을 맞잡고 공수하며 말했다.

"차명 선생, 실로 오랜만입니다!"

"아하, 이게 뉘신가? 오사도 자네 아닌가!"

그제야 오사도를 발견한 듯 차명의 뱁새눈은 놀라우리만치 광이 났다. 그는 대뜸 자세를 고쳐 앉으며 말했다.

"난 또 누구라고! 알고 보니 천궁(天宮)을 누비고 다닌 손오공이로군! 팔괘(八卦) 화로가 뒤집힌 거야? 아니면 불조(佛祖)께서 아차하여 오행산(五行山)의 진산신주(鎭山神呪)를 떨어뜨린 거야? 안 그래도 복잡한 세상에 자네 같은 인물이 다시 뛰쳐나온 걸 보니…… 내가 잠깐 소개하지. 비록 쌍지팡이를 짚고 다닌다곤 하지만 움직일라치면 마치 그네 타는 새색시 같고, 멈춰서면 천년 묵은 고송(古松) 같은 이 분으로 말할 것 같으면 전에는 내가 뒷모습도 맘 놓고 쳐다보지 못할 정도로 어마어마한 인물이었지! 입만 열면 고사성어가 줄줄이고 구구절절 명언이었다구! 그 옛날엔 정말……"

"그때 함께 팔고(八股) 공부할 때는 참 재미있었지."

관원의 야유섞인 말이 끝나길 잠자코 기다렸다가 오사도가 말꼬리를 잡고 칼날을 들이댔다.

"차형(車兄)은 평소엔 걸죽한 입담을 자랑하다가도 사람들 많은 결정적인 대목에선 늘 죽을 쑤곤 했지. 썩 괜찮은 문장실력이 있는 줄 알았는데, 번번이 졸작의 전형으로 뽑혀 쥐구멍을 찾는 걸 보면 그게 그렇게 안쓰러울 수가 없었지. 그러던 차형이 운수대통한 새로운 국면을 맞이하게 되었으니 실로 축복할 만한 일이 아닐 수 없군요."

오사도의 말에 유지들은 입을 감싸쥐고 웃었다. 윤진과 대탁 역시 연신 속으로 웃음을 터뜨리며 애써 크게 터져나오려는 걸 참았다.

"말도 안 돼, 자네 기억이 혼선을 빚은 게 틀림없어!"

차명이 삶은 돼지간처럼 벌겋게 상기된 얼굴을 들어 애써 변명하며 말했다.

"진사시험에도 수석으로 합격하고 전시(殿試) 때는 이갑(二甲) 40명 안에 들었는데, 무슨 소리야? 사촌이 땅 사면 배 아프다더니 괜히 그래, 그렇지? 그건 그렇고 오늘 모처럼 해후했는데, 우리 멋대가리 없이 지난 얘기 들추지 말고 술이나 진탕 퍼마시자구! 벗겨 먹으며 한 이불 덮고 살아온 조강지처 버리면 죄 받고 콩 조각 나눠 먹으며 우정을 꽃 피워온 불알친구 잊으면 벌 받는다고 했어! 자, 술잔을 들라구! 거기 오사도 일행 같은데, 두 분도…… 끄윽! 가까이 오라구!"

윤진이 고개를 절레절레 젓는 모습을 본 대탁이 겸손한 태도로 말했다.

"저희와 오사도 선생도 오랜만에 해후했습니다. 저희는 신경쓰지 마시고 편하게 드십시오."

이때 오사도가 다시 윤진에게로 다가오더니 술잔을 들고 웃으며 말했다.

"한 자리 해 먹더니 학문이 많이 는 것 같은데 잘 나갈 때에 더욱 조심하라는 말은 아직 못 들었나봐? 오늘 같은 자리에서 내가 마시면 그것은 술이지만 당신이 마시면 그건 술이 아니라 화(禍)가 되기 십상이지. 똑똑하신 양반이 그걸 모를 리는 없지 않겠지?"

"그래? 어디 들어나 보지."

오사도가 턱을 천천히 치켜들고 잠시 생각하더니 말했다.

"내 술잔에 있는 술은 질 좋은 토양에서 의리와 지혜를 듬뿍 먹고 자란 쌀과 심산유곡의 깨끗한 약수로 만들어졌기 때문에 맑은 사람이 먹으면 성스러워지고 탁한 사람이 먹으면 어진 이로 환골탈태하게 돼 있소! 그러나 당신의 술은 노략질한 더러운 쌀과 탐욕의 오물로 빚었기 때문에 청렴한 사람이 먹으면 탐욕스러워지고 소신있는 사람이 먹으면 미치광이가 되고 눈 맑은 사람이 먹으면 시야가 흐리멍텅해지게 되니 화수(禍水)가 아니고 뭐겠소?"

"어째 좀 사람이 됐다 싶더니 아무나 보면 물어뜯지 못해 안달나 하는 근성은 여전하군!"

오사도의 비위를 건드려 긁어 부스럼 만든 꼴이 된 차명이 화가 치민 나머지 안면 근육을 푸들푸들 떨더니 이를 악물고 징그럽게 웃으며 말했다.

"난 정정당당하게 나라일을 해 주고 받은 봉록으로 술을 사먹는 건데 탐욕스럽다니?"

"그거야 며느리도 모르는 일 아니겠수?"

오사도가 담담하게 입을 열어 쏘아붙였다.

"잘 나가는 태수 어른을 내가 어찌 모함이야 하겠소? 이곳에서 불과 몇 발자국 떨어지지 않은 곳에 몇 년 동안 이어진 기근으로 죽어가는 난민들 행렬이 심상찮은데, 그들을 매정하게 외면한 채 당신은 아침부터 여기에 앉아 거나하게 취해 있으니 말이나 된다고 생각하오? 선현들께서 이르길, 제 아무리 평이 좋은 관리라도 관할 경내에 단 한 명의 괴로움에 허덕이는 백성이 있다면 그 관리의 책임이라고 했소. 내 말이 틀리오? 내가 두문불출하고 책 속에만 파묻혀 있었다고 해서 세상 돌아가는 이치도 모르는 숙맥으로 생각하면 큰 오산이오. 좀벌레 같은 족속들이 갈수록 창궐하고 있다는 것쯤은 나도 익히 알고 있소. 주둥아리만 살아있는 인간들에겐 주먹이 가까울 수밖에 없겠다는 생각이 뇌리를 치는구만. 전에 우리 같이 중악묘(中岳廟)에 갔을 때 문 앞에 있는 흙으로 만든 금강불상(金剛佛像)을 가리키며 당신이 나더러 시 한 수 읊어보라고 했지? 그때 내가 뭐랬소? '따지고 보면 흙덩어리인 주제에 멋대가리 없이 너울대며 사람들을 기만하지. 다들 진짜 사내의 화신이라며 우러러 보지만 오늘 나랑 저 바다에 몸 감그러 가볼거나?' 차형(車兄), 날 따라 나설 수 있겠소?"

말을 마친 오사도는 몸을 뒤로 젖히며 크게 웃어버렸다. 울분에 치를 떨며 탁자를 힘껏 내리친 차명은 그러나 애써 진정하는 눈치를 보이더니 잠시 후 음산하게 껄껄 웃으며 말했다.

"이보게 정인, 자네 설마 '집안 망하게 하는 현령, 씨를 말리는 군수'라는 말을 못 들어본 건 아니겠지?"

이에 오사도가 웃으며 말했다.

"당신이 물어서 내가 모르는 것도 있던가? 옛날에 환온(桓溫)

이라는 사람이 절을 찾았는데 주지가 만나주지 않았지. 그러자 환온이 하는 말, '사람 죽이기를 파리 밟아 죽이듯 하는 장군이 있다는 말 못 들었소?' 이에 스님이 대뜸 받아쳤지. '그럼 장군은 이곳에 어깨가 부실해서 머리 달고 다니는 게 영 귀찮은 중이 살고 있다는 말은 못 들었소?' 지금 같은 대명천지에 당신이 감히 날 어떻게 하기야 하겠소? 설령 살의가 뻗쳐 덤빈다고 해도 안팎으로 거칠 게 없는 혈혈단신이라 파가(破家)를 시키든 멸문(滅門)을 시키든 좋을 대로 하셔!"

"이게 보자 보자 하니까!"

차명이 마침내 발작하듯 고함을 질렀다.

"목이 잘린 효렴 주제에 감히 부모관(父母官) 앞에서 무례를 범하다니, 얼마나 큰 죄를 저질렀는지 알겠어? 흥! 당신 그 까까머리 손 봐주지 못하면 내가 성을 갈겠어! 내 술잔에 든 술이 화수(禍水)라고 했지? 여봐라!"

"예!"

"화수나 실컷 마시게 하라!"

"예!"

처음부터 두 사람의 설전을 지켜보고 있던 윤진은 온몸의 피가 거꾸로 치솟는 것 같았다. 악화일로로 치닫는 눈 앞의 사태에서 진실과 위선, 충신과 도둑을 간파해 낸 윤진의 두 눈에선 불기둥이 치솟았다.

황자들에게 지엄한 강희황제는 황자들 어느 누구든 막론하고 사사로이 외관(外官)을 사귀어선 안 되며 지방의 정무에 간섭해서도 안 된다고 명령을 내렸었다. 일황자 윤제(胤禔)가 임무수행차 무호(蕪湖)로 갔을 때 현령에게 곤장을 안긴 일이 문제가 되어 돌아오자마자 모자에 달린 동주(東珠) 하나를 빼앗아버린 적이 있었기에 윤진은 두 사람의 논쟁이 적당히 끝나주기를 바라마지 않았다.

차명에 대해서 윤진은 전날 관보(官報)에 실린 내용으로 보아 썩 괜찮은 지방관인 줄로만 알고 있었다. 이부(吏部)에서 해마다 3명씩 선발하는 탁이(卓異, 지방관의 근무 평점에서 특히 뛰어난 사람을 가리킴)에서 차명의 이름이 세 번째로 올라와 있었던 것이다. 그런데 소위 전국에서 세 번째로 훌륭하다는 지방관의 전횡과 발호가 이 정도일 줄이야!

오사도가 불이익을 당할 위기일발의 찰나, 유난히 반짝이는 윤진의 눈빛을 읽은 대탁이 자리에서 일어서는 순간 오사도가 입을 열어 말했다.

"괜찮아, 대탁! 결자해지(結者解之)라고 했어. 내가 알아서 할게."

말을 마친 오사도는 곧 고개를 돌려 웃는 얼굴을 보이며 차명을 향해 입을 열어 말했다.

"내가 병신이 되고 더 이상 세도와는 거리가 멀다고 생각하여 우습게 본 거지? 몸만 성했어도 오늘같이 무례하지는 않았을 텐데 말이야, 그렇지?"

"종아리는 분질러졌어도 대가리는 그런 대로 쓸만하군!"

차명이 실눈을 뜨고 징그럽게 웃으며 말했다.

"사람 잘 만난 줄 알아. 남들이 그렇게도 소망하는 슬벼락으로 죄값을 치르게 됐으니 풍류가 따로 없지 않겠어? 하여튼 복터진 것들은 뭐가 달라도 다르다니까!"

이에 오사도가 피식 웃으며 말했다.

"오늘은 칼자루 쥔 당신이 이겼다고 볼 수 있겠소. 좋아, 내가 선택한 화수(禍水) 달게 마시지. 근데 먼저 보여주고 싶은 시 한 수가 있는데 한번 들어보지 않을라우?"

의외로 순순하게 응하는 오사도의 태도에 사람들은 적이 놀랐다. 오사도는 가벼운 한숨을 지으며 책상 앞으로 다가가더니 붓을 들고 잠시 생각하고는 거침없이 뭔가를 적어 내려가기 시작했다. 차명이 가소롭다는 표정을 지으며 턱을 한껏 앞으로 내밀어 힐끗 쳐다보더니 연이어 다섯 자 써놓은 '고(苦)'자를 보며 침까지 튕기며 후훗 하고 웃어버렸다.

"이제라도 내게 미운털 박혀 고통스러운 줄 알겠다니 다행이군. 똑똑한 사람이 왜 그리 아둔한 짓을 하고 그래?"

차명이 뭐라고 지껄이든 오사도는 전혀 개의치 않고 소맷자락을 거머쥐고 열심히 적어 내려갔다.

> 고고고고고(苦苦苦苦苦)!
> 황천(皇天), 성모(聖母) 선서(仙逝)한 지 해도 넘기지 않았는데,
> 강산초목(江山草木)의 눈물 아직 그렁한데,
> 이곳 양주 태수는 술독에 빠져 있구나!
>
> — 무석서생(無錫書生) 오사도 근증(謹贈)

시를 다 적고 난 오사도는 입김으로 가볍게 후! 불어 먹을 말리고는 뒷짐을 지고 창가로 다가가 한참 창밖을 내다보더니 돌연 고개를 돌려 웃으며 말했다.

"강풍 불면 쓰러질 것 같은 병신 서생이 경성경국(傾城傾國)의 오사모(烏紗帽)를 매장시켜 버리게 되었으니 사람들의 밥상머리

가 심심하지는 않겠군! 이게 몇 글자 안 돼 보여도 파괴력은 내가 전에 남경(南京) 고사장을 뒤엎어버린 고소장에 뒤지지 않을 걸! 국상(國喪) 기간에 버젓이 기생년들을 끼고 앉아 아침부터 술이나 처먹은 당신의 행각이 지엄한 대청률(大淸律)에 저촉된다고 생각해 본 적은 없나?"

가난뱅이 서생의 멋진 막판 뒤집기에 장내에 있던 사람들은 놀라운 시선을 주고 받으며 말없이 사태를 주시했다.

처음엔 어리둥절해 있던 윤진도 그제야 뭔가 크게 깨달은 듯 얼굴에 주체할 수 없는 희색이 번졌다. 그는 오사도의 지혜에 감탄을 하며 승리를 자신했다!

아닌 밤중에 뒤통수를 호되게 얻어맞은 듯 어리벙벙해 있던 차명이 한참 후에야 더듬거리며 입을 열어 물었다.

"자네…… 뭘 어쩔 건데?"

"어쩔 거냐고?"

오사도가 인산인해를 이룬 창밖을 내려다보며 천천히 입을 열어 말했다.

"망신살 뻗치게 하는 방법은 많은데 어떤 게 좋을까? 어휴, 밑에 사람들이 많은 게 장난이 아닌 걸! 바로 이곳에 방금 그 시첩(詩帖)을 드리우면 그 이름도 유명한 오사도의 문명(文名)에 힘입어 악덕 태수 차명의 진면모가 불과 사흘만에 유감없이 동네방네에 알려질 걸? 또 누가 알아? 시첩을 내걸자 마자 때마침 이곳을 지나던 황자(皇子)나 부원(部院) 대신들의 눈에 띄어 그대로 옮겨가 고공사(考功司)에 일러바칠지. 과연 그렇게만 된다건 고향선배 잘 둔 덕분에 나 오아무개도 팔자 한번 고쳐 보겠는데 말이오……."

말을 마친 오사도는 기왓장이 날아갈세라 크게 웃었다.

차명은 오사도의 손에 아슬아슬하게 들려 있는 종잇장을 바라보며 등골이 식은 땀으로 후줄근해졌다. 지금으로선 이 절름발이의 손에 자신의 명운이 달렸다고 해도 과언이 아니었다. 황자들이나 조정의 다른 대신들은 제쳐 두고라도 양주 지역에서만 해도 아침에 눈을 뜨면 제일 먼저 차명의 부음이 들려오지 않나 하고 기대하는 못 말리는 맞불장수들이 있는 터라 자칫 잘못하면 그대로 매장되어 버리는 수가 있다고 차명은 순간 전전긍긍하고야 말았다!

급기야 사태의 심각성을 느낀 차명은 연신 이마와 콧등의 식은 땀을 훔치며 지뢰라도 밟을까 걱정하듯 조심조심 오사도에게로 다가가더니 배시시 웃음을 지어 보이며 말했다.

"정인…… 이봐, 정인 형! 오랜만에 만나 너무 반가운 나머지 다소 과한 농담 좀 했기로서니 그리 정색을 할 건 또 뭐요? 모처럼 만나 시간이 너무 아깝지 않소? 그러지 말고 자, 자, 자, 동행같은데 두 분도 이쪽으로 합석하시지. 제가 이놈의 '화수' 석 잔을 올리겠습니다!"

그러자 윤진이 크게 웃으며 몸을 일으키더니 말했다.

"미주(美酒)든 화수(禍水)든 난 사양하겠으니 대탁 자네가 남아서 저 어른의 소원 좀 풀어주게. 난 할 일이 남아서 먼저 가봐야겠네. 오 선생, 이렇게 만난 것도 참 대단한 인연인 것 같은데 개인적으로 부탁드릴 말씀도 있고 하여 내일 집으로 초대할까 합니다."

그러자 오사도는 호의를 보이면서도 시무룩하게 웃을 뿐 말이 없었다. 근처 역관(驛館)에 한 무리의 관원들이 윤진을 기다리고 있다는 것을 아는 대탁은 굳이 만류하지 않고 알겠다는 듯이 웃으며 말했다.

　"알겠습니다. 도련님, 살펴 가십시오."

2. 노예시장

　워낙 주량이 변변찮은 데다 기분좋게 마시는 술이 아니었기에 오사도는 얼마 못 가서 금세 혀가 꼬부라지고 말았다. 차명은 속이 부글부글 끓어 올랐지만 애써 태연한 척하며 얼굴에 경련이 일 정도로 비굴한 웃음을 지어냈다. 오사도 일행이 자리를 파하고 일어서려고 하자 차명은 속으론 쾌재를 부르면서도 일부러 아쉬운 척하며 소매를 잡아당겼다.

　그러는 차명을 취기몽롱한 눈빛으로 바라보며 오사도가 웃으며 말했다.

　"술이 술을 마시는 경지에 이르면 점입가경이라 할 수 있겠지만 아무래도 그렇게 퍼마시고 망가지기엔 어쩐지 부담스런 자리라서 말이오. 그나마 서로 웃음이 고갈되지 않았을 때 헤어지는 게 최선인 것 같소."

　말을 마친 오사도는 차명의 표정 따위는 무시한 채 위태롭게 비틀거리며 대탁을 잡아끌고 천광호영(天光湖影) 술집을 나섰다.

"정인!"

하늘을 쳐다보고 신시(申時)가 가까워짐을 알아낸 대탁이 웃으며 말했다.

"아까는 정말 아슬아슬한 나머지 손에 땀을 쥐었다구. 처음엔 예전의 호기가 아쉽다고 생각했는데, 서슬 푸른 기개는 전혀 변함없다는 데 적이 안심이 되었소! 듣자니 차명이란 자도 그리 호락호락한 상대는 아닌 것 같던데, 슬금슬금 다가와 뒤통수를 치는 게 두렵진 않소?"

대탁은 사실 이런 식으로 말을 던져 오사도가 자신과 마찬가지로 윤진의 문하에 들어올 의향이 있나없나를 떠본 것이었다.

그러자 오사도가 웃으며 말했다.

"천자의 발밑에서 세상을 산다는 사람이 어찌 그리 겁쟁인가? 자넨 투서기기(投鼠忌器)란 말도 못 들어봤어? 병 속에 든 쥐를 잡고 싶어도 예쁜 꽃병을 깨뜨리는 게 망설여진다는 뜻이지. 난 비록 한물 갔다지만 팽붕(彭鵬), 시세륜(施世綸) 등 너로라 하는 문우(文友)들이 높은 자리에 앉아있는 걸! 사람 욕심은 비대하여 터질 때까지 팽창하는 법이야. 미관말직이라도 건지면 점점 더 큰 이익을 쫓게 되는 게 사람 마음이라구. 차명 그 자식이 나 같은 이 빠진 질그릇을 부숴버리겠다고 자신의 금사발을 내던질 것 같아? 그 정도로 바보 멍청이는 아니야! 실은 차명 이늠도 먹물은 먹을 만큼 먹었어. 내가 잘 알지! 단지 너무 철면피하고 비인간적이어서 오늘 조금 혼내줬을 뿐이야. 아무튼 갖고 싶은 건 수단과 방법을 가리지 않고 덤비는 그런 자야. 이곳 양주부(楊洲府)에 태수(太守)로 임명받아 올 때도 물밑 거래가 굉장했던 걸로 알고 있어. 먼저 자기 마누라를 시켜 서건학(徐乾學)의 넷째첩을 양엄마로 삼게 했었지. 그러다가 서건학이 사고를 치고 인생 종치면서 재빨리 호부상서인 양청표(梁淸標)에게 가서 찰싹 들러 붙더라구. 온갖 수단을 써서 끝끝내 양청표를 구워 삶아 양자로 들어가더니 얼마 안 가서 과연 소원성취한 거 아니야. 이런 경우를 두고 간에 붙었다 쓸개에 붙었다 한다는 거야. 그러니 차명 이 자식이 돼먹으면 얼마나 제대로 돼먹은 놈이겠어? 아무튼 오늘을 계기로 다신 내게 얼씬도 못할걸? 까불었단 국물도 없을 줄 알아……."

오사도의 말이 끝나기도 전에 대탁이 말허리를 뭉턱 자르더니 웃으며 말했다.

"그만! 그만! 술에는 양반이 없다더니 열흘 동안 할 말을 한꺼번에 다 해버리는 것 같아! 하도 기세등등하여 곁에 있기가 무서워져!"

악의없는 대탁의 말에 오사도는 아무런 대꾸없이 아련한 눈빛으로 먼 곳을 바라보더니 한참 후에야 천천히 입을 열어 말했다.

"……십년이면 강산도 변한다더니 오랜만에 바깥세상에 나왔더니 모든 게 내게서 멀어져 가고만 있는 것 같은 상실감이 괴로워. 가진 게 없이 입만 방정맞게 살아가지고…… 나 이제 어떡하지? 그렇다고 아직 왕성한 대뇌를 억지로 잠재우는 수도 없고 입을 바느질하여 꿰매는 수도 없고 말이야."

"너무 상심할 것 없소."

자신의 괴로운 심경을 고백한 오사도에게 뭔가 희망의 불씨를 심어주고 싶은 대탁이지만 윤진이 아직은 이렇다 할 태도를 표명하지 않았기에 스스로 넘겨 짚을 수도 없는 일이라 목구멍까지 올라온 말을 꿀꺽 삼키며 말했다.

"북경에 갈 거라며? 우리 넷째도련님께 말씀드려 같이 올라가지 그래. 북경에 도착하면 내가 머물 곳을 찾아줄 케니 그건 염려 말고."

그러자 오사도가 피식 냉소하며 말했다.

"자네마저 날 아주 거지 취급하는구만! 그냥 먹고 살자면 내가 배운 도룡술(屠龍術)과 제왕도(帝王道)로 어디 가든 굶기야 하겠어? 이래봬도 웬만한 영재가 아니고선 쫄쫄 굶으면 굶었지 가르치고 싶은 생각은 없다네!"

여전히 취기가 가시지 않은 오사도를 잡아끌다시피하여 홍교 맞은편에 있는 배흠객잔으로 데려온 대탁은 한참 동안 손을 잡고 여차여차 저차저차 신신당부를 하고서야 홍교 북쪽에 있는 자신의 역관(驛館)으로 돌아왔다.

대문에 발을 들여 놓자마자 윤진의 몸종인 고복이 마주 걸어오더니 대탁을 발견하고는 웃으며 말했다.

"대 어른, 너무 하셨어요. 입이 꼬들꼬들 말라 있는 저희들에게도 맛있는 술 좀 사다 주시지?"

평소에는 허물없는 사이지만 대탁은 고복의 능지거리에 답할 여유도 없이 물었다.

"넷째마마 어디 계셔?"

그러자 고복이 말했다.

"점심 나절에 강령포정사(江寧布政使) 조(曹) 대인(大人)이 도대(道臺) 몇 명을 데리고 와서 여태 넷째마마께 보고 올리고 있나봐요. 대충 들어보니 식량배송에 관한 내용인 것 같았구요. 간간이 관세(關稅) 얘기도 오갔어요. 파할려면 아직 멀었어요!

먼저 제 방에서 눈 좀 붙이고 계세요. 손님이 가면 깨워 드릴게요."

대탁은 어쩔 수 없이 고복의 방에 들어와 차를 마시며 고복과 잡담을 하며 시간을 죽였다. 그러기를 한참. 사위에 땅거미가 내려앉을 무렵에야 "손님 나가신다!"는 고함소리와 함께 두 명의 하인이 호롱불을 들고 길을 안내하고 나섰다. 그 뒤로 한 무리의 관원들이 연신 허리를 굽신거리며 밖으로 나오는 게 어렴풋이 보였다. 그제야 대탁은 서둘러 안으로 들어갔다.

"왔어? 난 지금 태자마마께 보낼 서찰을 쓰고 있는 중이야. 좀 있다가 어디 표현이 잘못된 부분이 없나 잘 봐주라고."

이같이 말하며 윤진은 머리도 들지 않고 급하게 써내려갔다. 달달 외워 두었던 내용을 적듯이 줄줄이 미끄러지듯 써내려 간 지 한참만에 마침내 편지 쓰기를 마친 윤진이 그제야 길게 숨을 몰아쉬며 태자의 정유(廷諭)와 태자에게 쓴 편지를 대탁에게 건네주었다. 그리고는 뒷짐을 진 채 말없이 실내를 서성거렸다.

윤진의 손에서 건네받자마자 일목십행(一目十行)하여 대강을 훑어본 대탁이 웃으며 말했다.

"폐하께서 54세 성수(聖壽)에 즈음하여 간소하게 차릴 거니까 넷째마마더러 귀경할 필요가 없다는 지시를 내리신 걸로 알고 있습니다. 섬서성(陝西省)은 작년에 입은 가뭄재해로 올봄엔 때아닌 보릿고개에 처해 있다며 넷째마마더러 이곳에서 징량(徵糧)할 수 있는 데까지 해보라는 명령이 계셨습니다. 태자마마께서 넷째마마에게 귀경을 서두르라고 한 것은 폐하의 성수(聖壽) 때문인 것 같습니다. 폐하의 의사가 그러하실진대 넷째마마께선 이곳에 남아계시며 서신으로 마마의 성탄(聖誕)을 기도해 드리는 게 좋을 듯합니다."

"모르는 소리! 성수잔치를 준비하는 일이 곧 폐하께 점수따는 일인데. 그런 호사(好事)가 나한테까지 차려지겠어? 여덟째가 벌써 설치고 다닌 지 옛날일 텐데!"

윤진이 냉정한 어투로 말했다.

"그렇다고 내가 부황(父皇)께서 54번째 성수를 맞으신다는데, 힘을 보태기 싫어하는 건 맹세코 아니야. 혀가 빠지게 일하고도 질시나 받을까봐 걱정돼서 그러지. 열셋째가 편지를 보내왔는데 내년엔 은과(恩科)라는 시험을 추가로 치른대. 주시험관은 동국유(佟國維)로 내정됐나 본데 벌써부터 바리바리 싸들고 동국유네 집 문턱이 닳도록 물밑거래를 한다잖아. 태자가 나를 불러들이려는 건 자기를 위해 동국유에게 밀어넣을 쓸만한 사람을 물색해 달라는 거 아니겠어? 황자가 열여덟 명이면 자그마치 서른여섯 개의 눈이 도처에서 시뻘겋게 탐색전을 벌일 게 아니야? 간덩이가 부어터졌다고 해도 양심을 저버린 무모한 짓은 못하겠어."

넷째 윤진과 열셋째 윤상은 엄연한 '태자당(太子黨)'이고, 맏이 윤제와 셋째 윤지는 밥 따로 국 따로이며, 소위 '팔황자당(八皇子黨)'은 여덟째 윤사를 포함하여 아홉째 윤당, 열째 윤아, 열넷째 윤제가 뭉쳤다는 것을 대탁은 느낌으로 알고 있었다. 또한 일각에서는 '팔현왕(八賢王)', 다시 말해서 여덟째의 세력에 대해 불가근(不可近)의 논리를 펴는 사람들이 많다는 것도 다 탁은 알고 있었다. 이들은 골치 아픈 일만 생기면 너무 뜨거워 데이기라도 할까봐 음지로 숨어버리고 쓸만한 사람은 수단과 방법을 가리지 않고 손아귀에 집어 넣었으며 이익을 쫓는 데는 야수의 근성을 가졌다고 혹자는 뒤에서 쉬쉬거렸다. 태자로서도 혼자 힘으로 이들을 대처하기엔 역부족이었는지라 윤진을 불러들여 도움을 받고자 했던 것이라고 대탁은 미루어 짐작했다.

윤진은 바짓가랑이에 바람을 일으키며 태자를 위해 갖은 고생을 다하지만 정작 태자 윤잉에게서는 동생을 아끼고 위해주는 마음이 아쉽다는 게 양식이 있는 주변 사람들을 안타깝게 했다. 또한 '팔황자당'의 열넷째 윤제와 넷째 윤진은 동복형제(同腹兄弟)라는 데 대해 대탁은 뭐라고 감히 말씀을 드릴 수가 없었다.

짧은 시간 동안 실로 많은 생각을 한 대탁이 웃으며 말했다.

"편지에 적으신 바 대로 하시는 게 현명한 판단인 것 같습니다! 하무(河務)를 감독하고 재해지역에 보낼 구호양식을 징집하라는 폐하의 명을 받고 내려온 이상 다른 생각은 절대 할 수가 없다고 생각합니다! 제 생각엔 편지 끝부분에 한마디 보탰으면 합니다. 임무를 철저히 완수하지 못하고는 절대 귀경하지 말라는 폐하의 특별지시가 있었다는 걸 태자께 명시하는 게 좋겠습니다."

"좋았어."

윤진이 웃으며 말했다.

"문제는 내가 못 가면 대타로 열셋째를 끌어들일까봐 걱정이야. 욱하는 성미 때문에 일을 그르치기가 일쑤인 순진한 열셋째가 다칠까봐 그게 염려스러워."

어려서 엄마의 사랑을 못 받고 소외된 유년기와 청소년기를 보낸 열셋째 윤상은 황자들 중에서도 둘째 가라면 서러워 할 '막가파'였다. 형제들에게서 온갖 괴로움을 당하며 반항아로 성장한 그에게는 쉬이 길들여지지 않는 야성이 꿈틀거렸다. 황자들 중에서 유독 윤진만이 진심으로 윤상을 위해주고 보듬어 주었기에 윤상은 아버지 이상으로 윤진을 존경하고 따랐다. 윤진의 명령이라면 무조건 순종하였다.

윤진의 최측근으로서 당연히 두 사람의 돈독한 관계를 잘 알고 있는 대탁인지라 윤진의 우려에 귀를 기울이며 위로의 말을 건네는 걸 잊지 않았다.

"너무 걱정하지 마십시오. 열셋째마마는 이제 열일곱 살 밖에 안 됐는데 폐하나 태자마마께서 중요한 일을 떠맡길 가능성은 거의 희박하다고 생각합니다. 정 우려했던 일이 생긴다면 임시방편으로 꾀병을 부린다든지 하면 될 겁니다."

그러자 윤진이 탄식조로 말했다.

"자네 말대로 지레 겁먹을 필요는 없고 그때 가서 대책을 강구하는 게 좋을 것 같아. 아 참, 그 오사도는 어떻게 됐어? 얘기해 봤어? 우리 문중에 들어오고 싶은 생각은 없대?"

"넷째마마의 속마음을 정확히 알 수가 없어 말을 꺼내지 못했습니다."

대탁이 사정하는 듯한 웃음을 지어보이며 말했다.

"여러모로 보나 참 괜찮은 사람인데 몸에 장애가 있어서 말입니다. 넷째마마께선 물에 빠진 사람이 아니면 받아들이지 않는 나름대로의 용인술(用人術)이 있으신 걸로 알고 있기 때문에 감히 말을 붙이지 못했습니다."

그러자 윤진이 그래서 뭐가 문제냐는 듯이 입을 열어 말했다.

"그 사람이 그래 물에 빠진 형국이 아니야? 조정에서 체포령을 내린 지 십 년이나 되는 범인이고, 재주를 품고도 써 먹지 못하는 낭패스런 강호재자(江湖才子) 아니야? 이런 인물을 내가 운좋게 만났거늘 어찌 그리 쉽게 놓아줄 수가 있겠어? 자네들은 일이 터지면 꾸역꾸역 모여 들어 위로할 줄이나 알지 묘책을 내놓을 줄 모르는 게 때론 아쉬워. 그 사람을 데려다 말을 달려 활을 쏘게

해 독수리를 잡으라고 할 것도 아닌데 자꾸 사라진 두 다리에 집착할 건 뭔가? 지금 어딨어? 내가 직접 가서 모셔올 테니!"

말을 마친 윤진은 다소 신경질적인 표정을 지으며 휭하니 밖으로 나가버렸다. 대탁은 부랴부랴 뒤따라가며 큰소리로 고함을 질렀다.

"말을 대기시키거라! 넷째마마께서 출타하신다! 저녁에 기온이 떨어질 테니 담요도 한 장 준비해 놓고!"

대탁이 헐레벌떡 윤진을 쫓아가고 있던 중 이문(二門)을 나서자마자 종종걸음으로 마주오던 고복이 급히 아뢰었다.

"넷째마마, 해관(海關)의 진천순(陳天順)이 넷째마마의 부름을 받고 식량구입 비용에 관해 아뢸 말이 있다며 만나뵙기를 신청하였습니다."

그러자 윤진이 다소 난감한 표정으로 대탁을 바라보았다. 이에 대탁이 급히 말했다.

"오사도가 많이 취해 있는 걸 보고 왔습니다. 지금쯤 아마 억지로 깨워도 얘기가 어려울 것 같습니다. 이참에 아예 내일로 미루는 게 어떨까 합니다. 내일 제가 모시고 다녀오겠습니다."

윤진은 습관처럼 이맛살을 찌푸리고 한참 생각하더니 알았다는 듯이 머리를 끄덕여 보였다.

오사도의 지혜와 날카로운 언변에 매료된 나머지 윤진은 빨리 오사도를 자기 문하에 붙들어 맬 생각에 밤잠을 설치고 말았다. 내일 찾아가기도 전에 어디론가 사라져 버릴까 걱정이 태산 같았다. 비록 단둘이서 오랫동안 독대하지는 않았지만 전광석화를 방불케 하는 반짝이는 눈빛에서 강자에게 강하고 약자에게 약한 진정한 사내를 읽었다고 생각하는 윤진이었다. 꼭 내 사람으로 만들고 말거야! 윤진은 수없이 그렇게 되뇌었다. 황자들 사이에 명쟁암투(明爭暗鬪)의 권력다툼이 점차 표면화될 조짐을 보이고 있는 비릿한 현실에서 윤진은 오사도와 같은 강직하고 충심어린 지혜주머니가 너무나 절실히 필요했던 것이다.

이리 뒤척 저리 뒤척 하며 상념에 잠겨 있던 윤진은 닭이 홰를 세 번이나 쳐서야 겨우 어렴풋이 잠이 들었다. 그가 화들짝 놀라며 자리를 박차고 일어났을 때는 어느덧 해가 저만치 떠 있을 무렵이었다. 불길한 예감에 휩싸인 윤진이 부랴부랴 대탁과 고복을 앞세우고 오사도가 머무르고 있던 여인숙을 찾았을 때 주인이 웃으며 말했다.

"이걸 어쩌나! 오 어른은 아침 일찍 방값을 계산하고 나가셨는데요. 과주도(瓜州渡)로 가서 며칠 구경하고 친척을 찾아 북경으로 갈 예정이라고 하시길래 제가 나룻배 한 척을 얻어 주었는걸요……."

혹시나가 역시나였다. 낙심하여 어깻죽지를 늘어뜨리고 있는 윤진을 향해 고복이 웃으며 말했다.

"전 또 무슨 대단한 인물인 줄 알았습니다. 넷째마마께서 아쉬워 하시는 사람이 오사도라는 효렴이었다니 놀랍습니다. 그 정도 인물이라면 소인이 달려가 한 수레 불러오겠습니다."

신이 나서 떠들던 고복은 윤진이 매서운 눈빛으로 쏘아보자 기가 질린 나머지 금세 그 자리에 얼어붙고 말았다. 고복은 추상 같은 불호령을 예감한 듯 목구멍까지 올라왔던 말을 꿀꺽 삼키며 고개를 푹 떨구었다.

이때 대탁이 서둘러 나서며 말했다.

"넷째마마, 모두 소인의 불찰입니다. 그러나 중이 절을 짊어지고 도망갈 순 없으니 절이 남아 있는 한 언제든 돌아올 겁니다. 너무 안달나 하시지 마십시오. 소인이 책임지고 찾아내어 북경에 데려가도록 하겠습니다!"

"자네가 무슨 수로?"

"당장은 말씀드릴 수가 없습니다. 아무튼 제게 맡기시고 오늘은 나온 김에 소인이 넷째마마를 뫼시고 노예시장을 구경시켜 드릴까 합니다. 가는 길에 오사도에 대해 말씀드리겠습니다."

윤진은 무겁게 고개를 끄덕이며 대탁을 따라나섰다.

"오사도 그 사람 차갑고 어딘가 매정해 보이지만 실은 여린 사람입니다!"

대탁이 한숨을 토해내며 말하기 시작했다.

"그에게 김옥택(金玉澤)이라고, 남경(南京) 호거관(虎踞關)에서 납연(納捐)하여 천총(千總) 자리에 앉게 된 잘 나가는 고모부가 있었습니다. 오사도가 수재(秀才) 시험에 합격하자 오사도의 아버님이 그의 고모부네 집으로 편지를 띄워 오사도를 남경으로 유학을 보내기로 했답니다. 근주자적(近朱者赤)이라고, 좀더 괜찮은 분위기 속에서 공부하면 정서함양에도 도움이 될까 했던 모양입니다. 혼자 집을 떠나 여로에 오른 오사도는 남경에 도착하자마자 육조(六朝)의 금분지(金粉地)로 유명한 그곳의 번화함에 넋을 빼앗긴 나머지 고모네 집으로 가는 길은 까맣게 잊은 채 책속에서 수많은 묵객들이 칭송해 마지 않았던 그 이름도 유명한 막수호(莫愁湖)로 줄달음쳤습니다. 그날은 마침 초파일이라 성황묘(城隍廟)에는 향객들이 구름같이 모여들었고 집집마다 텅텅 비었을 정도로 길가에는 뛰쳐나온 사람들로 몸살을 앓고 있었답니다. 모처럼 집을 떠난 해방감에 어린이처럼 과자봉지를 껴안고 콧노래를 흥얼거리며 고개를 한껏 젖히고 과자 부스러기를 입안에 털어넣던 오사도는 순간 누군가와 정면으로 부딪치고 말았답니다. 얼얼한 이마를 문지르며 눈여겨 보니 상대는 기껏해야 열여섯 살 정도 되어보이는 풋풋한 여자아이였답니다!"

여기까지 들은 윤진은 머리 속에 그 광경을 떠올리며 피식 웃어버리고 말았다.

"독실한 불교신자로서 절에 다녀오는 길이었는데, 알만한 대갓집의 규수가 많은 사람들 앞에서 낯선 남자의 품에 엎어졌다는 사실에 여자는 금세 얼굴이 홍당무가 되었답니다."

윤진이 연신 고개를 끄덕이며 관심을 보이자 신이 난 대탁은 자신이 직접 보기라도 한 듯한 어투로 말을 이어나갔다.

"당연히 오사도는 기분이 나쁘진 않았을 테죠. 그런데 주위 사람들이 한바탕 낄낄대며 놀리는 통에 쥐구멍이라도 찾는 듯하던 여자아이는 다급한 나머지 어정쩡해 있는 오사도의 뺨을 냅다 갈기곤 줄행랑을 놓았다지 뭡니까? 자신이 왜 따귀를 맞아야 하는지도 모른 채 기분을 잡친 오사도가 재수 옴붙었다며 툴툴대다가 물어물어 김옥택의 집을 찾았을 때는 그 일이 있은 지 반나절도 되지 않은 시간이었답니다. 고개를 한참 쳐들어야 끝이 보이는 대문을 열심히 두드려서야 겨우 문이 빠끔히 열리더니 아까 사정없이 따귀를 때리고 도망갔던 여자아이가 고개를 살며시 내밀더라는 겁니다. 결국 두 사람은 그 자리에 굳어지고 말았죠……."

"고종사촌 여동생인가 봐?"

윤진이 다음이 기대된다는 듯이 손뼉까지 치며 재미있어 했다.

"사촌 누이였답니다."

대탁이 웃음을 참으며 말을 이어나갔다.

"오사도가 마침내 '여기가 김옥택 어른 댁인가요? 그 분이 우리 고모부신데……'라고 말을 꺼내자 여자아이는 연신 '어마나!'를 외치며 몇 시간 전에 그랬던 것처럼 줄행랑을 놓더랍니다. 딸자식은 시집만 보내면 그만이라더니 오사도의 고모도 친정을 다녀간지도 옛날인지라 오랜만에 보는 친정 조카를 껴안고 눈물에 콧물에 범벅이 되어 누가 왔나 보라며 딸 봉봉(鳳鳳)을 그렇게 불렀어도 여자아이는 모습을 드러내지 않더랍니다."

"그럴 법도 하지. 제 오라비의 따귀를 때려 놓고……."

윤진이 고개를 끄덕이며 맞장구를 쳤다. 대탁이 물을 마셔가며 말을 이어나가려던 중 갑자기 근처에 있는 인시(人市), 노예시장에서 소동이 일기 시작했다. 목소리로 미루어 보아 어려보이는 남자아이의 자지러지는 듯한 통곡소리가 처량한 정도를 넘어 비참하게까지 들렸다. 땅을 치며 절규하는 울음소리에 세 사람의 얼굴은 일제히 굳어졌다. 셋은 부랴부랴 노예시장으로 달려갔다.

홍교 노예시장은 그리 법석대는 편은 아니었다. 길 양옆에는 군데군데 수수깡으로 엮어 만든 엉성한 바람막이가 있었고 각 지역에서 피난온 난민들이 임시로 기거하고 있었다. 얼굴이 누렇게 뜨고 한 겨울의 나뭇가지처럼 앙상하게 마른 사람들이 보기만 해도 구역질나는 짐승의 먹이를 방불케 하는 무엇인가를 퍼먹고 있었다.

햇볕이 잘 드는 곳에 자리를 틀고 주먹만한 이를 뚝뚝 눌러 죽이는 사람들 옆에서 누군가가 갓 동냥해온 듯한 '비빔밥'을 열심히 먹고 있었다. 잠깐 서 있는 동안에도 썩고 퀴퀴한 냄새가 진동했다. 열서너 살쯤 되어보이는 남자아이가 땅바닥을 후비며 대성통곡을 하고 있는 옆에 가마니로 둘둘 감긴 시체 한 구가 꼿꼿하게 굳어 있었다. 삼검불 같은 머리카락과 앙상한 발가락이 삐죽 나온 시체는 길이로 보아 어린애임에 틀림없는 것 같았다.

"형! 어제까지 멀쩡했잖아. 뭘 잘못 먹은 거야? 아니면 누구한테 얻어맞아 골병이 든 거야. 우리 빌어 먹어도 같이 빌어 먹고 죽어도 같이 죽자고 했잖아……. 이렇게 먼저 가 버리면 난 어떡하라고…… 엉엉……."

남자아이의 울음소리는 도무지 그칠 줄 몰랐다. 열심히 이를 잡고 있던 노인도, 쌀밥을 마구 밀어넣느라 여념없던 아낙도 가끔씩 무덤덤한 눈빛으로 힐끗 쳐다볼 뿐 아무런 움직임도 보이지 않았다.

윤진의 미간은 갈수록 험악하게 일그러졌다. 임자를 발견한 듯 어디선가 사내 하나가 재빨리 열두어 살 가량 되어 보이는 여자아이를 짐짝 끌 듯 끌고 오더니 흥정할 잡도리를 했다.

"척 뵙기에도 벌써 좋은 일 많이 하시는 분 같은데, 시중들 계집아이 하나 필요하신 거죠? 아시겠지만 사람 사는 것도 학문이 필요하답니다. 머리카락은 혈과 연관되어 있고, 이빨은 뼈의 일부분이라고 사람 살 때 머리카락과 이빨만 보면 땡입니다! 이 계집아이 좀 보십시오. 지금은 얼굴이 누렇게 떠 있지만 이건 굶어서 그런 거니까 가서 고깃국물에 쌀밥 말아 두어 번 먹이면 금방 돌아올 겁니다. 제가 이 바닥에서 잔뼈가 굵은 놈인테 장담합니다! 문제는 얼굴 보시지 말고 얘 새카만 머리카락과 튼튼한 이빨을 좀 보시라는 겁니다……."

사내는 주리를 틀 듯 여자아이의 입을 마구 잡아당기며 열변을 토했다.

"잘 닦지 않아 위생 상태는 좋지 않지만 고르고 가지런한 것이 구슬 같지 않습니까? 열다섯 냥 어때요. 너무 비싸다구요? 에라, 오늘 기분내는 김에 팍 깎아드릴까 보다. 우리 단골만 되어 주신다면야 첫거래는 밑지는 셈치고 은전 열 냥 어때요? 열 냥이면 거저죠!"

방금 전까지만 해도 대탁의 이야기를 들으며 크게 웃던 윤진은 이곳의 비참한 광경에 놀란 나머지 가슴 한구석으로 오싹한 한기가 돌기 시작했다. 시체를 흔들며 울고 있는 사내아이 생각에 윤진의 마음은 갑절 무거웠다.

한편 겁에 질린 여자아이의 커다란 눈에는 눈물이 고여 있었다. 입가를 실룩거리며 애써 울음을 참는 여자아이를 안쓰럽게 쳐다보던 윤진이 가벼운 한숨을 지으며 뒷짐진 채 성큼 한 발짝 떼며 고개도 들지 않은 채 뒤따라 오는 대탁에게 말했다.

"데려다 키워."

남자아이는 어느덧 목이 쉬어 소리도 못 내고 애처로운 눈물만 흘리고 있었다. 숯을 만진 듯 까만 때가 반지르르한 두 손을 내밀어 지나가는 사람들에게 겨우겨우 구걸하고 있었다.

"맘씨 좋은 아저씨, 아줌마! 절 사 가주세요. 열심히 일할게요. 뭐든지 할 수 있어요. 제발 절 사 가주세요. 불쌍하게 죽은 우리 형 관이라도 사서 묻어줘야 해요…… 한 번만 도와주시면 천당가게 해달라고 죽을 때까지 빌어 드릴게요……"

지나가던 행인들 중 가뭄에 콩 나듯 동전을 던져주는 이들이 하나 둘씩 생기기 시작했다. 개중 어떤 이는 '천당'을 의식해서인지 제법 많은 돈을 놓고 가기도 했다. 사내아이는 훌쩍이며 연신 고개를 땅바닥에 짓찧었다.

그런데 바로 이때 가마니에 둘둘 말려 있던 '시체'의 발이 크게 꿈틀대는 것이었다. 노인 하나가 버린 담배꽁초에 발이 데었던 것이다.

"사기다! 저 자식 사기쳤어!"

갑자기 누군가의 고함소리와 함께 사람들이 우루루 몰려들기 시작했다. 당황한 대탁은 습관처럼 윤진의 앞을 가로막았다.

무슨 영문인지 몰라 사람들이 수군대고 있을 때 돈을 마구 움켜잡아 주머니에 넣은 아이가 장난기어린 앳된 얼굴로 사람들에게 광대짓을 해보였다. 그리고는 발로 가마니를 툭툭 걷어차더니 말했다.

"강아지, 어서 일어나 도와주신 어르신들에게 인사올리지 못해? 그만 일어나! 들통났어, 임마!"

그러자 강아지라 불리는 죽었던 아이가 물찬 잉어처럼 매끈하게 튀듯이 일어나는 것이었다. 그리고는 대충 몸에 묻은 먼지를 털고 침을 퉤퉤 뱉더니 천진난만한 웃음을 웃으며 한쪽 무릎을 꿇어 인사했다.

"살려주셔서 대단히 감사합니다! 송아지야, 너도 생눈물 쥐어짜느라 수고했어. 먼저 뭘 좀 먹고나 보자."

사람들은 고만고만한 아이들의 어처구니 없는 '사기행각'에 속았다는 괘씸함보다는 악동들의 장난기에 재밌다는 듯 웃어버리고 말았다.

사람들이 하나 둘씩 흩어지기를 기다린 윤진이 흥미로운 표정을 지으며 대탁을 향해 입을 열어 말했다.

"대탁, 애들이 영악해 보이는데? 물어보게, 우리한테 오고 싶은 생각은 없는지."

"예."

대탁이 이같이 대답하고 다가가 강아지라 불리는 아이의 머리를 쓰다듬으며 말을 걸었다.

"몇 살이야? 집은 어디고?"

그러자 강아지가 흐르는 콧물을 후루룩 들이마시며 대답했다.

"열네 살이에요. 집은 보응(寶應)이라고 했을 텐데 못 들었어요?"

윤진이 보기에 송아지라 불리는 아이는 강아지처럼 약삭빠르고 영악해 보이진 않았지만 눈빛은 예사롭지가 않았다. 시종 흡족한 미소를 띠우며 자신들에게 관심을 보이는 윤진을 향해 송아지가 물어왔다.

"우리 둘을 사시고 싶은 거죠?"

자신의 속내를 제대로 넘겨 짚은 아이들이 대견한 듯 윤진이 웃으며 머리를 끄덕여 보였다.

"그래, 맞아. 날 따라가면 맛나는 것을 배 터지게 먹을 수도 있고 참 좋을 거야!"

"거렁뱅이 삼 년이면 웬만한 미관말직엔 눈길도 안 준댔어요!"

강아지가 고복을 힐끗 쳐다보더니 짓궂은 웃음을 웃으며 말했다.

"집 지키는 강아지도 강아지 나름인데, 이 사람처럼 구질구질해 보이는 건 싫어요."

그러자 고복은 화가 치민 나머지 삽시에 얼굴이 하얗게 질렸다.

"이런 빌어먹을! 내가 뭘 어때서?"

고복이 급기야 눈을 부라리며 욕지거리를 해댔다.

"아, 이제 보니 입으로 방귀 뀌는 수도 있구나, 에이 더러워!"

강아지가 일부러 고복의 화를 돋우려는 듯 코를 감싸쥐고 오만상을 찌푸리며 말했다.

"여기서 이러고 있을 시간 없어. 송아지야, 어서 취아를 찾아봐야지."

두 아이는 윤진 일행을 보기좋게 따돌리고는 히히덕거리며 껑충껑충 저만치 달려갔다. 이때 윤진이 사들여 고복의 등 뒤에 숨어 있던 여자아이가 겁에 질린 왕눈을 깜빡이며 울음 섞인 목소리로 크게 소리를 질렀다.

"송아지오빠, 나…… 여기 있어…… 팔렸어……."

억울함을 하소연하듯 여자아이의 두 눈에서는 눈물이 방울방울 흘러내렸다.

"취아야!"

신나게 달려가던 두 아이가 못박힌 듯 그 자리에 뚝 멈춰서고 말았다. 그들은 되돌아와 낯선 사람에게로 다가가듯이 취아에게로 향했다. 몇발짝 사이에 두고 멍하니 서 있는 송아지와는 달리 강아지가 윤진의 눈치를 힐끔힐끔 보며 취아의 손을 덥썩 잡더니 이를 악물며 말했다.

"그 자식이 끝내 널 팔아넘겼구나! 돈이 마련될 때까지 반 년만 더 기다려 달라고 했는데! 인피(人皮)를 쓴 짐승 같은 자식, 씨 말려 죽이고 말거야!"

그러자 눈물 그렁그렁한 두 눈으로 두 오빠와 고복을 번갈아 쳐다보던 취아가 흐느끼며 말했다.

"은전 열 냥에 팔았어…… 우리 이제 만날 수 없게 됐어…… 송아지오빠, 언젠가 고향에 돌아가면 나 대신 우리 엄마 무덤에 가서 벌초라도 해줘……."

취아는 말을 잇지 못하고 입가를 실룩거리더니 급기야 송아지의 품에 안겨 크게 울기 시작했다.

처지나 나이가 고만고만해 보이는 불쌍한 세 명의 아이를 바라보는 윤진의 마음은 착잡하기 이를 데 없었다. 가슴 속에서 솜방망이 같은 것이 욱 치밀어올라 콧마루가 빨개졌다. 피 한 방울 안 섞인 동네아이들끼리 생사를 같이 하겠다는 결연함을 보이며 똘똘 뭉치는 사람냄새 나는 모습을 바라보며 윤진은 남남보다 못한 자신의 혈육들을 떠올렸던 것이다! 상심과 감동의 물결이 교차하는 가운데 윤진이 입을 열어 말했다.

"애들아, 너희들 고향 보응에 돌아갈 거라며? 이삼일 후인 정월 칠일쯤 내가 너의 고향과 이웃한 동성(桐城)이란 곳으로 갈거거든? 거기서 일년이든 이년이든 살 텐데 나랑 동행하지 않을래? 내가 동성을 떠날 때는 너희 셋에서 날따라 움직이든 말든 그때 가서 고민해 보도록 하고 말이야, 어때?"

"그게 정말이에요?"

순간 강아지의 눈망울이 초롱초롱 빛났다.

"에이, 우릴 떠 본 거죠?"

그러자 윤진이 말없이 세 아이를 번갈아 보더니 한참 후에 입을 열어 말했다.

"난 거짓말이란 해본 적이 없는 사람이야. 너희들이 당분간 고향에 돌아갈 생각이 없다면 지금이라도 날 따라나서렴."

뜻밖의 횡재에 세 아이는 놀라운 표정을 지으며 일제히 윤진을 바라보았다. 깊이를 알 수 없는 샘물 같은 윤진의 눈빛도 유난히 빛났다. 부지런히 눈길을 맞추던 세 아이가 뭔가를 결심한 듯한 결연함을 보이더니 송아지가 웃으며 말했다.

"따라갈게요! 약속 꼭 지켜야 해요? 아니면 나쁜 사람이에요!"

윤진이 자상하게 웃으며 머리를 끄덕였다. 신이 난 강아지가 손가락 두 개를 입안에 집어넣고 휘파람 소리를 내며 "루루야!" 하고 소리쳐 부르자 어디선가 깡마른 누렁이 한 마리가 꼬리를 저어 반기며 튀어나오는 것이었다. 누렁이는 송아지의 발뒤꿈치를 물어뜯기도 하고 취아의 손등을 핥기도 하면서 좋아서 어쩔 줄 몰라 했다.

그러자 고복이 웃으며 농담조로 말했다.

"이렇게 못 생긴 누렁이한테도 이름이 있어?"

"그럼요, 루루라고 불러주세요."

송아지가 잠이 덜 깬 듯한 부석부석한 눈을 부비며 심드렁해서 말했다.

"우습게 보지 마세요, 큰 코 다치는 수가 있어요!"

뜨겁게 내리쬐는 태양의 위치를 보고 윤진은 점심때가 다가오고 있음을 알았다. 순간 양주의 식량을 담당하는 관원들을 만나기로 한 약속이 생각난 윤진이 웃으며 말했다.

"그만 돌아가자구! 오늘은 실망과 즐거움이 반반씩이야."

움직이는 내내 말이 없던 윤진이 한참 후에 대탁에게 물었다.

"미루어 짐작하건대 오사도가 그 사촌누이랑 뭔가 가슴저린 사연이 있었을 법한데, 그래 둘은 어떻게 됐어?"

"정인도 달리 언급하지 않고 저 역시 구태여 묻지 않았습니다. 약혼을 했다는 것 같았습니다."

대탁이 이어서 말했다.

"단지 고모부 김옥택이 북경 조양문의 성문령(城門領)으로 발령이 나서 가족이 북경으로 이사를 했다고 들었습니다. 오사도가 이번에 북경으로 가는 것도 고모네 가족을 찾아서 나선 것 같습니

다. 십 년이면 강산도 변한다는데, 지금쯤 서른이 넘었을 사촌누이
가 고무신을 거꾸로 신지나 않았는지 걱정이 되네요……."

　대탁이 진심으로 걱정하며 한숨을 지었다.

3. 사황자의 슬픔

일행이 역관으로 돌아오자 미리 기다리고 있던 역승(驛丞)이 급히 다가오며 아뢰었다.

"패륵마마, 양주의 양도(糧道)인 구명(寇明)이 진시(辰時)부터 와서 지금은 저쪽 화청(花廳)에서 대령하고 있습니다!"

윤진과 대탁이 정청(正廳)에 들어서자 수행들이 과자며 차를 내오고 더운 물을 떠오느라 바삐 움직였다. 이때 서각문(西角門) 쪽에 여덟 마리 맹수 무늬가 있는 관복을 입고 유리정자(琉璃頂子)가 달린 수박색 모자를 쓴 관원 하나가 계단 앞에서 긴 소매자락을 휘두르며 무릎 꿇어 큰소리로 아뢰었다.

"진사급제한 흠명(欽命) 양주(楊洲) 양도(糧道) 구명(寇明)이 패륵마마를 고견(叩見)하옵니다!"

말을 마친 구명은 큰소리가 나도록 머리를 조아렸다.

"됐네, 격식차릴 것 없이 어서 들게."

윤진이 찻잔을 들어 한 모금 마시며 말했다.

"가까이에 앉게. 자네도 점심을 못 먹었을 텐데 과자 몇 조각이라도 먹어두면 한결 든든할 거네."

윤진이 문 어귀에 서 있는 대탁을 향해 손짓하며 말했다.

"자네도 자리찾아 앉게. 그런데 구명, 계획대로 사흘 내에 식량 운반이 가능하겠던가?"

조심스레 의자 모퉁이에 엉덩이를 붙였던 구명이 급히 엉거주춤 일어서며 대답했다.

"소인이 실은 그게 좀 차질이 생길 것 같아 잠을 못 이루며 고민하던 중입니다! 시중에서 1되에 3전(三錢)씩 물량은 얼마든지 확보할 수 있습니다. 하지만 해관(海關) 측에서 대금을 보내주지 않아 발만 동동 구르고 있을 뿐입니다. 넷째마마께서 해관 쪽에 독촉을 해 주신다면 하관(下官)으로선 더 이상 바랄 게 없겠습니다."

그러자 윤진이 떡 한 조각을 천천히 집어들더니 한참 생각 끝에 말했다.

"안 그래도 며칠 전에 해관총독(海關總督)인 위동정(魏東亭)에게 서찰을 띄웠네. 곧 대금을 보내올 거네. 잠깐 빌려쓰고 언제든지 호부(戶部)에서 해관 쪽에 갚아줘야 하는 돈이니까 자넨 걱정 말게."

구명이 큰 짐을 덜었다는 듯 안도의 숨을 내쉬며 웃어보이며 말했다.

"실로 성명(聖明)하십니다! 하지만 대금이 도착하기 전까지는 한꺼번에 10만 석을 사들일 순 없습니다. 창고에 있는 것을 탁탁 털면 5만 석 정도는 되지 않을까 합니다. 넷째마마께서 먼저 5만

석을 가지고 가시고 나머지 5만 석은 대금결재가 되는 대로 바로 준비해 두겠습니다. 소인이 벌써 농사를 크게 짓는 집들과 쌀가게에 이 기회를 이용해 사재기를 하거나 쌀값을 올릴 생각은 꿈도 꾸지 말라고 엄포를 놓았습니다. 3월 중에 대금이 도착하면 나머지 5만 석을 소인이 직접 흠차의 행원(行轅)이 있는 동성(桐城)까지 운송해 드리는 게 어떻겠습니까?"

"맡은 바 임무에 충실하려는 노력이 가상하네."

윤진이 구명을 힐끗 쳐다보더니 자리에서 일어나 장화소리를 크게 내며 창가로 가더니 한참 후에야 입을 열어 말했다.

"양주에도 2만 명이 넘는 난민들이 기근에 허덕이고 있네. 오늘 노예시장에서 참혹한 광경을 목격하고 온 뒤로 가슴이 많이 무겁네. 5만 석 가지고 저쪽에도 부족한데 계획에도 없던 양주에다 더러 남겨둘 순 없고 말이야, 쌀을 더 사야겠어."

"넷째마마의 심정은 십분 헤아릴 수 있지만 돈이 없으견 불가능하지 않겠습니까……"

구명이 혼자말처럼 중얼거렸다.

"양주부(楊洲府)에서 좀 내놓으면 좋을 텐데."

그러자 대탁이 웃으며 말했다.

"차명 보고 성의표시 하라고 돌을 던져보는 것도 밑져야 본전이겠죠!"

이에 구명이 쓴웃음을 지으며 고개를 가로저었다.

"그건 한낱 우리의 희망사항이 아닐까 싶습니다! 지난 달에 차명이 우리 아문으로 돈을 꾸러 왔었던 걸요! 그래서 내가 '양주는 방귀 한 번 뀌어도 기름이 주루룩 새어나올 정도로 부잣동네인데 염치없이 번고(藩庫)의 7천 냥을 빌려쓰고도 모자라서 우리 양도

(糧道)에까지 기웃거린단 말이오?' 라고 핀잔을 주었더니, 문묘
(文廟)를 대대적으로 손봐야 한다며 얼렁뚱땅 둘러대었습니다.
나중에 알아보니 멀쩡한 문묘를 뭘 손보냐며 사람들이 도리어 면
박을 주는 게 아니겠습니까. 제 생각입니다만 차명은 지금 셋
째……."

차명에 대해 신나게 열을 올리던 구명이 갑자기 입을 뚝 다물어
버리고 말았다. 그러나 윤진은 마치 음식을 훔쳐 먹다 들킨 것처럼
손으로 입을 가리고 당황해하는 구명의 표정을 하나도 놓치지 않
았다. 이때 고복이 새옷으로 갈아입어 딴 사람으로 변한 취아를
데리고 들어서자 윤진은 빙그레 미소를 지으며 고개를 끄덕여 보
였다. 그리고는 구명을 향해 고개를 돌리며 웃는 얼굴로 말했다.

"자네 이제 보니 말을 하다가 마는 습관이 있구만. 내게 수수께
끼 낸 건가?"

"아니옵니다, 넷째마마!"

귓볼까지 빨개진 구명이 도망갈 구멍을 찾지 못하고 더듬거렸
다.

"……전해들은 바로는…… 대학사(大學士)인 규서(揆敍)에게
빙경(氷敬, 지방관들이 해마다 여름철이면 북경의 관리들에게 상납하
는 돈)을 보내는 것 때문에 뭉칫돈이 필요했던가 봅니다. 그리고,
그리고 또…… 맹광조(孟光祖)라고 셋째마마의 문하인데, 남경에
머무르고 있으니 모르는 척할 수도 없고 그런가 봅니다…… 넷째
마마…… 이 모든 것들은 하관(下官)으로선 전해들은 풍문일 뿐
입니다. 단지 헛소문일 수도……."

구명은 당황한 나머지 어떻게 말을 끝맺어야 할지도 몰랐다.

그것의 진실 여부를 떠나 윤진은 차명이 그렇게 큰 세력을 등에

업었다는 사실에 적이 놀랐다. 규서라면 '대천세(大千歲)'라 불리우는 큰황자의 처남이고, 여덟째의 심복이고 보면 충분히 그러고도 남을 것 같았다. 일명 '팔현왕(八賢王)'이라 틀리우는 여덟째 윤사는 아홉째 윤당, 열째 윤아와 더불어 '삼걸(三杰)'로서 얼마나 똘똘 뭉쳤는지 다른 사람이 끼어들 틈을 주지 않았기에 이 셋은 생사고락을 같이 하는 사이라는 인식이 널리 퍼져 있었다. 이들의 세력은 육부(六部)에서 태자 윤잉을 능가하고 있었다.

맹광조가 섬기는 주인인 셋째황자 윤지도 세속의 잣대로 보면 성은(聖恩)을 자신보다 더 받으면 받았지 못하진 않는가고 윤진은 생각했다. 그런고로 구명이 황자들의 암투에 말려들까 전전긍긍하는 것도 어찌 보면 당연했다. 한참 생각 끝에 윤진이 냉정하게 구명의 말허리를 자르며 말했다.

"더 이상 말하지 않아도 알겠네. 자네 처지도 처지니 만큼 깊게 추궁하지는 않겠네! 국고에 5,6천만 냥 밖에 없을 때 명주(明珠, 규서의 부친)네 집을 압수수색한 결과 자그마치 7조(七兆) 냥이나 나왔는 걸! 부자는 망해도 삼년은 간다고 여기저기에 숨겨 놓은 돈이 꽤 있을 텐데 규서는 욕심도 많네! 규서 털 하나면 다른 사람 허리보다 굵을 걸? 두고 보라구! 규서가 털 하나도 뽑히길 거부하는 철제 수탉이라면 나 윤진은 강철로 만든 족집게야. 남의 털 뽑는 데는 날 따를 사람이 없지. 식량 대금은 양주부에서 출혈하도록 만들고 말거야!"

"지당하신 말씀입니다. 그렇고 말고요!"

구명이 이마에 돋은 식은땀을 훔치며 연신 맞장구를 쳤다. 그는 속으로 말로만 듣던 '철석심장냉면왕(鐵石心腸冷面王)' 윤진의 배짱에 감탄해 마지 않았다. 그리고는 덧붙였다.

"넷째마마께서 하관의 어려움을 이토록 잘 헤아려 주시니 하관으로선 눈물나게 고맙습니다!"

그러자 윤진이 냉소하며 말했다.

"내가 안 챙기면 누가 챙겨주겠나. 자네가 차명을 찾아가 다른 얘기는 하지 말고 넷째마마가 그러는데 굶어 죽는 이재민들에게 베푸는 셈치고 더도 말고 2만 냥만 내놓으라 하더라고 전하게. 밥이나 죽을 만들어 2만 냥어치 쓰되 밥은 하루 두 끼, 젓가락이 꽂힐 정도여야 하고 죽은 그림자가 비춰질 정도로 멀개선 안 되겠어. 이렇게 지시한 이상 양주 지역에서 굶어 죽은 사람이 한 명이라도 있어선 안 되겠고, 어린이 유괴범들 가운데 죄질이 무거운 것들 몇몇을 목을 베어 내걸라고 하게. 내가 앞으로 사흘 동안 양주에 더 체류할 텐데, 그때까지 지시에 응해주지 않을 경우 성질나면 그냥 베어버리고 조정에 상주할 생각까지 하고 있더라고 하게. 내가 설령 동성으로 돌아간다고 해도 여기저기서 감시의 눈동자는 빛날 것이라고 말하게. 날 우습게 보고 괜히 이 황자 저 황자 찾아다닐 생각일랑 말고 양심껏 움직이라고 전하게. 나의 상방보검(尙方寶劍)이 그 자의 모가지를 겨냥하고 있으니까!"

서슬푸른 윤진의 말투에 오그라붙은 구명은 식은땀으로 속옷이 흥건히 젖었다. 윤진이 말할 때마다 연신 "예,예"를 연발한 구명이 땀범벅이 되어 말했다.

"넷째마마의 자비로움을 부처님께서 지켜보고 계십니다. 차아무개에게도 부처님께 효도할 수 있는 좋은 기회인 것 같습니다!"

"내가 시킨 대로 전하기만 하면 되겠어. 자네한테는 손톱 만큼의 책임도 돌아가지 않을 테니까."

윤진은 이같이 말하고는 한껏 굳어진 얼굴에 한가닥 미소를 띠우며 취아를 옆으로 끌어당겼다. 그리고는 자상하게 머리를 쓰다듬어주며 말했다.

"이 아이 좀 보게. 한창 부모 사랑이 필요할 때 수재(水災)로 양친부모 한꺼번에 잃어버리고 줄 끊어진 연 신세가 되지 않았나……. 하도 굶어서 얼굴이 반쪽이야! 백성들은 이 나라의 근본이야. 백성의 고통을 미연에 방지하는 것이 황하(黃河)의 범람을 예방하는 것보다 더 중요하다는 걸 명심해야 하겠네! 자네는 책을 몇 수레 읽은 사람이니 길게 말 안 해도 잘 알 거라 믿네. 그만 가 보게!"

구명이 연신 허리를 굽신거리며 뒷걸음쳐 물러가자 윤진은 일상으로 돌아온 아버지처럼 부드러운 미소를 지으며 취아에게 물었다.

"배불리 먹었어? 깨끗하게 씻으니 이렇게 예쁜 애를!"

그러자 취아가 손가락을 입에 넣고 수줍게 웃었다. 아직 어른들의 말귀를 알아듣기엔 어린 나이라 방금 오간 얘기를 전부 이해하진 못했지만 "젓가락이 꽂혀야 한다"느니, "굶어 죽는 사람이 있어선 안 된다"느니 하는 말은 충분히 알아들었다. 취아는 쉽게 다가서기 어려운 냉엄한 표정을 짓고 있을 때가 더 많은 눈앞의 '대관(大官)'이 좋은 사람일 거라는 생각이 차츰 머리를 들었다. 좀처럼 마음을 열지 않던 취아는 먼 옛날 아련한 기억 속에서나 들어봄직한 아버지의 자상한 목소리 같은 윤진의 말에 눈을 붉히며 천천히 윤진에게 기대며 입을 열었다.

"어르신. 이 세상에 그렇게 맛있는 음식이 있는 줄 처음 알았어요. 송아지와 강아지 두 오빠는 미련하게도 목구멍까지 찼는데도 계속 먹어요. 그러고는 밖에 놀러나갈 거라고 했어요!"

"애들 나갔어?"

윤진이 고복에게 물었다.

"워낙 고삐 풀린 망아지 같은 자식들이라 가면 안 돌아올까봐 붙들어 매놓았습니다."

"가둬두는 것만이 능사는 아니야. 나가서 놀게 풀어줘."

대탁이 웃으며 말했다.

"취아 때문에 이곳까지 따라온 애들인데, 취아를 여기 두고 가긴 어딜가? 사고 날라. 사람이나 하나 붙여두면 되지."

대탁의 말을 듣고 난 취아가 깔깔 웃으며 말했다.

"그래요. 제가 여기 있으면 오빠들 절대 다른 데로 안 갈 거예요. 고향에서 같이 나왔다가 제가 나쁜 사람들에게 잡혀갔던 거예요. 오빠들이 돌봐주지 않았더라면 전 아마 벌써 진(秦) 무슨 루(樓)인가 하는 곳으로 팔려갔을 거예요⋯⋯."

엎드려 절 받는 격이었지만 윤진의 으름장은 아주 효과적이었다. 정확히 3일 후, 구명은 5만 석의 잡곡을 준비해 놓았다. 조운(漕運)이 막혀 있는 바람에 육로를 택하는 수밖에 없었다. 5만 석을 수레 400대에 나눠 싣고 윤진 일행은 호호탕탕한 기세로 길을 재촉했다. 북으로 갈수록 기온이 떨어져 한기가 엄습해 왔다. 노새에 탄 윤진의 건강을 걱정한 대탁이 수레 위에 미리 준비해 간 두텁고 화려한 털담요를 씌워주려 했지만 윤진은 황자의 체면보다는 목표가 많이 드러나는 걸 우려하여 한사코 대탁과 고복의 간청을 물리쳤다. 칼 같은 윤진의 성격을 잘 아는 두 사람은 포기하는 수밖에 없었다.

보응(寶應)을 지나자 곧 인가라곤 없는 일망무제한 고비사막이 아스라이 펼쳐졌다. 어디라 할 것 없이 수마가 훑퀴고 간 흔적이 고스란히 남아 있었다. 음력 2월이라 파릇파릇한 새싹이 돋아나고 있었지만 이곳엔 수마에 지쳐 쓰러진 작년 가을의 마른 풀들만 봉두난발하고 아직은 찬 봄바람에 떨며 신음하고 있었다.

디디는 곳마다 발이 깊숙이 빠지는 바람에 말들도 갑절 힘들어했다. 고복과 대탁이 행렬의 앞뒤에서 호송을 책임진 근사(軍士)들과 함께 늪에 빠진 수레바퀴를 꺼내주곤 했다. 그러다 보니 이 지역에선 하루에 30리 길도 움직이나마나 했다.

길 양옆에 가뭄에 콩나듯 납작하게 엎드려 있는 마을이 간간이 눈에 띄었지만 하나같이 축사를 방불케 할 정도로 서글펐다. 청장년들은 뿔뿔이 도회지로 살 길 찾아 떠나버리고 그들을 애타게 기다리는 노약자와 부녀자들만 남아 있을 뿐이었다. 사람 냄새가 그리웠던 것 같았다. 행렬이 지나가는 곳마다 쪼글쪼글한 얼굴에 흐리멍텅한 두 눈을 가진 노인네들이 행여나 하고 목을 빼들고 있었다. 윤진은 곧 명령을 내려 쌀을 내주었다. 가는 곳마다 이런 식으로 쌀을 나눠주다 보니 회안(淮安) 경내에 들어섰을 땐 5만 석 가운데서 2천여 석이 줄어들었다.

"이제 겨우 이놈의 지옥을 벗어나게 됐군!"

이날 저녁, 사람과 말 모두 지칠 대로 지쳐 더 이상의 강행군은 무리라고 생각한 고복이 마차를 세우고 천 근 만 근 되는 다리를 끌며 윤진의 수레 앞으로 다가가더니 아뢰었다.

"넷째마마, 오늘 저녁은 아무래도 여기서 쉬어가는 게 좋을 듯합니다."

손에는 〈금강경(金剛經)〉을 든 채 흥미진진하게 취아와 송아지의 장난을 지켜보고 있던 윤진이 뻐근한 허리를 비틀며 서산에서

꼴깍대는 석양을 내다보며 물었다.

"여긴 어딘가?"

고복이 미처 뭐라 대답하기도 전에 수레에서 뛰어내린 송아지가 자신만만하게 웃으며 말했다.

"제가 알아요. 이곳이 원래는 나루터였어요."

그러자 이번엔 취아가 자기도 뒤질 순 없다는 듯이 종알거렸다.

"전에 아빠따라 동냥온 적 있어요. 도화도(桃花渡)란 곳이에요!"

"도화도라……."

연일 이어진 강행군에 지친 듯 약간 흐릿하던 윤진의 두 눈이 심지 돋운 등잔불처럼 갑자기 빛났다. 흥분한 나머지 호흡까지 거칠어진 윤진은 연신 도화도를 되뇌이며 어린이처럼 즐거워 했다. 한참 후에야 감정을 추스른 윤진이 긴 숨을 내쉬며 서정을 토로했다.

"이름 끝내준다!"

그러자 고복이 웃으며 말했다.

"도화도 이곳…… 넷째마마께서 다녀가신 적 있습니다……."

여기까지 말한 고복은 말머리를 돌려 말했다.

"북으로 30리 정도 더 가면 드디어 관도(官道)가 나오게 됩니다."

이때 대탁이 웃으며 다가오더니 말했다.

"다행히 적막감을 즐기실 줄 아는 넷째마마니 망정이지 성격 급한 열셋째마마였더라면 꼬박 열닷새 동안 사막길을 간다는 건 상상도 못할 겁니다!"

윤진은 아무런 대꾸없이 허리를 굽혀 발밑의 모래를 손가락으

로 후벼 보았다. 손가락 하나가 다 들어가도록 파내자 드디어 새카
만 흙이 모습을 드러내기 시작했다. 지금은 풀 한 포기 안 나는
황폐한 사막으로 변해 버렸지만 예전에는 황금 같은 벼 이삭이
고개 숙인 양전(良田)이었을 게 틀림없었다. 순간 윤진이 크게
한숨을 내쉬며 말했다.

"천자의 발 밑에서 쌀밥에 고깃국도 싫다고 투정부리는 복에
겨운 왕손공자(王孫公子)님들은 그리 멀지 않은 곳에 이런 인간
지옥이 있다는 걸 죽었다 깨도 모르겠지. 이렇게 좋은 땅을 방치해
두다니……"

그날 저녁 윤진은 차마 역관에 투숙할 생각은 접은 채 모래바람
얼굴 따가운 이곳에서 천막 치고 노숙하고 모닥불을 피워 밥을
해 먹기로 했다.

태양이 서산에 넘어가고 검푸른 주단 같은 하늘에 분홍빛 꽃잎
같은 저녁놀이 힘없이 피어오르는 민가의 굴뚝연기와 더불어 적
막감을 더해갔다. 시뻘건 모닥불이 솥 궁둥이를 탐스럽게 핥고
있었다. 돼지 뒷다리 익는 냄새가 지친 사람들을 겨욱 지치게 했
다. 루루라는 누렁이가 강아지의 품에 안겨 혀를 늘름거리며 침을
질질 흘리고 있었다. 모두들 모닥불을 둘러싸고 앉아 말이 없자
자신의 존재가 워낙 분위기를 띄우는 데는 도움이 안 된다는 것을
안 윤진이 세 아이들을 향해 말했다.

"너희들 왜 그러고 있어? 자, 고기 익을 동안 노래나 불러봐,
어서!"

아이들은 그야말로 단순했다. 윤진의 말이 끝나기 바쁘게 애들
은 먼저 재주를 뽐내 보겠노라며 자그마한 소동을 일으켰다. 강아
지가 주머니에서 피리를 꺼내어 혀를 날름거리더니 훅훅 소리를

시험해 보았다. 곧이어 나름대로 외로움을 이겨내는 데 일조를
했을 구슬픈 피리 소리가 하늘을 가르고 울려퍼졌다. 그러자 송아
지가 취아 먼저 목청을 가다듬더니 노래를 부르기 시작했다.

　강 하나를 사이 하고 누이와 나.
　바라보고만 있어도 좋아 정말 좋아.
　닿을 듯 말 듯 만날 듯 말 듯
　서로를 애태우는 것도 사랑 때문인 걸!

　송아지의 음은 파도처럼 종잡을 수 없을 정도로 넘실거렸다.
음치가 부르는 '사랑타령'에 윤진은 뒤로 벌렁 넘어가고 말았다.
이때 취아가 뒤질세라 송아지를 밀치고 나섰다.

　엄마, 보고 싶어요!
　성난 사자마냥 갈기 곤두 세운 황하수 어디에 숨어있나요?
　험한 세상 나 혼자 떼어놓고 발걸음이 떨어지던가요…….
　아마 아직 영혼의 안식처를 못 찾고 있겠죠…….

　음이 온전하지 못하긴 취아 역시 오십 보 백 보였지만 노래는
듣는 사람을 숙연하게 만들었다. 감정을 몰입하여 부르고 난 취아
의 두 눈에선 구슬 같은 눈물이 굴러내렸다. 강아지가 피리에 입술
을 붙인 채 눈을 감았다. 그러자 송아지가 고개를 숙이며 볼멘소리
를 해댔다.
　"죽은 사람은 안타깝지만 산 사람은 살아야 할 것 아니야. 그런
다고 뭐가 달라지는 게 있어? 괜히 슬프게시리."

장작이 타들어가는 소리가 유난히 크게 들렸다. 모닥불이 굳어 진 얼굴들을 빨갛게 물들였다.

윤진은 고개를 깊숙이 숙인 채 돌부처처럼 미동도 하지 않았다. 그러고 있기를 한참. 윤진이 자신도 놀랄 정도르 약간 쉰 듯한 격앙된 목소리로 말했다.

"둘다 노래 끝내주게 잘 불렀어. 북경 가서 오사도 선생을 만날 수만 있다면 취아의 노래를 조금 손봐서 대중가오로 만들어 폐하 와 육부 대관들에게도 들려주는 게 좋겠어!"

말을 마친 윤진은 다시금 생각에 잠기는 듯하더니 말했다.

"너희들 심심한데 이야기 하나 해줄까?"

"좋아요!"

아이들이 환호성을 질렀다.

그러자 윤진이 담담하게 웃으며 입을 열었다.

"호랑이 담배 피울 적 옛날 이야기가 아니라 진짜 있었던 일이 야."

윤진은 나뭇가지로 빨갛게 타들어간 모닥불을 가볍게 뒤적이며 자신의 감정을 다잡고 나서 이야기를 시작했다.

"어느 시기인지 잘은 모르겠지만 어떤 황제가 아들이 스무 명 있었대……."

"와, 그렇게 많이!"

취아가 눈을 크게 뜨며 놀라워 했다.

"조용해! 그게 뭐가 이상해? 문왕(文王)은 아들이 백 명씩이나 있었다고 전에 할아버지께서 말씀하셨잖아!"

송아지가 취아를 진정시켰다. 그러자 윤진이 머리를 끄덕이며 말을 이어나갔다.

"그 중 유난히 두려움 많고 정이 많은 황자 하나가 있었지. 그는 개미 한 마리도 차마 밟고 지나가지 못했고 바퀴벌레만 보면 저만치 피하곤 했지. 가끔씩 황궁에서 황자들이 어리벙벙한 쥐를 잡아 갖고 놀아도 이 황자만은 나무 뒤에 숨어 어미쥐가 죽으면 새끼들이 불쌍해서 어떡하느냐며 놓아줄 것을 간절히 원했었지."

아이들은 바싹 다가앉으며 재밌어 했다. 대탁과 고복의 시선이 순간적으로 부딪쳤다. 윤진은 아랑곳하지 않고 말을 이었다.

"용자봉손(龍子鳳孫)이라면 황제를 보좌하여 일을 하는 건 당연지사지. 천하를 다스리려면 착한 사람들에게 상도 내려야겠지만 나쁜 사람들을 과감히 처단하는 용기도 필요하거든. 그런데 개미 한 마리 밟아죽이지 못하는 성격에 어찌 천하를 다스릴 수 있단 말인가? 게다가 심궁(深宮)에서 비바람이 뭔지도 모르고 곱게 자란 황자들은 세상물정에 어두워도 너무 어두운 거야. 고민 끝에 황제폐하가 아들들을 지방에 내려보내 민초들의 삶을 터득하게끔 조치를 취했어. 황제폐하의 영에 따라 이 겁쟁이 황자는 황하(黃河)와 회하(淮河)를 시찰하러 회안(淮安)으로 보내지게 되었지."

윤진은 잠시 멈춰 호흡을 고르더니 다시 이야기를 풀어나갔다.

"당금천자(當今天子)의 아들이 지역 현안을 함께 고민하기 위해 행차했다는 소문에 지방관들은 앞다투어 달려와 황자를 둘러싸고 아부를 떨었어. 다행히 맡은 바 임무를 거의 수행하고 나자 관리들은 황자의 능력을 과대평가하며 처음 세상 밖으로 나온 황자로 하여금 착각에 빠지게 만들었지. 관리들의 칭찬이 싫지 않은 황자는 이곳 관리들이야말로 진정한 나라의 동량이라며 황제폐하께 보고를 올렸어. 황제폐하도 물론 대단히 기뻐하며 믿었지. 그런데 공교롭게도 그해 황하는 유난히 무섭게 화를 냈더랬어. 너희들, 혹시 양보(羊報)가 뭔 줄 알아? 황하 상류 지역에 청동협(菁銅峽)이라고 있는데, 대우(大禹)가 치수(治水)할 때 그곳에 쇠막대기를 꽂아두고 막대기에 금을 그어 놓았어. 청동협의 물이 한 눈금 불어나면 하류 지역은 한 척(尺)이 불어난다는 걸 알게 되었어. 청동협의 수세(水洗)를 제때에 하류 지역에 알리기 위해 양가죽에 공기를 불어 넣어 간 큰 사내들로 하여금 서찰을 입에 물고 양가죽에 의지하여 하류로 떠내려가게 했던 거야. 그해 양보가 전해온 소식에 의하면 청동협의 수위는 삼 척 높이를 넘어선다는 위급한 내용이었어!"

골똘히 듣고 있던 강아지가 눈을 크게 뜨며 놀라워 했다.

"와! 그러면 하류 수위는 3장(丈) 높이로 불어났다는 얘기네요? 회안 전체가 물에 잠기고도 남겠는데요! 제가 철들고 나서 한번 그런 일이 있었어요!"

윤진이 고개를 끄덕이더니 심각한 표정으로 말을 계속했다.

"수위는 계속 높아만 가는데 하늘은 구멍이라도 뚫린 듯 비를 양동이째로 들이붓고 있었지. 다급해진 황자가 아문 관원들에게 명령하여 최악의 경우 인명사고를 피할 수 있도록 배 한 척을 대기시켜 놓고는 수행 한 사람만 데리고 회안성(淮安城) 서쪽으로 향했어. 제방이 얼마나 더 오래 버틸 수 있을지 알아보기 위해서였지."

아이들은 더욱 귀를 쫑긋 세웠다.

"한낮인데도 하늘은 저 가마솥 궁둥이처럼 새까맣게 흐려 있었어. 빗물은 부슬부슬 쏟아지고 있었지. 두터운 구름층을 뚫고 번개가 사납게 번쩍이고 천둥소리가 심심찮게 들려오고 있었어. 황자는 성난 사자처럼 갈기를 세우고 달려드는 파도를 응시하며 제발 이 지역 백성들을 살려달라고 간절히 빌었어. 같이 갔던 수행원들은 집채 같은 파도가 파죽지세로 달려오자 겁에 질린 나머지 다짜고짜 황자를 끌고 갔어……. 사람들의 아우성 소리가 메아리치고 마침내 '쿵!' 하는 소리와 함께 성벽이 무너지는 소리가 들렸어. 주인과 늙은 하인 두 사람은 말을 버리고 가슴 높이보다 불어난 물을 건너 실로 천신만고 끝에 아문으로 돌아왔지. 안전지대로 피신할 배가 있었기에 이젠 살았구나 하고 안도의 숨을 내쉬던 두 사람은 그러나 너무도 기가 막힌 나머지 그 자리에 굳어버리고 말았어. 의문(儀門)에 붙들어매어 놓았던 큰 관선(官船)이 가뭇없이 종적을 감추었던 것이야! 평소에 충군애민(忠君愛民)을 밥 먹듯이 부르짖던 사대부(士大夫)들이 황자의 안위 같은 건 안중에도 없다는 듯 배를 타고 도망가버린 뒤였지! 뜨락에 거세게 밀어닥친 물살은 삽시간에 무릎을 넘었지. 당황한 두 사람은 물에 떠 있는 사다리를 타고 지붕에 올라가려고 했어. 이때 수행하던 늙은 하인이 문앞에 있는 큰 어항을 발견하고는 황자를 부여잡고 소리내어 울며 말했어. '황자마마, 이 날벼락 맞을 개새끼들이 우릴 버리고 도망갔습니다……. 지붕에 올라가 봤자 오래 못 버틸 것이니 황자마마께선 어항 안에 들어가시고 소인이 어항 변두리를 잡고 우리 함께 생사의 탈출을 시도해 봅시다……. 하늘이 굽어보고 계십니다. 이젠 마음을 비우고 운명에 맡깁시다……."

이 대목까지 들은 대탁은 번개 같이 뇌리를 치는 그 무엇을 느꼈다. 강희 43년에 윤진과 함께 구사일생으로 홍수로부터 탈출했다던 고복의 말이 떠올랐던 것이다. 그러나 고복은 이처럼 소상하게는 말하지 않았다. 고복을 바라보니 그는 벌써 얼이 반쯤 나가 있는 것 같았다. 별로 떠올리고 싶지 않은 그 당시의 공포와 분노를 떠올린 게 틀림없었다. 한참 후에 고복이 한숨을 지으며 진저리치듯 말했다.

"또 그 얘기십니까? 들을 때마다 모골이 송연한 것이 꿈자리가 사나울 정도입니다. 그만 하시는 게 좋겠습니다.'

그러자 송아지가 눈을 흘기며 말했다.

"이제부터 진짜 재밌을 텐데 그만 하라뇨? 난 듣고 싶어요!"

이야기 속으로 흠뻑 빠져 들어간 듯 취아가 두 눈을 반짝이며 얼굴을 바투 들이대며 다그쳐 물었다.

"그 태자마마는 결국 탈출했나요?"

"그 황자는 태자가 아니었어."

윤진이 희미하게 웃어보였다.

"태자였다면 상황은 완전히 달랐을 테지. 적어도 태자를 버리고 자기네끼리만 도망가면 어디를 가더라도 인간답게 살지 못할 것이라는 생각이 그 비인간적인 관리들을 묶어 두었겠지……. 둘은 어항에 의지하여 물속에서 꼬박 이틀을 표류했어. 다행히 떠내려온 과일이며 야채들. 심지어는 빵까지 있어 허기가 지지는 않았지만 금지옥엽으로 자란 황자는 정처없이 마구 떠다니는 어항에 앉아 어지러움을 느낀 나머지 구토를 심하게 했어. 어항 변두리를 잡은 늙은 하인은 기진맥진한 나머지 수차례 손을 놓을 뻔한 것을 황자가 있는 힘껏 잡아당겼지. 그로부터 이틀 후. 곡적없이 떠다니던 어항이 대견스럽게도 어떤 강 기슭에 다다랐어. 며칠 동안 수마와 처절한 싸움을 벌이며 생사를 수없이 드나든 두 사람은 언덕에 올라서자마자 기절하고 말았어."

거기까지 말한 윤진은 잠시 허공을 올려다 브았다.

"시간이 얼마나 흘렀을까. 황자가 눈을 떠 보니 침대 머리맡에 있는 낡은 책상 위에 등잔불이 꺼질 듯 간신히 타오르고 있었어. 언제 엉덩방아를 찧을지 모를 걸상에 어떤 노인이 걸터 앉아 곰방대를 뻑뻑 빨고 있었어. 자세히 보니 그 옆에 열일곱 살 가량 되어 보이는 처녀가 생강 끓인 물을 한 사발 받쳐들고 수심에 잠긴 표정으로 황자를 내려다보고 있었어. 황자가 입술을 실룩거리며 뭔가 말하려는 느낌을 보이자 처녀가 금세 얼굴에 화기를 띠며 노인을 불렀어. 이때 다른 방에서 허둥지둥 달려들어온 늙은 하인이 노인 앞에 털썩 무릎을 꿇어 앉으며 살려준 은혜 잊지 않고 꼭 갚겠노라고 말하며 노인에게 함자(函字)를 어떻게 쓰느냐고 물었다. 그러자 노인이 밭 이랑을 방불케 하는 주름진 얼굴을 들어 깊은 한숨을 내쉬며 말했대. '감히 함자라뇨? 우리 같은 사람은 이름도 성도 없어요. 굳이 물으신다면 제일 하층민인 낙호적(樂戶籍)에 속하는 흑씨(黑氏)라고 할 수 있겠네요. 조상께서 죄를 지으면 자손대대로 물려받는지라 그렇게 됐네요. 어르신을 구해준 사람은 소인의 둘째딸 소복(小福)인데 쌀 꾸러 가서 아직 안 왔네요. 여기 앤 큰딸 소록(小祿)이지요…….' 노인이 연신 한숨을 토하며 슬며시 자리를 뜨자 소록이 밀가루 빵 하나를 들고와 건네주며 말했어. '온통 물난리라 쌀을 꾸어올지 모르겠네요. 이것으로라도 먼저 요기를 하세요. 인명 하나 구해주는 것이 칠층불탑을 지어올리는 것보다 낫다는 얘길 버릇처럼 하시는 분이 겁이 나서 벌벌 떨며 왜 저러시지?' 가까이에서 본 소록은 예쁜 얼굴은 아니지만 맑고 귀여웠어. 황자가 궁금증을 참지 못하고 물었대. '아버님은 뭘 두려워 하시는데요?' 그러자 소록이 털어놓기 시작했대. '저희 조상들께서는 전명(前明) 영락황제(永樂皇帝)가 정변을 일으켰을 때

액운을 면치 못하고 사고를 당했나 봐요. 그리하여 흑씨로 성을 가는 것만 해도 불행한데 천민으로 전락하고 말았지요. 당시 조정의 지의(旨意)에 따르면 저희 가문은 자손대대로 매창(賣唱)이나 하고 풍각쟁이. 매파(媒婆), 산파(產婆), 초상집이 가서 곡하는 일…… 등등 최고로 천한 일만 할 수 있게끔 정해졌대요. 벌써 삼백 년이 흘렀건만 변한 건 하나도 없어요. 삼백 년 동안 대대로 모두 아흔 네 명의 절부(節婦)와 두 명의 열녀(烈女)가 나왔지요. 하나는 아버지 대신 흑룡강으로 유배됐다가 거기서 죽었고, 다른 하나는 시집도 가기 전에 남자가 죽어나가는 바람에 따라서 자결했대요……' 낯선 남자에게 묻지도 않은 말까지 하는 자신이 쑥스러운 듯 소록이 이쯤하여 말문을 닫아버렸지. 그런데 한참 후에 쌀을 구해 돌아온 둘째딸을 보는 순간 황자는 깜짝 놀랐지. 소록이 곁에 있었으니 망정이지 둘이 한 사람인 줄 알 뻔했대. 알고 보니 두 사람은 쌍둥이 자매였던 거야!"

대탁은 윤진을 따른 세월이 결코 짧지 않았지만 윤진이 이렇게 많은 말을 하는 건 처음 보는 것 같았다. 말이 많으면 실수가 있기 마련이었다. 대탁은 부랴부랴 익은 돼지고기를 꺼내며 수선을 떨었다.

음식엔 관심없이 신들린 듯 말을 이어가려고 입을 다시는 윤진을 향해 송아지가 얄궂은 웃음을 지어보이며 물었다.

"넷째마마. 이쯤하면 더 이상 말씀 안 하셔도 전 다 점칠 수 있을 것 같은데요?"

4. 미행(微行)

유난히 육류를 싫어하는 윤진인지라 한 입 베어먹는 시늉만 하고는 자신만만해 하는 송아지의 뒤통수를 어루만지며 웃으며 물었다.

"자식, 알긴 뭘 알아?"

"뻔할 뻔자 아니에요?"

송아지가 입안 가득 고기를 씹으며 기름기 번지르르한 입을 손등으로 쓰윽 닦으며 말했다.

"흔히 삼류소설에나 오르내리는 연애담 아니겠어요? 부잣집 아들이 낭패를 겪고 있는 미인을 구해주고 서로가 서로에게 뽕갔는데, 집안의 결사적인 반대로 강보에서 요절된 그런 얘기! 그 황자마마는 소복과 소록이를 좋아했는데, 부족(部族)의 장벽에 부딪치자 북경에 돌아가 군대를 데려다 처녀들을 구출해 내고 둘다 마누라로 삼지 않았을까요? 배 타고 도망간 관리들은 수박 썰 듯 베어 들개들에게 잔치를 베풀어 주셨을 것 같아요."

생각나는 대로 내뱉은 송아지의 말에 윤진은 홀연 자신이 오늘 너무 많은 걸 말했다는 생각이 들었다. 하얀 이를 드러내며 말없이 웃던 윤진이 모닥불에 나뭇가지를 던져 넣으며 깊은 생각에 잠겨 있는 듯하더니 다시금 입을 열어 말했다.

"그냥 심심해서 말해 봤을 뿐이야. 나도 끝까지는 몰라. 황자는 소록이를 좋아했고, 황자를 버리고 도망간 관원들은 천벌을 면치 못하고 도중에 고기밥이 되고 말았다는 것 외에는."

"그럼 소록과 소복 처녀는 나중에 어떻게 되었어요?"

이야기 속에 흠뻑 빠져 있던 취아가 윤진을 똑바로 쳐다보며 다그쳐 물었다.

머리를 깊숙이 숙이고 생각에 잠겨 있던 윤진기 마침내 입을 열었다.

"그건 나도 몰라. 내가 너희들이 심심해 할까봐 이런 이야기를 만들어낸 것은 세상 모든 일은 뜻대로 되는 게 거의 없다는 걸 일깨워주고 싶어서였어. 그렇게 궁금하면 내가 결말을 잘 생각해서 다시 들려주마."

아이들이 윤진을 피곤하게 하는 것 같은 느낌이 들자 대탁이 나서서 잠자리를 정리하고 아이들을 천막으로 밀어넣었다.

그러나 이날 저녁 윤진은 뜬눈으로 밤을 하얗게 지새우고 말았다. 별들이 무더기로 쏟아질 것만 같은 천막에서 팔베개를 하고 누워 하염없이 생각에 잠겨 있었다. 그의 속마음을 정확히 점치고 있던 고복이 조용히 말했다.

"넷째마마, 잠을 놓치신 것 같은데 생각을 비우시고 다시 잠을 청하십시오."

아무런 대꾸도 없던 윤진은 그러나 오히려 벌떡 일어나 앉았다. 마찬가지로 잠을 자지 않고 있는 대탁을 향해 윤진이 말했다.

"자네도 안 잤어? 요 세 놈은 새근거리고 자는구만. 좋을 때지."

그러자 대탁이 웃으며 말했다.

"주인이 깨어있는데 노복이 어찌 쿨쿨 잠을 자겠습니까? 잠이 안 오시면 내일 마차 속에서 주무시면 되니까 너무 조급해하지 마십시오."

"내일 우리 두 갈래로 나뉘어서 출발하자구."

윤진이 정좌하고 무릎에 팔을 두르고 말했다.

"내가 송아지 애네들을 데리고 서행하다가 고가언(高家堰)의 황하 제방을 시찰할 테니, 자네들은 식량운송 차량을 호송하고 회안 쪽으로 가라구. 나중에 동성(桐城)에서 만나면 되니까."

윤진의 느닷없는 결정에 대탁과 고복은 적이 놀랐지만 감히 토를 달 수가 없었다.

"그러시다면 제가 친병(親兵) 몇 명을 딸려 보내도록 하겠습니다."

대탁이 웃으며 말했다. 그러자 윤진이 고개를 젖히고 잠깐 생각하더니 가벼운 한숨을 지으며 말했다.

"성음스님이 따라왔더라면 자네들이 이런 걱정을 안 해도 될 텐데……. 나도 미행(微行) 한 번 하는데 대부대를 끌고 다니는 번거로움을 덜었을 테고."

윤진은 친병을 딸려 보낸다는 대탁의 말에 대해 반가운 기색이 전혀 없었다. 난감해진 대탁과 고복은 소피보러 나오는 척하고 밖에 나와 한참 대책을 상의했다. 결국 만에 하나 있을지도 모를 사고에 대비해 고복이 열 명의 부하들을 데리고 먼발치에서 따라가며 보호하기로 했다.

이튿날 이른 아침, 노새에 전날 길에서 우연히 사냥한 승냥이와 온갖 짐을 실은 윤진 일행은 말을 타고 길을 떠났다. 식량운송 부대에서 떨어져 나온 그들은 황하를 따라 서행하기 시작했다. 말 위에 올라탄 윤진이 손을 이마에 대고 멀리 내다보았다. 끝간 데 없는 사막이 아스라이 펼쳐져 있고 누런 모래바람이 몰아치며 하늘을 뿌옇게 덮고 있었다. 앙상한 나뭇가지에 마른 수초가 걸레처럼 걸려 있었고 갈수록 인가는커녕 황량함만 더해갔다.

황하의 둑을 둘러본다고 핑계를 댔지만 윤진으로선 작정하고 이곳을 찾는 이유가 따로 있었다. 이루지 못한 아픈 사랑을 한 자신과 소록 사이에 유복자가 있다는 말을 고복에게서 전해 들었기 때문이다. 그 아이는 바로 고가언 근처의 하리(何李) 읍내에 살았었다고 했다.

말이 났으니 말이지 아쉬울 게 없어 보이는 윤진이지만 자식 때문에 꽤나 속을 썩이고 있는 모양이었다. 아들 넷 가운데서 하나가 요절하고 홍시(弘時), 홍주(弘晝), 홍력(弘歷) 셋은 아직 천연두를 앓지 않았기에 늘 불안했다. 게다가 어디서 들어왔는지 고복의 말대로라면 '뚱뚱한 아이들이 천연두의 표적'이라고 했기에 윤진은 한시도 방심할 수가 없었다.

하리 읍내를 불과 10여 리 앞두고 해는 벌써 서산 언저리에 머물고 있었다.

마냥 신이 나 모래싸움을 해대는 아이들을 불러 모아 놓고 윤진이 머리가 쭈뼛쭈뼛 일어설 정도로 무서운 눈빛으로 말했다.

"애들아, 이야기 뒤가 궁금하다고 했지?"

윤진이 살의가 번뜩이는 눈빛으로 저멀리 보이는 감나무를 바라보며 말했다.

"알려줄게. 소록이는 바로 저 나무 밑에서 죽었어……."

순간 두 아이는 마치 낯선 사람을 대하듯 안색이 파리한 윤진을 바라보았다. 납덩이처럼 무거운 침묵이 흘렀고 마침내 송아지가 크게 숨을 들이마시며 말했다.

"이제 보니 그 황자가 다름 아닌 넷째마마셨군요!"

크게 충격을 받은 듯 어쩔 줄 몰라 하던 강아지도 물었다.

"그럼 소록 처녀는…… 그녀는…… 어떻게 죽었나요?"

윤진은 대답 대신 비감어린 눈매로 감나무 가지를 뚫어지게 바라보더니 다가가 하염없이 매만지며 눈물을 글썽거렸다. 감나무에는 시커멓게 타들어간 흔적들이 아직도 역력했다.

"불에 타 죽었어! 차마 눈 뜨고 볼 수 없었지……."

분노로 이글거리는 윤진의 두 눈에 피 같은 눈물이 가득 고였다. 그는 용암이 분출하려는 듯 온몸을 무섭게 떨면서도 진정을 취하려고 무척 애를 쓰는 것 같았다.

"감나무 저편에 연못이 있었고, 연못 남쪽엔 끝이 보이지 않는 수수밭이었어."

윤진은 어느덧 수수밭에 숨어 소록이 불에 타 죽는 장면을 목격한 공포의 그날 밤으로 돌아가 있었다.

"내가 소록이를 찾으려고 홀로 하리를 찾아갔을 때는 정조를 지키지 못했다는 이유를 들어 그 부족에서 소록이를 엄벌에 처하려고 하는 때였어. 바로 이 감나무 밑에 흙으로 제단을 만들어 놓고 그 위에 장작더미를 얼기설기 쌓아놓고 있었어. 부족의 장정 몇몇이 횃불을 치켜들고 양옆에 늘어서 있었어. 봉두난발한 소록이는 짐짝처럼 묶인 채 지금 송아지가 서 있는 바로 저곳에 고개를 맥없이 떨구고 있어서 얼굴을 볼 수가 없었어. 큰 구경거리를 놓칠세라 몰려든 사람들이 숨죽이고 지켜보고 있었지……."

윤진의 눈은 귀신불처럼 번쩍거렸고 난생 처음 생생한 죽음의 증언을 듣는 두 아이는 소름이 끼친 나머지 끊임없이 진저리를 쳤다.

"얼마 안 지나……."

잠깐 숨을 돌리고 윤진이 말을 이었다.

"마름인 듯한 사람이 나오더니 족장(族長) 어른의 훈화(訓話)가 있을 거라고 하더군! 분위기는 갈수록 살벌해져가고 장내는 걷잡을 수 없이 술렁거리기 시작했어. 설마 하는 마음에 겁을 주는 것으로 끝내기를 나는 간절히 기도했어. 전에 이 마을에 두 달 동안 머물러 있으면서 많이 보아온 족장 어른이 곰방대를 신발 뒤꿈치에 툭툭 털며 사람들을 비집고 한가운데로 나왔는데, 평소에 보아왔던 그 자상한 얼굴이 아니었어. 금세 폭우라도 퍼부을 듯한 흐린 얼굴로 좌중을 훑어보더니 훈화를 시작했어. '부족의 모든 남녀노소들은 잘 들어두거라! 방금 사당(祠堂)에서 조상어른께 소상히 말씀 올렸다. 소록이 이 지경에 이른 것이 나로서도 말 못하게 가슴 아프다. 혈육이니까! 소록의 증조부라면 나의 사촌형이지. 우리 둘의 정분으로 볼 땐 내가 대신 죽어줄지언정 그의 후손의 털끝 하나도 다치게 할 순 없어. 그러나 예로부터 전해 내려오는 고훈(古訓)에 이르길, 천리 제방도 개미 한 마리 때문에 무너지고 미꾸라지 한 마리가 도랑물을 흐려 놓는다고 했어. 우리 부족의 장래를 위해 비통하지만 어쩔 수 없이 이 길을 택함을 특별히 밝히는 바이다! ……예(禮), 의(義), 염(廉), 치(恥)는 나라를 받쳐주는 네 개의 기둥이라고 했어. 그럼 '염(廉)'이란 뭐냐? 바로 깨끗하게 사람노릇 하는 거지. '치(恥)'는? 자신의 잘못에 철저히 책임지고 부끄러움을 아는 것이야! 누차 말하는데 가슴 아프지만 소록이는 이 두 가지를 범했기에 어쩔 수 없구나⋯⋯.' 이런 일을 꽤 많이 겪었을 테지만 족장은 그 참혹한 순간이 오는 게 두려운지 훈화와는 주제가 점점 멀어져 가는 말을 한참동안이나 더 하고서야 한 손으로 얼굴을 가리고 다른 한 손을 휘저으며 말했어. '족규(族規)를 어기고 상풍패속(喪風敗俗)을 범한 저 천녀(賤女)를 불기둥에 올려보내어 조상신령께 속죄케 하거라!' 여인네들이 비명을 지르고 아이들은 울고 불고 난리가 났어. 너무 잔인하다며 욕설을 퍼붓는 남자들도 더러 있었지⋯⋯. 모든 걸 체념한 듯 소록이 장정들의 손길을 뿌리치고 스스로 장작더미에 올라가는 걸 차마 눈 뜨고 볼 수가 없어 외면하고만 나의 가슴은 마구 난도질 당하는 느낌이었어. 죽어도 같이 죽고 싶어 무작정 달려 나가려는 나를 목숨걸고 잡아당기는 사람이 있었어. 아무래도 뭔가 수상해 뒤를 밟았던 모양이야! 내가 고복에게 묶여 승강이를 벌이고 있을 때 벌써 장작은 불씨를 사방에 날리며 기염을 토해내기 시작한 때였어. 맹수의 혓바닥 같은 불길을 날름거리며 불기둥은 삽시간에 소록이를 휘감았어⋯⋯ 백옥으로 만든 조각상 같은 얼굴⋯⋯ 까마귀 깃털처럼 나부끼는 머리카락⋯⋯ 고통에 일그러졌으면서 신음 한 마디 없었던⋯⋯ 그게 내가 마지막으로 본 소록이었어⋯⋯."

더 이상 말을 이을 수 없는 윤진은 황자의 체면을 구린 양말 벗어던지듯 저만치 던져버리고 미친 듯이 감나무를 향했다. 다리에 힘줄이 없는 사람처럼 두어 발짝 옮기곤 털썩 무너져 엉금엉금

기다가도 두 팔 벌려 하늘을 바라보며 울부짖는 모습은 또다른 처절함의 극치였다. 가까스로 감나무에 다다른 윤진은 실성한 사람처럼 두 손으로 감나무를 잡아뜯으며 울고 웃었다.

"소록아…… 내 은인아, 너…… 어딨니? 이 속에 숨어버렸지…… 나올 수 없으면 목소리라도 들려줘 봐…… 우우…… 하하…… 알았어…… 내가 절도 지어주고 비석도 세워줄게……."

윤진의 고통을 지켜보고 있던 두 아이도 급기야 부둥켜 안고 울음을 터뜨리고 말았다.

시간이 얼마나 흘렀을까. 애써 감정을 추스르고 옷매무새를 바로 잡은 윤진이 자세를 고쳐 감나무를 향해 삼배(三拜)를 올렸다. 그리고는 우는 아이들을 달랬다.

"그만 가자! 오열하다 죽는 한이 있어도 죽은 사람은 다시 환생(還生)할 수가 없어. 이 적막강산에서 소록이는 아마 벌써 신령이 되어 있을 거야. 이승과 저승은 간발의 차이라고 하니 언젠가는 만날 수 있겠지. 그걸 위안삼아 사는 날까지 제대로 살란다…… 어두워진다…… 가자……."

두 아이는 감나무를 향해 똑같이 삼배를 올리고 묵묵히 자리를 털고 일어섰다. 아이들은 갑자기 10년은 더 장성한 것 같았다.

하리는 고가언(高家堰) 동쪽에서 가장 큰 읍내였다. 치하(治河) 능신(能臣)인 근보(靳輔)와 진황(陳潢)이 이곳에 많은 심혈을 기울였지만 그 뒤로 두 사람이 실각되면서 관리들이 방심한 결과 또다시 황하의 범람의 표적이 되고 말았다. 수마가 한 차례 요동을 치고 지나가면 이재민들의 폭동과 잇따른 전염병의 침습으로 백성들은 또다른 홍역을 치러야 했다. 가진 사람들은 일찌감치 하나둘씩 이곳을 떴다. 그러고 보니 남아 있는 사람들은 그야말로 오도가도 못하는 처지에 놓인 사람들이었다.

그래서인지 동네는 대단히 한산하고 쓸쓸해 보였다. 윤진과 두 아이가 읍내에 도착했을 때는 술시(戌時)가 다 된 시각이라 어두웠다. 마을 전체가 딱정벌레처럼 납작 엎드려 있었다. 집집마다 대문을 꽁꽁 걸어 잠그고 있었다. 등잔불이라도 켠 집을 찾기도 그리 쉽지 않았다. 가끔씩 들려오는 개 짖는 소리가 그나마 이곳이 사람 사는 동네라는 것을 상기시켜 주는 것 같았다.

한바탕 울부짖고 나서 마음이 한결 개운해진 윤진이 송아지를 시켜 하룻밤 묵어갈 곳을 알아보게 했다.

송아지가 손등이 벌겋게 되도록 대문을 두드렸지만 사람들은 하룻밤 묵어가게 해달라는 말에 결코 호의적이지 않았다. 대문짝이 부서지게 쾅 닫아버리는가 하면 건너편에 여인숙이 있다고 알려주는 사람은 그나마 괜찮았다.

송아지가 툴툴대며 돌아오자 윤진이 말했다.

"여인숙이 있다니 잘 됐네. 그럼 여인숙에 있지 여러 사람 귀찮게 만들 거 뭐 있어?"

북경에 있을 때 외관(外官)들마다 자기네 관할구역은 '희조성치(熙朝盛治)에 힘입어 어디 가나 만화방창(萬化方暢)이요, 가불폐호(家不閉戶, 문 걸어 잠근 집 없다는 뜻)이며 길에 떨어진 물건 줍는 이 없고 자연재해가 옛말'이라며 불어댔었다. 그러나 윤진이 몸담고 있는 현실은 너무나 달랐다. 윤진이 몸뚱아리를 아끼지 않고 민초(民草)들의 삶의 현장에 다다라 보니 모든 거짓말이 백일하에 드러난 것을 다시금 깨달았다.

'천고황제원(天高皇帝遠)'이라는 말이 괜히 나온 게 아니었다. 힘없는 백성들로선 썩어빠진 외관들이 가로 막고 있는 한 억울해도 원통해도 천자에게로 가는 길은 영원한 미완성으로 남을 수밖에 없구나, 라는 생각을 하며 윤진은 여인숙이 있다는 방향으로 걸음을 재촉했다.

희미한 초롱불이 내걸려 있는 시커먼 대문에 또 지덕지 칠이 떨어진 여인숙이란 간판이 걸려 있었다. 곰보 투성이 사환이 쪼르르 달려나오더니 비굴하게 웃으며 윤진 일행을 안내했다.

마흔 살 가량 되어 보이는 마장궤(馬掌櫃)라 불리는 땅딸보가 손님 맞아본 지가 얼마냐며 연신 호들갑을 떨었다. 그는 이 가게에 윤진 일행을 포함해 손님이 다섯 명 뿐이라며 방을 둘러보라고 했다.

이때 깨끗한 두루마기 차림에 이목구비가 단정한 젊은이 두 명이 동상방(東廂房)에서 나오는 게 보였다. 얼굴만 보고도 '서생(書生)'임을 알 수 있는 윤진에게 우호적인 미소를 보내며 인사를 해오자 윤진이 읍해 보이며 물었다.

"두 분은 북위(北闈) 시험 보러 가시는 길입니까?"

"그렇습니다. 이 사람은 이불(李紱)이라 부르고, 난 전문경(田文鏡)이라고 합니다."

얼굴이 조금 긴 전문경이 웃으며 말했다.

"오는 길 내내 동행이 별로 없어 적적했는데 잠깐이라도 벗이 생겨서 반갑네요. 외람되지만 존함을 여쭤봐도 되겠습니까? 순천부(順天府) 시험을 보러 가시는 중인가 봅니다?"

이불이란 사람은 서먹서먹해 하며 윤진을 향해 수줍게 웃었다.

"옷깃만 스쳐도 인연이라는데 잘 됐네요. 우리도 북경으로 가는 길인데, 좀 있다 술이나 한잔 하는 게 어때요?"

이때 강아지가 신이 나서 끼어들었다.

"여기 우리가 때려잡은 승냥이가 한 마리 있어요. 나중에 고기 드시러 오세요!"

여장을 풀어놓자마자 강아지는 서둘러 승냥이 가죽을 벗겨 여인숙 솥을 빌려 삶기 시작했다. 장작이 타들어가는 소리와 함께 점차 고기 익는 향이 코끝을 간지럽혔다. 고기를 썩둑썩둑 썰어 양념에 찍어먹을 요량으로 준비를 해 놓고 보니 술이 없었다. 바지춤을 움켜쥐고 부랴부랴 변소 찾아간 두아이에게 심부름 시키려던 중 주인장인 마장궤가 자기가 맛있는 술을 덥혀 오겠다며 친절을 베풀었다.

한편 황하가 굽이치는 바로 옆에 변소입네 하고 대충 가려져 있는 비좁은 천막으로 같이 들어간 송아지가 볼일 볼 생각은 잊은 채 목소리를 낮춰 말했다.

"강아지, 뭔가 낌새가 이상해. 혹시 마장궤가 술을 덥혀다 줄지 모르니 술주전자에 수작을 부리지나 않을까 각별히 신경써야겠어."

그러자 강아지가 웃으며 말했다.

"그게 무슨 똥궁리야?"

그러자 송아지가 강아지의 엉덩이를 발로 걷어차는 시늉을 하며 정색을 하고 말했다.

"무슨 잔소리가 그렇게 많아? 애들은 시키는 대로만 하면 돼! 오늘 재수없이 강도떼를 만난 것 같아!"

5. 흑풍황수점(黑風黃水店)

난데없이 강도떼를 만났다는 말에 깜짝 놀란 강아지는 시원스레 뻗어 나가던 오줌 줄기가 뚝 멈춰버리고 말았다. 그는 크게 숨을 들이마시더니 한참 후에야 입을 열어 말했다.

"설마? 백 년도 더 된 가게라는데?"

"그게 강도 출몰하는 것과 무슨 상관 있어."

송아지의 목소리는 물소리에 묻혀버려 잘 들리지 않았다.

"루루가 낑낑대며 냄새를 맡고 있길래 가서 살펴보니 닦아낸 지 얼마 안 된 것 같은 혈흔이 보이는 거 있지? 그리고 넷째마마의 침대 밑에 신호기 같은 이상한 물건이 있었어. 멀쩡한 여인숙이라면 그게 왜 필요하겠어? 이곳 지형을 좀 봐. 창문만 열어젖히면 금방 포효하는 황하야. 뒤통수 갈겨서 내던지면 쥐도 새도 모르지 않겠냐?"

송아지가 냉소했다. 남대문 닫을 생각도 잊은 채 엉거주춤 서 있던 강아지가 오싹 몸을 떨었다.

약삭빠르길 원숭이 같은 두 아이가 소곤대며 귀엣말을 하고 나서 돌아왔을 때 마장궤가 간사한 눈웃음을 치며 윤진과 전문경, 이불을 마주하고 앉아 과거시험 어쩌구저쩌구 하며 수다를 늘어놓고 있었다. 간간이 그는 습관처럼 입을 쩝쩝 다시며 부엌을 향해 눈을 부라리며 소리질렀다.

"전씨, 술 아직 안 덥혀졌어? 빨랑빨랑 하지 못해?"

마장궤의 속셈을 간파한 송아지가 이들이 이야기를 늘어놓는 동안 슬그머니 주방쪽으로 기어들었다. 곰보가 땀범벅이 되어 화기를 돋구느라 난로에 부채질을 하고 있었다. 그걸 본 송아지가 관심있게 말했다.

"우리 주인 우리가 섬기는 건 당연지사인데 엉뚱한 사람 생고생 시키네! 그러지 말고 술은 곧 덥혀질 것 같으니까 여긴 우리 아우한테 맡기고 나랑 같이 고기나 먹으러 가자구."

비상 근무지를 순순히 떠날 리 없는 곰보가 급히 사양하며 말했다.

"나같은 아랫것에게 그런 분에 넘치는 복이 있을라구…… 먹은 걸로 할 테니 아무튼 고마우이!"

곰보가 쉽사리 자리를 비울 것 같지 않은 느낌이 들자 미리 짜여진 각본대로 강아지가 갑자기 절룩절룩거리며 오만상을 찌푸리고 나타났다.

"전씨, 이놈의 관절염이 매년 이맘 때면 말썽이네. 어디 첩고(貼膏)같은 거 없나…… 아이고 나 죽는다……."

첩고(貼膏)라면 어느 가게에서나 있는 상비약인 줄을 모르는 사람이 없다는 것을 떠올린 곰보가 잠시 망설이더니 울며 겨자먹기로 말했다.

"술이 넘치지 않게 잠깐만 지키고 있으라구. 내가 금방 갔다올
테니……."

말을 마친 곰보는 금세 어디론가 사라지고 말았다. 두 번 다시
오지 않을 절호의 기회였다. 강아지는 모양은 똑같지만 하나는
구리로, 하나는 쇠로 만들어진 두 개의 주전자를 눈여겨 보았다.
그리고는 눈동자를 유리알처럼 굴렸다. 잠시 후 그는 고민 끝에
주전자 뚜껑만 바꿔치기해 버렸다.

송아지의 말을 입증이라도 하듯 곰보는 번개같이 돌아오더니
주전자 뚜껑을 열었다 닫았다 하며 유난히 신경을 쓰는 모습이
역력했다. 이상한 점을 발견하지 못한 듯 곰보가 철제 주전자에서
술 두 사발을 따라내더니 송아지에게 하나를 건네주고는 주전자
째로 들고가 버렸다.

재빨리 눈짓을 교환한 두 아이는 한데 모여서 대책을 강구했다.
송아지가 물었다.

"주전자 하나에서 두 가지 술이 나올 순 없지?"

"전에 동성(桐城)에서 살 적에 한(韓) 어른이 왕가네 여인숙에
서 벌어진 살인사건을 조사할 때 본 건데……."

강아지가 목소리를 낮춰 말했다.

"이와 비슷한 독살사건이었는데, 주전자가 속에는 교묘하게 막
혀 있었어. 손잡이에 구멍이 두 개 뚫려 있었는데 하나를 막으면
반대 쪽의 물이 흘러나오게 돼 있더라구!"

이때 곰보가 위층에서 내려오는 걸 본 송아지가 재빨리 말했다.

"아저씨, 시중 웬만큼 들었으면 우리끼리 여기 부엌에서 건배나
해요!"

두 아이는 아무렇지도 않은 듯 혀를 날름대며 술을 마셨지만 실은 위층의 움직임에 온갖 신경을 곤추세우고 있었다. 긴장하긴 곰보 역시 마찬가지였다.

그 순간 위층에서 윤진이 마장궤에게 묻는 소리가 들렸다.

"내게 소록이라는 친척 여동생이 있는데, 재작년 수재 때 이곳 전대발(田大發)네 집으로 피난 왔다는데 혹시 그 사람 알고 있어요? 한 달을 갓 넘긴 갓난애를 안고 왔었다는데……."

"피난민이 한두 명이라야 말이죠. 일일이 다 기억할 순 없죠."

마장궤가 웃으며 말했다.

"전대발이란 사람이 있긴 했는데, 그해 봄 물난리 때 죽었지요. 잠깐, 생각이 날 듯한데, 정말 어떤 곱상하게 생긴 여자가 아이를 안고 왔던 것 같네요. 이곳에서 며칠 동냥하더니 전대발이 죽은 후로는 안 보이던데요? 이름은 정확히 모르겠습니다."

순간 윤진의 눈이 크게 빛났다. 조바심에 다그쳐 물었다.

"좀더 기억을 더듬어보실 순 없을까요?"

그러자 마장궤가 큰소리로 웃으며 말했다.

"내가 그리 한가한 사람도 아니고 타고난 기억력이 있으니 이만큼이라도 기억하는 거지 상대하는 사람이 하루에도 얼만데!"

일말의 기대를 걸었던 윤진은 실망한 나머지 눈빛이 금세 암담해졌다. 고개를 떨구고 잠자코 있던 윤진이 한참 후에야 고개를 돌려 전문경을 바라보며 말했다.

"방금 아주 솔직한 얘기가 인상적이었는데, 돈 주고 효렴(孝廉) 자리를 샀다고! 그럼 이번에 북경에 들어가는 것도 조정의 잘 나가는 대신네 집에 인사치례하러 가는 건가? 나도 관심이 있어 그러는데, 공생(貢生) 자리 하나 얻으려면 요새 시세로 어떻게 되는

지 모르겠소?"

그러자 전문경이 홍광만면(紅光滿面)하여 말했다.

"공생은 얼마 안 할 걸요? 천 냥 정도면 도배하고도 남지! 어렵기로 치면 전시(殿試)가 좀 까다롭죠. 마제(馬齊), 장정옥(張廷玉) 두 대신이 지옥관(地獄關)인가 보더라구요. 게다가 내로라 하는 실학(實學)이 없으면 폐하한테도 통과할 수 없고."

딱딱하고 기름기 많은 승냥이 고기가 싫은 윤진이 일찌감치 물러나 앉으며 말했다.

"나의 짧은 식견으론 통 이 바닥이 이해가 가지 않아. 시험지가 밀랍으로 봉해지고 그렇다고 겉봉에다 아무개 시험지라고 표시해 둘 수도 없으련만 고관(考官)들이 돈 냄새를 어떻게 안단 말이오?"

"모르는 소리!"

주량이 약한 듯한 이불이 술을 홀짝이며 웃는 얼굴로 말했다.

"미리 만나 입을 맞추는 건 기본이지요. 팔고문(八股文)을 작성할 때 운을 이런 식으로 뗄 것이다, 라고 글자까지 알려주면 고관으로선 딱 보면 알지."

"근데 문제는 고관이 돈만 챙기고 실속있게 일처리를 안 해주면 어떡하냐 이거지."

근심어린 윤진의 어벙한 모습을 보며 이불이 웃으며 말했다.

"다 이 바닥에서 내로라 하는 선수들인데 나름대로 대책이 다 있는 법이라오. 요즘은 현금거래하는 데가 없소. 예를 들면 '몇월 몇일 자로 아무개 어른에게서 백은(白銀) 500냥을 차용함!' 뭐 이런 식으로 차용증을 쓰는 게 유행이오. 시험이 갑자년(甲子年)에 있다면 낙관쓸 때 '갑자공생(甲子貢生) 아무개' 이렇게 쓰는 거지. 합격하면 돈내고 방이 붙었지만 이름이 없는 날엔 당연히 돈낼 필요가 없죠. '갑자공생'이 아니니까 아무리 간덩이가 부어터진 고관이라도 미증유의 사실로 돈을 떼어먹진 않죠."

엉킨 실타래 풀어내듯 술술 나오는 이불의 말에 정신이 혼란스러워진 윤진이 고개를 젖히고 잠시 순서를 따져보았다. 그제야 일리가 있다고 생각한 윤진이 크게 웃으며 말했다.

"참, 세상 쉽게 사는 사람들이 의외로 많군!"

윤진은 술을 따라 이불에게 권하며 넌지시 물었다.

"보아하니 형씨는 이 바닥의 생리에 대해 꿰뚫고 있는 것 같은데 이번에 진사(進士) 자리 사러 가는가 보죠?"

"나 말이오?"

이불이 손가락으로 자신을 가리키며 웃었다.

"난 바리바리 싸들고 다니는 체질이 아니라서 말이오. 그리고 고관들이 매관(賣官)하는 것도 어느 정도는 사람을 가려서 하겠지 백치 같은 것들만 한가득 뽑으면 누워서 침 뱉기 아니겠소? 솔직히 난 실력이 그렇게 딸리는 것도 아니고 맨몸으로 한번 부딪쳐볼까 하오!"

그는 전문경을 쳐다보고 나서 한마디 덧붙이는 걸 잊지 않았다.

"요즘 세상은 워낙 매관매직이 보편적이고 전형(田兄)처럼 고관들에게 용돈 주고 자아실현의 기회를 얻고 나아가 조정에 효도할 수 있는 사람들이 더 이상은 백안시되는 때가 아니지. 소도 언덕이 있어야 비빈다고 가진 게 없는 나 같은 촌놈이야 온몸으로 부딪치는 수밖에 없지만."

말을 마친 이불은 고개를 숙이고 한숨을 토해냈다. 전문경의 기분을 헤아려 말은 그렇게 했어도 현실에 대한 개탄, 아수라장이 된 이치(吏治)에 대한 암담한 심경의 발로쯤으로 윤진은 받아들였다.

눈알을 부산하게 돌리며 이들의 말에 귀를 기울이던 마장궤가 술자리가 식어가는 걸 두려워 하듯 급히 서두르고 나섰다.

"아까운 술이 다 식는데 왜들 이러고만 있습니까? 술 먹는 것도 시와 때가 있는 법이니 놓치지 말고 어서 듭시다."

그러자 윤진이 알겠다는 듯이 고개를 끄덕이며 술잔을 들어 한 모금 마시고는 말했다.

"좋긴 한데 취(聚, 술맛을 돋구는 향료의 일종)가 너무 많이 들어간 것 같아. 약 냄새가 나."

윤진이 입맛을 다시며 말했다. 그러나 윤진의 말에는 아랑곳하지 않고 아까부터 술을 마셨는데 약효가 오늘따라 늦게 발한다며 고개를 갸우뚱하고 있던 마장궤는 시간이 흘러감에 따라 상대는 멀쩡하고 자신이 오히려 머리가 어지럽고 속이 미슥거리자 당황스러웠다. 막무가내로 감겨 드는 눈꺼풀을 억지로 치켜뜨며 버텨 보았지만 몸은 자꾸만 나른해지는 것이었다.

두 아이의 '작당'을 짐작할 리가 없는 마장궤는 '독주(毒酒)'를 마시고도 담흥(談興)이 도도해져 있는 세 사람을 뒤로 하고 정신이 몽롱해져서 주방으로 내려왔다. 그곳에는 자신과 증세가 똑같은 곰보를 포함한 세 명의 하인이 눈을 게슴츠레하게 뜨고 맥을 놓고 있는 게 아닌가? 그제야 뭔가 잘못되어 간다는 것을 느낀 마장궤가 바가지로 냉수를 떠 벌컥벌컥 들이키고는 하인들을 발길로 걸어차 정신차리게끔 하고 냉수를 양동이째로 들이부었다.

먼발치에서 고기와 술을 배불리 먹은 송아지와 강아지가 찬물로 해독(解毒)을 하느라 안간힘을 쏟는 이들을 보며 몰래 웃었다.

다시 시선을 맞춘 두 아이는 툭툭 털고 일어나 마장궤가 있는 주방으로 오더니 심드렁하게 말했다.

"우리 주인께서 여독이 몰린 데다가 술까지 드셨으니 저녁엔 목욕을 하고 주무실 테니까 목욕물을 많이 끓여주세요. 물이 남으면 우리도 씻을 테니까. 수고비는 내일 아침 두둑히 줄게."

시간이 많이 흘렀다. 그 사이 술자리는 파하고 사위에는 밤의 정적이 깃들기 시작했다. 창고와 마굿간 그리고 안채 거의 모두 불이 꺼진 암흑천지로 변해갔고 유독 주방에만 불이 켜져 있었다.

송아지와 강아지가 큰 대야에 끓는 물을 담아 윤진이 있는 동쪽 방으로 부지런히 나르느라 여념이 없었다. 윤진이 그만 하라고 말렸지만 두 아이는 방이 차서 훈훈한 기운이 돌아야 한다며 계속 물을 떠 날랐다.

목욕을 하고 누워서 볼 책을 구하려고 윤진이 잠시 방을 나선 사이 송아지의 눈짓을 받은 강아지가 윤진의 침대가로 살금살금 다가가더니 히히 웃으며 말했다.

"아까 보니 이 밑에 뭔가 이상한 것이 있는 것 같던데, 한 번 볼까?"

송아지를 향해 짓궂게 눈을 껌벅거리며 강아지가 침대 밑의 벽을 사정없이 걸어찼다!

아니나다를까, 발길에 걸어차인 부분이 움푹하게 들어갔다. 그 것은 벽으로 교묘하게 위장한 큰 구멍이었다. 송아지의 예측대로 그 속엔 장검을 어깨에 두른 사내 두 명이 숨어 있었다! 만에 하나 약효가 여의치 않을 때를 대비하여 마장궤가 꾸민 꿍꿍이가 틀림 없었다.

방금 윤진과 두 아이의 말을 듣고 이들을 제거하는 건 식은죽

먹기라는 생각에 경계심을 늦추고 있던 두 자객은 강아지에게 불의의 습격을 당하는 바람에 밝은 등불 아래에서 잠시 어쩔 줄을 몰라 했다.

그러나 자객들이 구멍에서 빠져 나오려고 발버둥칠 대는 이미 펄펄 끓는 뜨거운 물세례가 시작된 뒤였다. 쥐구멍에 뜨거운 물을 쏟아 부으면 그것들은 튀어나올 수도 있으련만 ㅁ련하게 둘씩이나 작은 구멍에 박혀 있던 두 자객은 꼼짝없이 수난을 당하고 말았다!

하지만 그쯤하고 그만 둘 송아지가 아니었다. 그는 침대 위에 있던 묵직한 솜이불을 덮어씌우고 숨통이 끊어질 때까지 누르며 걸터앉아 있었다.

한바탕 물 쏟아붓는 소리에 놀란 윤진이 부랴부랴 방으로 돌아가려고 하자 이상한 낌새에 곰보가 따라 나서려고 했다. 그러자 미리 밖에 나와 망을 보고 있던 강아지가 웃으며 말했다.

"아무것도 아니에요. 물이 너무 많아 목욕대야가 기우뚱 하는 바람에 물을 약간 쏟았을 뿐이에요."

약 기운이 가시지 않은 듯 괴로운 표정의 곰보가 별 의심없이 돌아서려는 찰나 강아지가 미리 준비하고 있던 걸레를 곰보의 입에 넣어 콱 틀어막았다. 그리고는 루루의 등을 떠밀었다.

평소엔 온순하다가도 주인의 명령이라면 미친 개로 돌변하는 루루가 저만치 쓰러져 허우적대는 곰보의 멱살을 물어뜯었다. 삽시간에 비릿한 핏줄기가 뿜어나와 벽에 흩뿌려지고 곰보는 끽소리도 못하고 숨을 거두고 말았다.

순식간에 일어난 사실에 안색이 창백하게 질린 윤진은 두 아이의 극악무도한 행동에 놀란 나머지 악몽을 꾸듯 중얼거렸다.

"애들아, 그만, 그만 해…… 뭐하는 거야!"

"넷째마마, 걱정마세요!"

땀범벅이 된 송아지가 주렴을 걷고 밖으로 나오더니 말안장 위에서 고삐를 풀어내며 말했다.

"오늘 큰일날 뻔했어요. 자객이 둘씩이나 숨어 있었어요! 들어가 보시면 아실 거예요!"

전류가 통과하듯 몸을 떨며 윤진이 급히 방안으로 들어갔다. 물난리가 따로 없었다. 이불이며 침대보가 땅바닥에 널려 있고 수증기가 자욱한 가운데 눈여겨 보니 과연 머리가 홀떡 벗겨진 흉측한 몰골의 두 사내가 대자로 널부러져 있었다. 고통으로 일그러진 시체는 징그럽기 그지 없었다.

모골이 송연해진 윤진이 입을 반쯤 벌리고 중얼거렸다.

"진짜……. 도둑소굴이었구나!"

"맞아, 녹림(綠林)에 이름난 흑풍황수점(黑風黃水店)이지!"

창 밖에서 귀신소리 같은 을씨년스러운 목소리가 들려왔다.

"원숭이도 나무에서 떨어질 때가 있다더니 오늘 천하의 마씨가 잡종 개새끼들한테 놀아났다 이거야."

윤진과 송아지가 소리나는 쪽을 향해 고개를 돌려보니 마장궤가 세 명의 부하를 데리고 시퍼런 칼날을 번쩍이며 기세등등하게 서 있는 것이었다.

위기일발의 찰나, 신속히 눈짓을 주고 받은 윤진과 두 아이는 기가 죽기는커녕 더욱 담대해지는 수밖에 없었다. 강아지는 잽싸게 두 자객의 장검을 뽑아들더니 순식간에 불을 꺼버렸다.

윤진은 아이들의 지혜에 놀란 한편 갈수록 무너지는 세풍(世風)에 분노했다. 그러나 한사코 사람을 딸려 보내겠다던 대탁과 고복을 매정하게 거절한 것이 더욱 후회스러운 윤진이었다.

서로가 팽팽하게 맞서고 있을 때, 일대 일로 붙어서 탈출하기가 만만치는 않겠다고 생각한 송아지가 창밖을 향해 큰소리로 고함을 질렀다.

"이봐 마씨, 자객을 숨겼든 독약을 탔든 다 돈 때문이잖아. 우리 전 재산이나 다름없는 천 냥을 너의 가게에 맡겼으니 그걸 가지고 꺼져!"

"한 방에 날아갈 놈이 주둥아리는 여물어가지고!"

마장궤가 몸을 한껏 뒤로 젖히고 껄껄 웃어댔다.

"내 사람을 그렇게 죽여놓고 내가 호락호락 보내줄 것 같아? 우리한테 왔다가 살아나간 사람이 별로 없어. 조상대대로 그 영광을 대물림받으며 살아왔는데 내가 개망신을 당하여 조상 얼굴에 먹칠하는 일은 없어야겠지!"

그러자 강아지가 웃으며 말했다.

"흥! 귀신 씨나락 까먹는 소리하고 자빠졌네! 루루야, 손 좀 봐줘!"

그와 동시에 강아지가 루루의 등을 떠밀었다.

시위를 벗어난 화살처럼 날렵하게 달려간 루루는 칼을 휘두르는 마장궤의 손목을 사정없이 물어뜯었다. 마장궤가 악을 쓰며 칼을 다른 손에 옮겨쥐고 휘두르는 순간 다급하게 대문 두드리는 소리와 함께 고복의 거친 욕설이 들려왔다.

"문 열어! 무슨 놈의 여인숙이 문은 이렇게 빨리 닫아 걸어? 뒈졌어? 어서 문 못 열어?"

누란지위(累卵之危)의 찰나에 지원병이 온 것이다! 순간 윤진은 그제야 긴장이 풀리는 듯 스르르 눈을 감았다. 이젠 36계 줄행랑이 상책이라고 생각한 마장궤가 다른 하인을 데리고 꼬리를 내리고 담벽을 넘어 도망갔다. 강아지가 미처 빗장을 열어주기도 전에 밀치고 들어온 고복 일행 열 명은 저마다 횃불을 들고 있어 뜨락을 대낮처럼 비추었다.

"고복, 자네……."

말끝을 흐리며 고복의 품으로 거의 쓰러질 듯하던 윤진이 애써 몸을 추스르며 지시했다.

"구석구석 잘 살펴보게. 자객이 또 숨어 있을지도 모르니까!"

"예!"

고복이 사람들을 데리고 안팎을 이 잡듯이 훑는 사이 안도의 숨을 내쉬며 윤진이 두 아이를 향해 말했다.

"너희들 때문에 살았어! 정말 다행이야! 너희들을 얻은 건 나의 이번 강남행에서 최대의 수확이야!"

윤진이 두 아이를 칭찬하고 있을 때 마침 고복이 수색을 끝내고 돌아왔다. 윤진을 따른 세월이 10년이 됐어도 언제 한 번 이렇듯 '함량' 높은 칭찬을 받아본 적이 없는 고복이 자신에게 결코 우호적이지 않은 두 아이를 물끄러미 쳐다보더니 웃으며 말했다.

"자객은 더 이상 없는 것 같고 동상방에 투숙한 서생 같이 보이는 두 사람이 우리도 강도인 즐 알고 놀라서 허둥지둥하고 있습니다."

"그래?"

윤진이 웃으며 말했다.

"진정시키고 얼른 모셔오게."

고복에게서 윤진의 신분을 알았는지 어느새 두려움을 가진 전문경과 이불의 얼굴엔 황송함과 부자연스러움이 역력했다. 이불이 먼저 무릎을 꿇어 머리를 조아리며 말했다.

"오늘저녁 수난을 면한 건 모두 넷째마마 덕분입니다! 목숨이 붙어있는 날까지 결초보은하며 살 것을 맹세합니다."

전문경 역시 앞으로 힘닿는 데까지 넷째마마를 위해 충성을 다하겠노라며 다짐했다.

"나도 아슬아슬했는걸?"

눈치빠른 윤진은 권세에 약한 모습이 엿보이는 두 사람을 향해 웃으며 말했다.

"오늘저녁 두 분한테서 많이 배웠소. 아직까지는 내가 얻은 게 더 많은 것 같소. 이치(吏治)가 어지러운 정도가 상상을 초월하고 환도(宦途)에 잡초가 그리 무성한 줄은 정녕 몰랐었소. 창피하기 그지없구만. 내가 보기에 두 분은 실학으로 충분히 승부를 걸 수 있는 사람들이오. 사내 대장부로서 공명을 취하고 이 나라의 필부로서 제 목소리를 내고 싶어하는 의지는 당연히 가상하오. 하지만 공명(功名)이란 두 글자는 재물과 마찬가지로 신외지물(身外之物)이니 만큼 대장부 가는 길에 걸림돌이 돼서는 안 되겠네. 공명은 정직하게 구하는 것이지 부덕하게 구해서는 절대 안 되는 거요. 오늘은 아쉽지만 여기서 헤어지고 자네들이 진정한 실학파라면 언제든지 만날 수 있을 거라 믿소!"

낚싯줄을 길게 늘어뜨려 대어를 낚으려는 윤진을 보며 고복은 순간적으로 여덟째를 떠올렸다. 만약 여덟째가 이 두 서생을 만났다면 무조건 품속으로 끌어들였을 게 틀림없다고 고복은 생각했다. 그리고는 웃으며 말했다.

"넷째마마, 이곳은 어떻게 처리하는 게 좋겠습니까?"

"흔적도 남기지 말고 태워버려!"

윤진이 주저없이 말했다.

산처럼 믿고 따르던 태자 윤잉의 입지가 갈수록 줄어들고 황자들의 파벌전이 예사롭지 않음을 알고 있는 윤진이었다. 이번에 흠차 신분으로 내려오긴 했지만 고가언을 둘러보고 오라는 지시 사항은 없었다. 오늘 벌어진 일이 새어나가면 윤진은 악의에 가득 찬 붕당들로부터 한바탕 악성 소문에 시달릴 게 틀림없었다. 계란 속에서 뼈다귀를 찾아내려 하고 개미에게서 기름을 짜내려 드는 황자들이 생각만 해도 끔찍했다! 윤진은 전문경과 이불을 비롯하여 고복에게까지 오늘 있었던 일을 발설하여 절대 좋을 게 없다는 강한 메시지를 전달했다.

6. 첫사랑의 여인

　오사도(鄔思道)가 풍찬노숙(風餐露宿)을 하며 천신만고 끝에 북경에 도착했을 때는 단오도 지난 때였다. 4월 중순부터 한 달 사이에 직예(直隷) 일대에는 비가 한두 번밖에 내리지 않았다. 그것도 땅을 살짝 적실까 말까 하는 가랑비에 불과하여 봄가뭄은 지속되고 때이른 더위가 시작됐다.

　북경성(北京城)은 개국 초기에 비해 많이 달라져 있었다. 9성 (九城) 내에 골목골목마다 인가가 즐비하게 들어섰고, 인구도 많이 늘어나 웬만한 바람에는 나뭇잎들이 미동도 하지 않았다. 조운 (漕運)이 개통됐는지라 남북간의 무역이 하루가 다르게 활성화되어갔다. 수박이며 참외, 복숭아 등 과일을 실은 선박들이 꼬리에 꼬리를 물었고, 대나무로 만든 부채, 돗자리, 목침 등등 해서(解 暑) 용품들이 조양문(朝陽門) 부둣가에 들어서자마자 기다리고 있던 중간상인들에 의해 순식간에 바닥을 드러내고 있었다.

연일 살인적인 더위가 기승을 부리는 가운데 심각한 가뭄까지 겹쳐 좌가장(左家莊) 화장터로 향하는 행렬은 끊이지 않았다. 해마다 여름이면 더위 먹어 죽은 사람이 그만큼 많았던 것이다.

물구경 한 지 오래된 오사도가 몰골이 말이 아닌 채 지팡이 소리를 둔탁하게 내며 정양문(正陽門) 관부자묘(關夫子廟) 동쪽 김옥택(金玉澤)의 집 어귀에 이르렀을 때 온몸은 땀투성이가 되고 말았다. 붉은 칠을 한 커다란 대문 위에 호랑이 머리 모양의 손잡이가 무겁게 드리워져 있었고, 문패에는 '내우병부 무선사 정당 김옥택(內寓兵部 武選司 正堂 金玉澤)'이라고 적혀 있었다. 오사도는 잠시 숨을 돌린 다음 천천히 다가가 대문을 두드렸다.

"뭐야?"

잿빛 비단 두루마기를 입은 사람이 문을 빠끔히 열고는 오사도를 아래위로 훑어보더니 말했다.

"빌어먹는 것도 눈치가 있어야 해. 지금 이 시간에 오는 게 어딨어?"

자신을 보자마자 대뜸 거지로 취급해 버리는 마름인 듯한 사람의 말에 다소 충격을 받은 오사도는 그제야 고개를 떨구어 자신의 옷매무새를 바라보았다. 기름과 오물로 얼룩진 흰 적삼이 창피했고, 한 달 동안 빗지도 감지도 않은 머리카락이 검불 같을 거라는 생각에 난감했다. 신발은 어느새 구멍이 뻥 뚫려 있었고 그 사이로 시커먼 '흰' 양말이 삐쭉 고개를 내밀고 있었다. 오사도가 어처구니없이 피식 웃으며 말했다.

"그러면 김 어른께 양주에서 오사도라는 사람이 왔다고 전해주시겠소?"

그 사람은 알았다는 듯이 고개를 끄덕이고 문을 다시 걸어 잠갔다.

오사도는 지팡이를 벽에 기대어 놓고 나무그늘 밑에 있는 바위 위에 앉아 한심한 몰골을 대충 정리하느라 바빴다.

길 하나를 사이에 두고 냉면을 파는 포장마차가 있어 웃통을 벗어던진 사내들이 등을 돌리고 후루룩대고 있었다. 고기를 우려 낸 육수의 향이 오사도를 허기지게 만들었다. 그는 침을 꿀꺽 삼키며 너덜너덜한 안주머니를 만져보았다.

돈. 그에겐 얼마든지 있었다. 천 냥짜리 용두은표(龍頭銀票) 한 장과 은전 50냥 정도가 들어 있었다. 단지 워낙 어수선한 세월이라 감히 있는 티를 못 냈을 뿐이었다. 그러나 안에서 사람이 곧 부르러 나올 것 같아 그는 좀더 참기로 했다. 그러나 잠깐 기다리라고 하던 사람은 반나절이 지나도 모습을 드러낼 줄 몰랐다. 지치고 배 고프고 목이 마르다 못해 오사도는 슬슬 화가 치밀기 시작했다. 그는 벌떡 일어나 다시금 대문을 있는 힘껏 두들겼다. 얼마나 요란 했던지 냉면을 먹고 있던 사람들이 일제히 고개를 돌려 이쪽을 쳐다보았다.

"이 사람 못 쓰겠구만? 뭐하는 거야?"

대문이 벌컥 열리더니 아까의 그 마름이 세모눈을 부릅 뜨고 악에 받쳐 말했다.

"좀 기다리라고 했잖아. 우리 주인 어른께선 낮잠 주무시고 계 신단 말이야!"

마름의 말이 끝나기도 전에 오사도는 남자의 얼굴을 향해 퉤! 하고 침을 내뱉으며 말했다.

"눈깔은 폼으로 찢어 놓았냐? 어른도 못 알아보고! 난 오사도란 말이야! 천리 길도 마다 않고 친척집을 찾아왔는데 네까짓 게 뭔데 나에게 이런 푸대접을 하는 거야?"

"친척?"

마름이 어이가 없다는 표정으로 오사도를 한참 노려보더니 갑자기 후훗! 하고 웃음을 터뜨리며 말했다.

"내가 여기 온 지 몇 년째 돼도 당신 같은 절름발이 친척이 있단 소리는 금시초문이야. 친척은 무슨 얼어 죽을! 이 빠진 사발 들고 빌어나 먹을 놈 하고 이마에 딱 씌어져 있는 걸?"

오사도는 분노에 온몸을 사시나무 떨 듯 떨었다. 성질 같았으면 지팡이를 날려 대갈통을 박살내주고 싶었으나 애써 참았다. 혹시 이 모든 게 고모부의 지시가 아닌가 싶었기 때문이었다.

냉면을 먹고 난 사내들이 불룩한 똥배를 어루만지며 이쑤시개를 물고 하나씩 몰려들기 시작했다. 고모부네 집앞에서 웃음거리가 되고 싶지 않은 오사도가 냉소하며 큰소리로 말했다.

"잘 들어! 김옥택 어른은 나의 고모부야. 또한 난 김옥택 어른의 사위 되는 사람이고. 우린 이런 관계야, 알리든 말든 알아서 해!"

그러자 사람들 중에서 누군가가 자기네들끼리 수군대는 소리가 들려왔다.

"이상하다! 김 어른의 사위는 예건영(銳健營)의 유격(遊擊)으로 있는 당(黨)아무개라는 것 같던데? 그렇다고 딸이 둘이 있는 것도 아니고!"

"전에 혼사가 오갔는데 병신이 되고 하니까 떨쳐 내느라고 그러는지도 모르지……."

사람들이 수군거리고 오사도와 마름이 으르렁대며 대치하고 있을 무렵 갑자기 장화 소리가 크게 들려오는가 싶더니 구슬이 박힌 과피모(瓜皮帽, 여섯 조각의 천 조각을 꿰매 맞춘 차양 없는 모자)를 쓰고 눈부신 삼베적삼을 입은 50살 가량 되어보이는 관원이 모습을 드러냈다. 흰 얼굴에 정갈한 팔자수염, 그리고 먹물을 부어놓은 듯한 숯검정 같은 눈썹이 인상적이었다.

그는 팔자걸음으로 천천히 다가오더니 물었다.

"장귀(張貴)야, 시퍼런 대낮에 대체 무슨 일인가? 눈 좀 붙이려고 했더니 시끄러워서 어디 잘 수가 있어야지?"

"장인어른!"

김옥택을 먼저 알아본 오사도가 한 발 앞으로 나서며 허리 굽혀 읍하고 말했다.

"접니다. 오서방입니다!"

순간 김옥택은 흠칫 놀라더니 안경을 벗어들고 오사도를 한참 뜯어보더니 그제야 이마를 툭 치며 크게 웃더니 말했다.

"그래 맞네! 아니, 근데 어쩌다가 이 모양 이 꼴이 됐나? 이곳에 워낙 어거지를 부리는 난민들이 많다 보니 내가 아랫사람들에게 각별히 조심하라고 귀에 못이 박히게 지시했거든…… 근데 자네가 이런 행색으로 다니니 오해받을 법도 하지 뭐…… 얼른 들어와, 쯧쯧…… 무슨 혁명하고 다녀?"

이같이 연신 혀를 내두르던 김옥택이 곧 명령했다.

"장귀, 얼른 도련님을 안으로 모시지 않고 뭘 꾸물거려?"

두 겹으로 둘러싸인 북경 전통가옥의 전형인 사합원(四合院)이었다. 하인들이 살고 있는 앞뜰 마당을 가로질러 뒤뜰에 들어서니 고색창연한 단층 주택이 다섯 개나 빙 둘러 있었다. 그중 지세가 조금 높은 건물에 김옥택 부부가 살고 양옆의 건물엔 시녀와 몸종들이 살고 있었다.

김옥택이 오사도를 데리고 들어서자 하녀들이 오사도가 머무를 방을 청소하느라 바삐 움직이기 시작했다.

"집사람이 신경이 예민해서 낮잠을 못 자는데 오늘은 모처럼 좀 자네. 맛있게 자는 걸 깨우면 안 되니까 우리끼리 먼저 서재에 들어가자구."

김옥택이 고모를 지극히 아낀다고 오사도는 생각했다.

"고모부."

김옥택을 따라 서쪽 서재로 들어가 자리에 앉은 오사도가 물었다.

"그래도 오랜만에 만났는데 낮잠 깨웠다고 고모가 조카를 혼내키기야 하겠어요? 먼저 인사드리고 와야겠네요."

그러자 김옥택이 서둘러 하녀들에게 오사도의 목욕물과 갈아입을 옷을 준비하라고 명령하고는 천천히 차를 마시며 뭔가 생각에 잠겨 있더니 드디어 한숨을 쉬며 말했다.

"조카, 어떻게 말해야 할지 모르겠는데 자네도 알다시피 자네 고모가 전부터 골골댔잖아. 백약(百藥)이 무효하고 백의(百醫)가 속수무책이어서 재작년 봄에 날 버리고 먼저 가버렸어. 지금 있는 고모도 자네가 알거야. 셋째르 있던 난초(蘭草)인데, 착하고 살림 잘할 것 같아 정실(正室)로 들였어……. 그건 그렇고 자네는 어찌 십 년 동안 연락도 한 번 하지 않고 살았어? 왼쪽 턱에 있는 사마귀가 아니었다면 나도 못 알아볼 뻔했어!"

고모가 죽었다는 말을 듣는 순간부터 오사도의 머릿속은 하얗게 탈색하고 말았다. 벌떼들이 윙윙거리는 것처럼 복잡할 뿐 아무런 생각도 없었다. 전혀 예기치 않았던 사실에 오사도의 얼굴은 백지장처럼 창백하게 질렸다.

언제 한 번 인상 쓰는 법 없이 항상 자상한 미소를 잃지 않았던 등에 업혀 있을라치면 엄마같이 푸근하고 따뜻했던 고모가 이 세상에 없다니! 김옥택의 얼굴이 괴물처럼 마구 구겨지는 것처럼 보였다. 싯누런 금이빨 사이로 오물이 꾸역꾸역 새어나오는 것 같았다.

넋을 잃은 채 김옥택이 무슨 말을 하는지도 모르고 연신 대답만 하던 오사도는 순간 밖에서 사람들이 수군대던 말이 떠올랐다. 사촌누이가 정말 다른 사람에게 시집간 건 아닐까? 집요하게 파고드는 생각을 떨쳐버릴 수 없었다.

그러나 김옥택의 입에서 말이 나올 때까지 좀더 기다려보기로 하고 사촌누이에 대해선 일언반구도 하지 않았다. 근황을 묻는 김옥택의 말에 뭔가 대답을 해야겠다고 생각한 오사도가 입을 열었다.

"보시다시피 집도 절도 없는 가난뱅이에다 병신까지 됐으니 인생 종친 거죠 뭐. 집 떠난 후 십 년 동안 어떻게든 동산재기해보려고 안간힘을 썼지만 지금은 거의 포기상태에 있습니다. 이번에도 달리 큰 꿈이 있어서 북경에 온 것이 아니라 잘 나가는 고모 부덕에 일자리나 얻고 고모한테서 따뜻한 끼니라도 얻어먹고 싶어서였는데…… 후유……."

불귀의 객이 된 고모 생각에 오사도는 금세 눈물이 샘솟듯 했다.

김옥택은 말없이 고개를 숙이고 한숨을 짓더니 자리에서 일어나 무겁게 방안을 거닐었다. 그러기를 한참, 김옥택이 느릿느릿 입을 열어 말했다.

"인력(人力)으론 어떻게 할 수 없는 일이니 너구 상심하지 말게. 아직 점심 전이지? 날씨도 더운데 목욕하고 옷도 갈아입어야 할 테고. 나도 북경에 오고나니까 워낙 찾아오는 사람이 많아 통

여유가 없어. 많이 못 챙겨 주더라도 서운해 하지 마. 새 고모도 착하고 하니까 집에 온 것처럼 편하게 있게. 필요한 게 있으면 장귀한테 부탁하면 되겠고."

이같이 말하며 안주머니에서 회중시계를 꺼내 보고 난 김옥택은 진귀한 물건 대하듯 조심스레 도로 집어넣고 나갈 채비를 하며 말했다.

"폐하의 시중을 드는 일등시위(一等侍衛)인 어룬따이가 저 조양문(朝陽門) 밖에 있는 팔황자마마 저택에서 술을 산다고 꼭 오라고 사람을 몇 번씩이나 보냈더구. 자, 그럼 다녀올게."

말을 마친 김옥택은 뒤도 돌아보지 않고 횡하니 나가버렸다.

김옥택은 끝까지 사촌누이에 대해선 일언반구도 없었다. 그는 못내 궁금했다. 걱정했던 일이 적중할까봐 두려워 다른 누구에게 물어볼 수도 없었다.

그러나 한편으로 10년째 도망다니고 있는 '흠안요범(欽案要犯)'인 주제에 생사도 묘연한 사람을 기다리지 못하고 시집을 간들 사촌누이를 탓할 바도 못 된다고 오사도는 생각했다.

점심을 먹고 몸을 정갈히 하고 자리에 누워 있던 오사도는 살랑살랑 불어오는 시원한 바람에 어렴풋이 잠이 들었다.

"외삼촌, 외삼촌……."

어린아이의 목소리가 귓돌을 간지럽혔다. 꿈인지 생시인지 몰라 오사도가 눈을 반쯤 뜨고 아직 정신을 못 차리고 있을 때 얼음 같은 차가운 물체가 입술을 스쳤다.

순간 오사도는 흠칫하며 반쯤 일어나 앉았다. 네댓살 쯤 되어 보이는 사내아이가 정수리 부분만 동그랗게 남겨둔 채 빡빡 밀어버린 머리모양을 하고 자잘한 꽃무늬가 있는 비단바지를 입고 있었다. 얼굴 가득 장난기가 어려있는 아이는 동그랗게 튀어나온 배를 한껏 내밀고 천진난만한 웃음을 웃고 있었다. 솜방망이 같은 통통한 손에는 포도알을 꼬치처럼 꿰어 말린 포도꼬치가 들려 있었다.

오사도는 피곤도 잊은 채 벌떡 일어나 앉아 웃으며 아이를 무릎에 앉히고 물었다.

"아이구 이쁜 거. 이름이 뭐니?"

"아보(阿寶)."

"성은?"

"당(黨)이요……."

"오. 이제 알겠다. 그럼 당아보겠네? 이름도 참 멋지다!"

오사도는 아이가 한사코 밀어 넣어주는 포도를 씹으며 자상한 미소를 띄우고 물었다.

"근데 방금 외삼촌이라고 불렀어?"

그러자 아이가 까르르 웃으며 말했다.

"할머니가 그렇게 부르라고 했어요. 할머니가 맛있는 거 많이많이 해드릴 거예요!"

오사도가 말없이 고개를 끄덕이며 웃었다. 그리고는 한참 후에 다시 물었다.

"……그만 가봐야지. 아가야. 엄마가 찾으시겠어. 아빠는 어디 계셔?"

그러자 당아보가 손가락을 입에 넣고 빨며 말했다.

"아빠라고 하면 안 돼요. 어르신이라고 불러야 돼요. 우리 어르신은 외할아버지랑 술 마시러 가셨어요. 엄마……!"

갑자기 아이가 이같이 부르더니 쪼르르 문어귀로 달려갔다.

"엄마! 외삼촌이다? 엄마가 이야기 많이 해 줬잖아 그치? 근데 엄마, 외삼촌 걸을 줄 모르신다…… 어른인데도 못 걸어…… 히히……."

가까이에 모습을 드러낸 젊은 여자를 보는 순간 오사도는 그 자리에 굳어지고 말았다. 긴 머리를 틀어 올리고 얼굴 전체에서 빛나는 보석빛이 잘 어울리는 생기 넘치는 여자가 바로 자신이 10년 동안 오매불망 그리던 약혼녀 김채봉(金彩鳳)이 아닌가! 일어서려고 애썼지만 몸이 말을 들어주지 않았다. 오사도는 나무인형처럼 넋을 잃고 앉아 있었다.

한편 시댁에 있다가 아이를 데리러 친정에 온 김채봉 역시 오래전에 죽었다던 사람이 홀연히 나타나자 경황이 없긴 마찬가지였다. 그녀는 온몸의 피가 삽시간에 어디론가 증발해 버리는 느낌에 안색이 파랗게 질린 채 휘청거리며 문어귀에서 그대로 굳어버렸다.

십 년의 세월을 어떻게 단숨에 말하랴! 한참 후에 아들에게 이끌려 못 이기는 척 다가온 채봉이 애써 웃음을 지으며 인사했다.

"정인, 너로구나……."

그러나 오사도는 얼음구멍에 빠진 것처럼 숨조차 멈춘 것 같았다. 의자 손잡이를 꽉 움켜잡은 손에는 핏기가 없었다. 세차게 널뛰는 가슴을 애써 진정시키며 오사도가 기계처럼 고개를 끄덕이며 천천히 말했다.

"채봉…… 누이, 그동안…… 잘 지냈어?"

"그래."

채봉이 자기만이 들을 수 있는 작은 목소리로 말했다. 그리고는 나지막한 한숨을 지으며 물었다.

"너는?"

"보다시피."

"고생이 많았겠구나……."

태연한 척하려고 애쓰던 김채봉이 마침내 고개를 떨군 채 흐느끼기 시작했다.

차츰 세차게 들썩거리는 동그란 어깨를 바라보고 있던 오사도는 그러나 갑자기 냉정해졌다. 그는 아랫입술을 깨물며 차고 메마른 목소리로 말했다.

"바쁠 텐데 그만 가봐."

말을 마친 오사도는 지팡이를 짚고 옷이 걸려 있는 구석께로 가더니 주머니에서 두 냥은 될 것 같은 은전을 꺼내어 탁자 위에 가볍게 내려놓으며 말했다.

"나도 그만 가봐야겠어. 이건 그동안의 옷값과 밥값이라고 고모부께 말씀드려주면 고맙겠어."

"정인!"

"미안하지만 오사도라고 불러줘."

오사도는 뒤도 돌아보지 않은 채 차가운 음성으로 내뱉었다.

"오늘 이후로 난 '정인(靜仁)'이라는 호를 영원히 쓰지 않을 것이니 명심해 줬으면 좋겠어. 부탁이야."

"정인…… 오사도! 곧 폭우가 쏟아질 것 같은데 가긴 어딜 가?"

채봉이 울상을 지으며 급히 말렸다.

"내 말 좀 들어줘…… 나 있잖아…… 나 정말……."

그녀는 마땅히 할 말을 찾지 못했다. 하염없이 눈물만 흘릴 뿐이었다.

두 사람의 심상찮은 대면에 무서운 듯 연신 엄마 품에 파고들어 고개를 묻고 가끔씩 한쪽 눈으로 살짝 오사도를 쳐다보던 당아보가 엄마의 우는 모습에 급기야 "으앙!" 하고 울음을 터트리고 말았다.

그러나 오사도는 이들 모자를 아랑곳하지 않고 둔탁한 지팡이 소리를 급하게 내며 방 밖으로 뛰쳐나왔다.

먹장구름이 어느새 하늘을 빈틈없이 덮고 있었다. 갑자기 한 줄기 바람이 불어오며 오사도를 흠칫 떨게 했다. 잠시 머뭇거리다가 다시 방 안으로 돌아온 오사도가 의자에 털썩 무너져 내리며 창밖에 시선을 두고 말했다.

"청량산(淸涼山) 기억나?…… 호거관(虎踞關)이랑 무척 가까웠지…… 경치도 끝내주고! 그때 누이가 읊었던 시 생각나?"

오사도의 두 눈에 눈물이 그렁거렸다. 이윽고 무거운 침묵을 깨고 시를 읊는 오사도의 목소리가 두 사람을 잠깐 추억의 그 옛날로 돌아가게 했다.

한번 태어나 영롱한 인생 꿈꾸니,
유유한 옛정 구름나무에 걸려 있구나.
군자 다시 태어나면 학으로 변할 수 있나니,
미인은 언제 무지개 되려나?
왕손(王孫)의 대지는 해마다 봄이 되면 푸르르고,
산기슭의 도화(桃花)는 계절마다 붉구나.
벽성(碧城)의 밤을 울리는 열두 가락 노랫소리,
누가 이화몽(梨花夢)을 되풀이하는 소리런가?

여기까지 읊고 난 오사도는 울듯 웃으며, 웃듯 울며 실성한 듯 중얼거렸다.

"……별로 잘 쓴 시는 아니지만 정감이 있다고 내가 말했던 기억이 나……. 지금 다시 읊으니 모든 것이 내게서 멀어져간 격세의 느낌마저 들어! 누이 눈에는 이 몰골로 나타난 내가 무척 가엾게 보이나 본데…… 웃기지 마, 내가 왜 가여워……."

"날 괴롭혀 죽이려는 거야? 왜 그렇게 말해?"

얼굴이 창백한 채봉이 놀란 아이를 번쩍 들어안고 울며 밖으로 뛰쳐나갔다.

위태롭게 비틀대며 멀어져가는 채봉의 뒷모습을 보며 오사도는 더 이상 이 집에 머무를 이유를 찾지 못했다.

잠시 생각에 잠겨 있던 오사도는 떠나기로 결심하고 밖으로 나섰다. 그런데 공교롭게도 이문(二門)을 나서자마자 서른 살 가량 되는 젊은이와 함께 웃으면서 집안으로 들어서는 김옥택과 맞닥뜨리고 말았다.

"사도, 자네 지금……?"

문득 오사도를 발견한 김옥택이 발걸음을 뚝 멈추더니 다소 난감한 표정으로 젊은이를 힐끗 쳐다보더니 말했다. 그러자 오사도가 상체를 가볍게 숙이더니 곧 고개를 당당하게 쳐들며 말했다.

"고모부, 북경에 있는 몇몇 친구들을 만나보러 가야겠습니다."

"친구라니? 누군데?"

김옥택이 관심을 보이며 물었다.

"끼리끼리 논다는 말이 있지 않습니까? 하나같이 저처럼 거렁 뱅이 친구들입니다."

"친구 만나는 건 좋지만 아직 피곤할 텐데 지금 당장 서두를 건 없잖아? 내가 다 알아서 해줄 테니 걱정 말그 여기 있어."

"고모부, 양원(梁園)이 좋다곤 해도 고향엔 못 미치듯이 저도 마냥 여기 있을 수만은 없지 않겠어요?"

오사도가 자기네 집에서 오래 머물진 않을 것이란 생각은 했지만 이렇게 빨리 떠나려 할 줄은 몰랐던 김옥택이 오사도의 고집을 꺾으려는 듯 웃어른의 위엄을 부리며 훈계하듯 말했다.

"무슨 말이 그래? 어른이 말하면 좀 들어주는 것도 있고 해야지. 여기 며칠 더 있는다고 내가 잡아먹기라도 할까봐 그래?"

"전 고모부께서 잡아먹으려 든다는 얘기 한 적 없습니다. 잡아먹을 수도 없구요."

오사도가 누그러지기는커녕 도전적인 눈빛으로 김옥택을 바라보며 말했다. 대놓고 면박을 당한 김옥택은 매서운 칼바람 같은 오사도의 눈빛에 다소 주눅이 들었다. 그러나 세상 더러운 꼴 못 보는 오사도의 걸쭉한 입담이 무서운 줄을 잘 아는 김옥택이 오사도를 순순히 보내줄 리 없었다. 화가 치밀었지만 애써 눅자치며 김옥택이 한결 부드럽게 말했다.

"부전자전이라더니 어쩜 저렇게 쏙 빼닮을 수가 있을까? 모난 돌이 정 맞는다고 이젠 둥글둥글해질 때도 됐건만 그놈의 성깔은 여전하네! 아참…… 내 정신 봐라! 여긴 자네 사촌매부야. 당봉은 (黨逢恩)이라고, 서산(西山) 예건영에서 유격을 맡고 있지. 젊은 나이에 참 대단한 친구야. 오늘 다들 모처럼 만났는데 술이라도 한잔 해야지, 이렇게 가면 어떡해. 자, 어서 들어가자구……"

당봉은은 무관 직책에 있는 사람답지 않게 예의가 바르고 말하는 품위가 있어 보였다. 오사도의 안색이 그리 우호적이지 않은 것을 간파한 당봉은은 이유는 모르지만 일단 장인을 도와 극구 만류했다.

"이제 보니 처남이군요. 어쩐지 장인어른께서 팔황자마마 댁에서 술드시면서 좌불안석이라 했어요! 아우의 문명(文名)은 익히 들었습니다. 나 또한 무부(武夫)답지 않게 풍류를 즐기지요. 오늘 가지 말고 우리 모처럼 만났는데 술잔이나 기울이며 우애를 나눕시다……."

유시(酉時)가 넘은 시각이고 날씨도 한껏 흐려 있었다. 가끔씩 번개가 뱀처럼 하늘을 가르곤 했다. 멀리서 천둥소리가 마치 달구지 굴러오는 소리처럼 들렸다. 오사도는 할 수 없이 하룻밤 묵어가기로 마음을 고쳐먹었다.

그러나 세 사람의 술자리는 그리 즐겁진 않았다. 당봉은은 연관되지는 않지만 툭툭 던지는 두 사람의 말투에서 사건의 전말을 조금 알 것 같았다. 반은 주인인지라 애써 오사도의 기분을 풀어주려고 했지만 주흥(酒興)은 좀처럼 오를 줄 몰랐다. 문장에 대해서 얘기해 봐도 마냥 심드렁하기만 한 오사도에게 진이 빠진 당봉은이 화제를 바꿔 김옥택에게 물었다.

"장인어른, 방금 어룬따이 어른이 하는 얘기를 들으니 폐하께서 곧 열하(熱河)로 순시를 떠나신다고요. 그게 사실입니까?"

"추석 지나고 움직이실 모양이야."

김옥택은 사실 이번에 어룬따이에게 얼굴도장 찍으러 자진해서 찾아간 것이지 초대받은 건 아니었다. 어룬따이 같은 일등시위에 비하면 고래 등의 새우나 다름없는 김옥택이 그와 동석한다는 건 애초부터 어불성설이었다. 그러나 김옥택은 오사도 앞에서 일부러 자신의 세력을 과시하고 싶었던 터라 사위인 당봉은이 물어오자 근엄하게 목소리를 깔며 말했다.

"이번에 마마께서 승덕(承德)으로 떠나시면 동국유 어른이 당분간 북경성을 지키는 격이 되지. 장정옥과 마제 두 상서방대신이 어가(御駕)를 수행하고! 벌써 고북구(古北口)에 있는 오황자와 십사황자더러 북경에 돌아오라는 정기조서(廷寄詔書)를 보냈어. 무호(蕪湖) 수군대영(水軍大營)에 있는 십삼황자더러 사황자가 있는 동성(桐城)으로 가서 같이 일을 마무리짓고 추석 전에 귀경하라는 것 같았어."

그러자 당봉은이 말했다.

"열하를 택하신 걸 보면 사냥이 위주가 아니겠어요? 있는 사람만 수행하면 되지 일 때문에 바쁜 황자들까지 불러들이는 건 왜일까요?"

이유를 잘 모르긴 김옥택 역시 마찬가지였다. 하지만 오사도에게 자신이 등에 업은 세력을 과시하기 위해 김옥택은 껄껄 웃으며 말했다.

"까마귀가 어찌 봉황의 뜻을 알랴! 자네들이 당연히 성의(聖意)를 점칠 수 없지. 내가 보건데 태자마마가 곧 폐위당할지도 몰라!"

당봉은이 미간을 살짝 찌푸리며 말했다.

"어디 가서 그런 말씀 하지 마세요! 단오 전까지만 해도 태자마마께서 천자폐하를 대신하여 서산 예건영 부대를 위로하고 왔는걸요. 갑자기 폐위당하시다니요?"

"팔황자마마 댁에서 검증 안 된 허튼소리 새어나오는 것 봤어?"

김옥택이 따지듯 이같이 말하고는 맛있게 술을 한 모금 마시고 말을 이었다.

"태자가 있는 동궁(東宮)의 시위들도 다 바뀌었어! 태자당인

사황자마마가 이 년 동안 호부(戶部)에 있으면서 국고를 회수합네 하고 나라꼴을 아주 엉망으로 만들어버렸잖아. 빚독촉을 하도 무식하게 하는 바람에 자살한 외관(外官)들이 스무 명도 넘는다는 거야! 어디 그뿐인가? 엄연히 혈육인 십황자다마를 얼마나 들들 볶아댔는지 십황자마마가 집안 살림살이를 전부 유리창(琉璃廠)에 내다 팔고 난리 났어…… . 이런 몰인정한 폭군 두목이 정권을 잡으면 관원들이 지레 지쳐 죽지 않겠어? 오늘저녁 구황자마마랑 나란히 앉아있던 점잖은 사람 봤지? 하주(何柱) 어른이라고 육경궁의 총관태감인데, 은근히 팔황자마마에게 안기려는 냄새를 풍기잖아!"

김옥택의 말에 당봉은은 연신 머리를 저으며 말했다.

"그건 사람들에게 보여주기 위해 연극을 하는 거예요. 사황자마마. 십황자마마가 호부의 일을 저 지경으로 만들어놓고 지방으로 피신간 건 폐하의 오십오세 성탄(聖誕) 때 돌아오는 대로 한바탕 구경거리가 생길지도 모르지만 다른 건 장담할 수 없어요. 팔황자마마와 태자마마의 사이가 안 좋은 걸 아는 붕당들이 온갖 소문을 퍼뜨리고 다니는 걸 여과없이 믿어버려서는 안 돼요, 장인어른!"

"그렇다고 전혀 사실무근이라는 증거도 없잖아."

김옥택이 말없이 앉아있는 오사도를 힐끗 쳐다보며 말했다. 오사도의 성격상 권력에 빌붙는 건 상상할 수도 없지만 그래도 어느 정도는 개연성을 보이지 않을까 기대하고 있던 김옥택은 그러나 시종일관 무덤덤한 표정으로 있는 오사도에게 실망했다. 당봉은의 말에 김옥택은 다소 신경질적인 반응을 보이며 말했다.

"이봐, 사위! 지금은 자네 아버지가 강희 12년 북경으로 도망올 때와는 많이 다른 세상이야. 황후마마가 선서하신 지 30년이 흘렀고 그 사이 자그마치 18명의 황자가 태어났어. 용이 새끼 아홉 마리 낳아보니 전부 다르다고 하듯이 황자들도 각자 색깔이 달라. 행동반경도 다르고 세력 차이도 분명히 존재하고. 자네는 영악해 보이다가도 어떨 때는 꽉 막힌 것 같은 게 아쉬워. 멀리 내다보려면 높은 곳에 올라서야지. 팔황자마마가 그러는데 강희 42년 때부터 조정은 새로운 국면을 맞을 거래!"

내내 무표정하던 오사도의 눈썹이 굼틀댔다. 김옥택의 말을 듣는 순간 윤진을 떠올렸던 것이다. 앞날이 구만리 같은 사황자가 위태로운 지경에 놓여 있다는 사실에 오사도는 소름이 끼침과 동시에 연민의 감정이 뒤엉켰다.

오사도가 그만 자리에서 일어서려던 찰나, 창밖이 하얗게 번쩍이더니 하늘이 찢어지는 듯한 우렛소리가 창문을 쥐어박았다. 두 사람이 창밖을 내다보며 놀라워하는 사이 오사도가 웃으며 자리에서 일어섰다.

"오늘저녁 모처럼 술맛이 좋았습니다. 그런데 더 앉아 있고 싶어도 몸에 무리가 오는 것 같아서 그만 일어나야겠습니다. 세상의 버림을 받은 장애인이 공명(功名)을 논하고 싶은 마음도 없고요."

"우리가 너무 딴 얘기에 열중하다 보니 본의 아니게 아우에게 소외감을 느끼게 했다면 미안하오."

당봉은이 자리에서 일어나 웃으며 말을 이었다.

"우리도 그냥 밥상머리에서 심심풀이로 이빨을 까는 거지 뭐. 아우가 많이 피곤한 것 같은데 우리 마지막으로 석 잔 건배하고 가서 잡시다. 앞으로 이야기 나눌 시간은 많을 텐데 뭐!"

그리하여 세 사람은 연신 석 잔을 건배했다. 다소 양이 과한 듯 혀가 꼬부라진 김옥택이 말했다.

"모든 걸 고모부한테 맡겨! 자네 고모부 팔황자마마 앞에서도 꽤나 말발이 서는 사람이야. 팔황자마마라면 학문 높지, 인품 좋지, 의리 있지, 인간적으로도 참 괜찮은 사람이야. 전에 자네가 사고치고 도망다닐 때도 팔황자마마는 자네의 진가를 인정해줬어! 자네가 몸은 성하지 않지만 학문은 늘었으면 늘었지 못해지진 않은 것 같은데, 내일중으로 내가 팔황자마마한테 추천해주겠네. 그 댁에서 청객(淸客)으로 있으면서 상담과 자문 역할을 충실히 해낼 수 있을 거라 믿어. 사람들이 너도나도 원하는 알로란 같은 자리야!"

말을 마친 김옥택은 몇 개 안 되는 수염을 만지작거리며 껄껄 웃었다.

"생각해 주셔서 감사합니다."

입가에 실체를 알 수 없는 미소를 띠우며 오사도가 말했다.

"전 환도(宦途)에 관심은 없지만 고모부는 앞날이 창창하신 것 같네요. 정가로 진출하는 것에 염증을 느꼈다고 생각했었는데, 고모부께서 키워주신다고 장담하시니 또다시 욕심이 꿈틀대네요! 당분간 북경에 머무르며 친구들이나 만나고 있다가 저의 일자리가 구해지면 그때 구체적으로 상의하는 게 어떨까요?"

말을 마친 오사도는 김옥택의 대답은 들을 필요도 없다는 듯이 지팡이 소리를 길게 남기며 떠나갔다.

하인이 호롱불을 밝혀 오사도를 대문까지 바래다 주는 걸 보고 난 당봉은이 취기가 몽롱한 김옥택에게 돌아와 가볍게 불렀다.

"장인어른!"

"그래."

"저 사람이 바로 그 이름도 유명한 오사도 맞죠?"

"그래."

"연못에서 놀 사람은 아닌 것 같은데요?"

당봉은이 갑자기 이같이 말했다.

"오늘저녁 너무 많은 걸 들려준 것 같습니다."

"그래?"

게슴츠레하던 김옥택의 눈이 순간 번쩍 떠졌다. 그는 크게 놀라워 하며 확인하듯 물었다.

"방금 뭐라고 했어?"

그러자 당봉은이 입을 열어 말했다.

"장인어른, 절대 오해하시지는 마십시오. 제가 채봉이와 그 친구의 과거를 질투해서 그런 건 맹세코 아닙니다. 오사도에 대해서는 전해 들은 바는 있지만 오늘 그 진면모를 본 것 같아 드리는 말씀입니다."

지나치게 진지한 당봉은의 말에 김옥택이 피식 웃으며 말했다.

"그래 진면모가 어떤데? 날개 부러지고 기가 꺾인 놈이 날면 얼마나 날겠어?"

"그는 날개는 꺾였는지 모르지만 기는 펄펄 살아있습니다. 그가 여기 있을 때 저는 명치 끝이 짓눌리는 느낌에 사로잡혀 있었습니다. 그런데 그 사람이 떠나니 전 또 공포가 엄습해 오네요."

당봉은이 자신의 감정을 솔직히 고백했다.

"고개를 번쩍 쳐들 때 눈빛 보셨어요? ……상대를 조용히 제압하여 설설 기게 만드는 그 무엇이 있어요……. 사실 오늘저녁 장인어른께서 비행기 태워준 황자나 폄하한 황자나 오사도를 끌어들이고 싶어하지 않는 사람 없을 걸요? 오사도는 자신이 높은 값에 거래될 것이라는 자신감이 있기 때문에 장인어른의 말씀에 감동하지 않는 겁니다."

"……."

당봉은의 말이 일리가 있다고 생각한 김옥택이 술기운이 확 깨는 듯 경각심을 높이며 말했다.

"자네 뜻은……?"

이에 당봉은이 천천히 입을 열어 말했다.

"한 자리 해준다는 데도 무덤덤하고, 그렇다고 재물에 관심이 있는 것도 아닌 것 같습니다. 그렇다면 그 사람이 절룩거리며 북경을 찾은 이유가 뭘까요? 제 생각엔 벼슬도 아니고 재물도 아닌 다른 무엇을 구하러 온 게 아닐까요?"

당봉은이 터놓고 얘기하자 오히려 마음이 여유토워진 김옥택이 고개를 절레절레 저었다. 그러자 당봉은이 덧붙였다.

"세상 모든 것이 상궤를 벗어났을 땐 곧 요상한 바 경각심을 높일 필요가 있는 겁니다. 꿈 많던 시절에 비양심적인 시험관들에 의해 과거의 문턱에서 좌절당하자 분풀이를 크게 하고 쫓기는 신세가 되어 자그마치 십 년 동안 심산유곡에 칩거하며 동산재기의 꿈을 키웠건만 불행히도 불구자 신세가 되었습니다. 그러다가 천리길도 마다 않고 천신만고 끝에 친인척을 찾았건만 고모는 없고 첫사랑의 여인은 고무신을 거꾸로 신었어요. 입장을 바꿔 생각했을 때 장인어른이라면 기분이 어떠시겠어요?"

당봉은이 조곤조곤 이같이 말했다. 그러자 미간을 찌푸리고 심각한 생각에 잠겨 있던 김옥택이 말했다.

"한이 맺히겠지!"

"그럼요!"

당봉은이 서늘한 눈빛을 보이며 말했다.

"하늘과 땅, 천지에 모든 것이 다 원망스러울 겁니다. 그중에서도 장인어른과 저 두 사람이 죽도록 미울 겁니다! 언젠가 힘이 생기면 곧 우리 둘에 대한 보복을 감행할 게 틀림없습니다!"

설마 그럴 리야! 하면서도 엄습해 오는 한기를 주체할 수 없는 김옥택이 독기어린 두 눈을 번득이며 말했다.

"내일 당장 고향으로 쫓아보내겠어!"

"다시 오지 말란 법이 없잖아요?"

당봉은이 실눈을 하고 말했다.

"오기와 분노를 키워줄 뿐 도움은 안 될 걸요?"

"그럼 무슨 뾰족한 수라도 있나?"

당봉은은 촛대 앞으로 다가가더니 거친 입김으로 단번에 촛불을 꺼버렸다. 방안은 칠흑같이 어두워졌다. 당봉은의 의도를 알아차린 김옥택이 몸을 움츠리며 떨리는 목소리로 말했다.

"대명천지에, 그것도 천자의 발 밑에서 그런 일을 벌일 순 없어."

장화소리를 내며 실내를 서성이던 당봉은이 갑자기 김옥택에게로 다가서며 살의가 다분한 목소리로 말했다.

"우리가 직접 나서지 않아도 방법은 얼마든지 있습니다."

한 줄기의 번개가 하늘을 갈기갈기 찢어 내칠 듯 괴성을 지르며 실내를 잠깐 비추었다. 두 사람은 살의가 번득이는 서로의 눈빛에 간담이 서늘해졌다.

7. 생명의 은인

    가볍게 문 두드리는 소리가 잠귀 밝은 오사도를 놀라게 했다. 튕기듯 몸을 반쯤 일으키고 조용히 바깥 동정에 귀 기울이던 오사도는 워낙 거센 비바람 소리에 자신이 뭔가 착각한 줄 알고 도로 자리에 누웠다. 그러나 작지만 분명한 문 두드리는 소리가 다시 들려왔다.

    "누구요?"

    대답이 없었다. 방문의 손잡이만 달가닥거릴 뿐이었다. 옷을 어깨에 걸치고 내려가 빗장을 풀고 문을 살짝 열어보려던 중 낌새를 챈 시커먼 그림자 하나가 회오리바람처럼 날렵하게 들어섰다. 오사도가 미처 반응을 보이기도 전에 그 사람은 돌아서서 재빨리 문을 닫아 거는 것이었다. 아무리 눈을 크게 떠봐도 어둠은 너무 짙었다. 오사도가 칠흑같은 어둠 속에서 껄껄 웃으며 말했다.

    "뭐하는 사람이오? 잘못 찾아온 것 같은데!"

"저예요⋯⋯."

다소 긴장한 듯 떨리는 목소리는 놀랍게도 여자의 목소리였다! 순간적으로 김채봉을 떠올린 오사도는 자신을 배반한 여자에 대한 주체할 수 없는 분노가 되살아나 온몸의 피가 거꾸로 서는 것 같았다. 그는 지팡이를 휘두르며 악에 받쳐 고함을 질렀다.

"김채봉, 사람 바보로 만들지 마. 어서 꺼지지 못해?"

"전 채봉이 아니에요."

오사도의 광기어린 고함 소리에 상대도 겁을 집어 먹은 듯 한참 후에야 약간 울음섞인 목소리로 말했다.

"전⋯⋯ 채봉이 새엄마예요. 그 옛날의 난초를 기억하시죠?"

전혀 뜻밖이었다. 이 밤중에 김옥택의 새 마누라가 이런 식으로 자신을 찾을 줄은 꿈에도 몰랐던 오사도는 놀란 나머지 크게 벌어진 입이 다물어질 줄 몰랐다.

난초는 오사도의 고모가 시집올 때 데리고 온 몸종이었다. 전에 남경(南京)에서 살 때에는 오사도를 제법 잘 챙겨 줬었다. 오사도와 채봉이 시를 읊조리거나 정가(情歌)를 부를 때 난초는 자기가 도리어 수줍게 얼굴을 붉히며 온 세상을 다 얻은 것 같이 행복해하는 두 사람을 넋을 잃고 지켜보곤 했었다.

오늘 낮동안 얼굴을 안 보이던 그녀가 이 시간에 몰래 잠입한 이유를 오사도는 복잡하게 생각하지 않았다. 잠시 생각에 잠겨 있던 오사도가 다소 우울한 어투로 입을 열어 말했다.

"장유유서(長幼有序)이고 남녀유별(男女有別)하다는 걸 명심하시오. 이 일은 하늘과 땅, 그대와 나 넷만이 아는 일로 무덤까지 갖고 갑시다. 아무 말 말고 어서 나가 주시오!"

"오 선생님!"

어둠 속에서 얼굴을 전혀 볼 수가 없었다. 다만 간곡한 목소리만 들릴 뿐이었다.

"전 그렇게 파렴치한 여자가 아니에요. 오해하신 것 같은데……아무튼 큰 재화(災禍)가 임박해 있으니 즉시 여길 떠나셔야합니다!"

자신이 위험에 처해 있다는 말에 놀란 오사도가 물었다.

"재화라니?"

다소 놀라는 기색은 보였지만 여전히 여유만만한 오사도의 태도에 난초가 발을 동동 구르며 말했다.

"소상히 말씀드릴 시간이 없어요! 워낙 급박하게 돌아가서! 아무튼 저 영감탱이가 당가놈하고 음모를 꾸미며 날 밝는 대로 선생님을 순천부(順天府)에 넘겨 흠안요범(欽安要犯)의 죄값을 치르게 한다는 건 사실이에요……"

충분히 그러고도 남을 김옥택이라고 오사도는 생각했다. 하지만 이 여인의 저의가 궁금한 오사도로선 믿을 수도 없고 안 믿을 수도 없고 긴장되고 난감했다. 그러나 한참동안 침착하게 생각에 잠겨 있던 오사도가 마침내 대수롭지 않은 듯 웃으며 말했다.

"순천부에 보내진다고 해도 무서울 건 없습니다. 엄연히 왕법이 존재하는 곳인데. 죄 없는 사람을 함부로 다루기야 하겠습니까? 태황태후마마가 선서(仙逝)하시고 조정에서 대사면을 실시하면서 저의 '죄'는 이미 없어진 지 오래 되었는 걸요! 꼴보기 싫으면 그만이지 가지 말라고 극구 만류할 때는 언제고 이런 식으로 내쫓을 건 없지 않겠어요?"

오사도의 이 같은 말에 잠시 말문이 막혀 있던 난초가 마침내 눈물을 흘리며 말했다.

"절 못 믿는 걸 알아요…… 가재는 게편이라고 했으니깐요……
하지만 부디 이번 한 번만 믿어주세요. 워낙 흑백이 전도되고 법보
다 주먹이 가까운 어지러운 세상이라 저네들은 무슨 수를 써서라
도 진실을 갈아 엎으려고 들 거예요. 순천부의 부승(府丞)이 저
사람의 의형제인가 하는 사람이고, 커룽둬 어른도 여덟째마마의
먼 친척뻘 된다는 것 같았어요……."

여기까지 들은 오사도는 이미 마음의 결정을 내린 듯 나지막하
지만 힘있는 목소리로 말했다.

"알겠소. 곧 떠나겠소!"

"아미타불!"

그제서야 난초는 안도의 한숨을 내쉬며 두 손 모아 기도했다.
그리고는 역시 바람처럼 밖으로 살짝 비켜 나가더니 오사도에게
손짓하며 말했다.

"절 따라오세요!"

번개가 치면서 쏟아진 빛이 그녀의 결연한 뒷모습을 잠깐 비췄
다.

오사도는 비를 맞으며 힘겨웁게 명멸하는 난초의 그림자를 따
라갔다. 지팡이 소리가 날세라 신경을 곤두세우며 서화청(西花
廳)을 거쳐 화원으로 들어갔다. 다시 정자 하나를 에돌아가니 쪽
문 하나가 나타났다. 난초가 주머니 속에서 열쇠 뭉치를 꺼내더니
하나씩 구멍에 넣어보고 시험해 보는 것이었다.

그러기를 한참. 마침내 문이 삐꺽 열렸다. 하늘과 땅이 하나가
된 듯한 혼탁한 바깥세상이었다. 연일 퍼붓는 비로 강물이 불어
물소리가 거셌다. 하늘을 쳐다보며 깊고 깊은 한숨을 지어보인
오사도는 천천히 걸음을 옮겼다.

"오…… 오 선생님!"

"예?"

오사도가 고개도 돌리지 않고 대답했다.

"혹시 비상금 있으세요?"

난초의 말에 그제야 자신이 벗어놓은 전대를 미처 챙기지 못했다는 것이 떠오른 오사도가 고개를 저으며 말했다.

"없소."

그러자 난초가 주섬주섬 뭔가를 꺼내더니 작은 주머니 하나를 내밀며 말했다.

"저의 비상금이에요. 미처 생각하지 못하고 저도 여비를 챙겨 나오지 못했으니 이거라도 받으세요. 괜찮으시다면……."

난초의 진심어린 말에 다소 감명을 받은 오사도는 난초가 건네주는 돈주머니를 받아들고 멍하니 서 있었다. 난초의 체온이 그대로 따스하게 남아 있었다. 오사도가 작별의 인사를 하려고 할 때 난초가 먼저 물었다.

"이제 어디로 갈 거예요? 정해진 곳은 있나요?"

"아직은……."

오사도가 고개를 저으며 말했다.

"가다보면 길이 생기겠죠!"

"사황자마마께서 사람을 보내 오 선생님을 수소문했었어요. 그리로 가는 게 좋겠어요."

난초가 나지막이 말했다.

"오 선생님은…… 육신이 자유롭지 못한 데다 친척이라고 믿고 왔다는 게 저 모양이니…… 아무리 생각해 봐도 사황자마마만이 훌륭한 안식처를 만들어 주실 것 같아요."

난초의 안목에 편승하며 오사도는 놀라운 눈빛으로 그녀를 바라보았다. 홍교 술집에서 처음 본 사황자는 한마디로 털털하고 무게있는 사내였다. 아쉬울 게 없어 보이던 그가 여태 자신을 염두에 두고 있다니! 오사도는 혼자말처럼 중얼거렸다.

"……인연이란 이런 건가 보오……."

이제 더 이상 지체할 수 없다고 생각한 오사도가 마지막으로 난초에게 물었다.

"왜 위험을 감수하면서까지 날 도와줬는지 알고 싶소."

"……."

"안 가르쳐 줄 거요? 난 평생을 살며 궁금해 할 텐데……."

"오 선생님……."

"말해 보시오."

"저…… 저 나쁜 여자 아니에요……. 저도 알고 보면 불쌍한 여자예요."

난초가 울먹이며 말했다.

"파렴치하다고 따귀를 때리실지 모르지만 한 번만…… 딱 한 번만…… 예? …… 딱 한 번만…… 안아주세요."

달구지 굴러오는 듯한 천둥소리가 머리 위에서 들려왔다. 오사도는 말없이 난초에게로 다가섰다. 우르릉 꽝꽝! 하늘이 성원하는 것 같았다. 연이은 번갯불을 빌어 오사도는 10년 전과 변함없는 수려한 얼굴을 보았다. 다시는 볼 수 없을지도 모를 은인의 얼굴, 귀여운 여인의 얼굴을 그는 오래도록 정겹게 바라보았다.

게껍질처럼 딱딱한 사내 오사도에게도 뜨거운 감정은 있었다. 그는 숭고한 의식을 치르듯 빗물과 눈물로 차가운 그녀의 입술에 긴긴 입맞춤을 했다. 그리고는 속삭이듯 말했다.

"내 방에 가면 전대가 있소. 그걸 잘 챙기시오……"

말을 마친 오사도는 곧 저 멀리 어둠 깔린 빗속으로 걸어갔다.

동네를 벗어난 오사도는 인적없는 갈대밭을 가로질러 정처없이, 그러나 줄기차게 걸어나갔다. 깊숙한 물웅덩이를 보지 못해 몇 번씩이나 넘어질 뻔했다. 사정없이 물에 씻겨 나가는 낮은 봉분들이 여기저기에 널려 있는 묘지를 지나고 갈대가 키를 넘는 연못을 에돌아가니 관도(官道)가 보였다. 잠시 경황 없었던 며칠 동안의 일들을 떠올리고 자초지종을 곰곰이 생각해 보고 행선지를 택하고 싶었지만 워낙에 비가 양동이로 퍼붓는 듯 쏟아지는 통에 오사도는 지팡이에 의지하여 서 있는 것조차 힘겨웠다.

그러나 이대로 멈출 순 없었다. 그는 이를 악물고 혼신의 힘을 다하여 달리듯 걸어갔다. 이대로 걷다가 길에서 죽는 한이 있더라도 통쾌할 것 같았다.

갑자기 빗속을 가르며 세 발의 대포소리가 울렸다. 공진대(拱辰臺)에서 시간을 알리는 소리였다. 때는 자정야반(子正夜半)이었다. 끊임없이 흘러내려와 시야를 가리는 빗물을 손으로 훔치며 오사도는 멀지 않은 곳에서 희미하게 뿜어져 나오는 불빛을 확인하고는 용기를 내어 발걸음을 재촉했다.

가까이 가 보니 그곳은 산문(山門)이며 처마가 장관인 고찰(古刹)이었다. 건물 한가운데에 '칙건대혜사(敕建大慧寺)'라는 문패가 위엄있게 걸려 있었고, 처마 밑에는 네 개의 커다란 백사궁등(白紗宮燈)이 그네를 타듯 비바람에 흔들흔들 춤추고 있었다. 어디에도 인기척은 없었다. 다만 절 안에서 목탁을 두드리며 경 읽는 소리가 은은히 들려올 뿐이었다.

죽을 힘을 다해 빗속을 누비고 달려온 오사도는 가까이에서 눈부신 빛을 발하는 궁등을 물그러미 바라보았다. 하얗게 질린 그의 얼굴은 몹쓸 병에 걸린 사람의 그것처럼 처절하기까지 했다. 목탁 소리 들리는 부처님의 도량어서 마음의 탕개가 풀린 탓일까. 오사도는 갑자기 눈앞이 핑그르르 돌며 허물어지듯 그 자리에 쓰러지고 말았다.

시간이 얼마나 흘렀을까. 무거운 눈꺼풀을 애써 밀어올리며 깨어났을 때 오사도는 좁고 긴 허름한 방 안에 누워 있었다. 날씨 탓에 방안은 많이 어두웠다. 연기에 그을린 듯한 벽에 칠이 벗겨진 석비(石碑)가 줄줄이 세워져 있었다. 두 말할 것 없이 이곳은 비낭(碑廊)을 개조해 만든 승방(僧房)이었다. 오랫동안 손보지 않아 방치된 곳임에 틀림없었다.

오사도는 여전히 지끈지끈한 머리를 매만지며 눈을 감고 생각을 더듬었다. 누가 자신을 구해 주었으며, 대체 요즘 자신에게 무슨 일이 발생한 걸까 하고 두서없는 생각을 하고 있을 때 갑자기 한바탕 어지러운 발소리가 들려왔다.

"깨어났네요! 이불 형, 어서 와 보세요!"

들어온 사람은 스님 한 사람과 두 명의 서생이었다. 의혹에 가득 찬 오사도를 보며 얼굴 큰 서생이 경이로움을 금치 못하는 어투로 말했다.

"개고기 먹는 중이 의술(醫術)은 썩 괜찮은가 본데? 개고기 먹는 중이 아니었다면 그대는 지금쯤은 아마 좌가장(左家莊) 화장 터에 가 있을 거요! 와, 성음(性音)의 손이 약손이로군!"

얼굴 큰 서생이 생긴 것 답지 않게 호들갑을 떠는 사이 이불(李祓)이라고 불리는 사람이 다가와 오사도의 안색을 살피더니 말했다.

"이제 됐어! 전문경(田文鏡)이와 성음이 아니었으면 큰일날 뻔했소……. 꼬박 사흘 동안 혼수상태로 있었던 걸 아오?"

"사흘요?"

오사도가 놀라움을 금치 못했다.

"내가 여기서 사흘 동안 잠만 잤단 말이죠?"

이같이 말하며 오사도는 성음이라 불리는 스님을 바라보았다.

땟국물이 뚝뚝 떨어지는 누런 승복을 입고 있는 성음은 서른 살 가량 돼 보였다. 족히 3, 40근은 될 것 같은, 푸줏간에서나 볼 수 있을 것 같은 도끼 같은 칼을 허리춤에 무겁게 드리은 채 익살스레 웃고 있는 그의 입가는 기름기가 번질거렸다.

이불과 전문경의 말에는 대꾸도 없이 그는 안주머니에서 조심스레 뭔가를 꺼내는 것이었다. 사람들이 시선이 집중된 가운데 그가 꺼내든 것은 기름에 금방 튀겨낸 듯한 팔뚝만한 닭다리였다. 사람들의 반응 따위엔 무관심한 채 성음은 닭다리를 맛나게 뜯어 먹으며 헤헤 웃으며 말했다.

"오 선생, 빈승(貧僧)이 혼자 먹는다고 뭐라 하지 마오. 오 선생은 아직 이런 거 먹으면 안 되니 안 주는 거요. 이번에 저승 문턱까지 갔다 돌아온 소감이 어떤지? 생명을 구해준 은인인 이 중에게는 어떻게 보답할 건지?"

자신을 '오 선생'이라 부르는 성음의 말에 놀란 오사도가 눈을 크게 떠 보였다. 그러자 전문경이 못내 궁금해 하며 물었다.

"오 선생이라고? 두 사람 아는 사이였소?"

오사도가 머리를 가로저으며 기운없는 목소리로 물었다.

"스님, 어떻게 저 오사도를 아시는 겁니까?"

성음이 입안 가득 삼킨 고기를 마구 씹어 넘기고 고기 찌꺼기가

긴 이빨을 드러내며 웃었다.

"다 아는 수가 있지! 난 이래봬도 지장왕(地藏王)의 전임 판관(判官)이라오. 내가 허락 안 하는 한 누구든 죽고 싶어도 맘대로 못 죽거든! 아까는 농담을 한 거요. 출가인이 뭘 보답같은 걸 바라겠소? 매일 닭다리 하나 외엔 바라는 것도 원하는 것도 없는 사람이거든. 매일 팔고(八股)니 회문(會文)이니 하며 과거에 목매달고 있는 당신들은 무슨 말인지 모르겠지만. 하하하하……."

성음의 말을 듣고 있던 전문경이 웃으며 비아냥거리는 투로 말했다.

"무슨 스님이 산중에 있는 건 사람 빼고 다 잡아 먹어? 진정으로 불조(佛祖)를 욕되게 하고 산문(山門)을 더럽히는 엉터리 같으니라구! 밤에 방귀 뀌고 이빨 갈고 코 골며 잘 때 보면 가관이 따로 없지. 우리 두 사람이 자객들을 만나 노자를 털리지 않았더라면 여기서 이 고생 안 한다!"

말을 마친 전문경이 악의없이 눈을 흘기더니 공부해야 한다며 이불을 데리고 한 켠으로 물러섰다.

"아미타불! 두 서생 어른은 부귀한 몸이시라 육조(六祖)의 양생법문(養生法門)에 대해 모르는구만!"

성음이 여유만만하게 웃으며 말했다.

"내 방귀는 그대들이 문장을 짓는 것과 마찬가지로 중요하다오. 방귀 뀌는 것도 내공(內功)이 필요하다는 걸 모르지. 나처럼 동자신(童子身)이 아니면 방귀예술의 극치에 오를 수도 없는 걸?"

말을 마친 성음은 곧 나른한 듯 기지개를 켜며 연신 하품을 했다. 그리고는 눈물을 찔끔거리며 오사도 곁으로 다가와 정좌하더니 방금 전까지의 장난끼는 온 데 간 데 없고 정색하여 말했다.

"잡생각 떨쳐버리고 몸에 힘주지 말고 눈을 감아보게. 내가 기공(氣功)으로 병을 치료해 볼 테니."

그러자 오사도가 여전히 기운없는 목소리로, 그러나 단호하게 말했다.

"내가 이래뵈도〈삼분오전(三墳五典)〉에서〈황제내경(黃帝内經)〉,〈금궤요략(金匱要略)〉에 이르기까지 두루 섭렵하며 책을 몇 수레나 읽었는데, 그런 식으로 병을 고친다는 소리는 금시초문이오. 괜해 기운빼지 마시오……."

그러자 성음이 합장하며 차갑게 말했다.

"우리 불교(佛敎)는 적공(寂空)으로 세상을 구제하고, 대승지경(大乘之經)을 자그마치 30만 권이나 소장하고 있소. 아무리 박학다식한 오 선생이라지만 전부 읽었을 리는 만무하오. 아미타불!"

오사도가 말도 안 된다는 듯이 눈을 지그시 감으며 성음의 이론을 반박하려던 찰나, 갑자기 청량제를 마시는 듯한 시원한 기운이 용천혈(湧泉穴)로부터 위로 쭉 뻗어 올라가는 느낌이 들더니 삽시에 마치 가을바람이 솔솔 불어와 마음의 먼지를 핥아내듯 온갖 상념이 사라지는 것 같았다.

자신의 몸을 건드리지도 않고 뭘 어떻게 했기에 심산유곡의 샘물로 오장육부를 깨끗이 청소한 듯한 상쾌함이 전율처럼 느껴지는지 오사도는 궁금하고 놀라웠다. 더 이상 말이 필요없었다. 고기 없이 못 사는 돌팔이 중이 뭔가 빼어난 기예를 품고 있는 게 틀림없다고 오사도는 생각했다. 오사도가 눈을 살며시 떠 보니 성음은 마치 목각인형처럼 정좌하고 자신의 경지에 흠뻑 빠져 있었다.

한편 오사도의 몸에서는 신기한 변화가 지속적으로 일어나고 있었다. 처음의 시원함과는 달리 따뜻한 기류가 몸안에 감돌기 시작하더니 갈수록 기류의 흐름이 강해졌고, 급물살을 방불케 하는가 싶더니 어느새 소용돌이가 되어 돌풍처럼 몸안에서 맴돌아 쳤다. 오장육부는 지진이 일어난 듯 요동쳤고 쌓이고 쌓였던 우울한 기운이 기류의 충격에 흔들리고 뒤집히고 와해되어 바깥으로 배출되는 것 같았다. 운무(雲霧)를 탄 듯 그렇게 홀가분하고 기분 좋을 수가 없었다. 오사도는 불가사의한 신비에 놀라울 따름이었다.

"됐어!"

한참 후에 성음의 목소리가 들려왔다.

"눈을 떠 보시오! 그리고 일어나 앉으시오."

오사도가 눈을 깜박거리며 떠 보았다. 그렇게 맑고 시원할 수가 없었다. 그는 몸을 움찔거리며 시험삼아 상체를 일으켜 보았다. 전혀 힘들지 않고 거뜬했다. 성음이 어릿광대짓을 해보이며 오사도를 향해 웃으며 말했다.

"이래도 안 믿을 건가?"

책을 펴 놓고 저편에서 공부하고 있던 이불이 다가와 크게 놀라워 하며 말했다.

"사람을 겉만 보고 섣부른 판단 말래더니 과연 옛말 그른 데 없네. 정말 신선놀음이 따로 없어! 근데 왜 진작 이 방법을 써보지 않았지?"

그러자 성음이 으쓱해하며 말했다.

"목 마르다고 냉수를 벌컥벌컥 들이키면 배탈나듯이 어느 정도 기력을 회복해야 양약(良藥)도 받는 법이라오!"

성음이 자신을 바라볼 때의 표정과 보자마자 오 선생이라고 칭하는 걸 봐서는 자신에 대해 해부해 본 사람이 틀림없다고 생각한 오사도가 찌르듯 말했다.

"스님 그동안 쭈욱 나를 미행하고 구해준 것 같은데 왜죠?"

"우리는 인연이 있으니까."

성음이 말했다.

"전생에 우리는 못다한 슬픈 인연이 있었나 보지 뭐!"

성음에게서 진실을 얻어내기는 글렀다고 생각한 오사도가 이번에는 전문경에게 시험준비가 잘 돼 가느냐고 관심을 보였고, 문장에 죽이 맞은 두 사람은 오래토록 인의(仁義)란 대체 무엇인가에 대해 논했다. 세상을 다스림에 있어 상대적으로 너그럽고 관대함이 인(仁)이라면 난세(亂世)에 살벌함에 가까우리만치 전횡을 감행하는 것도 정도(正道)를 위한 것이라면 그것도 인(仁)이라 할 수 있다고 오사도는 말했다. 멀리서 굴러오는 천둥소리에 귀 기울이던 오사도가 성음을 비롯한 사람들에게 말했다.

"천둥에 대해서 어떤 이는 천고(天鼓)라 하고 어떤 이는 천뢰(天籟)라고 하지만 실은 모두 하늘의 분노가 아니겠소? 그런데 벼락맞아 죽은 소나 양은 있어도 벼락맞아 죽은 승냥이나 호랑이 등 야수를 본 적 있소? 하늘은 공평하다고 하지만 세상 돌아가는 꼴을 보면 그렇지도 않은 것 같소."

신세타령 하듯 오사도의 눈에는 눈물이 그렁그렁 맺혔다.

갑자기 혼자서 북치고 장구치고 하는 오사도의 행동에 사람들이 어정쩡해 있을 때, 선방(禪房)에서 은은한 고발(鼓拔) 소리와 함께 스님들이 독경할 때 들리는 목어(木魚) 소리가 들려왔다.

"장사평(張士平)이 죽었구만. 재상(宰相) 장정옥(張廷玉)의 셋째아들이지."

성음이 대수롭지 않게 말했다.

"오늘 장씨네 집에서 법사(法事)를 할 거라고 했어. 중들이 지금 〈왕생주(往生咒)〉를 읽고 있잖아?"

"장정옥이라고?"

이불이 고개를 갸웃하며 말했다.

"장정옥 재상이라면 대대로 공문제자(孔門弟子)로서 유명한 대유(大儒) 가문인데 불가에 귀의하다니?"

그러자 전문경이 웃으며 말했다.

"요즘 왕공대신(王公大臣) 가족 중에 불교를 믿지 않는 사람 있는 줄 알아? 사황자마마를 비롯하여 많은 왕손과 대신들이 불교 신자라구! 장정옥의 아버지 장영(張英)이 대유인 것은 모르는 사람 없지. 그러고 보면 장정옥은 실력보다는 조상의 덕을 톡톡히 본 은음진사(恩蔭進士)인 거야."

이에 이불이 감개에 젖어 말했다.

"그래도 장정옥은 대신들 중에서는 손꼽히는 실학파임에 틀림없어. 개국 초에는 한인 인재를 대거 포용하기 위해 글깨나 쓴다는 사람은 거의 받아들였잖아. 그래서 명주(明珠) 같은 자가 20년씩이나 재상 자리에 앉아 있는 일이 가능했지! 호랑이가 없으면 여우가 왕노릇 한다고 그때는 그랬었지만 지금은 정반대야. 백년 묵은 호랑이들이 무리지어 다니며 세력을 과시하니 원숭이들이 나무에서 내려오지 못하는 거야!"

그러자 전문경이 말했다.

"장정옥은 은음진사니 뭐니 사람들이 쉬쉬 해도 청렴하고 대가 바른 면은 인정해야 돼. 아무나 할 수 있는 게 아니거든. 이번에 장사평이 죽은 것도 항간에서는 평보청운(平步靑雲)을 원하는 아들과 실력으로 승부하기를 강요하는 장정옥 사이의 모순 때문이라고 하던데? 소문대로 장정옥이 아들을 무리하게 시험공부 시켜 지쳐 죽게 만든 것이 사실이라면 이번 시험에 도행을 바란다는 건 사치겠지?"

"너무 단순해도 탈이야."

듣다 못한 성음이 끼어들었다.

"장씨네 마름이 허튼소리하고 다닌 거야! 장사평이 화병으로 죽은 건 사실이지만 애비 때문에는 아니고 여자 때문에 죽네 사네 하다 정말 죽어버린 거야! 뼈대 있는 가문에서 채통을 지키느라 궁여지책 끝에 흘린 소문이야 두고 봐, 내 말 틀리나."

성음의 자신만만한 태도에 이불이 가까이 다가앉으며 다그쳐 물었다.

"어떻게 된 거요?"

"작년에 애비 따라 금릉(金陵)에 갔다가 미모의 술집 여자랑 눈이 맞았나 보더라구. 돈주고 여자를 구출하여 애비 몰래 배에 싣고 오다가 장정옥에게 뒷덜미를 잡혔지. 화가 머리 끝까지 치민 장정옥이 배 위에서 아들에게 곤장 마흔 대를 안겼다나? 독하기도 하지. 얼마나 맞았으면 충격으로 북경에 도착하기도 전에 길에서 죽어버렸대. 그야말로 죽도록 패댄 거지."

전문경이 물었다.

"그 여자는 어쩌고?"

"열녀났지."

성음이 무표정한 얼굴로 말했다.

"자기가 꼬리치지 않았더라면 이런 일이 없었을 거라며 몇 날 며칠을 울더니 물에 뛰어들어 자살했다더군."

순간 자신을 버리고 고무신을 거꾸로 신은 김채봉을 고통스레 떠올린 오사도는 여복 없는 자신을 탓할 수밖에 없었다.

이 대각사(大覺寺)는 뒤편은 피폐하지만 앞으로 갈수록 정리정돈된 산뜻한 느낌이 들었다. 답답한 마음에 대비전(大悲殿)을 돌아 산책나온 오사도는 순간적으로 눈 앞이 확 트이는 황홀경에 사로잡히고 말았다.

대비전 정중앙에 우뚝 자리한 청동여래좌상(靑銅如來坐像)은 족히 다섯 장 높이는 될 것 같았다. 양옆에 시중들고 있는 듯한 보살상도 모두 금빛 찬란한 청동으로 만들어져 있었고, 여래좌상의 뒷벽에 500나한(五百羅漢)의 모습이 저마다 손짓하면 걸어나올 듯이 생동감있고 정교하게 그리고 품위있게 그려져 있었다. 그리고 동쪽 벽면에는 총칼이며 이름도 모를 수많은 병기들과 여래(如來)가 눈밭에서 독수리에게 고깃덩이를 내주는 그림도 그려져 있어 어느 것을 먼저 구경해야 할지 혼란스러울 지경이었다.

한참 멋대로 돌아다니며 구경하고 난 오사도는 아직 원기가 회복되지 않은 탓인지 어지럽고 식은땀이 흐르기 시작했다. 거처로 돌아가려고 발길을 옮겨 궁전 밖으로 나온 오사도에게 동쪽 재사(齋舍)가 눈에 띄었다. 밖이 흰 천으로 둘러져 있는 가운데 영정이 높이 걸려 있고 흰 종이꽃과 종이돈이 바람에 떨며 고인을 위해 흐느끼는 것 같았다. 그것은 다름 아닌 장사평의 영정이었다. 방금 들은 얘기를 떠올리며 오사도는 이름 모를 비애가 꿈틀대는 것을 느꼈다. 한 줄기의 눈물이 굴러 떨어졌다.

법사(法事)는 거의 끝나가고 있었다. 밤새도록 영정을 지키고 있은 듯 어깨에 마(麻)를 두른 하인들이 기지개를 켜고 하품을 하며 지루해 했다. 그러자 마름인 듯한 사내가 과일쟁반을 들고 나오더니 나눠주며 호되게 꾸지람을 했다.

"죽고 싶어? 오늘이 무슨 날인데 하품이나 찔찔 하고 있어? 있다 주인어른이 큰마님을 모시고 오실 텐데 시중 잘못 들었단 껍질 발라 죽일 줄 알아!"

하인들은 된서리맞은 가지처럼 금세 주눅이 들어 연신 허리를 굽신거렸다. 먼발치에서 한참 지켜보던 오사도가 발길을 돌리려 할 때, 갑자기 서쪽에서 한 사람이 대성통곡을 하며 튀어나오는 것이었다. 얼굴을 두 손으로 가리고 곧 쓰러질 듯 비틀거리며 영정 앞으로 달려온 사람은 허물어지듯 무너져 내리더니 땅을 치며 오열했다.

순간 오사도는 몹시 낯익은 얼굴에 크게 놀라 그 자리에 붙박히고 말았다. 그 사내는 바로 방금 전까지도 같이 있었던 이불이었던 것이다!

8. 사황자의 사람들

　어디서 본 적도 그렇다고 통보 받은 일도 없는 생면부지의 사내가 갑자기 뛰어들어 울부짖는 바람에 하인들은 크게 당황했다. 한 손에 누런 종이를 들고 다른 한 손에 완장(腕章, 초상 치를 때 쓰는 삼베나 비단으로 만든 장막)을 받쳐든 이불의 오열은 제법 그럴싸했다.
　"아이고 매청 형(梅淸兄)! 아이고 이게 웬 마른 하늘의 날벼락이오! 친형처럼 믿고 따르던 아우에게 뭐라 말 좀 해 보세요……"
　자기 설움에 북받친 듯 이불의 연기는 점입가경이었다.
　"올가을 서산(西山)을 찾아 단풍을 즐기며 술잔을 기울이기로 약속해 놓고…… 간다 온다 말도 없이 이렇게 홀로 가버리면 어떡해요…… 흑흑흑…… 제발 눈 좀 떠보세요……"
　비가 추적추적 내리는 날씨에 오장육부가 터지는 듯한 이불의 통곡소리가 갑절 쓸쓸함을 더했다. 사람들은 누구 하나 감동받지 않은 이가 없었다.

하지만 한 눈에 이불의 수작을 간파한 오사도는 그저 이불의 간사함이 놀라울 따름이었다. 벼슬과 금전을 오물 보듯 하며 철저한 학문지상주의자인 척 행동하던 멋진 서생이 삽시간에 추잡스런 속물로 변하는 순간이었다. 오사도의 환상은 여지없이 깨지고 말았다!

잠시 후 하인들의 움직임이 빨라지는가 싶더니 백발이 성성한 할멈이 40살 가량 되는 중년 남자의 부축을 받으며 걸어오고 있는 게 보였다. 3, 40명은 족히 될 나이가 비슷한 할머니 시녀들이 할멈을 몇 겹으로 둘러싸고 있었다. 마름인 듯한 사내가 먼저 달려나가 정중하게 인사를 했다.

"마님, 어르신! 소인의 인사 받으시옵소서!"

그제야 오사도는 얼굴이 희고 흰 두루마기를 입은 중년의 사내가 바로 잘 나가는 영시위내대신(領侍衛內大臣)·상서방대신(上書房大臣)·태자태보(太子太保) 겸 내각대학사(內閣大學士)인 장정옥임을 알았다.

마름이 이불을 힐끗 쳐다보며 장정옥에게 뭔가 할 말이 있는 듯하자 장정옥이 손사래를 쳤다. 그리고는 걸음걸이가 시원찮은 어머니를 부축하여 영정 앞에 숙연한 기분으로 멈춰섰다.

"매청 형……"

장정옥 일행이 가까이 다가올 동안 잠시 끊겼던 이불의 연기가 다시 시작됐다. 눈물콧물이 범벅이 된 이불이 크게 흐느끼며 말했다.

"영령(英靈)이 멀리 가지 않았다는 걸 이 아우는 잘 알아요. 우리 형 가시는 길에 심심하지 않게 몇 글자 적어 보았어요. 추우면 술 한 잔으로 몸 녹이시라고 못난 아우가 노자도 좀 챙겨 왔어요……."

숨이 넘어갈세라 흐느끼며 이불은 주머니에서 10냥짜리 은전을 꺼내더니 부들부들 떨며 영전에 내려놓는 것이었다. 그리고는 한 발 뒤로 물러나 허리 굽혀 절하고는 종이를 펴들고 읽기 시작했다.

"강희 40년 6월 8일, 금릉서생(金陵書生) 이불(李紱)이 망우(亡友) 매청 형의 영전에 호우(豪雨) 같은 눈물을 휘뿌리며 : 매청 형은 훈문(勳門) 가족의 귀한 아들로 태어나 금거지부(金車之富)를 누려왔고 박학다식하고 예지로운 당대의 보기 드문 인물입니다. 아지랑이 같이 온화하고 단비 같이 정이 많아 삼교구류(三敎九流) 두루두루 벗들도 많았습니다. 풍류스럽지만 속되지 않고 물 같은 담백함 속에 오기가 꿈틀대는 멋진 남성이었습니다. 대나무처럼 올곧은 절개와 매화 같은 향기를 간직한, 언제나 월색의 고요함을 닮고 싶어하던 매청 형은 가진 것 없고 볼품없는 병든 고목 같은 제게 희망이고 동경이었습니다. 막수호반(莫愁湖畔)에서 우연히 만나 우정을 꽃피웠고, 계명사(雞鳴寺)에서 운명을 느낀 우리는 영원한 형제입니다! ……처음 만났을 때 저에게 하셨던 말씀 생생히 기억하고 있습니다. '군자(君子)의 은혜는 오세(五世)가 지나면 끊긴다. 운좋게 요천순지(堯天舜地)의 성세(盛世)를 산다고 해도 탄탄한 치세술없이 제민(濟民)의 의지만으론 사나이의 꿈을 이룰 수 없다!'라고 하신 말씀 아직도 메아리가 되어 가슴 속에 울려퍼지고 있습니다……."

한 번의 실수도 없이 감정에 몰입하여 이불은 무리없이 계획을 잘 소화해내고 있는 것 같았다. 오사도는 결코 하대(下待)할 수 없는 그의 문장 실력에 놀랐고, 그가 과거시험 보러 가는 서생이라기 보다는 연극단원이었더라면 무궁무진한 발전이 있었을 텐데, 하고 아쉬워했다. 이때 신들린 듯한 이불의 연극이 최고조에 달하고 있었다.

"……아아, 찢어질 듯한 이내 마음…… 형 없는 세상 뭘 믿고 어떻게 살란 말입니까? ……오현(五鉉)은 아직 여기 있는데, 추홍(秋鴻)은 어디로 가버렸나? 흰 구름 깊은 곳에 황학(黃鶴)의 뒷모습 아련하구나! 하늘이여, 땅이여! 그대들은 왜 이다지도 무심한고……!"

장시간 소리 지르고 악을 쓴 탓에 그의 목에서는 곧 피를 토할 것 같은 위태로운 소리까지 났다. 이불은 앞머리가 터지도록 삼배(三拜)를 올렸다. 오사도는 마치 개선장군을 방불케 하는 또다른 이불을 보는 것 같았다. 가족들 모두 이불의 문장과 눈물에 감화된 나머지 여기저기서 훌쩍거리는 소리가 들려왔다.

장정옥은 자식 교육에 융통성없는 자신을 탓하며 노모에게 크나큰 불효를 저질렀다는 생각에 눈시울이 붉어졌다. 내리사랑이라 했던가! 다 큰 손자녀석이지만 시도 때도 없이 엉덩이를 툭툭 건드리며 아이처럼 좋아하던 노모에게 귀염둥이 셋째손자를 잃은 건 곧 중년상자, 노년상처(中年喪子, 老年喪妻)와도 같은 아픔이리라. 여기까지 생각이 미친 장정옥은 어느새 눈물이 비오듯 했다. 속으로 야호! 하고 외치며 이불이 뒤로 한발짝 물러섰다.

"사평이 친구인가 보네?"

노인이 고개를 돌려 장정옥에게 물었다.

"자넨 몰라?"

그러자 장정옥이 고개를 저어 보이더니 노인의 귓전에 다가가 허리굽혀 말했다.

"잘 모릅니다. 부덕한 놈에게 이렇게 훌륭한 벗이 있었다는 게 믿어지지가 않을 정도입니다!"

참았던 눈물이 다시금 주름잡힌 입가에 주르르 흘러내렸다. 이불이 몰래 자리를 뜨려고 하자 노인이 다급히 불러세웠다.

"젊은이, 잠깐만!"

이불이 조심스레 다가와 노인에게 공손히 읍하고 말했다.

"예, 어르신. 부르셨습니까?"

노인은 눈물 그렁그렁한 눈을 들어 정신없이 이불을 훑어보았다. 강풍에 위태로울 것 같이 비실비실하게 생긴 모습이 죽은 손자 같았다. 노인이 애써 진정하며 깊은 한숨과 함께 물었다.

"자네, 사평과는 문우(文友) 사이였나?"

"예, 그렇습니다."

깍듯이 대답하고 난 이불은 다시금 입가를 비죽거리며 말했다.

"남경에서 만났습니다."

"사평이 남경에서 두 달이나 있었나?"

장정옥이 고개를 갸웃하며 말했다.

"하지만 결코 길지 않은 시간에 타향에서 자네처럼 훌륭한 청년을 벗삼을 수 있었다는 게 조금은 위로가 되는구만."

필경은 산전수전 다 겪고 고급 두뇌들 속에서 온갖 풍랑을 견뎌온 장정옥인지라 말은 이렇게 했지만 속으론 의혹이 고개를 쳐들기 시작했다. 장정옥의 말에 이불이 담담하게 대답했다.

"진정한 벗은 눈빛 하나만으로 모든 것이 통하는 사이라고 생각합니다. 술과 벗은 오래될수록 좋다고 하지만 전 공감할 수 없습니다. 느낌만 통한다면 사귄 시간이 길고 짧은 것이 무슨 대수이겠습니까?"

이불의 말에 일리가 있다고 생각한 장정옥은 똑똑한 아들의 '친구'에게 잠시 할 말을 찾지 못했다.

이때 이불이 조심스레 물었다.

"그럼 어르신은 매청 형과 어떤 사이……."

"나 말이오? 난 매청의 애비요."

장정옥이 야속하고 안타깝고 비통한 눈빛으로 곤(棺)을 바라보며 말했다. 그러자 이불이 대뜸 희비가 엇갈리는 표정을 지어보이며 "세숙(世叔)!" 하고 불렀다. 그러나 갑자기 감정이 북받쳐 말을 잇지 못하겠다는 듯이 두 손으로 얼굴을 가린 채 어깨를 들썩거리기 시작했다.

죽은 아들과의 우정을 생각하여 자신을 삼촌이라고 불러주는 젊은 효렴의 예의바름에 장정옥은 감동을 받았다. 노인이 이불의 어깨를 다독이며 울음 섞인 목소리로 말했다.

"정말 착하고 예의바른 아이야! 그래 북경엔 과거보러 왔나?"

이불은 흐느끼며 고개를 끄덕여 보였다. 그러자 노인이 객고를 겪는 손자를 대하듯 가슴 아파하는 기색을 보이며 말했다.

"우리 장씨 가문에 손자가 셋 있어도 난 사평이를 제일 이뻐했었어. 그런데 낼모레면 염라대왕에게 불려갈 할망구가 새파란 손자녀석을 먼저 보내다니! 정옥아, 참 효심이 깊고 의리있는 아이 같은데, 과거보는 동안 우리 집에서 머물게 하면 안 될까? 책읽기를 지지리도 싫어하는 두 녀석에게도 좋을 듯한데……."

"어머니!"

장정옥이 웃으며 말했다.

"아시다시피 저도 문사(文士)를 참 좋아합니다. 하지만 과거급제하고 크게 될 사람이 저한테 있으면 나중에라도 불리한 소문에 시달릴 수 있습니다. 될성 싶은 사람일수록 꼬투리 잡힐 경우를 피해야 합니다. 어머니께서 그런 자비로운 마음이 계시다면 가묘 (家廟)에서 공부하게끔 하는 게 어떨까 합니다. 그러면 합격 여부를 떠나 제가 좀 도와주더라도 낭설의 표적이 되지는 않지 않겠습니까? 조정에서 이미 안휘성(安徽省)에 나가 있는 넷째와 열셋째 황자마마에게 귀경하라는 지시를 내렸습니다. 올해 추위(秋闈)는 이 두 황자마마가 감독하는 한 그리 쉽지는 않을 거라는 예상이 나오고 있습니다!"

사람이 많은 자리라 아들이 이쯤 말하면 노인은 짐작가는 데가 있었다. 주장이 강한 소신파이고 인정머리 없기로 소문난 두 황자에게 요직에 있는 아들이 괜히 약점 잡혀 곤욕을 치르는 건 아니될 말이었다. 노인은 장정옥의 의견에 따르기로 했고 당연히 이불도 동행했다.

오사도가 무거운 발걸음을 옮기며 후원(後園)에 돌아왔을 때 비는 이미 그쳐 있었다. 성음은 보이지 않았고 전문경만 책을 껴안고 벽에 기댄 채 잠들어 있었다. 재주 많고 인간성 좋아 꽤 괜찮은 사람이라고 생각해 왔던 전문경이 이불의 행각으로 말미암아 똑같이 추해 보이고 구역질났다. 믿었던 사람을 잃었을 때의 외로움은 달리 달랠 길이 없었다. 굳어진 오사도의 얼굴은 돌부처처럼 차가웠다.

한참 후에 오재(午齋)를 알리는 종소리가 울렸다. 바로 이때 밖에서 어지러운 발소리가 들리더니 누군가가 "여기야, 여기! 틀림없어!" 하는 고함소리가 조용한 도량(道場)이 들썩거릴 정도로 흔들었다. 이와 동시에 열댓 명은 더 될 장정들이 무자비하게 들이닥쳤다. 깜짝 놀라 잠에서 깬 전문경이 두 눈을 비비며 물었다.

"무슨 일이오? 불이라도 났소?"

한편 사람들 속에서 자신을 삼킬 듯 호시탐탐 노려보고 있는 김옥택네 집의 마름 장귀를 발견한 순간 오사도의 얼굴은 하얗게 질리고 말았다!

"바로 이 자야!"

장귀가 눈썹을 무섭게 모아올리며 손가락으로 오사도를 가리키며 소리쳤다.

"마님을 강간하여 대들보에 목매 자살케 만들고 절에 숨어들었어? 아하, 깜찍한 놈! 왜 째려봐? 이 씨 말라 비틀어질 자식아, 여태 세상 크고도 작다는 걸 몰랐어? 난 그래도 덜리 도망간 줄 알았지. 이제 보니 우리 마님의 원혼이 네놈을 여기에 붙들어맸구나."

장귀의 말 가운데서 오사도의 귀에 들어온 것은 난초가 죽었다는 비보뿐이었다. 그는 지팡이를 던지고 땅바닥에 무너져 내리며 실성한 사람처럼 중얼거렸다.

"그녀가 죽다니? ……왜 죽어? 난초, 걔가 왜 죽어……"

이윽고 장귀의 명령에 따라 몇몇 장정이 굶주린 승냥이처럼 달려들어 손가락 까딱할 힘조차 없는 오사도를 짐짝처럼 묶었다. 그리고는 힘껏 등을 떠밀었다. 이때 경황없이 지켜보고만 있던 전문경이 큰소리로 고함을 질렀다.

"잠깐만!"

장귀에게로 다가간 전문경이 날카로운 시선을 번득이며 따지듯 물었다.

"저 사람이 자네 마님을 강간했다는데, 증인이 있어?"

꽃무늬가 새겨진 은좌관(銀座冠)을 쓰고 있는 전문경을 눈여겨

보는 순간 거인(擧人)이라는 걸 알아챈 장귀는 다소 누그러진 태도로 코방귀를 뀌며 말했다.

"사람이 저 자의 방에서 목을 맸고, 저 자의 전대까지 있는데 더 이상 무슨 증거가 필요하다는 거요?"

"오, 그래?"

전문경이 고개를 갸웃하며 말했다.

"자네 마님이 오사도의 방에서 목을 맸다? 내가 알기론 오사도가 김아무개네 집에서 머무른 시간이 고작 열두 시간 정도밖엔 안 돼. 십 년만에 만난 사이라 인사치레하고 어쩌고 거기다 술 한 잔까지 하다보면 열두 시간 같은 건 눈 깜짝할 사이에 흘러가는 거 아니야? 그런데 어찌 자네 마님과 단둘이서 그짓할 여유가 있었겠어? 상식적으로 생각해 봐. 몸도 성치 않은 사람이 강간을 시도하면 자네 마님은 얼마든지 반항하고 소리질러 구원을 요청했을 텐데 왜 자살을 했겠어? 그것도 오사도의 방에서!"

전혀 틈을 주지 않는 속사포 같은 전문경의 질문에 장귀는 잠시 할 말을 잃었다. 결코 도리를 따져 전문경을 당해낼 수 없다고 생각한 장귀는 막무가내로 오사도를 끌고 나가려 했다.

바로 이때, 죽 한 사발을 들고 밖에서 오랫동안 엿듣고 있던 성음이 너털웃음을 웃으며 말했다.

"이봐, 김씨네 마름 양반! 부처님 도량에서 너무 무리하면 안 되지. 오 선생이 며칠 동안 앓고 나서 기력이 완전히 회복되지 않았으니 지금 데리고 가봤자 골치야. 자, 자! 중 체면 좀 봐주라구. 며칠 후에 내가 데리고 직접 김 어른을 찾아뵌다고 전해주는 게 어때?"

이같이 말하며 성음은 곧 죽을 한 숟가락 듬뿍 떠 오사도의 입에 밀어넣으며 농지거리를 해댔다.

"따근할 때 어서 먹어. 여기는 뱃속에 거지가 들어찬 중들만 모였는지 음식만 보면 불문제자의 체면이고 뭐그 없다니까! 좀 있으면 더 먹고 싶어도 없으니까 얼른 먹고 또 먹어……."

사람들은 성음의 몸짓과 말투에 재미를 느낀 나머지 살벌하던 분위기는 어느덧 가뭇없이 사라졌다. 장귀가 자신이 왜 왔는지도 모른 채 입을 헤벌리고 성음의 말을 듣고 있을 때 성음이 갑자기 크게 웃으며 뜨거운 죽사발을 장귀의 얼굴을 겨냥하여 냅다 던졌다. 죽사발은 정확하게 장귀의 면상에 꽂혔다. 장귀가 아우성을 지르며 대굴대굴 뒹구는 사이 성음은 날렵하게 몸을 날려 장정들을 하나씩 쓸어눕혔다. 그 틈을 타 오사도를 잡아끌고 밖으로 나온 성음이 말했다.

"오 선생, 저기 대기하고 있는 수레 보이지? 올라타게."

성음은 무슨 영문인지 몰라 어리둥절해 하며 수레에 올라타길 거부하는 오사도를 억지로 쑤셔넣듯 태우고는 진지한 눈빛으로 바라보며 말했다.

"난 사황자마마 소유 가묘(家廟)의 주지스님이오. 사패륵(四貝勒)의 지시를 받고 자네를 따라다니며 보호한 지 오래 되었소! 자네의 재주를 높이 산 넷째마마가 아니었더라면 자네는 벌써 이 세상에 없었을 거요! 만천하에 자네를 진정으로 아껴주고 원하는 사람은 넷째마마밖엔 없소! 넷째마마의 뜻은 충분히 전달했다고 보고 선택은 자유니까 알아서 하시오."

이미 마음의 결심을 굳힌 오사도는 자신이 며칠 동안 묵어 있던 이곳을 둘러보며 모든 의혹이 순식간에 풀리는 느낌에 마음이 홀 가분해졌다.

"지금 이 시각부터 오사도는 넷째마마의 사람으로 다시 태어났어요⋯⋯."

오사도가 단호한 어투로 힘주어 말했다.

"절대 강요해선 안 된다고 넷째마마께서 편지에 신신당부하셨지."

성음이 말했다.

"넷째마마를 따라 잘해 보게."

한편 집에 도착해 어머니를 조심스레 부축하여 가마에서 내린 장정옥은 태자가 부른다는 소식을 접하고 다소 의외라는 듯한 표정을 보이며 부하에게 물었다.

"어디로 오라고 했어? 육경궁? 창춘원?"

"창춘원입니다, 어르신."

부하가 대답하여 말했다.

"마제 어른과 동국유 어른은 도착하셨는데, 어르신을 기다려 함께 패찰을 들이밀려고 조급하게 기다리고 있다며 하주(何柱)가 다녀갔습니다."

장정옥이 어머니 장씨 부인에게 인사하고 이불에게는 과거시험 끝난 후에 다시 만나자며 약속하고는 부랴부랴 말에 올라탔다. 조복(朝服)과 조주(朝珠), 조관(朝冠)을 챙겨놓고 미리 대기하고 있던 장정옥네 집의 하인 몇십명이 줄지어 말을 타고 장정옥을 호위했다. 이것은 장정옥네 집의 오랜 관행이었으므로 새삼스러울 것도 없었다.

창춘원(暢春園)은 북경 서쪽 교외의 남해정(南海淀)에 위치하고 있었다. 원명원(圓明園) 남쪽에 있다고 하여 '전원(前園)'이라고도 불리었다. 원래는 전명(前明) 무청후(武淸侯) 이위(李偉)가 공부하던 별장이었다. 북방 지역의 서늘한 기후에 길들여진 만주인들이 북경의 더위를 못 견뎌하자 강희 42년 이후 국력이 강화되고 나라살림이 윤택해지고 난 후 강희황제는 무려 2백여 만냥에 달하는 국비를 쏟아부어 열하(熱河)에 피서산장(避暑山莊)을 만듦과 동시에 이곳을 대거 수리하고 '창춘(暢春)'이라는 이름을 지었다.

긴 시냇물이 띠처럼 둘러쳐져 있고 안에는 아름다운 호수가 점점이 구슬처럼 박혀 있고 돌산과 자갈길이 유명하며 우거진 숲속에 그림 같은 정자들이 널려있는 이곳은 피서에 적격임은 두 말할 것도 없고 인간세상의 선경(仙境)이 따로 없었다.

가인(家人)들을 데리고 호호탕탕하게 서직문(西直門)을 나선 장정옥은 청범사(淸梵寺)를 지나면서부터는 속도를 조금씩 줄였다. 멀리 울창한 대숲 사이로 창춘원이 모습을 드러냈기 때문이다. 창춘원 입구에는 좌우 양옆에 채방(彩坊, 문 모양의 건축물)이 하나씩 세워져 있었고, 그 위에 서로 맞물려 돌아가는 오색찬란한 전설 속의 교룡(蛟龍)이 그려져 있었다. 그것은 멀리서 보면 '만수무강(萬壽無疆)'이라는 글씨가 되어 의미를 더 했다. 상춘등(常春藤)이라 불리는 푸른 식물이 길게 드리워져 있었고, 채방 양 옆에는 분수가 끊임없이 하얀 물가루를 만들어냈다. 대문에 있는 붉은 칠을 한 기둥에는 다음과 같은 글귀가 춤추듯 요동치고 있었다.

仙仗五雲 鶯鳴和盛世
德車七宿 龍角運中天

창춘원이 가까워오자 장정옥은 급히 말에서 미끄러지듯 내려 조복(朝服)을 갈아 입었다. 모자에 청색을 입힌 석정자(石頂子)를 달고 쌍안공작화령(雙眼孔雀花翎)을 꽂고 여덟 마리 맹수 무늬의 관복은 입었으나 보복(補服)은 입지 않은 관원 하나가 대문을 나서고 있는게 보였다.

4품 문관(文官)에게 화령(花翎)은 웬말이며 황제폐하를 만나 뵙고 나오는 사람이 보복(補服)도 입지 않고 있다니? 장정옥은 고개를 갸웃했다. 그러나 그 사람이 가까이 다가오자 장정옥의 의혹은 곧바로 풀렸다. 그는 다름 아닌 조선국(朝鮮國)의 사신인 김중옥(金中玉)이었던 것이다. 북경에 상주하며 양국의 사무를 원활히 하는 역할을 충실히 수행하여 작년에 강희황제로부터 4품 문관이란 칭호를 수여받았던 것이다. 김중옥을 반기며 장정옥이 웃으며 물었다.

"김 대사(大使), 폐하를 뵙고 나오는 길이오?"

"예."

김중옥이 웃으며 말했다. 그는 아주 유창한 북경말을 구사하고 있었기에 모르는 사람은 내국인인 줄로 착각하기 십상이었다.

"오늘 대박 터진 날인 것 같네요. 내 머리에 씌여진 화령말인데, 술직차 귀국하게 됐기에 인사올리러 갔더니 여덟째마마께서 황제 폐하께 이 김 대사를 입이 마르게 칭찬하시는 거 아니겠습니까? 덕분에 폐하께서 크게 기뻐하시며 내겐 너무 과분한 선물을 주셨지 뭡니까! 그러고 보니 굉장한 실력가이시면서 아직 화령이 없는 장 어른께 대단히 죄송하네요!"

"아무튼 축하하네. 근데 자네 귀국한다고 했소?"

장정옥이 이같이 되물으며 생각했다. 외국 사절의 비위까지 맞춰가며 여덟째는 자기 사람 심기에 여념이 없으니 무절제한 세력 팽창은 어디까지가 끝일까? 잠깐 이런 생각을 한 장정옥이 빙긋 웃으며 말했다.

"공교롭게도 난 요즘 너무 바빠. 그래도 시간을 짜내어 자네가 귀국하는 날에 전송해줄까 하네. 정말 부득이할 경우엔 사람을 시켜 국왕께 선물이라도 챙겨 보낼 테니 부디 내 마음 알아줬으면 하오!"

그러자 김중옥이 흐뭇한 미소를 지으며 말했다.

"말씀만 들어도 대단히 고맙습니다. 방금 여덟째마마께서 노자나 하라며 6천 냥을 하사하셨습니다. 그걸로 충분히 선물도 사고 할 수 있습니다. 내년 봄에 돌아와서 어려운 일이 있으면 염치불구하고 장 어른을 찾아가겠습니다. 마제와 동국유 어른이 패문재에서 초조하게 기다리고 계십니다!"

말을 마친 김중옥은 곧 자리를 떴다. 장정옥은 부랴부랴 장미와 월계화가 만발한 화원을 거쳐 안으로 들어갔다. 서쪽 공터에 한 줄에 9개씩 모두 18개의 천막이 마련돼 있었다. 지방에서 술직차 올라온 관원들이 임시로 머무는 곳이었다.

지세가 구릉처럼 약간 높은 지대에 '패문재(佩文齋)'라는 간판이 걸려 있었고, 안에서 키 큰 관원 하나가 나오며 툴툴댔다.

"지금 오면 어떡하겠다는 거요? 기다리는 사람 생각도 해 줘야지? 폐하께서 김중옥 조선대사를 먼저 부르셨으니 망정이지 아니면 오늘 크게 낭패볼 뻔했잖소?"

마제였다.

"마제!"

장정옥이 미소를 지으며 말했다.

"어쩌다 좀 늦었기로서니 재상이 체통없이 방방 뛰고 그러면 쓰겠소?"

두 사람이 주거니받거니 안으로 들어가자 어떤 관원과 얘기하고 있던 동국유는 장정옥을 향해 고개를 까딱해 보이며 말했다.

"정옥, 소개할게. 이쪽은 안휘성(安徽省) 포정사(布政使)로 있는 시세륜(施世綸)이고……."

자리에서 일어난 시세륜은 먼저 장정옥을 향해 허리 굽혀 인사하고는 자리에서 나와 예의를 깍듯이 갖춰 청참지례(廳參之禮)를 다했다. 이에 장정옥이 급히 부축하여 일으켜 세우며 웃으며 동국유에게 말했다.

"정해후(靖海侯) 시랑(施琅) 대인의 여섯째도련님 시세륜을 모르는 사람도 있소? 대명(大名)을 익히 들어왔소!"

그러자 시세륜이 소탈하게 웃으며 말했다.

"그게 아니라 장 어른은 저의 추명(醜名)을 익히 들어오셨겠죠? 저는 소문난 '십부전(十不全)'이지 않습니까!"

시세륜의 말에 사람들은 웃음을 터뜨리고 말았다. 이빨을 잘 안 드러내 놓기로 유명한 동국유도 입을 크게 벌리고 즐겁게 웃었다.

시세륜이 '자해(自害)'를 서슴지 않자 장정옥은 전에 전해 들은 시세륜의 외모에 관한 말이 떠올라 내친 김에 시세륜을 찬찬히 뜯어보았다. 끝이 찍 올라간 눈썹하며 앙큼하게 생긴 세모눈하며 너무 친한 입과 코, 조선 여인의 고무신 같이 앞이 휜 턱이며 갈비뼈가 앙상한 작은 가슴, 쏙 들어간 자라목, 마구잡이로 번식한 뾰루지와 눈밑의 눈물점 하며 시세륜은 그야말로 제멋대로 생긴 전형이었다. 말이 '십부전'이지 두 다리 길이가 같지 않은 것까지

하면 '십이부전(十二不全)'도 더 될 것 같아 다분히 고고학적 연구 가치가 있는 인물이었다.

그러나 이렇듯 '자해' 소동을 벌이는 시세륜에게도 자신만만한 데가 있었다. 그것은 사람을 쩨려볼 때면 유난히 날카로운 눈빛이었다. 한바탕 악의없는 농담이 오가고 나서 동국유가 말했다.

"정옥. 마마께서 오늘 시 어른이랑 같이 부르신 걸 보면 십중팔구는 이치(吏治)에 대해 궁금해 하실 것 같소. 미리 준비가 있어야겠소. 넷째와 열셋째마마는 안휘성에 내려가서도 여전한 것 같았소. 한꺼번에 서른 명의 관원들을 직무해제시켰노라고 상주했던데…… 마침 시 어른이 그쪽에서 왔으니 반드시 물으실 거요."

동국유의 말이 끝나자 윤진이 안휘성에서 올렸다는 상주문 원본을 펼쳐보던 장정옥은 속으로 생각했다. 국고회수 운동의 최전방에서 진두지휘하며 선후로 19명의 관원들을 죽음으로 몰아넣자 당황해진 태자가 비등하는 여론을 잠재우기 위해 이 두 사람을 안휘성으로 피신보냈건만 성질나면 베고 내쫓는 건 여전하니 이걸 어쩌면 좋아? 자기네들은 그렇다 쳐도 태자의 입장을 좀 배려해 주는 게 도리인데. 장정옥이 이런 생각을 하고 있을 때 마제가 한숨을 내쉬며 말했다.

"내가 보기엔 누가 뭐래도 넷째와 열셋째 마마의 치적은 대단한 거요. 진정으로 이 나라와 백성을 위한 일이라면 욕 먹고 불이익당하는 걸 두려워 하지 않는 우리 모두의 사표(師表)라고 생각하오. 한 손은 국고에 다른 한 손은 백성들의 주머니에, 탐욕의 마수를 이런 식으로 뻗치고 있는 좀벌레 같은 자들이 도처에 꿈틀대고 있으니 지금 이치가 위험 수위에 이르지 않았소? 이치에 어긋한 짓을 저지르고도 자기 잘못을 뉘우칠 줄 모르는 자들은 단호하게 대처하는 넷째마마 같은 영도자가 정녕 필요할 시점인 것 같소!"

"대국(大國)을 통치하는 것은 마치 작은 생선을 요리하는 것과 같은 법이오."

마제의 말에 공감할 수 없다는 듯 동국유가 웃으며 말했다.

"살이 부드럽고 연한 작은 물고기를 요리할 때 마구 휘저어버리면 다 흩어지고 먹을 수가 없겠지? 넘치는 것은 모자라는 것보다 못한 법이오. 그러니 너무 성급하게 서두를 건 없겠소."

동국유는 강희황제의 생모인 동가씨(佟佳氏)의 친동생이었다. 툭하면 황친임을 내세워 억지주장을 잘 폈고, 명령조로 말하길 즐겼고, 강압적으로 자신의 주장을 주입시키려 들었다. 마제와 동국유의 의견이 엇갈리자 장정옥이 장화를 신은 채 가려운 곳 긁는 격으로 말했다.

"이치(吏治)가 더 이상 간과할 수 없는 지경에 이른 건 사실이오. 하지만 워낙에 뿌리 깊은 관행인지라 단칼에 싹을 영구히 잘라버릴 순 없는 만큼 일시적인 충동은 금물인 것 같소. 시세륜, 안휘성 현지에서는 이번 사건을 바라보는 시각이 어떠한 것 같소?"

시세륜이 상체를 숙이며 말했다.

"언제나 그렇듯이 관원들과 백성들의 주장이 첨예하게 대립되는 양상을 보였습니다. 관원들은 '하늘도 땅도 무서울 게 없는데 유독 넷째마마가 부를까봐 살 떨린다'고 말하고 백성들은 '하늘도 땅도 무서울 게 없는데 넷째마마 없는 세상은 지옥이다' 뭐 대충 이렇습니다."

시세륜이 말을 이어나가고 있을 때 바깥에 있는 큰 구리솥 옆에서 뒷짐지고 서 있는 강희를 발견한 장정옥이 화들짝 놀라며 사람들에게 주의를 주었다. 그리고는 허겁지겁 달려나가 무릎 꿇고 머리를 조아리며 말했다.

"폐하! 정녕 여기 계신 줄 몰랐사옵니다!"

용수철에 튕기듯 달려나온 시세륜이 경황없이 삼고구궤의 대례를 올렸다. 잇따라 나온 마제와 동국유도 길게 엎드려 인사하며 강희가 안으로 들어갈 때까지 기다렸다.

9. 국고를 환수하라!

진사(進士) 시험에 합격하고 관직을 수여받은 이래 가끔씩 먼발치에서 황제를 잠깐씩 바라볼 행운이 주어지긴 했어도 워낙 근시가 심한 시세륜(施世綸)으로선 여태 강희황제의 천안(天顔)이 어떻게 생겼는지도 모르고 있었다. 오늘처럼 얼굴을 맞대듯 가까이 해보기는 처음인 시세륜은 긴장한 나머지 감히 고개도 들지 못하고 무릎을 위태롭게 떨고 있을 따름이었다.

"자네 얘기가 제일 재미나던데, 어째 갑자기 벙어리가 됐나?"

강희가 자리에 앉더니 소탈하게 웃으며 말했다.

"짐이 간혹 호랑이처럼 무서울 때가 있지만 자네 같은 '십부전(十不全)'은 맛이 별로일 것 같아 안 잡아먹는다구. 그러니 고개 좀 들게."

강희의 농담에 장정옥, 마제, 동국유 세 사람이 입을 가리며 웃었고 물에 담근 솜이불처럼 무겁던 분위기는 한결 가벼워졌다.

그제야 시세륜은 몰래 안도의 숨을 내쉬며 천천히 고개를 들어 말 잘 듣는 모범학생처럼 강희의 얼굴을 열심히 뜯어보는 것이었다.

55살의 강희는 정갈한 조복 차림에 나이와는 두관하게 젊음의 풍류와 패기가 엿보였다. 하얗게 변한 턱수염은 올올이 수를 셀 수 있을 만큼 잘 빗겨져 있었고 입가엔 엷은 주름이 패여 있었다. 짙은 눈썹 밑의 크지 않는 두 눈에서는 형형한 빛이 유유히 흘러나왔다. 혈색은 그런 대로 좋아보였고, 일거수일투족을 바라보고 있노라니 시세륜은 문득 남색 천 두루마기 차림에 시골서당에서 코흘리개들을 가르치고 있는 자상한 노인을 보는 것 같았다. 만나자마자 긴장을 풀게 하려고 농담을 서슴지 않는 눈 앞의 이 노인이 산술(算術)에 능하고 서화(書畵), 천문(天文), 외국어에 천재적인 기질을 보이는 강희황제란 말인가? 여덟 살에 즉위하여 열다섯 살 때 극악무도한 오배(鰲拜)를 제거하고, 열아홉 살 때 과감히 철번(撤藩)을 결정하였고, 선후로 네 번의 강남순시(江南巡視), 세 번의 서역친정(西域親征)을 이룩한 의지와 용기의 화신인 강희황제, 대만을 정복하고 동북 지역을 평정하고 밝은 정치를 주창하고 박학홍유과(博學鴻儒科)를 통한 인재 끌어안기에 각차를 가하여 당종송조(唐宗宋祖, 당나라 태종과 송나라 태조)를 능가하는 문략무공(文略武功)을 자랑하는 만능황제가 정녕 자상한 눈매로 자신을 내려다보고 있단 말인가!

"짐이 사람보는 안목이 틀림없다는 생각이 저절로 드네. 여태 자네처럼 짐을 똑바로 쳐다보며 샅샅이 뜯어본 사람은 없거든!"

강희가 상체를 뒤로 젖히며 껄껄 웃었다. 그는 돈안(龍案) 위에 놓인 상주문을 가볍게 두드리며 입을 열어 말했다.

"전에 군대를 이끌고 대만에 출전했다 돌아온 자네 아버지에게 짐이 물었었지. '자네 아들들 중에 장래가 촉망되는 아이는 몇 명쯤 돼 보이나?' 그랬더니 시랑(施琅)은 아무개 아무개 다섯 명이라고 답하여 말했지. 유독 자네만 빠뜨린 이유가 뭘까 하고 궁금해했었는데, 나중에 알아보니 자네 아버지 시랑이 잔머리 쓰는 재주 또한 비상하더군. 사실은 정반대로 자네 형제들 중에서 세상 어디에 던져 놓아도 자수성가할 수 있는 사람은 자네 뿐이었어. 나머지 다섯 명은 특별히 은음(恩蔭)을 받지 않는 이상 곤란하다고 판단한 시랑이 짐에게 악의없는 거짓말을 했던 거지. 그 아들을 알려면 그 아비를 보라던 말이 틀림없네 그려!"

강희가 옛날 일을 꺼내며 즐겁게 담소하는 모습에 시세륜은 마음이 한결 느긋해졌다.

방안에 화기애애한 분위기가 감돌고 경직된 마음의 부담이 조금씩 풀려갈 무렵 담흥이 도도하던 강희가 갑자기 정색을 하며 말했다.

"어느 정도 입근육을 풀었을 테니까 이제부터 일에 대해 얘기를 나누도록 하지. 그만들 일어나 자리하게. 이덕전, 어서 의자를 가까이 옮겨 오게!"

양심전(養心殿) 부총관태감(副總管太監)으로 있으며 양심전에서 잔뼈가 굵은 이덕전(李德全)이었다. 눈 감고도 어디에 무엇이 있다는 걸 알만큼 양심전 살림에 능수능란한 이덕전이 날렵하게 움직여 의자를 옮겨다 놓았다. 사람들이 자리에 앉기를 기다렸다가 강희가 입을 열었다.

"오늘 상서방 일꾼들을 부르려던 참에 열셋째가 천거한 시세륜 자네도 함께 보자고 한 것은 언제 어디서나 변함없다는 자네의 줏대와 아집을 짐이 고가(高價)에 사고 싶어서네……"

강희가 시세륜과 세 명의 상서방대신에게 차례로 눈길을 주며 말을 이었다.

"호부(戶部)는 이제 더 이상 방치할 수 없을 정도로 일사천리로 망가지고 있더군. 어리석은 자들을 믿고 자력에 맡겼다간 큰코 다치겠어. 짐이 조사해본 바로는 들어온 지 얼마되지도 않은 올해의 세수(稅收) 3천만 냥이 벌써 반이나 비었어. 관리들이 여러 가지 명목으로 빌려간 거지. 더 이상 손을 댔다간 당사자나 책임자 모두 목이 달아날 줄 알라고 엄포를 놓았으니 당정이지 아니면 지금쯤은 또 전처럼 국고가 텅텅 비는 어처구니없는 사태가 일어날 뻔했어! 주머니 사정이 안 좋은 관원들이 조금씩 빼내는 줄 알았지 이정도인 줄은 상상이나 했겠어?"

강희는 이대론 절대 안 된다는 듯이 고개를 무겁게 저으며 한숨을 내쉬었다. 그러자 마제가 급히 위로의 말을 했다.

"돈은 없어졌지만 돈을 꿔 간 사람은 있으니 그나마 다행이옵니다. 호부 관원 몇몇은 돈을 가져다 고리대금을 챙겨먹고 있다는데 조사해서 일망타진해야겠사옵니다. 나간 돈은 서둘러 받아들이고 남아있는 2천만 냥은 더 이상 새나가지 않을 것이니 그리 염려하시지 않으셔도 되겠사옵니다."

잠자코 있던 동국유가 생각에 잠겨 심각한 표정으로 말했다.

"마마께서 호부에 대해 말씀하셨지만 형부(刑部) 사정은 더 심각하옵니다. 엄정하고 공평한 수사란 찾아보기도 힘들고 백성들이 사건 의뢰를 해오면 온갖 수법으로 공갈협박하고 사기를 치니 웬만한 일은 억울해도 참고 사는 게 낫다는 말까지 나오는 줄로 알고 있사옵니다. 심지어 인명사고가 나도 당사자끼리 일정한 선에서 합의를 보면 보았지 형부를 찾을 생각은 애시당초 않는다고 하옵니다. 스스로 자기 눈을 찌르는 형국을 만들어 놓고도 형부에선 할 일이 없다며 아우성을 치고 있사옵니다!"

평소에 지극히 말을 아끼는 편인 동국유가 오늘은 웬일인지 수다쟁이 같이 말이 많았다. 강희는 말없이 귀를 기울이며 궁전 입구에 시선을 떨군 채 움직일 줄 몰랐다.

스물 몇 살에 상서방에 들어온 장정옥은 나이에 비해 일처리가 노련하고 사물을 바라보는 시각에 깊이가 돋보였다. 혈기왕성한 젊은 나이에 아차하면 손 데이기 쉬운 거리에서 황제를 시중들며 측근의 역할을 무리없이 소화해낸 장정옥은 일찌감치 "옳은 말 만 마디보다 한 번의 침묵이 중요하다"라는 사실을 터득해 냈다. 동국유의 말에 그는 전적으로 공감했다. 육부(六部)의 사정은 동국유가 말한 것보다 사실 훨씬 심각하다는 걸 장정옥은 조사 결과 알고 있었다.

하지만 이 시각 그는 동국유가 이런 말을 하는 저의가 궁금해졌다. 동국유가 '팔황자당'의 중견이라는 건 공공연한 비밀이었다. 육부(六部)가 어지럽게 돌아간다는 것을 시인하는 것은 이에 맞서 단호하게 대처해 나가는 넷째와 열셋째에게 힘을 실어주는 것과 다를 바 없는데, 동국유가 돌을 들어 제 발등을 까는 아둔한 짓을 할 리가 없지 않는가?

잠시 혼돈스러워하던 장정옥은 그러나 곧 집히는 데가 있었다. 그것은 곧 용두(龍頭)를 겨냥한 독화살이라고 장정옥은 생각했다. 육부의 정무는 태자(太子) 윤잉(胤礽)이 통괄하여 보고 있었는지라 집안살림 제대로 못하여 때아닌 쌀동냥 다니는 아낙네에게 시어머니가 실력행사를 해야 한다는 격이 아닌가?

육부가 엉망으로 돌아간다는 것은 곧 태자 윤잉에게 치적이란 숫제 사치스런 용어에 불과하지 않는다는 뜻이었다. 그렇지 않아도 태자의 무능과 나약함에 화가 나 있는 강희 앞에서 동국유는 타오르는 불에 기름을 끼얹고 있었다! 장정옥이 목청을 가다듬으며 뭐라 말하려던 순간 마제가 먼저 입을 열어 말했다.

"동 어른, 구구절절 옳은 말씀이오. 그러게 폐하께서 뿌리깊게 만연되어 있는 부정부패와의 전쟁을 단호히 선포하고 나서지 않았소?"

두루뭉실하게 발뺌을 하느냐, 자기 목소리를 내느냐의 기로에서 잠깐 망설였던 장정옥이 마침내 긴 한숨과 함께 말했다.

"어찌됐든 간에 명색이 상서방대신이라는 우리 셋이 역할을 충실히 수행하지 못했기 때문이라고 생각하오. '군주의 근심은 신하의 수치이고, 군주의 치욕은 곧 신하의 죽음[主憂臣辱, 主辱臣死]'이라고 했소. 정말 쥐구멍이라도 들어가고 싶은 심정이고 요즘은 통 잠이 오지 않을 정도요."

이들의 말을 잠자코 듣고 있던 강희가 무표정한 얼굴로 차갑게 말했다.

"누가 누굴 비호하거나 헐뜯을 것도 없이 각자 자신의 위치에서 최선을 다하고 결과에 책임지는 자세가 필요하네. 그러나 신하로서 어느 정도 양심의 가책을 느끼는 것은 듣기에도 거북하지 않고 좋네."

이같이 말한 강희는 마른 기침을 하며 좌중을 둘러보았다. 어느새 처음의 온유함을 회복해가고 있던 강희가 미소 띤 얼굴로 시세륜을 향해 말했다.

"넷째황자가 동성(桐城)에서 염상(鹽商)들을 불러모아 하도

(河道) 복구 명목으로 일정한 액수의 출혈을 요구하고 있는 모양인데, 자네 알고 있나?"

시세륜이 급히 답하여 아뢰었다.

"신이 안휘성을 떠날 때는 오월 열아흐레였사옵니다. 신이 북경에 와서 들은 소문에 의하면 넷째와 열셋째마마께서 염상들에게 압력을 행사하여 돈을 빼앗다시피 한다고 하는데, 실은……."

강희가 갑자기 그의 말허리를 잘라 말했다.

"알겠네. 짐이 시월에 사냥도 할 겸 몽고의 왕공들도 만나볼 겸 겸사겸사 열하로 떠나기 위해 이미 넷째와 열셋째를 북경으로 불렀네. 황자들을 모두 데리고 가야 하니까. 그래서 말인데 짐이 북경을 떠나기 전 나랏돈을 꿔간 관원들의 빚은 전부 환수했으면 하네. 이제 자네의 진가를 발휘할 때가 온 것 같네. 호부시랑(戶部侍郎)직을 줄 테니 먼저 그곳 업무를 익히도록 해 두게. 넷째도 금명간 도착할 테니까."

"폐하!"

장정옥이 물었다.

"폐하께서 자리를 비우시는 동안 태자마마께서 북경에 남아 계시는 것이옵니까?"

물은 장정옥이 난처하여 얼굴이 벌개지도록 철저히 외면한 채 강희가 시세륜에게 눈길을 주며 말했다.

"짐이 왜 자네를 고집하는 줄 알겠나? 짐의 환상인지는 모르겠으나 자네라면 털어서 먼지가 안 날 것 같아서였네. 물론 죽은 우성룡(于成龍)처럼 강직하다 못해 쉬이 부러지는 약점이 있고 불문곡직하고 무조건 약자의 손을 들어주는 공정성과 형평성에 어긋나는 약점도 없진 않지만 짐은 그런 약점까지도 소중하게 여기고 높이 사는 바이네. 어쩐지 자네에게 살림살이 맡기면 바가지로 쌀독 긁는 소리는 면할 것 같아서 말이네. 일손이 부족하면 올해 새로 선발된 진사들 중에서 필요한 만큼 뽑아도 되고 넷째, 열셋째와 상의하여 결정하도록 하게."

강희의 진심어린 말에 몸둘 바를 모르던 시세륜이 급히 자리에서 일어나 무릎 꿇어 머리를 조아리며 말했다.

"신의 부족함은 폐하께서 말씀하신 대로이옵니다. 고쳐보도록 노력하겠사옵니다. 하오나 추진력이 부족하여 때로는 견주고 견주다 일을 그르치는 경우가 많사오니 경관(京官)으로선 자격이 부족하다고 생각하옵니다. 폐하께서 살피시어 지방의 안찰사(按察使)나 도부(道府) 같은 직을 맡겨주신다면 삼 년 내에 그곳의 획기적인 발전을 도모할 자신이 있사옵니다. 호부의 일은 엄무가 워낙 막중하고 여러모로 뛰어난 인재를 필요로 하는 곳이라 신의 짧은 재주론 무리가 따를 것 같사옵니다. 현명하신 마마의 지인지명(知人之明)에 누를 끼칠까 심히 우려스럽사옵니다."

그러자 강희가 도발적으로 눈을 치켜뜨며 말했다.

"그게 전부가 아닌 듯 싶은데? 이 일이 워낙에 잘하면 당연하고 못하면 매장되는 무서운 직인지라 여러 사람에게 미운 털 박힐까 두려운 게 아닌가? 걱정 말게. 자네는 주인에게 충성하면 임무를 다하는 거야. 짐이 자네의 든든한 보루가 되어 뒷감당을 해줄 테니. 아직은 짐을 잘 모르겠지만 착실한 신하들에 대해 짐은 포용하는 면이 더 많아."

목이 타 들어가는 듯 시세륜이 연신 마른 침을 삼켰다. 사실 그가 두려운 것은 바로 강희가 말한 '포용(包容)'이었다. 주인의 너그러움과 대쪽 같음은 신하로선 원래 지극히 행운인 것이다.

그러나 지나친 '포용'은 곧바로 '방종(放縱)'으로 이어지기 때문에 무서운 것이었다.

강희 42년에 일어난 소어투의 반란음모를 강보(襁褓) 상태에서 요절시킨 이후로 세상은 한동안 무사하게 돌아갔다. 천추에 길이 남는 완벽한 천자가 되고 싶은 강희의 지나친 포용과 방종은 그러나 나라의 명운 따윈 뒷전이고 놀고 먹길 좋아하는 한 무리의 무능한 관리들을 키우는데 일조를 했을 뿐이었다. 그러나 죽기를 각오한 충신의 간언(諫言)은 없었고, 강희는 지나친 '포용'이 불러온 '방종'을 자신의 '성덕(盛德)'이라 착각하고 있었다.

어쩌면 종이 한 장 차이일 것 같은 '포용'과 '방종'의 논리를 시세륜은 입가에 맴도는 침과 삼게 삼켜버렸다. 한참 후에 시세륜은 용기를 내어 강희의 말에 답했다.

"신은…… 많은 이들에게 미운 털 박힐까 두려운 게 아니옵니다. 실은…… 싸워야 할 상대가 너무 크다고 생각하기 때문이옵니다!"

시세륜의 말에 대신들은 저마다 번갈아보며 긴장하는 기색이 역력했다.

"상대가 너무 크다……?"

시세륜의 말을 되뇌이던 강희가 조금 놀라는 기색을 보이더니 곧 웃으며 말했다.

"세 명의 보정대신(輔政大臣), 당신들 중 누가 수회(收賄)했다거나 국고에 손댔다거나 뒤가 지저분한 사람이 있는가?"

그러자 강희의 바로 밑자리에 앉은 동국유가 그럴 리야 있겠느냐는 듯 서둘러 웃어보이며 말했다.

"소인은 농장만 해도 10여 개 소유하고 있고 봉록 외에도 폐하께서 수시로 상을 내려주시는 덕분에 돈이 궁한 줄은 모르고 살아왔사옵니다. 그런데 설마 군주를 기만하고 그런 비은망덕한 짓이야 할 수 있겠사옵니까? 소인 뿐만 아니라 장(張), 마(馬) 두 어른도 절대 그럴 리가 없사옵니다!"

그러자 강희가 웃으며 말했다.

"짐이 행궁(行宮)을 지어도 철저한 내부 규정에 의해 지출했지 국고를 맘대로 퍼쓰고 하진 않았거든? 우리 넷이 이러할진대 그 '너무 큰' 상대는 대체 누구를 말하는가?"

그러자 시세륜이 고개를 숙이고 오래도록 생각하더니 말했다.

"신이 북경에 온 지는 며칠 안 됐지만 호부에 친구들이 더러 있어 오가는 얘기를 들어보니 실로 가슴이 답답했사옵니다. 지금 일각에서는 '국고를 비껴가는 이는 호한(好漢)이 아니다'라는 말이 공공연히 나돌고 있다 하옵니다. 이 사실을 폐하께서 알고 계셨나이까? 여기 계시는 상서방 대신들도 전에 다 한 번씩은 빌렸었는데, 넷째와 열셋째마마의 성화에 갚았다 하옵니다. 여러 황자마마들께서도……."

갈수록 무섭게 굳어지는 강희의 얼굴을 보며 겁에 질린 시세륜이 뚝하고 말문을 닫아버렸다.

"태자도 예외는 아니다 이건가?"

그제야 시세륜이 말한 '너무 큰' 상대가 누구인지 어렴풋이 짐작한 강희가 손을 내밀어 조복을 탁탁 털며 말했다.

"그래도 겁낼 건 없어. 더 큰 사람도 있으니까."

시세륜이 까발려 놓은 탓에 얼굴이 시뻘겋게 달아오른 장정옥과 마제, 동국유 세 사람이 일제히 자리에서 일어섰다. 동국유가 기어들어가는 목소리로 말했다.

"죽을 죄를 지었사옵니다. 군주를 기만한 죄를 물어 주시옵소서."

"그만 앉게들!"

강희가 갑자기 크게 웃으며 말했다.

"돈이 없으면 빌려도 쓰는 거지 그런 것가지고 기만씩이나 논할 건 없지 않는가? 백성들에게 흡혈귀처럼 들러붙은 자들보단 나아! 그런데 짐이 궁금한 건 자네들조차 사는 게 그렇게 쪼들리던가?"

강희의 정곡을 찌르는 일갈에 무너진 동국유가 연신 머리를 조아리며 말했다.

"마마…… 실은 소인들도 만부득이한 경우에서 어쩔 수 없었사옵니다. 그 옛날 정무에 권태를 느낀 환공(桓公)을 위해 관중(管仲)이 호화로운 저택을 지어 기생을 키우며 남몰래 속을 썩였듯이……."

"입닥쳐!"

안 그래도 애써 화를 억누르고 있던 강희가 마침내 버럭 화를 내고야 말았다.

"환공은 그러했기 때문에 점차 쇠락의 길을 걸었고, 망국을 초래한 군주가 아니더냐! 붓대를 쥔 이는 간언(諫言)의 문장에 죽고, 창칼 든 무장은 싸움터에서 죽는 게 신하된 도리야. 태자가 잘못을 저지르면 간언을 해야지. '양약은 입에 쓰나 병엔 이롭고, 충언은 귀에 거슬리나 행하는데 이롭다[良藥苦口利於病, 忠言逆耳利於行]'라고 했어."

추상 같은 강희의 호령에 세 명의 대신과 시세륜은 일제히 무릎을 꿇고 머리를 조아리며 용서를 빌었다. 시중들던 태감과 궁녀들도 저마다 사색이 되어 사시나무 떨 듯 떨었다.

삽시간에 패문재에는 황폐한 묘지를 방불케 하는 정적이 감돌았다.

동궁태자 윤잉은 강희의 둘째아들이었다. 황후 허서리씨의 외독자로, 강희의 각별한 총애를 받던 중 궁중반란을 꾀하던 소어투의 실각 및 처형과 더불어 강희의 냉대를 받게 됐다. 상서방대신들이 걱정하는 건 아직 감정의 앙금이 완전히 가시지 않은 황제와 태자가 화해가 아닌 반목을 거듭하는 것이었다. 현재와 미래를 생각해 볼 때 결코 어느 쪽도 소홀히 할 수 없는 상대였다. 두 실세 사이에 끼어 어느 장단에 맞춰 춤춰야 할지 몰라 고민하는 것처럼 괴로운 것도 없었다. 강희가 공공연히 태자를 비난의 표적으로 삼자 이들은 두려운 나머지 어찌할 바를 몰라 했다.

따지고 보면 동국유가 불을 붙였다고 생각하지만 엄연한 황친이고 팔황자라는 강대한 뒷심이 있는 그를 한낱 외로운 한인(漢人) 출신의 신하에 불과한 자신이 무모하게 건드릴 건 없다고 장정옥은 생각했다. 그러나 장정옥과 자신을 자기 멋대로 한데 뭉뚱그려 교묘하게 코꿰어 버리려는 동국유에게 반감을 느낀 마제는 거리낌없이 말했다.

"소인이 돈을 빌린 건 다른 이유가 있어서였사옵니다. 솔직히 요즘 육부구경(六部九卿)들치고 나라에 빚 없는 사람이 없사옵니다. 봉록은 보잘것없지만 샘솟는 성은(聖恩)에 힘입어 자기 명의의 농장도 소유하고, 외관들의 '효도'도 적당히 받아가며 먹고 사는 데는 지장이 없었사옵니다. 그런데 너도나도 극고에 손을 내미는 판에 따라서 냄새라도 풍기지 않으면 저 자는 대체 검은 돈을 얼마나 많이 챙겼길래 따로 노느냐며 곧바로 탐관이라는 오명을 덮어 씌우는 게 실로 두려웠사옵니다."

"흥! 진짜 방귀 뀐 놈이 성 낸다는 격이로군! 돈을 안 꾸는 사람이 홀대받는 세상이라니, 이게 어디 가당키나 한 말인가!"

강희가 거친 숨을 몰아쉬며 당장 큰일이라도 낼 듯 뚜벅뚜벅 거닐었다. 그러던 중 서쪽 벽에 '인내(忍耐)'라고 쓴 자신의 친필에 시선이 닿는 순간 차츰 누그러지던 강희가 갑자기 고개를 돌려 의혹으로 가득찬 얼굴을 하고 있는 시세륜을 불렀다.

"시세륜!"

"예, 폐하……."

"사태의 심각성은 짐의 상상을 초월하는 것 같네."

강희가 다시 실내를 거닐며 천천히 한 글자씩 힘주어 말했다.

"준거얼부의 아라부탄이란 새우새끼가 또 까불어대고 있어. 지금으로선 짐이 네 번째 친정을 할 가능성이 크네! 돈이 없으면 싸우지도 못하니까 국고를 하루 빨리 채워 넣어야겠네. 주저하지 말고 추진하게."

"예, 폐하……!"

"호부상서(戶部尙書) 양청표(梁淸標)가 훼방놓을지도 모르니까 짐이 오늘 지의를 내려 무기한 휴식에 들어가게끔 조치할거네."

강희가 이번에는 형형한 눈빛으로 장정옥을 바라보며 말했다.

"방금 짐이 했던 말을 골자로 조서를 작성하게."

변발을 어깨 뒤로 넘기며 강희가 이번에는 시세륜에게 말했다.

"독자적으로 판단하고 처리할 수 있는 결정권을 황마괘(黃馬褂), 왕명기패(王命旗牌)와 더불어 자네에게 하사하겠네. 태자와 넷째, 열셋째가 뒤에서 힘껏 밀어줄 것이니 열심히 해 보게. 짐궁

(朕躬)에서부터 태자군신(太子群臣)에 이르기까지 똑같은 잣대로 재단하여 빚이 있으면 뭘 내다파는 한이 있더라도 갚고 갚다 남은 것도 하루빨리 독촉하여 회수하도록 하게!"

사실 시세륜이 처음에 호부에 입성하는 것을 주저했던 것은 강희황제의 마음이 중도에 흔들릴 걸 우려해서였다. 하지만 강희의 의지가 이토록 강경하고 결심이 굳건한 모습에 감화된 시세륜은 마침내 상체를 깊숙이 숙이며 단호한 목소리로 말했다.

"폐하께서 이토록 커다란 믿음을 주시는데, 신이 칼산엔들 못 오르겠사옵니까?"

"짐이 듣고팠던 말이 바로 이거야!"

강희가 감개에 젖어 말했다.

"짐이 방금 태자에게 따끔한 일침을 놓긴 했지만 그가 결코 구제불능인 것은 아니라는 걸 짐이 잘 아네. 충성과 정직으로 무장된 신하들이 열성껏 보좌해 준다면 가능성은 충분히 있다고 보여지네. 짐이 태자에 대해 어쩌고저쩌고 하는 소문이 밖에 난무하고 있는 줄 아는데, 그건 어디까지나 악성소문에 불과할 뿐이네. 알겠는가?"

멍하니 듣고만 있던 네 사람은 그제야 급히 머리를 조아리며 알겠노라고 말했다. 그러자 강희의 말이 이어졌다.

"짐이 끝으로 여러분들에게 해두고 싶은 말이 있는데, 천하의 대권은 짐 한 사람만이 움켜쥐고 있을 것이며 이 나라는 운전대를 잡은 짐에 의해 조종되어야 해. 다른 누군가가 짐을 대체한다는 건 짐이 있는 한 절대 불가능한 거야. 그러니 신하들은 괜히 참새가 방앗간 지나가듯 하는 일이 없도록 소신을 가지고 처신을 올바로 해야겠네. 사사로운 이익을 위해 붕당을 만들고 패싸움에 연루

됐다간 세상 그 누구도 자네들을 구해줄 사람이 없을 것이며 반대로 나라와 백성을 위한 일에 발벗고 뛰는 사람에겐 짐의 은혜가 한낮의 햇살처럼 쏟아질 거야!"

충분히 알아듣게끔 풀어서 말한 강희의 훈시에 네 사람은 일제히 머리를 조아리며 열심히 따르겠노라 맹세했다.

"그만들 가보게."

강희가 음울한 눈빛으로 네 사람을 바라보며 손을 내저었다.

"짐도 좀 쉬어야겠네. 시세륜 자네는 태자를 찾아보고 자네 셋은 갔다가 오후에 다시 들어오도록 하게. 올 때 아까 작성하라던 조서 초안을 가져오는 걸 잊지 말고."

10. 두 황자의 우국충정

사황자 윤진과 십삼황자 윤상더러 북경으로 돌아오라는 명령은 육경궁(毓慶宮) 태자(太子)의 정기조서(廷寄詔書) 형식으로 3일 전 동성(桐城)에 전해졌다. 안휘성의 관가(官街)는 순무(巡撫)에서 현령(縣令)에 이르기까지 한바탕 잔치 분위기였다. 감히 대놓고 말하는 이는 없지만 사사건건 간섭하고 꼬투리 잡는 두 황자가 곧 떠나갈 거라는 사실에 이들은 조롱에서 놓여난 새처럼 환호작약했다.

순무와 안찰사, 포정사들은 심심하면 돌부리라드 두어 번 걸어 차야 직성이 풀리는 두 황자를 눈에 든 가시처럼 ㅇ겨왔지만 떠날 날짜가 임박해오자 저마다 생색내기에 바빴다. 성도(省都)인 안경(安慶)에서 술 한 잔 거하게 사고 싶다는 서찰이 하루에도 수십 건씩 날아들었다. 넷째와 열셋째는 당연히 이들의 속셈을 알고도 남았다.

이날 윤진은 호부에서 보내온 국고 회수건에 관한 서류를 읽어 보고 있었다. 연갱요(年羹堯)는 옆에서 윤진이 건네주는 서류에 윤진의 인감을 찍고 있었다. 때는 더위가 기승을 부리는 6월이라 웃통을 훌렁벗고 있어도 땀이 비오듯 하건만 윤진은 한치의 흐트러짐도 없이 옷을 정갈하게 차려입고 있었다. 덕분에 연갱요도 푹푹 찌는 날씨에 두피에마저 땀띠가 돌 정도로 관모를 내리쓰고 있었다. 방 구석구석마다 얼음 대야를 갖다 놓았지만 참기 어려운 더위는 여전했다. 언제나 그러하듯이 제멋대로인 윤상은 변발(辮 髮)을 높이 틀어올리고 두 팔이 훤히 드러나 보이는 모시적삼을 입고 있었다. 연갱요가 부러운 시선으로 힐끔힐끔 윤상을 쳐다보았으나 감히 뭐라고 말은 하지 못했다. 윤진이 호부에서 보내온 서류를 거의 읽어보았을 무렵 윤상이 말했다.

"우릴 한시 바삐 쫓아내지 못해 안달인 것 같은데, 그게 어디 그리 쉬운 일인가? 방금 고복이 그러는데 봉양(鳳陽)에서 염상 (鹽商)들과 결탁하여 검은 돈을 챙기고 편의를 봐준 현령이 잡혔 대요. 안휘성 경내에 내로라 하는 염상들은 다 불렀으니 오늘 출혈을 안 하곤 못 배길걸? 먹은 것 가운데서 일부를 토해내게끔 할 거야. 떠나면 그만인 줄 아는 데 성질 건드리면 언제든지 다시 돌아와 목졸라 토해내게 만들 거라는 겁을 좀 주고 가야지!"

말을 마친 윤상은 웃으며 찻잔을 입가에 가져갔다. 그리고는 손에 들고 있던 서류 하나를 흔들며 말했다.

"연갱요, 염정(鹽政)을 정돈하는 것에 관한 책론(策論)을 만들 라고 했더니 너무 형식적이야. 어제 북경에서 오사도라는 사람이 작성한 걸 보내왔는데 내 맘에 쏙 들더라구."

문무를 겸비했노라 자부하고 있던 연갱요는 순간 얼굴이 빨개

지더니 급히 허리굽혀 말했다.

"오사도 선생이라면 그 옛날 강남에서 제일 가는 석학이었습니다. 그분의 뛰어난 문장 실력은 저로서도 경배해 마지 않습니다!"

"전에 넷째형이 얘기하던 그 오사도 선생 말인가?"

난감해 하는 연갱요를 바라보며 윤상이 말을 이었다.

"넷째형 문하에 들었어요?"

이에 윤진이 못내 흐뭇한 미소를 지으며 안채를 향해 큰소리로 말했다.

"대탁 뭐해? 오 선생이 작성해 보냈다는 책론을 열셋째마마에게 읽어드리지 않고."

부름을 받고 급히 달려온 대탁이 목청을 가다듬고 읽어 내려가기 시작했다.

신윤진근주(臣胤眞謹奏):

자고로 소금은 나라의 세수(稅收)에서 효자 노릇을 하는 항목입니다. 그런데 요즘 들어 소금 판로를 둘러싸고 조정과 지방관 그리고 상인들 사이에 쫓고 쫓기는 추격전이 지속되고 있습니다. 자기 주머니 채우는 데 혈안이 된 일부 몰지각한 지방관과 갖은 편의를 원하는 상인들이 암암리에 결탁하여 검은 뒷거래를 일삼는 바람에 공정해야 할 판로는 힘센 자들에게 독점당하고 소금 가격은 천정부지로 치솟고 있습니다. 조정은 조정대로 소금 판매에 따른 세수가 제대로 이뤄지지 않고 좀벌레 같은 지방관들이 권력을 남용한 대가로 날름날름 세수를 받아 챙기고 있는 실정입니다. 날로 음성적으로 만연하는 이들의 비리를 캐는데 총력을 집중시켜야 할 때입니다. 이들 독초를 제대로 뽑아버리지 못하면 조정은 염정(鹽政)을 포기하는 지경에까지 이를지도 모릅니다…….

"잠깐만!"

윤진이 갑자기 대탁에게 손짓하여 멈추게 했다. 사람들이 윤진의 시선을 따라가 보니 문 어귀에는 오랜만에 보는 강아지와 송아지 그리고 누렁이 루루와 취아가 서 있었다. 동성(桐城)에 도착한 지 얼마 안 되어 고향에 돌아가겠노라고 조르는 바람에 윤진으로선 아쉽지만 놓아줬었다. 그런데 좋아라 하며 집으로 갔던 아이들이 두 달도 못 돼 다시 나타난 것이다.

아이들은 갈 때 입었던 옷을 그대로 입고 있었다. 너덜너덜 헤어지진 않았지만 지저분하기 이를 데 없었다. 신발은 실밥이 떨어져 발가락이 삐쭉 나와 있었고 부끄러워 쭈뼛쭈뼛대는 얼굴엔 땟국물이 흘렀다. 윤진의 시선이 닿자 고개를 가슴께까지 숙이고 들어선 애들은 문가에 한 줄로 무릎을 꿇었다.

잠시 침묵이 흘렀고 강아지가 사정하듯 씨익 웃으며 말했다.

"넷째마마, 헤헤…… 저희들 또 왔습니다……."

윤진의 눈에 일말의 연민이 스쳐 지나갔으나 곧 냉정하게 말했다.

"난 너희들을 부른 적 없어. 변절자는 다시 받아주지 않거든."

짤막한 한마디만 남긴 채 윤진은 더 이상 아이들을 아는 척하지 않았다. 그리고는 연갱요에게 말했다.

"오 선생의 책론 참 잘 썼네. 요즘같이 나라 사정이 어려울 땐 한 푼이 아쉬운데 염도(鹽道)의 세수에 큰 구멍이 뚫렸다는 건 심각한 일이지!"

"예, 오 선생의 통찰력은 참으로 예리합니다."

연갱요가 어색하게 웃으며 말했다.

한편 새까만 손톱을 잘근잘근 씹으며 어쩔 줄 몰라 하는 아이들에게 다가간 윤상이 물었다.

"농사 지으러 간다며 배짱부리고 떠나더니 왜 그냥 왔어? 이 날씨에 이 고생하면서 말이야?"

윤상의 자상한 목소리에 일순 감정이 북받친 듯 송아지가 입가를 실룩거리더니 울음을 터트리고 말았다. 강아지와 쉬아 역시 훌쩍거렸다. 방금 전까지도 익살스런 웃음을 지어보이던 아이들이 느닷없이 울어버리자 뜨락에 있던 친병들이 기웃거렸고 윤진 또한 적이 놀랐다.

"땅이…… 없어졌습니다……."

송아지가 흐느끼며 말했다.

"홍수에 의해 땅의 경계가 사라지자 챙겨줄 사람 없는 걸 업신여긴 공씨 영감놈이…… 억지를 부려 빼앗아갔습니다……."

순간 윤진의 마음이 덜컹 내려 앉았다. 윤상이 이를 악물며 물었다.

"그럼 위에다 고발하지 그랬니?"

이에 강아지가 눈물을 훔치며 말했다.

"그들은 우릴 왼눈으로도 쳐다보지 않고 그냥 쫓아냈는걸요……."

무서운 표정을 지어보이던 윤진이 아이들에게 다소 누그러진 어투로 말했다.

"알았어. 울지 마. 방금 화냈던 건 없던 일로 해."

아이들은 언제 울었더냐 싶게 좋아라 했다. 고복과 대탁은 언제 한 번 했던 말을 번복해 본 적 없는 사황자 윤진을 놀라운 얼굴로 바라보았다!

이때 윤진이 손가락 두 개를 펴보이며 말했다.

"그러나 너희들 이것만은 명심해 둬. 사패륵부(四貝勒府)는 황자들 중에서 가장 까다롭고 사람 살기에 불편한 곳이라는 걸. 들어오긴 쉽지만 나가는 건 결코 쉽지가 않아. 자기 스스로 걸어들어온 이상 죽어도 우리집 귀신이 되어 묻힐 각오가 필요하지."

윤진이 손가락 하나를 꼽으며 말을 이었다.

"내가 명령할 때 명심해 듣는 게 좋을 거야. 두 번씩 말하는 걸 좋아하지 않거든. 귀 기울여 듣지 않고 실수하는 날엔 용서없어."

윤진은 잠시 말을 멈추더니 더욱 소리를 높였다.

"둘째!"

윤진의 눈에서 살벌한 빛이 흘러나왔다.

"내가 원리원칙을 중히 여기고 차갑고 냉정한 걸 알 만한 사람은 다 알아. 너희들은 나의 이런 면을 존경해야 돼. 주인을 음해하고 배신하는 행위는 아무리 작은 일처럼 보일지라도 난 절대 용서 못해. 그렇지만 주인을 기만하지 않고 본의 아니게 우연히 저지른 실수에 대해선 아무리 심각해 보여도 용서할 수 있어. 대탁, 고복! 날 따른 세월이 한두 해가 아닌 자네들이 말해 봐. 그런가 안 그런가?"

대탁과 고복은 윤진의 말이 사실임을 잘 알고도 남았다. 단지 진실이든 아부든 부하가 앞에서 칭송하는 걸 싫어하는지라 두 사람은 그냥 간단히 "예!" 하고 말았다.

그러자 뭐든지 구렁이 담 넘듯 넘어가는 게 답답한 윤상이 허허 웃으며 말했다.

"애들아, 너희들이 다시 찾아온 건 조상들이 굽어 살폈기 때문인 것 같아. 세상 이 잡듯 훑어봐도 이런 주인 만나기가 쉽지 않아! 넷째마마를 따른 지 몇 년만에 참장(參將) 자리 하나 얻어 지방에 내려간 연갱요와 곧 그렇게 될 대탁. 그리고 일년 봉록이 웬만한 지부(知府) 뺨치는 고복. 너희들 눈 앞에 있는 세 사람만 보더라도 알 수 있을 거다! 거둬 주셔서 고맙다고 주인께 인사 올리고 가서 밥이나 먹어!"

윤상의 말에 피식 웃음을 웃으며 윤진이 말했다.

"강아지와 송아지는 서재에서 내 시중을 들고 취아는 복진 곁에서 시중 들도록 해. 고복, 애들 데리고 나가 보게. 나이들이 어리니까 너무 붙들어매지 말고."

"넷째마마!"

해가 저만치 떠 있는 걸 보고 사시(巳時)가 넘었다는 걸 안 연갱요가 조심스레 웃으며 말했다.

"염상들이 이미 성황묘에 모였습니다. 안휘성 포정사로 있는 두 명의 관원도 기다리고 있습니다."

윤진이 고개를 끄덕였다. 대탁이 급히 들어가 관복(冠服) 두 벌을 챙겨 나왔다. 윤상은 달갑지 않았지만 어쩔 수 없이 갈아입고 따라나섰다.

동성(桐城) 성황묘(城隍廟)는 흠차(欽差)의 행원(行轅)과 가까웠다. 3개월 전부터 서찰을 보내 겨우 동원시킨 안휘성 각 지역의 염상들이 하나둘씩 성황묘에 모여들었다. 비록 각 지역에 흩어져 있지만 비선(秘線)을 통해 이들은 서로를 훤히 꿰뚫고 있었다. 사황자가 떠나는 마당에 자기네들을 못 잊어 연회를 베풀어주는 게 결코 아니라는 걸 이들은 누구보다 잘 알고 있었다.

그러나 황자마마가 선택한 연회장소치고는 어째 좀 이상하다고 이들은 수군거렸다. 안휘성 포정사 직속 부서인 주전국(鑄錢局) 도원(道員)인 류기(柳祺)와 염도(鹽道) 진연강(陳硏康)은 오랜 지방관으로서 강희황제가 아끼는 두 황자이며, 동시에 태자의 심복이자 성격이 괴팍하기로 소문난 두 사람에 대해서 감히 일언반구도 하지 못했다. 안휘성 전 지역의 재정과 염정을 통괄하는 두 사람은 당연히 두 황자가 그들의 골칫거리인 염상들을 혼내줄 것을 간절히 원했다.

하지만 이들 염상들은 평소에 순무장군의 아문을 제집 드나들 듯하며 죽이 맞아 돌아간다는 걸 잘 아는 두 사람은 결코 밝지 않은 염정의 앞날에 회의를 느끼고 있었다. 모든 걸 제쳐놓고 염상 두목인 임계안(任季安)만 보더라도 호락호락한 상대는 아니었다. 구황자 윤당의 문하에서 효도하는 임백안(任伯安)의 친동생이기도 했지만 '팔황자당'의 돈주머니이기도 했다. 모든 염상들에게 있어 임계안은 곧 여왕벌이었다.

그러니 윤진과 윤상 두 황자도 어느 정도 주춤하지 않을 수 없을 거라고 이들은 미루어 짐작했다. 오늘 일도 자칫 잘못하면 주범은 피해가고 애꿎은 새우들만 똥바가지 뒤집어 쓰는 형국이 되지나 않을까 이들은 불안했다…….

진연강은 이같은 생각을 하며 멀리 떨어지지 않은 곳에 앉아 생각에 잠긴 채 차를 마시고 있는 임계안을 힐끗 쳐다보았다. 물에 빠져 부풀어진 찐빵 같은 생기 없는 얼굴에 후줄근하게 늘어진 눈꼬리엔 표정이 없었다. 어느 순간 시선이 허공에서 부딪친 두 사람은 못볼 것을 본 것처럼 황급히 피해 버렸다. 이때 넷째와 열셋째마마가 도착했다는 수근거림과 함께 염상들 사이에서 자그마한 소동이 일었다.

임계안이 먼저 자리에서 일어섰다. 그러자 5, 60명의 염상들이 우르르 따라나섰다. 이들은 두 줄로 나뉘어 류기와 진연강의 등 뒤에 줄지어 섰다. 철문처럼 꾹 다문 입과 표정 하나 없는 얼굴 자체가 무기인 윤진과 진지함이란 없어보이는 햇동거지가 곧 상대에게 커다란 압박감을 주는 윤상이 노란 수레에서 차례로 내리고 한 무리의 태감과 친병들이 두 사람을 몇 겹으로 에워싸고 보무당당하게 다가오는 모습을 본 임계안은 갑자기 이름 모를 압박감에 가슴이 조여왔다.

돈이 아까워서가 아니었다. 자신이 앞장서서 10만 냥을 기부하면 염상들은 울며 겨자먹기로 따를 것이고, 그러면 두 황자가 제시한 110만 냥은 순식간에 모여질 것이다. 그러나 형인 임백안이 서찰을 보내와 절대 아홉째마마의 심기를 건드려선 곤란하다고 신신당부했었다. 그리고 여덟째도 더 이상 태자 얼굴에 금을 도배하는 일은 없어야겠다고 특별히 강조했었다. 그러나 두 황자의 예사롭지 않은 기세에 초장부터 압도당한 임계안으로선 아무래도 맞서 싸울 자신이 없었다.

임계안이 걱정에 사로잡혀 있는 사이에 갑자기 세 발의 요란한 예포소리가 울리더니 이미 류기와 진연강 두 사람이 성안(聖安)을 묻는 대례가 끝나버렸다.

이어 호탕하게 웃으며 "성궁안(聖躬安)!"이라고 말한 윤진이 좌중을 둘러보며 입을 열었다.

"더운 날씨에 기다리느라 수고 많았네. 오늘 명목은 원래 내가 술을 사는 것이지만 실은 자네들이 우리 둘을 전승하기 위한 송별

연을 베푸는 거라 생각하게. 어차피 자네들이 쓰는 돈이 더 많을 테니까."

윤상이 의아쩍어하는 염상들을 바라보고 웃으며 윤진에게 길을 안내하여 말했다.

"저쪽이에요, 넷째형. 나무가 많아 시원할 것 같아 자리를 십팔지옥랑(十八地獄廊) 앞에 마련했어요."

윤진이 고개를 끄덕이며 발길을 떼자 수행과 염상들 모두 우르르 따라나섰다. 온갖 아름드리 나무들이 우거져 천연 장벽을 이룬 이곳은 바깥과는 완전히 딴세상이었다. 관리들의 치적과 공덕이 적힌 석비들이 죽은 사람의 얼굴 같은 잿빛을 띠고 즐비하게 늘어서 있었다. 웬만한 엄포엔 만성이 됐고 뒷심만 믿고 무식하게 덜 돼 먹은 이들 염상들의 주머니를 털어내기 위해 장소 선정에서부터 심혈을 기울였을 넷째형 윤진에게 윤상은 흠모에 가까운 시선을 보냈다.

일행은 윤진을 따라 물결치듯 움직였다. 이문(二門)에 들어가자 대기중이던 패륵부의 시위들이 우르르 몰려와 아뢰었다.

"사황자마마, 십삼황자마마! 연회석은 저쪽 낭하(廊下)에 마련돼 있습니다. 어서 드십시오."

윤상이 보니 과연 상다리가 부러지게 온갖 음식을 차린 음식상 열 개가 쭉 늘어서 있었다. 그러나 그것은 잠시였다. 낭하의 벽면에 흙으로 빚어 만든 열여덟 개의 지옥도는 보는 이로 하여금 모골을 송연하게 했고, 조이고 틀고 지지고 튀기고 패고…… 온갖 잔인한 형법이 상세히 소개되어 있어 연신 숨을 들이마시는 소리가 사방에서 들려왔다. 수많은 악귀들이 불충불효(不忠不孝), 불인불의(不仁不義), 탐재살생(貪財殺生), 음악난륜(淫惡亂倫)을 저지른 자들에게 덮치는 장면이며 참혹하게 죽어가는 고통으로 일그러진 얼굴을 누가 그렸는지 생동감있게도 그렸다……

원래부터 오슬오슬한 이곳은 이제 이빨이 딱딱 부딪칠 정도로 소름이 끼치고 추웠다. 음식을 먹을 수 있는 곳이 아니었다. 음식을 먹게 하기 위해 마련된 자리도 아니었다. 시간이 흐를수록 주눅이 든 염상들의 얼굴은 저마다 사색이 되어 있었다.

"여러분!"

사람들이 자리하기를 기다렸다가 윤상과 함께 상석(上席)에 앉은 윤진이 좌중을 둘러보며 입을 열었다. 그러나 윤진의 표정은 처음과는 달리 갈수록 부드러워지고 있었다. 그는 웃음기까지 보이며 입을 열어말했다.

"이번 달 봉록을 탁탁 털었지만 별로 풍성하지는 않구만. 봉록이래봤자 따지고 보면 백성들이 내준 거지만 아무튼 깨끗한 돈으로 마련한 음식이니 깨끗하긴 할 거네. 맘 놓고 먹어도 괜찮을 거라 생각하네. 부처님에 귀의한 몸이라 술과 고기를 멀리 하는 윤진이지만 오늘은 특별히 한잔 할까 하네!"

말을 마친 윤진은 곧 술잔을 들어 진연강과 류기를 비롯하여 여러 염상들에게도 권했다. 단숨에 술잔을 비우고 난 윤진은 사람들이 술잔을 비우길 기다렸다가 윤상에게 말했다.

"아우, 난 아무래도 주량이 따라주지 않으니 자네가 여러분들 서운하지 않게 해 드리게."

윤상이 흔쾌히 대답하고 나섰다. 좌석마다 돌아다니며 빈 잔을 채워주며 윤상이 큰소리로 말했다.

"난 무식할 정도로 호쾌한 군사 출신이고, 현자 병사들을 이끌고 있는 황자이다 보니 군령에 따라 행사하기 좋아하오. 내가 따른

술을 피하는 사람이 있으면 귀를 잡아당겨 부어 넣기라도 할 것이
니 그리 알게들!"

사람들은 윤상의 기세에 짓눌린 나머지 저마다 잔을 들어 도수
높기로 소문난 안경주(安慶酒)를 연신 비웠다. 일곱째 좌석에 숨
은 것처럼 앉아 있던 임계안은 윤상이 자신을 향해 다가오자 엉거
주춤 일어나 웃으며 말했다.

"십삼황자마마! 지난번 구황자마마께서 서한을 보내오셨는데,
십삼황자마마께선 병기 수집광이시라며 소인더러 쓸만한 보검 두
자루를 만들어 선물하라 하셨습니다. 소인이 지체할세라 제일 가
는 주조상을 찾아가 만들어 보냈는데 받으셨는지 모르겠습니다?"

"오. 그게 자네가 효도한 선물이었나?"

본의 아니게 그들의 여덟째가 무리에게 책잡힐 일이 생겼다는
사실에 윤상이 흠칫 놀랐다. 그러나 전혀 내색하지 않고 윤상이
웃으며 말했다.

"잘 됐네. 이곳에서 여덟째형의 문하를 만나다니 반갑소! 통
크시고 인정 많으신 여덟째형의 문하라면 여부가 있겠소? 나라를
위한 일에 더도 말고 한 20만 냥 정도만 출자하시지?"

말을 마친 윤상은 임계안의 반응 따윈 관심없다는 듯 다른 자리
로 옮겨갔다. 자기네들의 의사는 싹 무시한 채 날뛰는 임계안이
보기 좋게 당하는 모습을 보며 류기와 진연강은 속으로 쾌재를
불렀다.

"술 마시다 죽은 귀신이 붙은 것도 아니고 우리 이럴 게 아니라
음악이나 듣지!"

윤진이 갑자기 큰소리로 웃으며 말했다. 술자리가 거의 파할
무렵이라 장내는 때맞춰 들려오는 거문고 소리에 따라 가볍게 술

렁이기 시작했다. 미리 대기하고 있던 열몇 명의 낙호여인(樂戶女
人)들이 노래를 부르기 시작했다.

> 꽃잎에 영롱한 아침이슬은 가뭇없이 사라졌다가도 내일 아침이
> 면 다시 생기거늘.
> 양지를 한 번 떠난 사람은 돌아올 줄 모르는두나……
> 갈대밭에 새로 봉긋 올라온 저것은 어느 누구의 집인가.
> 염라대왕 성화에 서둘러 떠났으련만 음지로 한 번 떠남이여 어찌
> 미련이 없었으랴……

"지금 들으니 감회가 더욱 새로운 상가(喪歌)로군!"

윤진이 자리에서 일어서며 이같이 말했다.

"사실 이 노래말 가운데서 앞부분은 나랑 윤상처럼 왕공귀인
(王公貴人)의 죽음을 애도하는 내용이고, 뒷부분은 여러분들과
같은 범부(凡夫)들의 죽음을 애닯아 하는 내용이지. 왕공도 좋고
범부도 좋고 죽어서는 똑같이 한 줌의 흙으로 돌아가기 마련이야.
우리는 어차피 빈 손으로 와서 빈 손으로 가는 게 숙명인데 살아
생전에 꾸역꾸역 밀어넣었던 걸 조금씩 베풀고 나라와 백성들에
게 후덕(厚德)을 쌓으면 해다마 때가 되면 저렇게 애닯아 하는
사람이라도 있어 다 같이 음지에 있어도 덜 추울 거 아니오? 그렇
지 않소, 임 어른?"

윤진이 갑자기 임계안에게 눈길을 주며 말했다.

엉겁결에 불화로를 껴안은 격이 된 임계안은 듭히 자리에서 일
어서며 어색한 웃음을 짓더니 말했다.

"사황자마마의 말씀 구구절절 진리이고 명언입니다. 재물이란

결국 덧없는 것입니다. 사황자마마께서 원하시는 대로 나라 건설에 쓰겠습니다."

윤진이 고개를 끄덕여 보이더니 천천히 거닐며 말했다.

"하지만 재물이 덧없다는 말은 내뱉긴 쉽지만 아무나 행동에 옮길 수 있는 게 아니지. 작년에 황하가 또 말썽을 부렸는데, 재건하려면 120만 냥은 필요할 것 같네. 내가 가산을 다 팔고 거리에 나앉는 한이 있더라도 90만 냥을 만들 테니 호부더러 나머지 30만 냥을 도와달라 했더니 철저히 외면해 버리더군. 자식들, 북경에 돌아가서 가만 놔두나 봐라. 일이 이렇게 된 바에는 어쩔 수 없이 국계민생(國計民生)에 그나마 발벗고 나서는 자네들 신세를 질 수밖엔 없겠네. 120만 냥! 적은 돈은 결코 아니지. 여러분들이 십시일반 보태는 걸로 나라와 백성들을 위해 크게 이바지한다고 생각하게!"

염상들의 얼굴은 어두웠지만 어느 누가 감히 토를 다는 사람은 없었다. 윤상의 눈짓을 받은 대탁이 붓과 종이를 가져왔다. 이때 장검을 허리춤에 비스듬이 꿰차고 보무당당하게 걸어온 연갱요가 이상야릇한 웃음을 웃고 있는 윤상에게로 다가가 귀엣말을 하고 한 발 물러섰다.

"그럴 수가!"

갑자기 대로한 윤상이 크게 고함질렀다.

"그자식 어딨어? 끌고 와!"

윤진이 말없이 윤상에게 궁금하다는 식의 시선을 보냈다. 그러자 윤상이 얼굴을 험악하게 구기며 말했다.

"지주부(池州府)의 그 간 큰 지부(知府)가 붙잡혔답니다. 왜 염상들에게 교통세를 받으라는 흠차의 명령을 집행하지 않느냐는 연갱요의 말에 이 빌어먹을 놈이 뭐랬는지 아세요? 자기는 이에 관해 조정의 어떠한 명령도 받지 못했고 더군다나 염정을 책임진 황자도 아닌 사황자의 말은 믿을 수가 없대요. 이런 개 같은 자식을 가만둬서야 되겠어요?"

잠자코 듣고 있던 윤진이 고개를 돌려 좌중을 둘러보며 말했다.

"여기 지주부에서 온 사람 있나?"

한겨울에 찬물을 덮어쓴 듯 얼어붙은 염상들 중에서 두 명의 사내가 엉거주춤 일어서더니 입술을 바르르 떨며 더듬거렸다.

"저…… 저희들이 지주부에서 왔습니다."

"자네들이 섬기는 지부 이름이 뭔가?"

"이 태준(太尊)…… 아니, 아니, 이감(李淦)이라는 사람입니다……. 그는…… 그는……."

그러자 윤상이 버럭 고함을 질렀다.

"뭐야, 어서 말 못해?"

"그새끼 인육(人肉) 처먹는 데 이골이 난 야수입니다."

이어서 사내는 이미 내뱉은 말을 주워담을 수 없다는 걸 느낀 듯 한 술 더 떴다.

"그자는 일황자마마의 문하입니다……."

천둥과도 같은 사내의 이 한 마디에 사람들은 사내의 용기에 놀라워하는 기색이 역력했다.

"알겠어!"

윤진이 잠시 생각하더니 냉소하며 말했다.

"데리고 들어와. 직접 물어보게!"

관복을 제대로 차려 입은 이감이 묶인 채 떠밀려 들어왔다. 성황묘는 삽시에 물 뿌린 듯 조용했고 미풍이 지나간 곳에 멀리 나뭇잎

소리가 파도소리처럼 들려올 뿐이었다.

'대천세(大千歲)'라 불리는 큰황자는 팔기(八旗) 중에서 양람기(鑲藍旗), 정람기(正藍旗) 두 기의 주도권을 움켜쥐고 있고 황자들 중에서는 태자 다음으로 왕(王)에 봉해졌으며, 강희황제의 총애를 받고 있는 황자라는 걸 모르는 이는 거의 없었다.

한편 벼랑 끝에 내몰렸던 임계안은 후유 하고 몰래 안도의 한숨을 내쉬었다.

'네가 이감을 손보지 않으면 내게도 손댈 수 없을 테고, 네가 이감을 손보면 난 너의 의사에 따를 거야. 그러면 아홉째마마도 날 뭐라고 하진 않을 테지.'

"이감!"

윤상이 윤진을 바라보더니 껄껄 웃으며 말했다.

"무게도 별로 안 나가게 생겼는데, 엉덩이가 꽤 무겁네! 첫 번째 행원에서 전표(傳票)를 보냈더니 바빠서 못 오겠다고 했지? 지부가 뭐 대단한 관직인 줄 알아? 영정하(永定河)에 있는, 번식력이 대단한 자라 새끼도 너희들보단 적어. 감히 어디라고 이게 버릇없이 명령을 어기고 그래? 어디 대단한 후광이라도 있나 본데?"

: 이감은 원래 큰황자가 가장 자랑스러워 하는 그림자 같은 존재였다. 어려서부터 큰황자와 함께 공부하며 황자들이 떼거지로 윤상을 괴롭히는 걸 밥 먹듯 보아 왔다. 그는 큰황자와 더불어 윤상을 '똥갈보년이 낳은 재수 없는 새끼'쯤으로 알고 있었을 뿐 황자라는 생각은 눈꼽만큼도 없었다. 그런 윤상에게 혼쭐나고 있는게 못내 억울했지만 처지가 처지니 만큼 다소 누그러든 태도로 말했다.

"소인이 아무리 간이 배 밖에 나왔다지만 어찌 감히 흠차의 명령을 어길 수가 있겠습니까! 공교롭게도 그날따라 본주(本主)인 대천세(大千歲)께서 복주(福州)로 떠나는 복진(福晉, 정실부인)의 조카를 도와주라는 명령이 계신 날이라 며칠 동안만 여유를 주셨으면 하고 간청을 했었었는데……"

장기전에 돌입할 태세를 보이는 이감이 자신을 우습게 여긴다고 생각한 윤상이 다시금 물었다.

"그건 그렇다치고 사월부터 각 주요 도로에 요금소를 설치하고 염상들에게서 통과세를 받으라는 흠차의 명령은 왜 어긴 거야?"

천하에 그 이름이 자자한 '냉면왕(冷面王)' 윤진의 체면과 관련된 일이라 이감은 긴장하지 않을 수가 없었다. 사실 윤진의 명의로 된 공문서가 도착했을 때 그는 염상들을 소집하여 전달했었다. 얼마 전까지만 해도 여러 가지 명목으로 이들 염상에게서 십몇만 냥씩이나 뜯어낸 적이 있는 이감은 그러나 사정을 봐달라고 아우성치는 염상들에게 원리원칙을 주장할 형편이 못 되었던 것이다. 이감은 그돈의 반은 큰황자가 화원(花園)을 구입하는 데 보탰고 나머지는 자기가 꿀꺽 했던 것이다.

그러나 이런 사실을 결코 입밖에 뻥긋도 할 수 없었던 이감으로선 궁여지책 끝에 힘센 자신의 주인을 내세우는 수밖에 없었다.

"십삼황자마마. 소인이 결코 사황자마마의 명령을 어기려던 뜻은 맹세코 조금도 없었습니다. 그 당시 공교롭게도 북경에 계시는 본주께서 올해 연례(年例)가 준비됐으면 보내라는 말씀이 계셨을 때입니다. 소인이 그돈을 준비하느라 이 일대의 염세(鹽稅)를 이미 받아챙긴 터라 더 받으면 민변(民變)이 우려되어 그랬을 뿐입니다. 워낙 민풍(民風)이 사나운 곳이라 본의 아니게 사황자마마와 십삼황자마마에게 실망을 안겨 드렸습니다·……"

"대천세는 무슨 빌어먹을······!"

화가 치민 나머지 이같이 내뱉고 난 윤상은 그러나 곧 큰황자까지 싸잡아 욕할 건 없다는 생각이 번개같이 뇌리를 치는 순간 어투를 달리하며 엄하게 꾸짖었다.

"대천세가 바람막이가 될 수 있다는 건 잘 아는군. 큰형이 네가 이런 식으로 자신을 팔아먹고 다니는 줄 아시면 껍질을 벗겨버리실 거다!"

이감은 죽은 돼지 뜨거운 물 뒤집어 쓰는 격으로 볶아 먹든 튀겨 먹든 맘대로 하라는 듯이 고개를 푹 숙이고 말았다.

윤진이 금세 폭우를 쏟아부을 것 같은 흐린 얼굴을 하고 이감의 앞으로 다가갔다. 고개를 숙인 이감은 뚜벅뚜벅 다가오는 장화발을 보며 간이 오그라붙는 것 같은 두려움에 사로잡혀 사시나무 떨 듯 떨었다. 한참 후에 윤진의 목소리가 천둥소리처럼 들려왔다.

"태자마마와 대천세, 삼황자마마와 나 그리고 십삼황자 모두 일부동체(一父同體)이고 폐하의 신하야. 영욕(榮辱)을 함께 하는 돈독한 사이란 말이야. 그런데 자네가 겁도 없이 대천세니 본주니 하며 우리와 같이 놀려고 드는 건 감히 우리 황자들 사이를 이간질하려는 거 아니야?"

"소인이 어찌 감히······."

"감히라니?"

윤진이 담담하게 입을 열어 말했다.

"이렇게 많은 염상들 앞에서 자넨 감히 우리 황자들 머리 위에 기어오르려 하고 있어! 연갱요!"

윤진을 섬기면서 목소리가 담담해질수록 속으론 칼을 갈고 있는 윤진의 성격을 잘 아는 연갱요가 성큼 다가서며 큰소리로 대답했다.

"예!"

"이감!"

윤진이 이번에는 이감을 불렀다.

"자네의 관직은 조정이 준 거야. 물론 쉽지가 않았겠지. 때문에 이 자리에서 관인(官印)은 박탈하지 않겠어. 하지만 자네는 우리 큰형이 부리는 노예니까 그 아우인 나의 노예이기도 하지, 안 그래?"

"예, 그렇습니다!"

"좋아."

윤진이 허리띠에 달려 있는 한백옥(漢白玉) 구슬을 만지작거리며 무덤덤하게 입을 열어 말했다.

"대탁과 고복이가 큰형을 노엽게 했다면 난 큰형에게 맡기는 수밖에 없어. 뒤집어 얘기해도 마찬가지이지. 십삼아우, 가법(家法)에 따라 손 좀 봐줘!"

순간 윤상의 팔자눈썹은 활기를 띠기 시작했다. 그는 자기 맘대로 할 수 있는 갓 태어난 강아지를 선물받은 것처럼 좋아라 말했다.

"연갱요, 관복을 벗기고 저 나무에 붙들어 매어놓고 채찍을 30 번 안기게!"

"사황자마마…… 십삼황자마마, 잘못했습니다!"

연갱요가 다짜고짜 달려들어 이감을 죽은 멧돼지 끌 듯 끌고 가더니 옷을 벗겨 나무에 붙들어맸다. 벌거숭이 몸으로 살점이 떨어져 나가는 채찍 세례가 이어졌다. 이윽고 질펀한 피가 채찍소리를 더욱 귀따갑게 하는 가운데 이감의 돼지 멱 따는 듯한 소리가 한동안 이어졌다.

　염상들은 자신들에게 보여주기 위한 일벌백계라는 걸 잘 알고 있었다. 그러나 저절로 오금이 저려오는 걸 어쩔 수 없었다. 치하(治河)를 위해 기꺼이 쾌척하겠다는 식의 '치하낙수(治河樂輸)'라는 글씨가 씌여져 있는 봉투를 들고 첫 번째로 자신을 향해 다가온 대탁과 고복에게 임계안은 말없이 '임계안 낙수 백은 18만 냥(任季安樂輸白銀十八萬兩)'이란 글자를 적어 넣었다. 그리고는 힘줄이 빠진 듯 허물어지듯 의자에 주저앉았다.

11. 윤상과 아란

염상들에게서 치하 대금을 거두고 난 이튿날, 윤진은 곧 온다간다 소리도 없이 동성(桐城)을 떠났다. 윤상은 가는 길에 안경(安慶)에 들렀다 가자고 했지만 눈꼴 사나운 일들이 한두 가지 아니겠는데 자칫 잘못하여 악성 소문의 온상을 만들어 줄 건 없다는 윤진의 판단에 따라 두 사람은 연갱요만 남아 염상들이 약속을 이행하게끔 거듭 독촉하게 했다.

윤진과 윤상 일행은 과거보러 가는 거인(擧人) 차림을 하고 지름길을 택하여 출발했다. 호호탕탕 따라왔던 의장대(儀仗隊)와 관병(官兵)들은 대로(大路)를 걸었고, 이들은 밤이 되면 합치고 날 밝으면 나뉘어졌다. 대탁이 두 무리 사이를 오가며 연락을 취했다.

오랜 행군 끝에 이날 강하읍(江夏邑)이라는 곳의 경내에 들어서게 된 고복은 못내 즐거워하며 윤진에게 말했다.

"넷째마마, 오늘 저녁은 모처럼 잠을 자는 것 같이 잘 수 있겠습니다. 지름길만 걷다 보니 변변한 여관도 없었잖습니까? 이곳은 소인이 어렸을 때 한번 다녀간 적이 있는데 제법 번화하여 볼거리도 많습니다. 지방의 작은 읍이라는 게 믿기지 않을 정도로 상인들도 많고 극단을 비롯한 위락장소도 많습니다……."

노새에 타고 며칠 동안의 행군에 지친 기색이 역력한 윤진은 그러나 뻐근한 허리를 만지며 고개를 저었다.

"지금 같아서는 아무 것도 귀찮아. 그냥 이불 뒤집어 쓰고 몇 날 며칠이고 푹 자는 게 소원이야."

그러나 윤상은 흥에 겨워 웃으며 말했다.

"형은? 강아지, 송아지 애네들 따분해서 죽는다며 맨날 형 눈치만 보는 걸 몰라요? 실은 저도 좀 그래요."

"그래 좋아."

머리 속에 생각이 많은 듯 무거워 보이던 윤진이 웃어보이며 말했다.

"오늘저녁은 원하는 대로 풀어줄 테니 자네들은 맘대로 해. 그럼 대탁더러 앞에서 우릴 기다리라고 해. 내가 여든 명도 넘는 대부대를 이끌고 극단으로 식당으로 먼지 일으키며 다녔다는 사실을 마마께서 아시면 실망하실 거야. 그러니 무리지어 다니지 말고 남들 눈에 띄지 않게 조심해서 움직여."

윤진의 허락이 떨어지자 강아지, 송아지 두 아이는 손뼉을 치며 좋아라 했다.

아이들 웃음소리를 들으며 석양에 빨갛게 물들어 걷고 있노라니 어느덧 눈앞에 커다란 강하 읍내가 모습을 드러내기 시작했다. 느릿느릿 노새에서 미끄러지듯 내려 고삐를 강아지에게 던져주며 윤진이 말했다.

"윤상, 여기서부터는 내려서 좀 걷자구. 다리가 저려서 도저히 안 되겠어."

그러자 지칠 줄 모르는 듯 마냥 웃음을 잃지 않는 윤상이 말에서 뛰어내리며 말했다.

"넷째형은 피곤하실 법도 해요. 전 고북구(古北ㄱ)에서 군사훈련할 때 사흘을 내리 말에서 잔 적도 있는 걸요!"

윤상의 말을 듣는 둥 마는 둥 윤진이 고개 돌려 물었다.

"고복, 어떻게 된 거야. 구경거리도 많고 번화하다며? 근데 왜 공동묘지처럼 저래?"

윤진의 말을 듣고 바라본 읍내는 과연 온통 어둑어둑할 뿐 생기라곤 찾아볼 수 없었다. 해가 서산에 넘어가고 저녁밥을 지을 시간임에도 크나큰 동네 어디에서도 어둠 속에서 피어오르는 연기라곤 보이지 않았다. 인적은커녕 한 줌의 석양이 남아있는 서쪽하늘로 까마귀떼만 푸드득거리며 날아다닐 뿐이었다. 갑자기 기분이 이상해진 윤진이 말했다.

"자라 보고 놀란 가슴 솥뚜껑 보고 놀란다더니, 내가 그짝 난 것 같아. 으스스한 게 왠지 전에 자객 만났던 여인숙 생각이 문득 떠오르는데?"

"이곳은 수재(水災)를 입은 곳도 아니고 먹고 살만한 사람들이 많이 사는 곳이라는데, 설마 그럴 리야 있겠습니까?"

강아지가 제법 어른스럽게 말했다.

"제가 좀 알아보고 오겠습니다."

역시 뭔가 이상하다고 생각한 고복이 저편에 도습을 드러낸 하인인 듯한 사람들에게 다가가더니 물었다.

"형씨들 저녁은 드셨어요? 여쭙겠는데요, 이곳이 강하읍 맞죠?"

누구네집의 머슴인 듯한 사람들이 윤진 일행을 눈여겨 보더니 고개를 끄덕이며 말했다.

"전에는 강하읍이라 했었죠. 그런데 우리 류 어른께서 통째로 사들여 장원(莊園)을 만들고 나서 류택(劉宅)이라 개명했소. 인근에 이 사실을 모르면 간첩인데, 혹시 외지 사람들 아니오?"

사내의 말을 듣는 순간 윤진과 윤상은 놀란 나머지 할 말을 잃었다. 얼핏 보기에도 웬만한 현성(縣城)보다는 커 보이는데, 개인이 읍 하나를 통째로 사들였단 말인가? 벌어진 입이 좀처럼 다물어지지가 않았다. 그러나 사내들이 거짓말을 한 건 아니라는 사실이 밝혀지는 데는 시간이 그리 오래 걸리지 않았다.

멀리 시선이 닿는 곳까지 내다보니 꽤 넓은 대로는 이미 반 이상이 허리가 뭉턱 잘려나가 있었고, 그곳엔 현재 건축중인 듯한 커다란 문루(門樓)가 세워져 있었다. 동쪽에는 헐렸거나 곧 헐릴 예정인 듯한 민가들이 피폐한 모습을 하고 납작하게 엎드려 있었고, 바로 앞에 신축 건물로 보이는 집들이 즐비하게 늘어서 있었다.

그것은 얼핏 보기에 창고 같았다. 호롱불이 여기저기에 내걸려 있었고, 횃불과 몽둥이를 손에 든 야경꾼들이 심심찮게 보였다. 연신 숨을 들이마시며 놀라워 하던 윤상이 사내들에게 말했다.

"우린 과거보러 가는 효렴들인데 길을 잘못 들어서 고생하고 있으니 이곳에서 하룻밤만 묵어가게 주인장께 허락을 받아주시면 안 될까요?"

"지금 뭐라고 했소!"

사내 하나가 어처구니 없다는 웃음을 웃으며 말했다.

"우리는 바깥에서 일하는 장원 지킴이인 셈이오. 류(劉) 어른의 말단 마름과 만나려고 해도 몇 개의 관문을 지나야 하는지 모르는 걸! 그러니 말도 안 되는 부탁 말고 북쪽으로 조금 더 가면 여관이 있을 거요."

그러자 안쓰러운 표정을 짓고 있던 사내 하나가 말했다.

"형, 보아하니 주머니 가벼운 서생들 같은데 장원 북쪽에 내내 비어있는 방들이 있잖아요. 그곳에서 하룻밤 묵어가게 해요."

"모르는 소리 하지 마. 북경 임(任) 어른의 친척되는 사람이 소주(蘇州) 여자들 한무리 데려다 놓고 있잖아. 그것들 눈에 띄는 날엔 우린 곧 죽음이란 말이야."

이때 송아지가 말없이 사람들 틈을 비집고 하룻밤 묵어가게 해 주자고 주장하는 사내에게로 다가가더니 슬쩍 뭔가를 손에 쥐어 주는 것이었다. 딱딱한 느낌에 동전이 틀림없다고 생각한 사내가 다시 설득하기 시작했다.

"왜 형답지 않게 지레 겁을 먹고 그래요? 세상에 외출할 때 자기 집 둘러메고 다니는 사람 봤어요? 살다 보면 이럴 때도 있고 저럴 때도 있는 거지. 저쪽 장씨네 가족묘 있던 자리에 방 두 칸이 비어 있어요. 거기 머물게 하고 대문을 잠궈 버리면 혹 무슨 일이 발생 하더라도 장원 밖이라 우리 책임은 아니잖겠어요?"

한사코 난색을 표하던 마름대장인 듯한 사내는 강아지가 몰래 건넨 돈주머니를 받고서야 마지 못해 대답하는 척하며 아랫것들 에게 윤진 일행을 딸려보냈다.

날씨는 완전히 어두워졌고 마름을 따라가는 길은 그리 짧지만 은 않았다. 미궁에 들어선 듯 꼬불꼬불한 골목길을 돌아 하염없이 서쪽으로 걸어가며 윤진은 내내 충격에서 헤어나지 못했다. 국고엔 4천만 냥이 고작인데, 지방의 부호들이 나라를 사들이고도 남을 부를 축적하고 있다니! 묵묵히 따라가던 윤진이 물었다.

"노인장, 이곳 주인 이름이 뭐랬죠?"

"류팔녀(劉八女)라는 사람인데요."

이들을 안내하던 늙은 마름이 말했다.

"위로 누이 일곱 명이 있고, 천신만고 끝에 얻은 금지옥엽 같은 아들이라 혹시 몹쓸 병에 걸려 잘못되기라도 할까 여자 이름을 지었던 것 같아요. 어떤 사람은 정말…… 복도 많지!"

말을 마친 노인은 연신 기침을 지었다. 윤진이 다시 물었다.

"방금 누군가 '외삼원(外三院)' 어쩌구저쩌구 하는 것 같던데, 그게 무슨 말입니까?"

그러자 노인이 쓸쓸한 웃음을 지으며 말했다.

"원래 이곳에 살던 사람들인데, 집도 절도 없는 신세가 되자 우리집 주인이 전부 받아들였지요. 장원 외곽에 부락 세 개를 만들어 이들을 안치시켰는데, 낮에는 류 어른의 농장에서 일하고 밤에는 장원 지킴이로 있는 거죠. 주인 어른을 가까이에서 시중드는 아랫것들도 세 부분으로 나뉘는데, '이삼원(里三院)'이라고 하죠. 쉽게 말하면 하인을 삼, 육, 구(三六九) 등으로 등급을 매겨 놓은 거죠! 우리 어른은 재산은 말할 것도 없고 발도 무지 넓은 것 같아요. 어마어마한 관리들이 바리바리 싸들고 와서 굽신거리는 거예요! 오늘 저녁에 온 어른도 듣자니 구황자마마의 문하에서 한참 잘 나가는 임 어른의 친척이라고 하더군요. 그 임 어른이라면 또 우리 주인장의 사돈 아니겠어요?"

요즘들어 가는 곳마다 충격적인 사실이 알려지고 그것은 곧 아홉째와 연줄을 달고 있다는 사실에 윤진은 놀랐다! 어둠 속에서 윤상이 돌멩이를 힘껏 걷어찼다. 한껏 기대를 품고 쏜살같이 달려가던 누렁이 루루가 실망하고 돌아왔다.

 밥 먹고 차 한 잔 마시고도 남을 정도의 시간이 걸려서야 겨우 읍내 서북쪽에 있는 큰 뜨락에 도착할 수 있었다. 전에는 회관(會館)으로 있었던 장소였던 것 같고, 즉석에서 연극을 즐길 수 있는 무대까지 있었다. 어둠 속에서 잘 보이진 않았지만 기둥에 '삼분정(三分鼎)'이라는 글자가 보였다. 이 일대의 상인들이 모여 부처님께 제를 지내던 곳인 것 같았다. 이곳의 분위기는 먼저 지나온 읍내와는 크게 달라 보였다. 들락날락하는 사람들이 많았고 불빛이 대낮 같았다. 어디선가 피리소리도 은은히 들려왔고, 누군가가 부지런히 물을 길어나르는 모습도 보였다.

 "입 다물고 잠자코 계세요."

 노인이 다시금 주의를 주었다.

 "조용히 날따라 이곳만 지나면 바로 뒤쪽에 장가네 옛 가묘(家墓)가 있어요."

 인가가 드문 곳이라 밤바람이 매서웠다. 그러나 윤진은 시원하게 느껴질 뿐 춥진 않았다. 전에는 묘를 지키던 사람이 살던 곳인데, 지금은 비어 있다며 노인이 열쇠를 열어 주었다. 이때 뒤에서 갑자기 쏴아! 하고 물소리가 들리는가 싶더니 때아닌 목욕물 세례를 받은 윤상이 물에 빠진 병아리 신세가 되어 서 있었다. 놀란 윤진이 미처 영문을 몰라 어리둥절해 하고 있을 때 앳된 목소리의 여자가 욕설을 퍼붓는 소리가 들려왔다.

 "이봐 호씨, 무슨 인간이 이래? 여자가 목욕하는데 밖에서 기웃거리는 건 또 뭐야! 그렇게도 궁금하면 네 에미 저고리나 헤쳐봐라!"

윤진이 사태를 지켜보고 있노라니 물벼락 맞은 것도 부족해 눈
먼 욕까지 얻어먹은 윤상이 평소의 그답지 않게 헤헤 웃으며 말하
는 소리가 들렸다.

"이봐요, 사람 잘못 봤나본데, 난 이곳을 지나가던 사람이오."

고개를 빠끔히 내민 여자가 크게 당황하여 어쩔 줄을 몰라했다.

"어마나 어떡해…… 어마나…… 전 또 그자식인 줄 알고. 제가
옷값 물어드릴게요. 얼마면 되겠어요?"

그러자 윤상이 되다 만 사람처럼 굴며 말했다.

"난 가진 게 돈 뿐인 사람이오. 돈은 싫고 갓 목욕하고 난 여자의
몸에서 나는 비누향이 그리운데 어떡하지? 오늘 밤 나한테 주지
않을래?"

윤상의 말이 끝나기도 전에 쾅! 하는 소리와 함께 문에 빗장
걸리는 소리가 들려왔다. 듣기에도 거북한 윤상의 말을 들으며
짜증 섞인 목소리로 윤진이 말했다.

"지금 어느 땐데 거기서 뭘하는 거야, 체신머리 없이! 얼른 자고
내일 아침 일찍 일어나야지!"

후줄근하게 젖은 윤상이 방안에 들어섰다. 촛대에 불을 붙인
노인이 진지하게 말했다.

"주방에 가서 먹을 게 없나 좀 찾아올 테니 잠깐 눈 좀 붙이고
있으시오."

그러자 윤진이 급히 말리며 말했다.

"대충 허기나 달래면 되니까 그럴 거 없습니다. 우리한테 먹을
게 좀 있거든요."

이같이 말하며 윤진이 주머니에서 해바라기씨 모양의 금 두 조
각을 꺼내어 노인에게 내밀었다. 노인이 황급히 두 손을 가로저으

며 뒷걸음치자 윤진이 웃으며 말했다.

"걱정마세요. 강도짓을 해서 빼앗은 검은 돈이 아니니 주저하지 말고 받아 넣으세요. 누가 물으면 북경 사패루부의 문하가 주고 갔다고 하면 문제없을 거예요!"

"고맙습니다…… 이거…… 송구스러워서……"

노인이 눈부신 금 조각을 고이 받쳐들고 어쩔 줄 몰라했다.

윤진에게는 잠자리에 들기 두 시간 전부터 좌선에 들어가는 습관이 있었다. 가볍게 저녁을 마친 윤진은 곧 벽을 마주하고 앉았다. 그에 반해 팔베개를 하고 누운 채 천장만 뚫어지게 쳐다보고 있는 윤상을 보며 강아지가 물었다.

"아직 그 재수없는 계집애 생각하세요?"

그러자 윤상이 밉지 않게 흘겨보며 내뱉듯 말했다.

"아니야 임마, 류팔녀가 가진 땅이 대체 얼마나 되길래 우리가 이곳을 벗어날 동안 배설물을 몇 번씩이나 배설해야 할지 모른다고 마름이 그러지?"

이에 고복이 웃으며 말했다.

"그자가 그냥 해본 소리일 겁니다. 우리가 배탈 만난 것도 아니고 낼아침이면 뜰 텐데 몇 번씩이나 뒷간에 가다니 가당키나 합니까?"

이들의 얼토당토 않은 대화에 윤진히 갑자기 푸우 하고 웃으며 말했다.

"지금 내가 좌선삼매경에 들어가는 게 안 보여? 혼나기 전에 저리 못 가?"

"저희들 원망할 거 없네요."

윤상이 웃으며 말했다.

"형이 우리 때문에 좌선삼매경에 들지 못한다는 건 형이 진정한 경지에 이르지 못했다는 증명이에요."

윤진이 뭐라고 면박을 주려 할 때 갑자기 아까 윤상이 물세례를 받던 방향에서 나뭇가지 부러지는 소리 같은 것이 들려왔다. 고요한 야밤인지라 그 소리는 유난히 크게 들리는 것 같았다. 고복과 송아지네가 튕기듯 일어나 귀를 기울였다. 곧이어 굵고 거친 사내의 고함소리가 들려왔다.

"아란, 이년아! 똥갈보 같은 년이 비싸게 굴기는? 네 년이 그런다고 누가 정절비(貞節碑)라도 세워준대?"

아까 목욕물을 퍼부은 여자 이름이 아란(阿蘭)이며, 호씨(胡氏)란 자가 찾아와 행패를 부린다는 것을 윤상은 느낌으로 알 수가 있었다. 여자가 울먹이며 반항하는 소리가 들렸다.

"말 조심해! 내가 왜 갈보야? 날 사올 때 매창(賣唱)은 해도 몸은 안 팔아도 된다고 약속했잖아?"

한바탕 따귀 때리는 소리가 귀 아프게 들려오더니 호씨가 으르렁댔다.

"아무튼 내 돈주고 사온 이상 넌 내꺼야! 네가 무슨 양귀비라도 되는 줄 착각하나 본데 아홉째마마한테 가는 그날부터 넌 찬밥신세야. 평생 남자맛이나 볼 줄 알아? 방금 보니까 그 기생오래비 같은 새끼와는 꽤나 상냥하던데? 얘들아, 이년 손 좀 봐줘라!"

호씨의 말이 떨어지기 바쁘게 한바탕 어지러운 발자국 소리가 들려왔다. 사내들이 아란의 방으로 쳐들어가는 것 같았는데, 곧이어 끌려나오며 외치는 듯한 여자의 울음소리가 가까이에서 들렸다.

화가 치민 윤상이 벌떡 일어나 벽에 걸린 채찍을 집어들고 횡하니 밖으로 나가려 했다. 그러자 윤진이 급히 말렸다.

"열셋째! 말하는 걸 들어보니 아주 막가는 놈 같은데 괜히 혹 떼러 갔다 혹 붙이지 말고 가만 내버려 둬! 아홉째와 관련된 사람 같은데, 나중에 아홉째한테 말해 조용히 처리하는 게 더 나을 것 같아!"

그 말에 언제 한 번 윤진의 명령에 거역해 본 적이 없는 윤상은 손이 근질거렸지만 억지로 참았다. 하지만 밖의 상황은 악화일로를 치닫는 것 같았다. 여자의 흐느낌 소리는 삭풍소리를 방불케 하는 채찍소리 속에서 처참하게 울부짖음으로 변해가고 있었던 것이다. 이대로 방치하면 사람의 목숨이 위태로울 것 같다는 판단 하에 윤진이 마침내 결정을 내렸다.

"아우, 안 되겠어. 나가서 손 좀 봐줘. 아홉째라도 우리처럼 할거야!"

"예!"

채찍을 집어든 윤상이 바람처럼 비껴나갔다. 윤진이 명령했다.

"고복, 자네는 짐을 챙기게. 우리 오늘저녁 여기서 편히 쉬기는 다 틀린 것 같네."

세 사람은 곧 루루를 앞세우고 방문을 나섰다. 웃통을 벗어던진 시커먼 사내가 삼검불 같은 가슴털을 보이며 피투성이인 아란을 노려보고 있었다. 갑자기 채찍을 들고 악의에 찬 눈빛으로 매섭게 노려보며 나타난 윤상을 보는 순간 호씨가 씨벌렁거리며 말했다.

"이건 또 어디서 굴러온 잡종새끼야! 썩 꺼지지 못해?"

어려서부터 황자들의 따돌림을 받으며 '잡종'이란 말에 유난히 분개하는 윤상이었다. 그는 인상을 험악하게 구기며 달려가 다짜고짜 호씨의 얼굴을 내리쳤다. 삽시간에 피가 낭자해진 호씨가 비명을 지르며 데굴데굴 굴렀고, 아란과 같이 팔려온 낙호여자들이 아우성을 지르며 불난 집의 쥐처럼 뿔뿔이 흩어졌다.

한바탕 아수라장이 벌어졌고 호씨의 마름들이 살기등등하여 달려들었다. 더 이상 사태가 확대되어 좋을 게 없다고 생각한 윤상이 안에 감춰뒀던 노란 허리띠를 들어보이며 큰소리로 말했다.

"나더러 잡종새끼라고 그랬지? 너, 그 말을 한 대가를 톡톡히 치르게 해줄 테니 어디 기다려봐. 보다시피 난 당금천자의 열셋째 황자인 애신각라(愛新覺羅) 윤상(胤祥)이다! 오늘 아홉째마마를 대신하여 몸 좀 풀어야겠어! 안 그래도 근질거려 혼났는데."

장내는 삽시에 쥐죽은 듯 조용해졌고 윤상이 껄껄 웃으며 말을 이었다.

"이봐 호씨, 한판 붙어도 이름이나 알고 붙자. 이름이 뭐야?"

"호세상(胡世祥)이다, 왜!"

북경에 들어온 지 얼마 안 됐고 윤상을 만나본 적도 없는 호씨가 쉬이 믿을 리가 없었다. 윤상이 말없이 다가가더니 있는 힘껏 가래를 끌어올려 호세상의 얼굴에 내뱉으며 말했다.

"이름 지은 꼬락서니 보니 너 같은 것도 고추 달고 났다고 너의 조상이 너스레 꽤나 떨었겠다!"

말을 마친 윤상은 곧 고개를 돌려 빙 둘러선 사람들에게 물었다.

"여기 북경 임아무개의 친척된다는 사람 나와 있나? 분명히 말해두는데, 아란을 내게 되팔아야겠어!"

사람들이 술렁거리는 가운데 사내 하나가 먼 산을 쳐다보며 딴청을 피우고 있었다. 북경에서 윤상을 먼발치에서나마 본 적이 있는 임백안의 친척 조카였다.

애초부터 무력으로는 상대가 되지 않는 싸움이었다. 아무리 황

자라고는 하지만 막무가내인 악당들에게 봉변을 당할지도 몰랐
다. 그날 저녁 윤진 일행은 서둘러 강하를 떴다. 숫적으로 상대가
되지 않았으므로 자칫 위험을 초래할 수도 있었기에 줄행랑을 놓
은 것이다. 그로부터 연 사흘을 쉬지 않고 움직여서야 일행은 겨우
류팔녀의 손아귀에서 벗어날 수 있었다.

12. 팔황자의 음모

조양문(朝陽門) 부두는 운하(運河)가 끝나는 종점이었다. 명나라 말기 연이은 전란을 겪으며 오랫동안 보수하지 않고 방치해둔 결과 통로가 막혀버려 한때는 운하 개통이 어려운 상태에 놓여 있었다. 강우량이 충분할 때는 그나마 배들이 간신히 정박할 수 있었지만 그렇지 않을 때는 통주(通州)까지 올 수 있는 것만으로도 위안을 삼아야 했다.

강희 16년 이후 국가재정이 점차 호전되자 강희황제는 과감한 재정투입을 결정하였다. 치하(治河)의 귀재인 근보와 진황, 우성룡이 심혈을 기울인 것에 힘입어 운하의 폭은 10여 장(丈) 더 넓어졌고, 깊이는 1장은 더 깊어졌다. 그로 인해 운하는 전 구간에서 제기능을 톡톡히 발휘하게 되었다.

자연히 운하 양안은 그 옛날의 번창함을 회복했고 상인들과 남북을 오가는 사람들로 종일 북새통을 이루었다. 점포들은 즐비했고 물건의 거래량 또한 엄청났다. 따라서 북경 밖의 또다른 작은 도시를 방불케 할 정도로 이곳은 문전성시를 이루었다.

팔황자의 저택은 바로 조양문 부두의 북쪽에 위치하고 있었다. 그는 지금 윤진이 곧 북경에 도착할 거라는 관보를 보며 한바탕 고민을 하고 있는 중이었다. 국례(國禮)에 따르면 황제의 명령이 없는 한 그는 마중하러 나갈 수 없게 돼 있었다. 그러나 인간적으로 밖에 나가 고생한 형이 돌아온다는데, 그것도 바로 지척에서 안 나가볼 수도 없는 입장이었던 것이다.

팔패륵(八貝勒) 윤사는 강희의 여러 아들들 중에서 정홍기(正紅旗), 정람기(正藍旗), 양백기(鑲白旗) 등 3기(三旗)만 관할할 뿐 다른 직책은 없었기에 가장 한가로운 황자였다. 그러나 워낙 약삭빠른 데다가 너그러우면서 자상한 인상을 풍기는 덕분에 형제들은 물론 외관(外官, 지방관)들까지도 스스럼없이 찾아와 고민을 털어놓고 자문을 구하는 인간성 좋기로 소문난 황자이기도 했다. 또한 윤사는 누구나 부탁을 해올 때 그것이 자기 능력 안의 일이라면 그와 친하고 소원하고를 떠나 발벗고 나서서 도와주는 것을 좋아했다. 타인의 고통과 어려움에 대해 그의 사전엔 강건너 불구경이란 없었다.

때문에 언제부터인가 여덟째에겐 '팔현왕(八賢王)'이란 결코 미사여구로 들리지만은 않는 호칭이 붙어다녔으며, 두문불출하기를 좋아하는 그였지만 주변엔 항상 사람들이 들끓었다. 그런 이유로 조훈(祖訓)을 받들어 정무에 관여치 않는 팔황자였지만 육부(六部)가 돌아가는 사정에 대해선 누구보다도 잘 알고 있었다.

한참 고민하고 있던 여덟째는 마침내 미복 차림으로 윤진의 환영행사에 나가기로 했다. 아홉째 윤당이 전날 저녁 찾아와 강하읍에서 있었던 일에 대해 사설을 늘어 놓았고, 열째황자 윤아가 국고 회수 문제로 시세륜과 장기전에 돌입했으며, 태자에 대한 황제의 불만이 날이 갈수록 증폭된다는 내무부의 확실한 소식통도 다녀 갔었다. 윤진과 윤상은 태자의 왼팔, 오른팔인지라 북경에 도착하는 즉시 이 모든 소식을 접하게 될 것이다. 그렇지 않아도 그리 원만하지만은 않은 형제들 사이가 자칫 때아닌 된서리를 맞을까 걱정한 여덟째는 마침내 윤진을 마중나가는 쪽으로 생각을 굳혔던 것이다.

그즈음 조정의 일각에서는 태자가 폐위당하는 것이 기정사실화된 것처럼 소문이 나돌기 시작했고, 태자를 대체할 유력한 인선(人選)으로 여덟째를 손꼽고 있는 것도 사실이었다. 아무런 근거도 없는 뜬소문에 불과하지만 아무것도 모르고 있던 윤진과 윤상으로선 대단히 황당하고 짜증스러운 일임에 틀림없을 것이고, 그로 인해 형제 사이에 불신과 미움이 싹틀 수도 있다고 생각한 여덟째였다.

청객들과 장기를 두며 시간을 보내고 있던 중 날이 완전히 어두워져서야 밖에서 하인이 아뢰어왔다.

"여덟째마마, 넷째와 십삼마마를 뫼신 관선(官船)이 도착하였습니다!"

"알았어!"

여덟째가 웃으며 말했다.

"먼저 알아서들 하게. 난 맨 마지막에 나갈 거야."

말을 마친 여덟째는 곧 자리에서 일어나더니 우윳빛 비단 두루마기를 갈아입고 모자도 쓰지 않은 채 눈에 잘 띄지 않는 미복 차림으로 두 명의 하인을 거느리고 대문을 나섰다.

윤사가 도착했을 때는 흠차(欽差)를 영접하는 의식이 막 끝난 뒤였다. 윤진과 윤상도 금방 배에서 내린 듯 마중나온 예부(禮部)의 몇몇 관원들과 일일이 악수를 나누고 있었다. 두 줄로 길게 늘어선 천막에서는 요란하던 고악소리가 멈춘 뒤였고, 열두 개의 황사궁등(黃紗宮燈) 아래에 모인 관원들의 모자에선 화령(花翎)이 별처럼 빛났다. 윤진과 윤상은 이들 사이에 묻혀 있었고, 여덟째를 발견한 관원들은 일제히 두 줄로 나뉘어 길을 갈라들어 주었다.

"넷째형. 십삼아우! 오시느라 수고 많으셨죠?"

여덟째가 빠른 걸음으로 윤진의 앞에 다가가더니 한쪽 무릎을 꿇어 예의를 깍듯이 갖추었다. 그리고는 몸을 일으켜 윤진의 차가운 손을 끌어당기며 환한 얼굴로 말했다.

"다행히 안색은 괜찮아 보이네요. 같이 있을 때는 몰랐는데 무려 8, 9개월을 떨어져 있으니 속이 텅 비는 느낌에 사로잡힐 때가 한두 번이 아니었어요. 그러게 피는 물보다 진하다고 했나 봐요!"

한바탕 감격에 겨워하던 여덟째가 이번에는 고개를 돌려 윤상에게 말했다.

"열셋째는 세상공부를 많이 한 것 같애. 보기에 훨씬 노련해 보이는군!"

"여덟째형이 걱정해주신 덕분이죠 뭐!"

윤상이 즐겁게 웃으며 말했다.

"그립기는 저희들도 마찬가지였어요! 근데 추석도 낼모레인데 맛있는 것 많이 준비해 두셨어요?"

지극히 윤상다운 질문이었고 말없이 웃기만 하던 윤진이 말했다.

"가봐야지, 저쪽에도 아직 많은 이들이 꿇어앉아 있잖아!"

그러자 윤상이 웃으며 말했다.

"남자의 무릎 밑엔 황금이 있다고 했어요. 무릎 좀 혹사한다고 툴툴댈 사람들이 아닌 걸요!"

"열셋째는 어릴 적부터 유난히 영악했지!"

여덟째가 웃으며 덧붙였다.

"입으로 다 까먹고 다녀서 그렇지."

셋은 웃으며 관원들이 꿇어앉아 있는 천막 쪽으로 발길을 옮겼다. 아까 부둣가에서 마중나온 사람들이 전부 낭관(郎官) 이상 직급의 관원들이었다면 이쪽은 거의가 다 과도사관(科道司官)들이었다. 수백명은 족히 될 이들은 윤진 일행을 발견하는 순간 일제히 머리를 조아렸다. 예부 역관사(譯官司)의 요전(姚典), 류변(劉爕) 두 사람이 대표로 앞으로 나서며 인사를 올렸다.

"넷째마마, 십삼마마! 그동안 길안(吉安)하셨사옵니까?"

평소에 윤사네 집을 자주 드나드는 이들은 인사를 마치고 일어서며 여덟째의 눈치를 살폈다.

"날도 어두운데 기다리느라 수고들 많았네. 그만들 일어나게. 서직문(西直門)에 살고 있는 사람들도 많을 텐데 오늘은 이쯤하고 집에 돌아가도록 하고 내일 다시 만나지."

그러자 예부시랑(禮部侍郎)인 송문운(宋文運)이 급히 윤진에게로 다가서며 말했다.

"넷째마마, 먼길 오시느라 여독이 만만찮으실 텐데 저희들이 달리 효도할 방법도 없고 하여 간단히 술상을 봐 놓았습니다. 잠시 자리를 옮겨 주셨으면 감사하겠습니다."

윤진이 그리 반갑지 않은 표정으로 송문운이 가리키는 곳을 힐끗 쳐다보았다. 과연 천막 안에는 음식상이 스무 개는 넘게 차려져 있었다. 갖가지 과일이며 음식들이 작은 산처럼 높이 쌓여 있었다. 순간적으로 미간이 찌푸려진 윤진이 말했다.

"흠차가 외부에 나가 순시할 때 현지 관원들은 절대 술상을 마련해선 안 된다는 건 오랜 관행이지! 그렇다면 돌아와서도 역시 마찬가지여야 하지 않겠나? 안 됐지만 우린 이미 배에서 대충 요기를 했네. 지금 같아선 아무 데고 그냥 눕기만 하면 잠들 것 같으니 쉬고 싶은 마음 뿐이네. 일을 한두 해 하는 것도 아니고 내 성격을 웬만큼은 아는 사람들이 이게 뭔가? 말이 나왔으니 말이지 오늘저녁 의장대도 너무 사치스러웠어. 난 이런 게 오히려 부담스러워."

나름대로 최선을 다한 만큼 어깨 다독여주고 등 쓸어주는 친절은 아니더라도 최소한 혼나는 일은 없을 거라고 생각해 왔던 관원들은 된서리맞은 가지처럼 후줄근해지고 말았다. 허탈하고 서운하고 원망스러웠다. 겉으론 어색한 웃음이나마 지어보이며 다신 안 그러겠노라고 말했지만 송문운은 속으로 '××, 너 잘난 줄 누가 모르냐!' 하며 심한 욕까지 서슴지 않았다. 그러나 어떤 식으로든 사태를 마무리 지어야만 했던 송문운이 억지로 웃음을 지어내며 말했다.

"넷째마마, 혹시 오해하실까봐 드리는 말씀입니다. 이 음식은 나랏돈으로 마련한 것이 아니고 하관들이 한 푼 두 푼 십시일반으로 모은 돈으로 마련한 겁니다. 넷째마마께서 그냥 가시면 하관들이 서운해서 잠이나 오겠습니까?"

음식냄새를 맡았는지 뱃속의 거지가 소동을 피우기 시작하자 윤상은 먹지도 않고 먹었다며 생고집을 피워대는 윤진이 원망스럽기도 하고 우습기도 했다. 그러나 그대로 잠자코 있는 수밖에 없었다.

"웬만하면 젓가락 들었다 놓는 시늉이라도 하시죠."

경직된 분위기를 조금이나마 상충하려는 듯 윤사가 대수롭지 않은 웃음을 웃으며 말했다.

"두 번 다시 이런 일이 있어선 안 되겠지만 오늘은 기왕 마련된 음식이니 버릴 수도 없고 이 아우의 체면을 봐서라도 자리해 주셨으면 좋겠습니다. 실은 주범은 저고 이들은 믿고 따른 죄밖엔 없어요."

윤사의 말을 잠자코 듣고 있던 윤진은 어쩌는 수없이 천막 안으로 발걸음을 옮겼다.

사람들은 그제야 안도의 숨을 내쉬며 꾸역꾸역 따라들어가 저마다 조심스레 자리하고 앉았다. 술이 서너 순배 돌아가자 관원들은 금방 언제 면박당했더냐 싶게 활기를 띠며 부지런히 술잔을 주고 받았다. 그러나 윤진의 마음은 마냥 무겁기만 했다. 이네들이 벌여놓은 걸 보면 석연치 않는 부분이 있는 것도 사실이었다.

규정대로라면 지방으로 순시 나갔다 돌아오는 황자를 맞이할 때 궁등(宮燈)은 많아야 8개를 초과해선 안 되고, 용기(龍旗)도 9개 이상은 불허했다. 그러나 지금 밖에는 12개의 궁등과 12개의 용기가 내걸려 있을 뿐만 아니라 그것도 모자라 창음각(暢音閣)의 어악(御樂)이 흘러나오고 있는 게 아닌가? 어디를 보든 황자로서는 상당히 부담스러울 수밖에 없는 '파격'이었다. 윗선의 지시에 따른 것이라면 분명히 그렇다고 밝혔을 테고 만약 자기네들끼리 스스로 마련한 자리라면 이것은 환영행사라기보다는 함정에 가깝다고 윤진은 생각했다! 다시 음식상을 보니 또한 어선(御膳)을 모방한 흔적이 역력했다.

윤진이 음식상을 마주하고 앉아 때아닌 고민에 사로잡혀 있을 때 윤상은 허겁지겁 음식을 입에 넣고 크게 씹으며 말했다.

"이렇게 차릴려면 한 상에 열다섯 냥 없이는 못할 걸요? 여덟째 형. 이제 보니 알토란 같은 부자네요!"

"음식상은 하관들이 정성껏 마련한 거야. 저사람들에게 고마워 해야지."

윤상이 의도적으로 자신에게 '불씨'를 던지려하고 있다는 것을 직감한 여덟째가 말했다.

"대충 차렸다가 먼길 오느라 수고 많은 두 사람 서운해 하면 어떡하나 해서 정성깨나 쏟은 거지. 근데 넷째형은 왜 여태 그러고만 앉아계시는 거예요? 너무 나쁜 쪽으로만 생각을 몰고 가시지 마세요. 전에 제가 봉천(奉天)에 갔을 때 파해(巴海)와 장옥상(張玉祥)도 이것보다 화려하면 화려했지 못하지 않는 술상을 봐 왔었어요. 그런데도 제가 아무런 불만도 나타내지 않았더니 그들이 뭐라는 줄 아세요? '폐하께서 동순(東巡) 때 특별히 하사하신 식단인데, 영양만점이니 이런 식으로 먹으라는 게 다니겠어요?' 하지 뭐예요? 세상은 가끔씩은 대충 둥글둥글 흐리멍텅하게 살아가는 것이지 혼자서만 눈 부릅뜨고 있을 순 없잖아요?"

"그렇겠지. 하지만 난 별종이라서 그런지 혼자서라도 눈은 부릅뜨고 항상 깨어 있고 싶어."

윤진이 끝내 젓가락 한 번 들지 않은 채 웃으며 말했다.

"하관들의 성의를 무시해서가 아니라 아까 먹은 음식이 소화가 안 돼 정말 먹을 수가 없어서 그래. 이 이유가 다소 억지스러워 보인다면 또 하나 나로 하여금 젓가락을 들지 못하게 하는 이유가 있지. 그것은 우리가 과연 한 끼에 수백 냥을 때려 먹어도 될 만큼

나라와 백성들이 부유하냐는 거지……."

사람들은 꾸역꾸역 입안으로 음식을 밀어 넣으면서 윤진의 훈계에 화가 치미는 눈치였다. 밥 먹을 때는 개도 안 건드린다는데 그러고도 황자냐는 식이었다.

어색한 분위기가 이어지고 있는 가운데 갑자기 요전(姚典)이 찰싹! 하고 자기 뺨을 후려치는 것이었다. 사람들이 놀라서 왜 그러냐고 묻자 요전이 웃으며 말했다.

"몹쓸 놈의 모기 새끼가 사람 못 살게 굴잖아!"

요전의 행동이 무엇을 뜻하는지 잘 아는 송문운이 어색하게 웃으며 윤진에게 권했다.

"넷째마마, 음식이 다 식어가는데 덥혀오라고 할까요?"

"그럴 거 없네."

윤진이 웃으며 말했다.

"내게는 부모가 굶어죽은 두 아이가 있지. 하나는 송아지, 하나는 강아지라고 해. 그애들을 생각하면 난 바늘방석에 앉은 것 같은 느낌이 든다네. 진수성찬을 마주한 이 시각에도 말이네!"

말을 마친 윤진이 안색을 달리하며 자리에서 일어났다. 기름기 번지르르한 입가를 닦으며 윤상이 따라나섰다. 온다간다 소리도 없이 횡하니 밖으로 나가버린 윤진을 보며 윤사가 똥 밟은 표정을 짓고 있는 송문운에게 위로의 말을 건넸다.

"저게 넷째마마의 매력이잖아? 화 나더라도 나를 봐서 없던 일로 해줬으면 해!"

말을 마친 여덟째 역시 자리를 털고 밖으로 나왔다.

윤진과 윤상 그리고 윤사까지 자리를 비우자 언제 주눅들었더냐 싶게 관원들이 신이 나서 떠들어댔다.

"바늘로 찔러도 피 한 방울 안 나올 어른에게 아부를 떠는 사람도 아둔하지. 꼭 며느리 업어 강 건넌 시아버지 격이지 뭐. 기운만 빼고 좋은 소린 못 듣고!"

그러자 다른 이가 말했다.

"그 집은 동물의 왕국인가 봐. 전부 강아지니 송아지니 하잖아. 그놈의 성질머리에 똥강아지 배 터질라!"

소피보러 간 윤상을 기다리며 밖에서 이들의 말을 다 들은 강아지가 씨근대고 있을 때 윤상이 나타나며 말했다.

"넷째마마를 따라가지 않고 여태 기다리고 있었어?"

"저것들이!"

강아지가 분에 치민 나머지 말을 잇지 못했다.

윤상이 알겠다는 듯이 천막에 귀를 바싹 붙이고 엿들었다. 안에서는 윤진과 윤상을 동물에 빗댄 온갖 상스러운 욕설이 여과없이 오가고 있었다. 뭐 호랑이가 새끼 아홉 마리를 낳아도 병신새끼 하나쯤은 있다는데 용이라고 별 수 있겠냐는 둥 쥐새끼가 구멍 뚫는 재주는 대물림받은 거라는 둥 차마 더 이상 들어넘길 순 없었다. 분명히 두 사람을 빗대어 욕하는 건 틀림없지만 그렇다고 무작정 들어가 따질 수도 없는 일이었다.

윤상이 이를 갈며 화를 가라앉히고 있을 때 송아지가 다짜고짜 윤상을 끌고 관원들이 타고 온 말들이 있는 곳으로 가더니 윤상의 귓가에 뭐라고 속닥댔다.

"좋았어! 그래 그래, 음, 알겠어."

윤상의 눈빛이 유리알처럼 반짝였다.

"뒤는 십삼마마께 맡기고 잘해 봐!"

송아지가 허리춤에서 폭죽 한 줄을 꺼내보이더니 자신만만한 표정으로 웃어보였다. 그리고는 말에게로 다가가 꼬리에 폭죽을 매달았다. 그러자 불을 들고 온 강아지가 웃으며 말했다.

"십삼마마, 근데 폭죽이 터지는 대로 우린 죽기살기로 튀어야 해요. 황자마마의 체면에 그게 좀……."

윤상이 그게 뭐가 대수냐는 듯 씽긋 웃어보이며 말 엉덩이를 힘껏 걷어차는 동시에 폭죽에 불을 붙였다. 갑자기 자신의 몸에서 타닥타닥 거센 불꽃과 함께 요란한 소리가 나자 깜짝 놀란 말은 두 발을 높이 치켜들더니 한바탕 괴성과 함께 파죽지세로 천막을 향해 줄달음쳤다. 순간 안에서는 식탁 뒤집어지며 그릇 깨지는 소리와 아우성 소리가 어우러져 난리통이 따로 없었다. 윤상과 아이들은 서로 손바닥을 부딪치며 자그마한 승리를 자축했다. 그리고 세 사람은 곧 윤진을 찾아 팔패륵부로 향했다.

세 사람이 팔패륵부에 도착하자 윤상을 알고 있는 문지기들이 공손히 허리 굽혀 길을 안내했다. 곧바로 서재가 있는 이성재(怡性齋)에 다다르니 윤진의 세 아들인 홍시(弘時), 홍주(弘晝), 홍력(弘歷)이 공손히 문앞에 시립하고 서 있는 게 보였다. 큰아이가 여덟 살, 작은아이가 다섯 살밖에 안 됐는지라 이들이 움직이는 곳엔 항상 한 무리의 태감과 시녀들이 따라다녔다.

윤상을 발견한 큰아들 홍시가 급히 다가와 무릎을 꿇어 말했다.

"안녕하세요, 삼촌! 안 그래도 아버지께서 방금 전까지도 삼촌이 안오셨느냐고 물으셨어요."

홍주와 홍력은 무릎을 꿇어 인사를 마치고는 쪼르르 윤상의 품에 안겨들어 이쁜 짓을 했다. 바깥 동정을 듣고 윤상이 왔다는 걸 안 윤진이 걸어나오며 말했다.

"삼촌 힘드신데, 그만 해. 고복, 자네는 세자(世子)들을 데리고 그만 돌아가게. 내일 폐하를 뵙고 난 후에야 집에 들어갈 수 있을 거라고 복진에게 전해주게. 오사도 선생과 문각, 성음에게도 알아서 전해주게."

"넷째형!"

주위를 물리치고 여덟째가 직접 간식을 준비하며 진지하게 말했다.

"드리고 싶은 말이 있는데 말하자니 형한테 혼날 것 같고, 그대로 삼키자니 체할 것 같고, 아무튼 기분이 영 그렇네요."

윤진이 잠자코 윤사를 쳐다보더니 피식 웃으며 말했다.

"뭔데 말해 봐, 내가 그렇게 무서워?"

이에 윤사가 히죽 웃으며 말했다.

"넷째형을 무서워 하지 않는 사람도 있나요? 넷째형의 그 집채같은 위엄에 짓눌리면 오줌이 살살 나오는 건 기본이라는 말까지 돌고 있는 걸요? 아무나 할 수 있는 게 아니죠. 때론 그런 넷째형이 부럽기도 해요. 하지만 넷째형은 어째 도를 좀 넘으시는 것 같아서 가끔은 서글퍼지기도 하네요. 강한 것이 약한 것을 이기는 경우는 태반이지만 부드러운 것이 강한 것을 이겨버리는 수도 많거든요. 형은 부러지면 부러졌지 휘어지지는 않는 게 문제라고 생각돼요. 동성(桐城)에서 떠나오기 전 염상들의 주머니 좀 홀가분하게 해주셨다는 말을 듣고 참 통쾌했어요. 근데 소인과 간신배들이 득실거리는 이곳 북경에서 다들 저처럼 생각하라는 법은 없지 않겠어요……?"

윤사가 윤진의 눈치를 살피며 조심스레 제동을 걸었다.

"또 없어? 계속해."

윤진이 말했다.

"별다른 건 없고요⋯⋯."

여덟째가 생각을 정리하며 말했다.

"오늘 환영잔치 하는 자리에서 넷째형은 실수는 하지 않으셨지만 제가 보기엔 조금은 지나치지 않으셨나 해요. 그네들 입장에서는 지방에서 고생하시고 오랜만에 귀경한 흠차에 대한 존경하는 마음을 조금이나마 표현하려던 것 뿐이었는데, 너무 난감해 하는 것 같았어요."

여덟째의 말에 옆에 있던 윤상이 가만히 웃으며 생각했다.

"그 뒤의 난감한 장면은 못 봤죠? 굉장했는걸요!"

윤진이 접시에 있던 잣을 들더니 손안에서 만지작거리며 말했다.

"하늘이 늙지 않는 건 칠정육욕(七情六欲)이 없기 때문이야. 달이 일그러지는 것은 원한과 아픔 때문이고! 도랑 치고 가재 잡고 누이 좋고 매부 좋은 일은 없어. 돌팔매를 맞는 한이 있더라도 내키지 않는 건 못해!"

말을 마친 윤진은 곧 화제를 돌려 물었다.

"요즘 아바마마의 옥체는 어떠셔?"

"좋은 것 같아요."

윤사가 말했다.

"올여름 내내 창춘원을 한 발짝도 떠나시지 않으셨어요. 혈색은 좋아보이시는데, 다만 기력이 전 같지가 않은 것 같았어요. 건망증도 심한 정도는 아니신 것 같아요. 조운총독(漕運總督)으로 이부(吏部)에서 풍승운(豐升運)을 천거했을 때 아바마마 본인이 쾌히 승낙을 하셔놓고도 이부 사람을 만난 자리에서 '왜 조운총독 봉지인(封志仁)은 여태 모습을 보이지 않는 거지' 하고 말씀하시는 게 아니겠어요?"

말을 마친 여덟째가 입을 가리며 웃었다. 윤상이 부채를 부치며 차를 냉수마시듯 하며 말했다.

"풍승운 그 늙다리가 늘그막에 대박 터졌네! 넷째형, 못 봤죠? 턱이 부삽 같은 데다 뭐가 불만인지 위로 뒤집어져 음식 먹을 때면 가관이 따로 없어요!"

윤상이 익살스레 흉내를 내는 모습에 윤진과 윤사 모두 웃어버리고 말았다.

잠시 후 윤사가 입을 열어 말했다.

"서둘러 두 사람을 부르신 건 역시 국고회수 때문일 거예요. 시세륜이 부임한 후로 돈이 많이 걷혔대요. 참 대단한 사람이라며 아바마마께서 엄지를 내두르셨어요. 우리 형제들 중에서는 열째만 아직 빚이 좀 남아있는 것 같고 외관들 중에서도 기껏해야 스무 명 정도만 받아들이면 끝나나 보더라구요. 이들 중에는 정말로서 발 막대기 휘둘러도 걸릴 게 없는 적막강산이라서 못 갚는 사람도 있고, 미꾸라지처럼 요리조리 피해 다니는 자들도 있는가 하면 무즈쉬와 같은 공신들도 있어서 시세륜이 좀 난감한가 보더라구요. 모르긴 해도 지금쯤 두 사람의 귀경 소식에 제일 좋아하는 사람이 시세륜일 거예요!"

여덟째가 자리에서 일어나 감개가 무량한 듯 한숨을 내쉬며 말을 이었다.

"열째야 살살 달래면 어떻게 안 되겠습니까만 무즈쉬는 워낙에 개국공신이고 목숨 걸고 폐하를 지켜온 일등시위인 데다 게다가 그가 빌린 돈은 사실 폐하께서 쓰셨다고 해도 과언이 아니라서 좀……"

"그건 문제될 거 없어."

이들을 위해 변호하는 뜻이 역력한 여덟째의 말에 윤진이 입을 열었다.

"부류별로 대처하는 방법이 다 있어. 물론 무즈쉬 같은 공신은 우리가 인정사정 안 보고 목을 조이면 아바마마께서 알아서 처리하시겠지. 열째 같은 경우엔 평소에 자네의 말을 제일 잘 듣는 편이니 자네가 설득 좀 해주면 될 거야. 나도 가진 건 없지만 열째가 진심으로 갚으려는 노력을 보이면 모자라는 부분은 좀 보태줄 수도 있다고 전해 주라고."

결을 주지 않는 윤진이었다. 말을 꺼냈다 본전도 못 찾은 여덟째가 어쩔 수 없다는 듯이 실소를 터트렸다.

두 형의 신경전에는 무관심한 듯 윤상이 끼어 들었다.

"여덟째형, 실은 형한테 부탁드리고 싶은 게 있어요!"

"뭔데? 말해 봐."

"제가 아홉째형의 사람을 개패듯 패버렸어요. 형이 아홉째형 만나 얘기 좀 해줘요."

윤상이 정색을 하며 말했다.

"듣자니 그 낙호여자들은 아홉째형이 사들여 여덟째형한테 선물하려던 중이라면서요? 제가 봐둔 애가 하나 있는데, 인심 한 번 팍팍 써보시는 게 어떻겠어요?"

임백안이 아뢰어온 사실임을 알면서도 여덟째는 일부러 금시초문이라는 듯 놀라는 척하며 말했다.

"그게 무슨 아닌 밤중에 봉창 두드리는 소리야? 난 여자 사 오라고 부탁한 적 없어! 혹시 어떤 자식이 내 이름을 걸고 나쁜 짓하고 다니는 거 아냐? 한번 조사해 봐야겠군!"

버선목 뒤집듯 홀딱 뒤집어 보이지 않으면 인정할 줄 모르는 여덟째인지라 윤진이 일부러 강하읍에서 있었던 일의 자초지종을 들려주었다.

"그럼 좋았겠는데. 영웅이 미인을 구해내고 달이야!"

윤사가 과장된 웃음을 크게 웃었다.

"그런데 맹세코 그 일은 나랑 전혀 상관없는 일이에요. 그러나 아우가 관심을 보이고 저의 명성에도 관련이 있는 만큼 시간을 갖고 사건의 전말을 조사해 내게끔 지켜봐 주세요."

웃으며 자리에서 일어난 윤진이 회중시계를 꺼내보며 말했다.

"벌써 해시(亥時)네. 얼른 역관에 가봐야겠어. 오늘 못다 한 얘기는 나중에 시간을 갖도록 하자구. 내일은 아바마마도 찾아뵈어야 하고 당분간은 정신이 없을 것 같애!"

여덟째도 더 이상 만류하지 않고 대문 밖까지 이들을 바래다 주었다.

13. 흉흉한 소문

역관으로 돌아온 윤진은 그제야 조촐한 저녁상을 받아 허기를 달랬다. 안락의자에 반쯤 기대어 평소에는 보기 힘든 진지한 표정을 지으며 멍하니 천장만을 뚫어지게 쳐다보고 있는 윤상을 보며 윤진이 피식 웃으며 말했다.

"무슨 생각을 그리 골똘히 하는 거야?"

"여덟째형은 아무리 봐도 참 종잡을 수 없는 사람이에요."

윤상이 이마를 쓸어올리며 깊은 한숨을 내쉬었다.

"어느 누구에게도 미운 털 안 박히려고 안간힘 쓰는 것 보면 꼭 위선자인 것 같으면서도 어떨 땐 부처님이 따로 없이 거룩해 보이기도 하고 말이에요. 근데 결과적으로 안 좋은 쪽으로 저울이 자꾸 기우려고 하는 것은 아홉째형, 열째형 그리고……."

열넷째까지 말하고 싶었지만 그가 윤진의 동복형제(同腹兄弟)라는 생각이 드는 순간 윤상은 말을 삼켜버렸던 것이다. 그는 말머리를 돌려 말했다.

"……그리고 그 일당들. 예컨대 규서니 아링아, 왕홍서, 어룬따이 이런 잡것들이 종일 여덟째형을 맷돌 돌리듯 둘러싸고 있잖아요!"

"그렇게 생각하냐?"

윤진이 웃으며 말했다.

"난 그가 썩 괜찮은 사람이라고 봐. 덕망은 인간성과 정비례하는 거 아니니? 내가 보기엔 종합적으로 봤을 때 태자, 그리고 너와 나 셋을 합쳐도 여덟째 한 사람을 능가할 순 없을 것 같은데? 단지 좋은 일을 많이 하다 보니까 온갖 잡동사니들이 들러붙는 건 어쩔 수 없는 일이지. 걱정하지 마. 여덟째가 저렇게 쉬워 보여도 결코 밑지는 장사는 안 할 사람이니!"

이에 윤상이 코웃음을 치며 말했다.

"걱정이라뇨? 제가 아무리 한가하기로서니 그 사람을 왜 걱정해요? 제가 진짜 걱정되는 사람은 바로 넷째형인 걸요! 누구는 미리 쳐 놓았던 그물을 살살 거둬들여 자기 것으로 만드는 일밖에 안 남았는데 넷째형은 사람을 들러붙게 하기는커녕 저만치 줄행랑을 놓게나 만들고 말이에요. 그렇다고 태자가 알아주는 것도 아니고."

따지는 듯한 윤상의 말에 잠시 놀란 기색을 보이던 윤진이 고개를 대충 끄덕여 보이며 찻잔에 얼굴을 반쯤 가렸다. 윤상이 말을 이었다.

"나얼수 왕이 효도한 액수가 성에 차지 않아 꼬투리잡아 혼내킬 때도 자기는 손 싹 씻고 나앉고 넷째형더러 곤장 안기는 걸 감독하라고 했잖아요. 또 육경궁에서 술 기운에 정 귀인(鄭貴人)을 집적

대다가 들키자 이번에는 넷째형더러 덕비(德妃)마마께 사정해달라고 부탁했었죠? 똥은 자기가 싸고 엉덩이는 어디다 내밀어? 누군 자기 뒤치닥거리나 하는 사람인 줄 알아? 우리가 안휘성을 떠날 때 치하 명목으로 염상들에게서 모금한 사실을 놓고 여론이 들끓는데, 이럴 때라도 태자인 자기가 나서서 우릴 좀 홀가분하게 해줄 순 없냐는 거죠……."

"쉬잇!"

갈수록 흥분하는 윤상을 보며 윤진이 급히 주의를 주었다.

"낮말은 새가 듣고 밤말은 쥐가 듣는다고 했어!"

창가로 살그머니 다가간 윤진이 경계어린 시선으로 달이 희미한 창밖을 두리번거렸다. 엿듣는 사람이 없다는 걸 확인한 윤진이 그제야 입을 열어 훈계하듯 말했다.

"너, 무슨 허튼소리 하고 그래?"

이에 윤상이 상심에 젖은 표정으로 고개를 저으며 말했다.

"제가 술김에 이러는 게 아니라 이런 주인을 섬기고 있노라니 착잡하기 그지 없어서 그래요! 오늘저녁 환영연회입네 하고 마련한 자리 역시 알고 보니 누군가의 계획된 함정이었더군요. 다행히 넷째형이 미리 간파하시고 꼬임수에 넘어가지 않았으니 망정이지 그들의 뜻대로 됐더라면 몰매를 맞고 있는 우리 둘을 위해 둘째형이 목에 핏대를 세우며 변호할 수 있겠어요?"

겉으론 애써 진정하고 있지만 속은 착잡하기 이를 데 없는 윤진이었다. 오늘저녁 보인 행동은 먼저 황제와 태자를 의식한 것이고 나아가서는 백관들에게 실날 같은 틈새도 주지 않으려는, 그래서 국고 회수를 보다 철저하게 하려는 윤진의 의지의 표출이었다. 윤상이 이렇듯 속깊은 생각을 하고 있었다는 것에 윤진은 그저 놀라울 따름이었다!

"뭐라고 말 좀 해봐요, 예?"

윤상이 갑자기 화를 냈다.

"제가 여태 말한 것이 모두 가당치도 않은 말인가요?"

"정반대야."

윤진이 한숨을 지으며 말했다.

"너, 참 잘 봤어. 그러나 난 지금 이미 호랑이 등에 타고 있는 처지야. 호랑이 등에 어찌 맘대로 오르내릴 수 있겠니? 태자가 한물갔다는 걸 알 만한 사람은 다 알아. 그러나 실권이 없는 꼭두각시 같은 태자로서 상서방(上書房)을 통해 폐하께 자기 목소리를 낼 수밖에 없다는 게 얼마나 어려운 일인지 알아? 물론 태자본인의 무능함도 한몫 했겠지만. 네가 알다시피 난 애초부터 무슨 '당(黨)'이란 말이 가장 귀에 거슬렸어. 그저 태자니까 최선을 다해 정무를 보필했을 뿐인 걸 가지고 동기가 불순한 자들이 자기네 입맛에 맞게 요리해 낸 거지. 그런데 지금으로선 태자가 위태로우니 치사하게 팔황자당에 기웃거린다는 추후의 얼토당토 않은 소문의 온상을 미연에 갈아 엎어버리기 위해서라도 난 태자를 밀어야만 해! 아우, 방금 열넷째를 말하려다가 꿀꺽 삼키는 걸 봤어. 괜찮아. 진실을 말하는데 누가 뭐래? 말이 나왔으니 말이지 난 이제 외로운 전투를 벌이기로 작심했어. 언젠가 너라도 내 마음을 진정으로 읽어주는 날이 온다면 난 그것으로 충분해……"

비장함이 서려 있는 윤진의 말이었다. 윤진의 눈은 잠시 붉어지는 듯하더니 어느새 곧 평온을 회복했다.

뭔가 중대한 결정을 한 듯 자리에서 벌떡 일어난 윤상이 혼란스러운 가슴을 달래듯 방안을 쉴 새 없이 서성거렸다. 그러던 그가 한참 후에 발걸음을 멈추고 단호한 어투로 말했다.

"형의 진심에서 우러러나온 말인 줄 알겠어요. 하지만 우리 둘이 역할을 바꿔보면 다른 결과가 나올지도 몰라요!"

"뭐?"

"오래 전부터 생각해 왔어요."

윤상이 말했다.

"전 형과는 달리 외로움과 몰매 맞기를 밥먹듯 하며 자랐어요. 무슨 이유에서인지 수수께끼로 남아있는 생모 때문에 아홉째와 열째를 비롯한 형들에게 무참하게 짓밟히며 살아왔지요."

윤상의 두 눈엔 눈물이 고였다.

"……다같이 글 읽을 줄 몰라도 나 혼자만 대표로 혼났고, 다른 황자들이 사고를 저질러도 전부 내 탓이었어요. 아바마마께서 상을 내리셔도 제겐 국물조차 없기가 일쑤였고, 시위들을 따라 무예 연습을 할라치면 전 항상 주먹다지기용 모래 주머니였지요."

어느덧 윤상의 눈에서 눈물이 주르르 흘러내렸다. 그는 눈물 가득한 얼굴을 들어 칠흑 같은 창밖을 내다보며 중얼거리듯 말했다.

"그해 6월 6일 기억나세요? 글을 외우지 못한 태자 대신 땡볕에 무릎 꿇고 몇 시간 동안 벌받다가 기절했을 때 형들이 빙 둘러서서 괴물 구경하듯이 하며 '버러지 같은 인간'이라며 날 놀리던 거? 저녁에 넷째형이 절 껴안고 울면서 힘들면 기대어 쉬어 갈 수 있는 영원한 나무가 되어줄 것이라고 하셨죠? 형이 아니었더라면 전 오늘까지 버티지 못했을 거예요!"

윤상의 하소연에 감명받은 윤진이 말없이 윤상의 손을 끌어당기며 한숨지으며 말했다.

"다 지나간 과거인데 다신 들추지 말거라. 괜히 너만 가슴 아프지! 너의 생모에 대해선 한 마디만 하고 싶다. 그 분은 몽고 대칸(大汗)의 공주님으로서, 신분이 지금의 다른 어느 마마보다 확실하고 고귀한 분이셨고 존경받으실 만한 분이셨어. 궁을 떠나게 된 내막에 대해선 아바마마 밖에 아는 사람이 없어. 그러나 절대로 죄를 지어 내쫓긴 건 아니야……. 그리고 또 이젠 거목이 된 너를 누가 감히 업신여기겠니?"

"이젠 결코 당하고만 살진 않을 거예요. 내 코를 후비려고 달려드는 새끼가 있으면 난 그자의 눈을 파버릴 거예요!"

윤상이 악에 받혀 말했다.

"그러나 오늘저녁 제가 형한테 신세타령이나 하려고 이런 말 꺼낸 건 아니에요. 형은 저를 위해서라도 다쳐선 안 되고 호부의 일은 제가 앞장서서 치고 나갈게요. 형은 먼발치에서 막후조종이나 하세요. 막가파가 왜 무서운지를 똑똑히 보여주고야 말 거예요!"

진정으로 윤진을 아끼는 윤상의 진심이 남김없이 드러났다.

"넌 훌륭한 아우야. 같이 손잡고 잘해 보자!"

이튿날 오전. 강희는 담녕거(澹寧居)에서 윤진과 윤상을 맞아주었다. 안휘성 업무보고를 받고 난 우울한 표정의 강희황제는 피곤한 얼굴을 쓸어내리며 오래도록 말이 없었다.

어느덧 그 옛날의 날카로움은 무뎌지고 '노인네'라는 표현이 더 잘 어울리는 강희는 한참 후에야 한숨을 지으며 입을 열어 말했다.

"어려운 나라 사정을 헤아려 염상들을 동원한 건 어찌됐든 그리 잘못된 건 없다고 생각하네. 하지만 그 방법이 다른 곳에서도 먹혀

든다는 보장은 없네. ……태자 명의로 정기(廷寄)를 보냈기 때문에 태자가 부른 줄 알고 있을 테지만 실은 짐이 깊은 생각 끝에 결정을 내린 거네."

무릎을 꿇고 고개를 떨구고 있는 두 황자에게 시선을 고정시키며 강희가 의미심장한 말투로 이어 말했다.

"쌓이고 쌓인 병폐가 너무 많아. 한 가지씩 들추고 털어내고 도려내는 노력이 필요한 시점이야. 떠들썩하게 말잔치만 벌여놓고 뒷감당 못하는 애들은 결코 아니니 짐이 너희 두 사람에게 큰 기대를 걸어볼까 하네."

"성은이 망극합니다."

윤진이 상체를 조금씩 펴며 침착하게 입을 열어 말했다.

"마마께서 지적하신 바와 같이 이치(吏治)는 간과할 수 없는 상황에 놓여 있습니다. 땅을 사들일 때 세금이 없다는 점을 들어 가진 자들은 마구잡이로 땅을 사들이고 그나마 먹고 살만한 사람들도 땅을 팔고 남의 집에 소작농으로 들어가며 세금을 회피하고 있는 실정입니다. 그러나 자기 땅이 한 평도 없는 백성들은 오히려 정세(丁稅)를 내야 하는 불공평한 현실입니다. 가진 자들의 횡포와 이에 대처할 만한 제도적 장치가 없는 한 민변(民變)이 일어나지 말라는 법은 없을 겁니다."

이같이 말하며 윤진은 강하읍에서 본 류팔녀의 부(富)에 대해 들려주었다.

윤진의 말에 열심히 귀기울이던 강희가 형형한 눈빛으로 말했다.

"한당(漢唐) 때부터 지금까지 토지가 집중되는 걸 막을 방법은 혁명하는 길밖엔 뾰족한 수가 없어. 전국의 토지를 다시 계량하여 가진 정도에 따라 공평하게 세금을 받는 방법을 생각해 보지 않은 건 아니야. 하지만 관리들이 각성하지 않는 한 정직한 토지 계량은 이뤄질 수 없는 거야. 한마디로 이치가 바로 잡히지 않는 한 모든 일은 허사일 수밖엔 없다는 거야!"

안휘성에 있으면서 번번이 선택의 기로에 놓일 때마다 윤진은 행여나 북경에서 날아드는 소식에서 해법을 찾을까 대신들의 서찰을 뒤적여보곤 했다. 그러나 어느 누구도 이치(吏治)에 이토록 강경한 황제의 뜻을 손톱만큼도 내비치지 않았었다. 진정 황제의 뜻을 몰라서였을까 아니면 자기네들의 뒤가 켕겨서였을까……. 이런저런 생각을 하고 있을 때 강희가 웃으며 물었다.

"윤진, 듣자니 어제밤에 환영연에서 성깔 한 번 제대로 부렸다던데?"

이토록 빨리 강희의 귀에 그 소문이 들어갔다는 것에 크게 놀라며 윤진이 말했다.

"그렇습니다. 일처리 제대로 못한 죄를 물어주십시오, 아바마마!"

말꼬리에 불붙인 사실을 물어오기라도 할세라 윤상은 손에 땀을 쥐고 있었다. 이때 강희의 말이 이어졌다.

"그런데 그 뒤에 누군가가 폭죽으로 말을 놀래켜 술상을 아수라장으로 만들어 놨다는 걸 자네들은 몰랐지?"

윤상을 몰래 훔쳐보며 급히 머리를 조아려 윤진이 말했다.

"그 후에 있었던 일은 잘 모릅니다. 하오나 모든 일은 저 때문에 일어난 것 같사오니 그 죄를 물어주십시오!"

"죄라니!"

강희가 크게 웃으며 말했다.

"그놈의 술자리 잘 엎어버렸어! 귀경한 흠차들에게 연회를 마련해선 안 된다고 짐이 분명히 못 박았는데도 정신 못 차리는 자들은 그렇게 혼내주어야 해!"

강희가 모처럼 희색이 만면하여 있는 모습을 보며 용기를 낸 윤상이 때를 놓칠세라 끼여 들어 말했다.

"어제 여덟째 마마가 그러는데, 시세륜이 오고 나서 호부는 그의 강한 추진력에 힘입어 면모를 바꿔가고 있다고 들었습니다. 뿐만 아니라 국고회수 작업도 거의 마무리 단계에 이르렀다고 했습니다. 전면적으로 밀어붙여야 할 이 시점에서 아들이 손발을 걷어붙이고 뛰어들까 합니다. 태자마마와 넷째마마는 뒤에서 막후지휘만 해주시면 되겠습니다!"

이에 강희가 웃으며 말했다.

"그런 세부적인 것은 태자한테 가서 상의한 후 좋을 대로 처리하도록 하고, 추석 지나고 짐이 승덕(承德)으로 떠나기 전에 깨끗하게 마무리 짓기만 하면 되겠네. 그럼 그만 나가보게. 짐은 이제 또 형부 관원을 불러 올해 추결(秋決, 매년 가을마다 한 번씩 범인들을 처형하거나 심문하는 일) 건에 대해 보고받아야 하니까."

두 사람이 담녕거를 나왔을 때는 사시(巳時) 정각이었다. 가을에 접어들었는지라 뜨락에는 낙엽들이 춤추기 시작했다. 몇십 명의 태감들을 데리고 청소를 하던 양심전 부총관태감(副總管太監)인 형년(邢年)이 두 사람을 발견하고는 급히 하던 일을 멈추고 공손하게 비켜 섰다. 두 사람은 아는 체도 않고 지나쳤다. 이때 부도총관태감(副都總管太監)인 이덕전(李德全)이 윤진에게로 다가가 인사하며 아뢰었다.

"방금 넷째마마댁의 고복이 다녀갔습니다. 송아지, 강아지라는 아이들이 순천부에 잡혀갔다며 넷째마마께 꼭 전해주시라고 했습니다. 애들이라 큰 잘못을 저지른 것 같지도 않고 쉽게 풀어줄 줄 알았는데 오늘따라 범(範) 어른이 왜 그리 실기가 불편한지 좀처럼 곁을 주지 않는다고 했습니다."

순천부(順天府) 부윤(府尹)인 범시첩(範時捷)이 공공연히 자신에게 선전포고를 해온 이유가 무엇일까. 윤진은 안색을 흐리며 잠시 생각해 보았다. 아무리 생각해 보아도 짚히는 데가 없었다.

태자 윤잉이 사무를 보는 운송헌(韻松軒)은 그리 멀지 않은 곳에 있었다. 안에서 여러 목소리가 들렸다. 들어가 보니 윤잉과 그의 스승인 왕섬(王掞), 육경궁 고문격인 주천보(朱天保), 진가유(陳嘉猷) 그밖에 시세륜도 자리하고 있었다.

윤진과 윤상이 들어서는 걸 본 사람들은 윤잉만 빼고 전부 자리에서 일어섰다. 몸을 낮춰 인사하려던 왕섬을 급히 말리며 윤진이 말했다.

"이러시면 안 됩니다! 자금성 내에서 말을 달려도 괜찮다는 특별권한까지 부여받으신 분으로서 폐하 앞에서도 대례까지는 안 하셔도 되는 스승님이 그러시면 제가 몸둘 바를 모를 겁니다. 그러지 말고 다들 자리에 앉으시죠."

말을 마친 윤진은 몇 개월 새에 한결 수척해진 왕섬의 얼굴을 바라보며 말했다.

"정말 뵙고 싶었습니다. 이젠 완전 백발이 되신 걸 빼곤 혈색은 좋아 보이셔서 다행입니다!"

진심어린 고백을 하며 윤진은 윤상과 함께 태자에게 격식을 차려 인사를 했다.

윤잉은 특히 눈썹과 눈매가 젊은 시절의 강희를 본뜬 것 같았다.

길고 갸름한 얼굴에 짙은 눈썹이 인상적이고 얼굴이 희고 눈동자가 유난히 까맣고 빛났다. 편안한 복장에 허리엔 누런 띠도 매지 않고 있었다. 급히 윤진과 윤상을 일으켜 세우며 윤잉이 입을 열어 말했다.

"잘왔어. 건강해 보여서 다행이네. 지금 호부의 일을 논하고 있던 중이야! 자네 둘이서 한바탕 휘젓고 떠나더니 이젠 시세륜까지 합세하여 몽둥이를 휘둘러대니 호부는 아비규환이 따로 없어. 방금 호부상서인 양청표가 다녀갔는데, 삼번(三藩)의 난을 평정할 때 죽음을 무릅쓰고 광동성에서부터 북경으로 비밀을 빼내왔던 공로를 봐서라도 한 번만 살려달라고 발버둥치고 갔어……."

이같이 말하는 윤잉의 얼굴은 못내 어두웠다.

"일품대신(一品大臣)의 1년 봉록이 180냥이야. 한 마디로 관원들의 봉록이 너무 적어서 그것만 갖고 먹고 살긴 힘든 건 사실이지. 그렇다고 나라살림 거덜나도록 퍼내가는 걸 방치할 순 없고…… 아무튼 대단히 골치 아팠는데 꼭 구세주 만난 느낌이야."

묵묵히 듣고 있던 왕섬이 한참 후에야 입을 열어 물었다.

"그렇다면 폐하께서는 무슨 지의가 계셨습니까?"

윤진이 방금 강희와 오갔던 대화내용 중에서 호부 관련 부분만 걸러내어 들려주었다.

사람들은 조용히 자리에서 일어나 경청하고는 다시 앉았다. 윤잉이 웃으며 말했다.

"십삼아우, 자네가 호부의 군기를 잡아준다면 난 대찬성이네. 큰일은 폐하의 의사에 따르고 그 외엔 상서방의 세 대신들이 지혜를 모아주니 나로선 문제될 게 없네. 그래서 말인데, 주천보와 진가유를 이참에 자네한테 딸려보내 일 좀 배우게 하는 게 어떨까,

넷째?"

"저희야 좋죠."

윤진이 담담하게 입을 열어 말했다.

진가유와 주천보를 육경궁에 추천한 사람은 윤진이었다. 둘 다 일에 부딪치면 거침없는 성격의 소유자였다. 윤잉이 이 둘을 호부에 맡겨두려는 것은 말도 많고 탈도 많은 호부에서 발을 빼려는 계산이 다분히 깔려 있었고, 만에 하나 일 처리가 깔끔하게 잘 되어 호부의 위상이 올라갈 때를 대비하여 공로를 얻어먹기 위한 숟가락을 꽂아둔 것으로 윤진은 풀이했다. 여차했을 경우 모든 책임을 윤진에게 떠넘기려는 윤잉을 바라보며 윤상은 마음이 싸늘하게 식어갔다.

이때 시세륜이 입을 열어 말했다.

"오전에 남경(南京) 순무아문에서 보내온 소식에 의하면 조인(曹寅)은 병이 위급하고, 무즈쉬도 병중이라 북경으로 들어오지 못한다고 알려 왔습니다. 또한 해관총독(海關總督) 위동정(魏東亭)은 요양중에 있습니다. 따라서 큰 액수가 밀린 사람 중에는 광동총독(廣東總督)인 무단(武丹)만 요 며칠 내어 도착할 거라는데 어떡하면 좋을는지 모르겠습니다."

"황자들부터 착수해야겠소!"

방금 황제에게서 격려를 받은 윤상이 큰소리로 말했다.

"열째황자 때문에 골머리 앓을 거라 생각했었는데, 누구를 막론하고 강도높은 수사를 벌이라는 폐하의 단호한 의지를 확인한 이상 이젠 꺼리낄 게 없소. 만인의 사표가 되어야 할 황자들이 깨끗해야 다른 사람들에게도 떳떳하게 나설 거 아니오?"

자신의 결연함에 탄복하며 적극적으로 찬성표를 던져줄 것으로 기대했던 윤상은 그러나 쥐죽은 듯한 고요에 난감해졌다. 저마다 찻잔을 들어 시선을 그 속에 떨구고 있을 때 윤잉이 웃으며 입을 열어 말했다.

"왜 다들 꿀먹은 벙어리가 됐나? 나를 의식하고 그러는 것 같은데 사정상 어쩔 수 없이 하주(何柱)를 시켜 45만 냥을 빌려쓰긴 했지만 봉천에 보낸 사람이 도착하는 대로 갚을 거야. 기다려줄 수 있지? 막가파 열셋째?"

한 차례 국고회수 전쟁을 치른 후 윤진과 윤상이 안휘성으로 내려간 사이에 맨 먼저 국고에 손을 댄 사람이 태자라는 사실에 윤상은 분노와 비애를 동시에 느꼈다!

윤진이 나서서 어색한 분위기를 대충 무마하고 사람들은 서둘러 헤어졌다. 그러나 윤진과 나란히 다니는 모습이 자주 목격되어 좋을 게 없다고 생각한 윤상이 윤진에게 눈짓을 주며 먼저 가라고 했다. 그리고는 왕섬에게 말했다.

"스승님, 전에 제게 서예작품을 선물해 주신다고 하신 것 오늘 써 주시면 안 될까요?"

왕섬이 흔쾌히 승낙했다.

한편 막 화원 입구에 다다른 윤진은 밖으로 심하게 휜 다리 때문에 걸을 때면 오리처럼 뒤뚱거려 우스꽝스러운 순천부의 범시첩과 맞닥뜨렸다. 범시첩은 급히 윤진에게 인사하여 말했다.

"넷째마마, 잘 다녀오셨습니까?"

"그래."

윤진이 고개를 끄덕이며 물었다.

"우리집 서재에서 시중드는 아이를 자네가 강제로 데려갔다는데, 무슨 일이라도 있었나?"

그러자 범시첩이 콧수염을 털썩거리며 정색하고 말했다.

"실은 그 아이가 계란장수를 괴롭히는 걸 목격한 이번원(理藩院)의 강지(姜芝)와 예부(禮部)의 류전(劉典)이 잡아다 순천부에 넘겼던 것입니다. 이번원에서 안 이상 심사를 거치지 않고 그냥 보내기엔 아무래도 무리입니다."

윤진의 부름을 받으면 지레 오줌부터 싼다는 관원들도 있건만 범시첩은 아무렇지도 않게 윤진의 말문을 막아버렸다. 강아지가 대체 무슨 잘못을 저질렀는지 알 수 없는 윤진은 잠자코 있는 수밖에 없었다. 대충 둘러대고 제멋대로 비켜가려던 범시첩을 맞은편에서 오던 윤상이 불러세웠다.

"그동안 안 보이길래 뒈졌는 줄 알았더니 잘만 쏘다니네?"

"십삼마마!"

언제 보나 욕설로 시작되는 윤상임을 잘 아는 범시첩이 깍듯이 인사했다. 그리고는 사정어린 웃음을 지으며 농담조로 말했다.

"십삼마마의 허락을 안 받고 어찌 맘대로 가는 수가 있겠습니까? 아무리 저승이라지만."

범시첩의 말에 안색이 흐려져 있던 윤진이 웃음을 참지 못하며 말했다.

"우리 두 사람은 지금 원리원칙을 놓고 장기전에 들어간 거야!"

그러자 윤상이 웃으며 욕설을 섞어 말했다.

"오리걸음 하는 주제에 뭘 믿고 넷째마마한테 까불어? 쥐약 처먹었어?"

"그게 아닙니다."

욕을 심하게 얻어먹을수록 기죽기는커녕 정신이 들어 하는 범시첩이 실눈을 만들며 웃었다.

"방금 넷째마마께 말씀 올렸듯이 남의 이목도 있고 하여 대충 심문하는 척하다 내보낼 겁니다……."

얄궂은 표정을 하며 웃고 있는 범시첩을 향해 윤상이 걷어차는 시늉을 하며 쫓아버렸다.

그러는 윤상을 밉지 않게 흘겨보며 윤진이 웃자 윤상이 말했다.

"저 인간은 저렇게 다스리는 수밖에 없어요. 신사답게 굴면 기어 오른다니깐요? 근데 곧 이임(離任)하여 지방 포정사로 발령날 모양이에요."

"그럼 순천부는 어쩌고?"

"후임으로 커룽둬가 유력한 것 같아요."

순간 윤진의 얼굴엔 웃음기가 사라졌다. 커룽둬라면 동국유의 조카였던 것이다. 동씨(佟氏) 일가는 갈수록 기지개를 켜는 것 같았다. 동국유의 친형인 동국강(佟國綱)은 바로 태자의 외숙(外叔)인 소어투에 의해 억울하게 죽임을 당했다. 황제가 열하 순시를 앞두고 순천부 대장을 태자와 앙숙간인 가문의 커룽둬에게 맡긴 것은 왜일까? 윤진의 의문은 한없이 뻗어나갔다.

14. 지혜 주머니

윤진과 윤상 두 형제는 두런두런 이야기를 나누며 어느덧 서화문(西華門)에 도착했다. 하루종일 붙어 있고도 아쉬운 듯 윤상이 어리광부리듯 윤진에게 말했다.

"형을 집에 모셨으면 좋겠는데 7, 8개월만에 처음 들어가는 집이라 오늘은 아쉬운 대로 혼자 들어가야겠네요."

이에 윤진이 웃으며 말했다.

"걱정 마시게! 같이 가자고 잡아끌어도 난 감히 들어갈 수가 없을 테니까! 아랫것들을 두었다는 게 어쩌면 하나같이 남들이 박아둔 염탐꾼들 같애. 지난 번에도 농담처럼 한 말이 당장 셋째의 귀에 들어간 걸 좀 봐. 어휴, 무서워!"

이에 윤상이 웃으며 말했다.

"그러게 말이에요. 애시당초 형들이 추천해 보낸 사람들을 체면 때문에 거절하지도 못하고 그대로 받아들이다 보니 그렇게 됐어요. 가법(家法)이 엄하기로 소문난 넷째형은 한심해 보이실 법도 해요!"

말을 마친 윤상은 곧 인사말을 남기고 떠나갔다.

당장의 형세로 보아 형제들끼리 얼굴 붉히는 건 다반사이고 자칫 주먹 휘두르는 지경에까지 이를 것 같은 예감에 기분이 우울해진 윤진이 뚜벅뚜벅 말을 달려 집으로 향하고 있을 때 갑자기 후둑후둑 빗방울이 떨어지기 시작했다. 뒤따르던 친병들이 우비를 미처 챙기지 못한 것에 크게 당황해하고 있을 때 멀리서 우비를 손에 든 대탁이 말을 달려오는 게 보였다. 그는 가쁜 숨을 몰아쉬며 말했다.

"열셋째마마를 만났기에 망정이지 하마터면 길이 어긋날 뻔했습니다."

"집엔 별 일 없지?"

윤진이 우비를 입으며 물었다.

"세자들은 다 집에 있고?"

그러자 대탁이 웃으며 말했다.

"둘째와 넷째 세자는 서재에서 오 선생과 성음, 문각 스님과 깔깔대며 놀고 있는데, 큰세자는 안 보였습니다! 대천세(大千歲)와 셋째마마께서 기다리다 못해 떠날 채비를 하시더니 지금쯤 어떻게 됐는지 모르겠습니다."

그 사이 빗방울은 더욱 굵어졌고 이들은 달리는 말에 채찍을 안겼다.

윤진의 사패륵부는 원래 명나라 때 내관(內官)들의 감방(監房)으로 유명한 곳으로서, 일명 '점간처(粘竿處)'라고도 했다. 따지고 보면 자금성에 속해 있는 이궁(離宮)이었다. 윤진이 하사받고 나서 노란 기와를 녹색으로 바꾼 것 외엔 손댄 것 없이 원상태를 보존하고 있었다.

윤진 일행이 집에 다다랐을 때 빗물에 흠뻑 젖은 고복이 몇십 명의 하인들을 데리고 마중나와 있었다. 그의 말대로라면 큰황자와 셋째황자는 아직 윤진을 기다리고 있었다.

"내가 도착했다고 어서 들어가 아뢰어라."

윤진이 말에서 내리며 말했다.

"옷 갈아입고 곧 건너간다고 해라. 오 선생한텐 내가 드 황자마마를 만나뵙는 대로 찾아갈 거라고 말하고."

"하오나 넷째마마."

고복이 주춤거렸다.

"셋째마마께서 오 어른의 대명(大名)을 익히 들으셨다며 복진께 말씀드렸습니다. 복진께서는 첫째와 둘째세자더러 같이 만나는 게 좋겠다고 하셨습니다."

순간 윤진은 적이 놀랐다. 이들이 오사도가 이곳에 있다는 걸 어찌 안단 말인가? 귀신이 따로 없어! 이같이 생각하며 윤진이 물어 말했다.

"홍력이는 어디 있는가?"

"공부방에서 독서하고 계십니다."

"음."

윤진이 머리를 끄덕이며 만복당(萬福堂)으로 성큼 들어섰다. 복진인 나라씨가 지패(紙牌)를 펴놓고 있었고, 그 옆에 시첩인 뉴구루씨가 시립하고 있었다. 연갱요의 여동생인 연씨(年氏)는 한 무리의 몸종들과 함께 문어귀에서 윤진을 맞이하고 있었다.

우비를 입고 들어선 윤진을 보자 나라씨가 잽싸게 자리에서 일어서며 호들갑을 떨었다.

"세상에! 비를 쫄딱 맞으시고 이게 어찌된 일이옵니까! 애들아, 어서 갈아 입을 옷 챙기지 않고 뭘해? 그리고 난 있다 마셔도 되니까 지금 끓이고 있는 인삼탕을 넷째마마께 먼저 드려!"

몇몇 시중드는 시녀들만 빼고 나머지는 일제히 무릎을 꿇었다. 그러자 윤진이 옷을 갈아입으며 웃는 얼굴로 말했다.

"그래도 여긴 안휘성에 비하면 천당이 따로 없네. 괜히 호들갑 떨지 말게. 비 한 번 맞는다고 큰일나는 것도 아니고."

몸이 만삭이 된 연씨에게 시선이 닿은 윤진이 말했다.

"자넨 몸이 여의치가 않을 테니 다음부턴 격식 갖추느라 신경쓸 거 없네. 자네 오라버니는 아마 추석이 지나서야 돌아올 거네. 잘 있으니 걱정말고."

윤진의 세 번째 아들은 뉴구루씨가 임신중 자연유산이 되어 요절하고 말았다. 윤진이 연씨를 걱정하는 모습을 보며 자신의 처지가 떠올라 상심이 앞선 뉴구루씨가 눈시울을 붉혔다.

이때 홍시, 홍주 형제가 들어오더니 인사하여 말했다.

"큰아버지들께서 지금 오사도 선생과 얘기중이십니다. 저희들이 아버님을 뫼시러 왔습니다."

윤진은 대꾸도 하지 않았고 일어나라는 말도 하지 않았다.

"몸은 밖에 있지만 마음은 항상 북경을 향했었지."

윤진이 마침내 차갑게 입을 열어 말했다.

"듣자니 메뚜기 싸움 붙이는 놀음엔 너희 둘을 당해낼 사람이 없다던데, 다섯째삼촌네 둘째형도 이겼다고?"

결코 호의적이지 않은 윤진의 말에 겁에 질린 아이들은 감히 숨소리도 크게 내지 못하고 있었다. 윤진의 훈계가 이어졌다.

"자고로 군자의 은혜는 5대째는 끊긴다고 했어. 순치황제부터 보면 너희들은 벌써 4대째야. 정신 차려, 이것들아! 홍력이 좀 봐! 벌써 당시(唐詩) 몇백 수는 거꾸로도 줄줄이야. 그런데 명색이 형이라는 너희들은 과연 몇 수나 자신있게 외울 수 있겠어? 빗속에서 얼마나 쏘다녔으면 옷이 그게 뭐냐?"

한바탕 호통치고 난 윤진이 금세 한결 부드러워진 표정으로 좌중을 둘러보며 말했다.

"너희 둘은 공부방에 가서 오늘 내로〈권학편(勸學篇)〉을 외우고 '군자부자기(君子不自棄)'란 제목으로 문장을 지어오도록 해. 내일 저녁에 검사할 테니!"

말을 마친 윤진은 곧 횅하니 나가버렸다.

"기다린 보람이 있군. 냉면왕이 드디어 모습을 드러낸 걸 보니!"

안으로 성큼 들어서는 윤진을 발견한 맏이와 셋째가 반색을 했다.

"동성에서 자그마치 백만 냥이나 해결하고 왔다며? 아우는 정말 대단해. 개선영웅이 따로 없어. 그것도 모자라 오자마자 호부에 짐싸들고 갔다며? 우린 이제 먼발치에 밀려나 눈 뒤집어지게 구경이나 하는 수밖엔 없겠어!"

맏이가 수다쟁이가 된 듯 떠들어댔다. 그러자 윤진이 드 사람에게 인사하고 한 켠에서 미소를 지으며 자신을 바라보고 있는 오사도를 향해 고갯짓을 해 보이며 말했다.

"놀리지 마세요. 요즘 들어 부쩍 노여움이 많아지신 아바마마를 좀 기쁘게 해드리느라 노력 좀 했을 뿐인 걸 가지고. 자, 모처럼 만났으니 조촐하게나마 술 한잔 하면서 회포나 풀어보죠. 오 선생, 그동안 별일 없었지?"

오사도는 언제나 그렇듯이 윤진을 향해 돈 주고는 살 수 없는 미소를 띠웠다. 무덤덤해 보이고 가냘퍼 보이길 저녁 짓는 민가의 굴뚝에서 피어오르는 연기같지만 주고 받는 두 사람은 그 속에 담긴 진의를 알고도 남았다.

그날 저녁 민감한 사안을 애써 비켜가며 네 사람은 피곤하지만 겉으로는 화기애애한 분위기 속에서 술상을 마쳤다.

"오늘저녁 모처럼 즐거웠어!"

맏이가 과장된 웃음을 웃으며 말했다.

"술시(戌時)는 지났지? 먼길 오느라 여독이 안 풀렸을 텐데 우리도 그만 돌아가야지, 셋째아우?"

자리에서 일어나며 삼황자 윤지가 오사도의 손을 잡으며 그냥 해본 말처럼 가볍게 그러나 의미심장하게 말했다.

"오늘 보니까 문장실력이 대단하던데, 시간이 날 때 우리 집에도 종종 드나들면 최상급 대우를 해드릴 걸 약속하지. 잊지 말고 얼굴 좀 자주 보여주오. 우리집에도 내로라 하는 문장가들이 많소."

술 마시는 내내 말이 고파 어떻게 참았을까 의심스러울 정도로 두 사람은 오사도에게 지나친 친절을 베풀고 있었다. 이를 지켜보는 윤진의 얼굴엔 삽시간에 웃음기가 가뭇없이 사라져 버렸다. 오사도는 지팡이에 의지한 채 웃으며 말했다.

"셋째마마의 은혜 죽는 그날까지 깊이 간직하겠습니다. 하오나 공교롭게도 형의 건강이 악화되어 넷째마마께서 챙겨주신 노자로 곧 고향으로 돌아가야겠습니다. 언젠가 북경에 다시 올 기회가 있다면 꼭 찾아뵙겠습니다."

책잡힐 데 없는 오사도의 말에 윤진은 흐뭇해 했다. 그러나 이들이 다시 엿가락처럼 물고 늘어질 것을 우려한 윤진은 곧 입을 열어 물었다.

"두 분 형, 다른 일은 없으시고요?"

"오늘은 작심하고 자네를 보러왔을 뿐이지 다른 일은 없어."

맏이가 이같이 말하며 교묘하게 본론을 꺼냈다.

"내가 아끼는 문하(門下) 하나가 어제저녁 울며불며 찾아왔길래, 연유를 물어보니 호부에서 무슨 짓을 해서라도 빚을 갚으랜다나? 가진 게 아무 것도 없는데 너무 닦달을 해대면 자긴 서까래에 목매고 죽는 수밖엔 없다더군? 은근히 정이 많은 넷째마마인데, 그렇게 무지막지한 사람으로밖에 안 보이느냐고 충분히 시간을 줄 거라고 내가 아주 혼내줬어. 잘했지?"

윤진은 이들의 작당에 어처구니 없었지만 웃음을 잃지 않고 말했다.

"우리야 태자마마께서 이끄는 대로 따라갈 뿐이죠? 어떻게든 잘 되겠죠!"

자신은 어떻게 말을 붙일까 부심하던 셋째는 결코 허점을 보이지 않는 윤진에게 실망한 나머지 입가에서 맴돌던 말을 꿀꺽 삼켜버리고 말았다. 그러자 맏이가 웃으며 말했다.

"그렇지! 칼자루는 태자마마가 잡고 있을 테니까! 우리도 그렇게 생각해!"

겨우 두 찰거머리를 떼어내고 방 안엔 드디어 윤진과 오사도 두 사람만 남았다. 지칠 줄 모르는 빗줄기가 파초(芭蕉) 잎을 신나게 두드리고 있었다. 한참 후에야 거친 숨을 내쉬며 윤진이 입을 열었다.

"사실 우리 둘이 독대하기는 이번이 처음이지. 그래, 내가 사는 이곳이 나쁘진 않지?"

"그럼요."

오사도가 가벼운 한숨을 지으며 말했다.

"저에 대해 넷째마마께서도 어느 정도는 알고 계시리라 믿어마 지 않습니다. 저 역시 넷째마마의 처지를 조금은 알 것 같습니다. 인생을 살며 진정한 친구 한 명만 있으면 큰부자가 부럽지 않다고 했습니다. 몸도 성치 않은 저를 송구스러울 정도로 예우해 주시는 넷째마마의 은혜 백골난망이옵니다. 이제 대탁과 마찬가지로 넷째마마의 영원한 수족이 되어 드릴 것을 약속드리는 바입니다."

"그런데 그대는 대탁과는 다르오."

윤진의 눈빛이 한밤의 촛불처럼 유유하게 빛났다.

"난 그대를 스승으로 예우하고 싶소!"

믿기지 않는다는 눈빛으로 윤진을 바라보던 오사도가 시선을 떨구며 말했다.

"송구스럽습니다. 한낱 변변찮은 포의(布衣, 벼슬이 없는 선비) 인 저를 그렇게 생각해 주신다니! 유명한 고팔대(顧八代) 어른이 넷째마마의 계몽스승인 걸로 알고 있습니다. 그런데 제가 어찌 스승이란 호칭을 받을 수가 있겠습니까?"

자신이 큰 잘못이라도 저지른 양 어찌할 바를 몰라 하는 오사도 를 보며 윤진이 말했다.

"그렇게 부담스럽다면 난 친구인 양 스승인 양 그대를 대해주는 수밖엔 없겠소. 날로 복잡하게 돌아가는 시국에 그대 같은 지혜주 머니가 있다는 게 얼마나 다행인지 모르오."

얼굴이 상기된 채 찻잔을 입가에 가져가던 오사도의 눈빛이 어두워져 갔다.

"꿈은 야무졌지만 되는 일이 없었습니다. 모든 게 운명이고 팔자이고 하늘의 뜻이라고 생각하여 스스로 포기하기에까지 이르렀습니다. 몇 개월 동안 팔자에도 없던 대접을 받으며 이곳에 머무르는 동안 넷째마마의 어려움은 당장 눈앞의 호부와 이부의 일 때문은 아니라는 걸 느끼게 되었습니다. 그것은 바로 어이 할 수 없는 집안싸움입니다!"

순간 흠칫 놀라 찻잔의 물을 쏟을 뻔했던 윤진이 오래도록 오사도를 주시하더니 물었다.

"무슨 소문이라도 들은 거요?"

"그런 건 없습니다."

오사도가 냉정하게 말했다.

"넷째마마와 십삼마마께서 호부의 일을 미처 마무리짓지 않은 채 안휘성으로 피난을 갈 수밖에 없었던 절박한 이유가 있었던 겁니까? 진정 치하(治河) 때문이었다면 어찌하여 호부에 치하대금을 요청하지 않으시고 안휘성 현지에서 자체적으로 해결할 수밖에 없었던 겁니까?"

"……"

"한마디로 태자마마의 위치가 위태롭게 흔들리고 있기 때문입니다."

오사도가 말했다.

"군신간의 불신, 부자간의 불화, 형제간의 불친은 결국 종묘사직의 불행으로 이어질 수밖에 없습니다."

반박할 여지조차 주지 않는 오사도의 단호함에 놀란 윤진은 그저 놀라운 시선으로 오사도를 바라볼 뿐이었다. 오랜 침묵 끝에 윤진이 입을 열어 말했다.

"과연 경사(京師, 북경)에는 태자가 곧 폐위당할 거라는 소문이 나돌고 있는 건 사실이오. 하지만 이번에 돌아와 마마도 뵙고 태자도 만나보고 나니 그것은 전혀 근거없는 간신배들의 수작에 불과하지 않다는 생각이 들었소."

윤진의 말에 오사도가 웃으며 말했다.

"태자마마의 위태로움은 마치 꽃잎에 애처롭게 매달려 있는 아침이슬과도 같습니다! 불가항력이라 볼 수 있습니다. 강희 36년 청해성(靑海省)으로 서정(西征)을 떠나셨던 마마께서 본인의 감기를 이유로 들어 북경에 남아 후방의 군무(軍務)를 보고 있던 태자마마를 천리 길도 마다 않고 부르실 때부터 마마께선 태자마마에 대한 불신이 그만큼 깊었던 것입니다! 전 상서방대신이었던 소어투가 강희 42년 일명 '태자당'을 동원하여 마마의 남순(南巡)을 기회삼아 태자를 등극시키려고 했던 움직임은 결국 무산되고 말았고, 그로 인해 소어투의 정치생명이 치명타를 입은 걸로 끝난 것 같았지만 마마께서 그 충격에서 쉬이 헤어나오실 수 있었겠습니까? 넷째마마, 태자마마가 정녕 든든한 산 같은 존재라면 어찌하여 하루 건너 장원을 사들이고 은신처라고밖에 표현할 수 없는 그런 제3의 장소를 만드는데 급급하시겠습니까? 언젠가는 이 강산을 한 손에 움켜쥐시게 될 분이!"

오사도의 말을 속으로 곱씹어보며 윤진이 탄식조로 말했다.

"그는 원래 없으면 꿔서라도 즐겨야만 하는 전형적인 향락주의자였으니까."

"넷째마마께선 그렇게 생각하십니까?"

오사도가 갑자기 크게 웃으며 말했다.

"천만의 말씀입니다! 자고로 사대부들은 전답을 구하고 사옥(舍屋)을 얻으러 다니는 걸 창피하게 생각해 왔습니다. 태자마마께선 바로 자신을 교묘하게 덮어감추기 위한 수단으로 자신은 결코 대권에 야망이 없다는 것을 재물에 대한 탐욕으로 내보였을 뿐입니다!"

오사도의 적나라한 해부에 정신이 번쩍 든 윤진이 몸을 흠칫 떨며 이빨 사이로 웃음을 뱉어냈다.

"부자간의 불신이 이 지경에 이르렀다는 건 정말 불행한 일이 아닐 수 없군! 태자마마가 이런 머리나 쓰고 있노라니 애꿎은 우리만 잡는 거지……."

윤진은 힘없이 고개를 저었다. 오사도가 다시금 입을 열어 말했다.

"태자마마께서는 교묘하게 자신을 위장하고 있지만 실은 제대로 임자를 만난 겁니다! 당금천자께서는 오백 년해 한 번 나올까 말까 하는 성군(聖君)이시온데 아무리 고령이시라지만 태자마마의 속내를 꿰뚫어보신 지 오래 되셨을 겁니다. 여터 토지 재측량을 비롯해 부세(賦稅) 제도의 개혁, 하도(河道)와 조운(漕運)의 보수, 국고회수 작업의 전개 등 태자마마를 믿고 닫긴 굵직굵직한 사업들이 제대로 이뤄진 게 하나도 없지 않습니까? 이번에 열하로 순시를 떠나실 땐 전과는 달리 태자마마까지 동행하길 원하시는 것과 육경궁의 시위들이 3개월에 한 번씩 바뀐다는 것은 무엇을 뜻하겠습니까?"

윤진은 시간이 갈수록 가슴이 세차게 뛰었다. 커룽둬가 곧 순천부를 맡는다는 사실을 떠올리고 태자의 왼팔, 오른팔로 알려진 자신의 처지를 생각하며 윤진의 이마엔 식은땀이 송골송골 배어나왔다. 한참 진정을 취한 후에야 윤진은 탄식조로 입을 열어 말했다.

"오늘저녁 그대와 독대하면서 실로 책을 몇 수레나 읽은 것보다 큰 소득이 있소. 하지만 무슨 일이 있더라도 난 결코 태자와의 군신(君臣)의리를 저버릴 순 없소. 죽이 되든 밥이 되든 영원한 일당(一黨)으로 남는 수밖엔 없소!"

"맞는 말씀이긴 합니다만……."

오사도가 머리를 끄덕였다.

"그러나 얼마간의 여유는 남겨놓아야 합니다. 진인사대천명(盡人事待天命)이라고, 최선을 다 했으면 천명을 기다리셔야 합니다. 현재로선 태자마마께서 세심혁면(洗心革面)할 수 있는 가능성은 거의 없습니다. 만약 3년 내에 태자마마께서 폐위당하지 않는다면 넷째마마께선 저의 눈동자를 후벼 내십시오!"

크게 흥분하여 실내를 서성이던 윤진이 곧 평온을 회복하며 말했다.

"내가 몰매를 맞아가며 겨우 숨통을 열어 놓으면 태자는 훼방이나 놓고 다니니! 이번에도 빚을 자그마치 45만 냥이나 지고 있었소! 연말에 갚는다고 하는데 마마께선 시월이 되기 전에 마무리짓고 손떼라 하셨소. 나로선 고민이 이만저만 아니오!"

이에 오사도가 놀라워하며 물었다.

"마마의 뜻이라며 겉을 쳐보시지 그랬습니까?"

"그런 것이 먹히면 둘째형이 아니지."

윤진이 말했다.

"보기엔 연약하고 온순해 보이지만 의외로 엿가락처럼 질질 늘어붙는 면이 있다오. 귀에 거슬리는 진실을 받아들이지 못하고 슬쩍 귀띔을 줄라치면 바보인 척하고 아주 피를 말리는 그런 부류의 사람인 걸."

잠시 생각에 잠겨 있던 오사도가 찻잔을 내려놓더니 말했다.

"45만…… 결코 작은 액수는 아니지만 그리 대단한 것도 아닙니다!"

"그게 무슨 말이오?"

"우리가 먼저 채워 넣으면 됩니다!"

"아니?"

윤진이 대경실색하여 소리치듯 말했다.

"죽었다 깨나도 내겐 그럴 돈이 없네…… 그렇다고 여덟째네한테 아쉬운 소리 한다는 건 곧 돌을 들어 제 발등 찧는 격이 될 테고……."

지팡이를 겨드랑이에 끼고 창가로 다가가 지칠 줄 모르는 빗줄기를 지켜보던 오사도가 천천히 입을 열어 말했다.

"제게 있습니다!"

윤진이 크게 놀라 물었다.

"그대가 강남세가(江南世家)라는 말은 들었지만 그 정도인 줄은 몰랐소."

"아닙니다."

오사도가 쓸쓸한 웃음을 지으며 고개를 저으며 말했다.

"전 아무 것도 없는 거렁뱅이입니다. 단지 이번에 북경에 들어와 의외의 횡재를 했을 뿐입니다……."

이같이 말하며 그는 안주머니에서 뭔가를 꺼내어 손바닥에 올려놓고는 말했다.

"넷째마마, 이걸 좀 보십시오!"

윤진이 다가가 보니 포도알 만한 물건이 파르스름하고 기이한 빛을 발하고 있는 게 아닌가. 그것은 보석이 틀림없어 보였다. 윤진이 말했다.

"내가 보기엔 조모록(祖母綠)이란 보석인데, 5만 냥 정도는 할 것 같네……."

"10개면 50만 냥이란 말씀이네요."

오사도가 웃으며 말했다.

"그러나 어찌 10개뿐이겠습니까? 제겐 이런 보석이 적어도 18개는 있습니다. 다른 금은보화까지 합치면 못 돼도 300만 냥 이상은 되지 않을까 싶습니다. 그러니 그깟 45만 냥 때문에 골치아파 하실 건 없지 않겠습니까……."

허튼소리를 할 오사도가 아니라는 데 윤진은 더욱 놀라 물었다.

"어디서 이렇게 어마어마한 거금이 생긴 거요? 정체불명의 돈은 없느니보다 못하다는 걸 알지?"

다시 자리에 돌아가 앉으며 오사도가 말했다.

"세상엔 주인 없는 재물이 부지기수입니다. 전 그 재물로 주인인 넷째마마의 우려를 덜어드리려는 마음 뿐입니다."

윤진은 더 이상 말이 없었다. 오사도의 말이 이어졌다.

"이 물건들은 지금 대혜사(大慧寺)에 있습니다. 적어도 백년은 더 된 주인 없는 재물이지만 우리가 가져오지 않으면 언젠가는 중들의 소유로 될 게 뻔합니다. 어찌 됐건 주인 없는 재산을 나라를 위한 일에 쓰이는 게 어디 나쁜 일입니까. 그렇지만 이 일은 하늘과 땅 그리고 우리 두 사람만 아는 걸로 족하겠습니다……."

"그리고 우리도!"

갑자기 문밖에서 한바탕 떠나갈 듯한 웃음소리가 들려오는가 싶더니 곧 승복 차림의 스님 두 명이 들어섰다. 한 사람은 문장이 높고 또 한사람은 무예가 출중한 문각과 성음이었다.

노인이 되어 백발이 성성한 문각은 윤진을 보좌하여 북경의 여러 선림주지(禪林主持)들과 끈끈한 왕래를 유지하게 하는 윤진의 충실한 측근이었고, 성음은 윤진의 자택 북쪽에 위치한 점간처(粘竿處)에 있으면서 하인들을 교육시키고 자녀들에게 무예를 가르치고 있었다. 놀란 가슴을 쓸어내리며 윤진이 웃으며 말했다.

"우리 얘기가 그렇게 멀리서도 다 들려, 성음?"

이에 성음이 웃으며 말했다.

"제가 전음법(傳音法)을 터득했지 않습니까? 이만한 거리면 똑똑히 들린답니다."

"저는 이상한 것을 쫓아다니고 끝까지 궁금해 하는 기호가 있습니다."

오사도가 말을 이었다.

"대혜사에서 며칠 동안 박혀 있으면서 심심한 나머지 절 경내에 있는 비석이란 비석은 다 읽어보고 다녔습니다. 그곳은 원래 명나라의 태감이었던 이영정(李永貞)이 지은 집이었다는 게 밝혀지면서 제가 부쩍 흥미를 느꼈던 겁니다. 얼마나 어마어마한 부자였으면 오장육부도 전부 금으로 도배되었을 거라는 소문까지 돌았던 이영정이었는지라 호기심에 여기저기를 주의깊게 둘러보고 다녔습니다. 어느 날 보니 신고(神庫) 쪽에 아직 매장되지 않은 나무로 조각된 불상이 있었는데, 기록에 나와 있는 것과 아주 흡사했습니다. 밑둥을 보니 바로 천계(天啓) 5년에 만들어졌다는 기록이 나와 있었습니다. 〈소풍잡기(嘯風雜記)〉라는 기록에 의하면 대부호

이영정은 금은보화로 사람들의 조각상을 만드는 게 취미였는데, 위충현(魏忠賢)이란 사람의 조각상을 만들 때는 제법 많은 양의 보석이 오관(五官)을 만드는데 사용되었다고 나와 있습니다. 그때 책에서 본 기억을 애써 떠올리고 다시 이곳에 있는 나무 조각상을 보니 그것은 위충현의 얼굴 모양이 틀림 없었습니다. 오랫동안 방치되어 흙으로 도배되어 있는 조각상을 깨끗이 닦아내고 시험삼아 눈 부위를 꼬챙이로 파 보았습니다. 그러자 아니나다를까 네 개의 조모록(祖母綠)이 모습을 드러내는 게 아닙니까? 3개는 절에 숨겨 놓고 하나만 들고 나왔습니다."

불가사의한 일이 벌어졌지만 그것은 사실이었다. 세 사람의 휘둥그래진 눈이 좀처럼 원상태로 돌아올 줄 몰랐다.

"그 일대는 분명히 금고(金庫)입니다. 위충현은 구천세(九千歲)라고 불리웠기 때문에 도리대로라면 그런 조각상이 9개는 있어야 합니다. 그 엄청난 세월 동안 세인들에게 발견되지 않고 있던 조각상이 저에 의해 진가를 발휘할 수 있는 기회를 찾았다는 건 곧 하늘이 넷째마마에게 내려주신 선물이 아닐까 합니다! 나머지 8개를 찾아내는 건 그다지 어려운 일이 아닙니다. 십삼마마께서 절을 보수해 준다는 명목하에 사람들을 시켜 제가 말하는 곳을 파보면 분명히 있을 겁니다……."

마치 누군가의 잠꼬대를 듣고 있는 것 같이 기상천외했다. 하지만 실내는 물 뿌린 듯 고요했다.

진심으로 자신을 위하는 오사도를 바라보는 윤진의 가슴은 감동의 물결이 소용돌이쳤다. 그런 윤진의 마음을 읽은 듯 오사도가 빙그레 웃으며 말했다.

"'대장부는 자신을 알아주는 사람을 위해 죽고, 여자는 자기를 좋아해주는 남자를 위해 연지를 바른다[士爲知己者死, 女爲悅己者容]'고 했습니다. 사패륵께서 국사(國士)로 저를 대해 주심에 깊이 감사드릴 따름입니다!"

15. 황궁에 부는 바람

윤상이 다시 호부로 돌아오자 윤진과 윤상이 자리를 비움으로써 사실상 유명무실했던 국고 회수작업이 다시 본격화되기 시작했다. 좋아라 했던 북경의 관가는 어느새 한껏 긴장감에 휩싸였다. 일손이 부족하다고 판단한 윤상은 전에 자신이 키워온 병사들 가운데서 40명을 엄선하여 훈련을 거쳐 요소요소에 배치했다. 그리고는 추위(秋闈) 공생(貢生)들 중에서 이불과 전문경 등등을 선발하여 시세륜을 돕게 했으며 자신은 오직 강아지, 송아지만을 데리고 진두지휘하기로 했다.

매일 인시(寅時), 진시(辰時), 사시(巳時)를 기해 한 번씩 현황을 보고받을 뿐만 아니라 수시로 금액을 집계하고 빚진 관원들을 불러 설득하고 협조공문을 띄우는 등 아침부터 저녁까지 덩치가 커다란 호부는 마치 광풍을 동반한 호우처럼 북경 관가를 두려움에 떨게 했다.

그렇게 노력한 결과 추석을 눈앞에 두고 국고는 대부분 회수되었다. 약속대로 가장 큰 덩어리에 속하는 광동총독 무단도 북경으로 와주었다. 그러나 그도 위동정, 조인, 무즈쉬 등과 마찬가지로 엄연한 개국원로이며 강희제의 정권 초기에 황제를 목숨 걸고 보필해 온, 결코 재물로 그들과 강희황제의 끈끈한 정을 재단할 수 있는 사람이 아니었다. 신분을 굳이 따지자면 일품대신에 불과하겠지만 말이다.

강희는 사람을 대함에 있어 자신과 혈통관계에 있을수록 매정했고 엄격했다. 위동정을 비롯한 무단과 무즈쉬 등 일등공신들은 강희의 또다른 재산이었다. 비록 각자 떨어져 있지만 그것은 서로가 더욱 끈끈한 정을 영구히 유지하기 위한 강희의 '적당한 거리감'이었을 뿐, 강희는 노년의 그들을 끔찍하게 위해 왔다. 지난번 떠들썩하던 국고 회수작업이 흐지부지해진 것도 몇몇 관원들의 잇따른 죽음과 이에 따른 거센 항거 때문이라고는 하지만 사실은 큰 비중을 차지하는 이네들을 마땅히 어찌 할 수 없었던 형평성 때문이었다.

이번에 다시 칼을 뽑아든 윤상으로선 어떻게든 이 난관을 돌파해야 했다. 위동정과 무즈쉬가 건강을 이유로 못 오고 단지 무단과 조인만이 북경에 도착했다는 것이다. 윤상은 미리 시세륜을 불러 뭔가를 지시하고는 곧바로 윤진을 찾아 창춘원으로 향했다. 아홉 마리의 맹수가 새겨져 있는 관복에 금계보자(錦鷄補子)를 달고 머리엔 산호화령(珊瑚花翎)으로 바꿔 쓴 연갱요가 오랜만에 그야말로 신분상승을 하여 창춘원 입구에 나타났다. 이를 본 윤상이 웃으며 말했다.

"어허! 큰 건수 하나 올렸구만! 북경엔 언제 도착했지?"

"예, 십삼마마!"

연갱요가 한쪽 무릎을 꿇어 인사하며 말했다.

"사흘 째입니다. 마마를 뵙고 나오는 길입니다. 마마께선 이번에 동성에서 임무를 잘 완수하고 돌아왔다며 즐거워 하셨습니다. 마침 사천성(四川省) 제독(提督) 자리가 비어 있어 그리로 보내주신다는 성은(聖恩)이 계셨습니다. 이제 떠나면 자주 못 뵐 것 같아 아쉽습니다."

어느새 나와 눈을 씽긋거리고 있는 송아지와 강아지를 발견한 윤상이 웃으며 말했다.

"얘들아 봤지? 너희들의 훌륭한 본보기시다! 또한 분투해야 할 목표이고! 넷째마마를 잘 섬기면 나중에 붉은 정자(頂子)쯤은 차려질 것이다! 얼마 전에는 대탁이 이곳을 떠나 승진하여 복건성(福建省) 장주(漳州) 도대(道臺)로 갔잖아. 지난 번에도 고복에게 말했듯이 차 나르고 마당 쓸고 하는 데만 만족하지 말고 주인이 구름이면 넌 비가 되어 내리고 주인이 용이면 넌 바다가 될 각오를 하고 있는 게 진정한 부하의 자세야!"

두 아이는 알아듣는 둥 마는 둥 고개만 열심히 끄덕였다.

이때 연갱요가 웃으며 말했다.

"십삼마마, 태자마마와 왕섬 어른은 막 상경한 무단 어른과 함께 담녕거에서 폐하와 말씀중이시고, 넷째마마께선 진시(辰時)경에 귀가하셨습니다. 태자마마를 뵙기 위해 오셨다면 여기서 대기하시고 넷째마마를 뵈시려면 저랑 동행하는 게 어떻겠습니까?"

언제 보나 물에 물탄 듯 술에 술탄 듯 흐리멍텅해 있는 태자를 떠올리며 고개를 요란하게 저으며 윤상이 말했다.

"그게 좋겠어."

두 사람이 막 발걸음을 옮기려 할 때 연갱요가 갑자기 주위를 두리번거리더니 뭔가 비밀을 말하려는 듯 목소리를 낮춰 말했다.

"아직 모르시죠? 방금 하주가 그러는데 대천세(大天歲, 태자)께선 직친왕(直親王)으로, 셋째마마께선 성군왕(誠郡王)으로, 넷째마마께선 옹군왕(雍郡王)으로, 다섯째마마는 항군왕(恒郡王), 일곱째마마는 순군왕(淳郡王), 여덟째마마는 염군왕(廉郡王)으로 각각 봉해지셨다 합니다. 십삼마마께서도 패륵(貝勒)으로 승진하셨다 합니다! 진심으로 축하드립니다!"

"그래?"

윤상이 놀라운 기색을 보이더니 이내 다소 누그러진 말투로 말했다.

"여섯째형이 살아 있었더라면 좋았을 텐데, 뭐가 그리 급해 벌써 떠났는지? 그럼 아홉째와 열째마마는?"

"저도 궁금해서 물어봤더니 하주도 모른다고 했습니다."

연갱요가 말했다.

"내무부에서 이에 관한 발표문을 작성중이고, 며칠 후에야 대외에 공식적으로 발표한다고 합니다! 십일, 십이마마를 건너뛰어 십삼마마께서 패륵으로 봉해진 데 대해 정말 축하드립니다!"

연갱요의 말에는 관심없이 오로지 다른 생각을 열심히 하고 있던 윤상이 말했다.

"알고보면 그런 직함은 다 사람을 옭아매는 족쇄야 족쇄. 축하하고 자시고도 없어."

한편 자신의 집 만복당에서 윤상의 보고와 연갱요의 축하를 받은 윤진 역시 전혀 감동하는 기미가 없어 보였다. 왕으로 봉해진 건 물론 기쁜 일이었다. 하지만 여덟째까지만 봉해지고 끊겼다는 것에 윤진은 석연치가 않았다. 오사도의 두뇌를 빌리자면 태자에 대한 황제의 불신이 어느 정도라는 걸 단적으로 말해주고 있다는 것이다. 태자를 믿는다면 황자들의 왕위를 서둘러 결정할 것이 아니라 대권을 승계받은 태자가 친히 왕을 봉하게끔 하여 황자들 간의 우애를 도모하고 주종간의 의를 강화하는 게 인지상정이라고 했다. 하지만 황자들 전부가 아닌 여덟째까지만을 미리 왕으로 봉했다는 건 곧 황제가 이들 황자들을 자기 편으로 매수하여 태자의 권력이 강화되는 걸 미연에 방지하려는 의도가 엿보인다고 오사도는 말했다. 이에 따른 이점과 폐해를 따져볼 땐 그러나 더러만 봉하느니 다같이 평등한 그 시절이 더 좋을 듯하다는 말도 오사도는 덧붙였다.

한참 생각에 잠겨 있던 윤진이 말했다.

"그건 그렇고 연갱요 자네, 사천성 제독으로 발령난 걸 진심으로 축하하네. 강아지, 송아지 너희들도 들거라."

두 아이가 좋아라 들어왔다. 그러자 윤진이 크게 숨을 들이마시며 말했다.

"이젠 하루가 다르게 나이도 들고 키도 크고 어른이 되어가는데 너희들도 마냥 노는 데만 정신 팔려선 안 돼. 내가 너희들을 얼마나 예뻐하는데 연갱요처럼은 못 될지언정 사고나 치고 다녀서야 되겠어?"

윤진의 관심어린 훈계에 송아지가 씨익 웃으며 말했다.

"그 뒤론 별로 사고친 일 없습……."

"없긴 왜 없어."

윤진이 따지듯 말했다.

"오냐오냐 했더니 이놈들이 간덩이가 부었어. 며칠 전엔 여덟째네 담벽을 헐어 팔아 먹으려고 했었다며?"

사실을 전혀 모르고 있던 윤상이 깜짝 놀라는 표정을 지었다. 자신이 호부에서 데리고 있는다고는 하지만 워낙 풀어주는 편이다 보니 그럴 법도 했다. 그러나 못내 황당한 윤상이 물어 말했다.

"너희들 어느새 거기까진 또 가서 사고쳤어?"

더 이상 숨길 수가 없다고 생각한 강아지가 실토를 했다.

"정확히 닷새 전인데요. 송아지랑 선무문(宣武門)에 놀러갔는데 인부들이 집을 짓고 있었습니다. 그런데 원자재가 너무 비싸 단가가 높아진 것을 이유로 들어 주인이란 자가 인부들의 인건비를 제대로 내주지 않는다고 인부들이 툴툴대는 걸 들었지 뭡니까? 하도 안 돼 보여 그 주인을 한번 곯려주려고 맘 먹었습니다. 여덟째 마마께서 담벽을 새로 교체할 텐데 낡은 벽돌이 필요하면 헐값에 사게끔 해준다고 살살 꼬셨죠. 그런데 그자가 믿지를 않아 저희가 여덟째 마마댁에서 일하는 하인이라고 속이고 조양문으로 데려갔었습니다. 제법 그럴 듯하게 속이기 위해 이만큼 헐 텐데 벽돌이 얼마쯤 나오겠느냐며 줄자로 재게 했습니다……."

아이들의 말에 귀기울여 듣던 윤상이 웃으며 말했다.

"여덟째 마마댁의 경계가 얼마나 삼엄한데 네깟것들이 가서 줄자를 들이대게 해?"

그러자 송아지가 말했다.

"미리 사전답사를 하여 문지기를 구워 삶았죠. 우리는 셋째 마마댁에서 왔는데 여덟째 마마의 담벽 모양이 멋있다며 똑같이 하고 싶은데, 좀 폭이나 길이를 재 갈 수 없겠냐고 했더니 흔쾌히 승낙을 하는 겁니다……. 그날로 그 비인간적인 주인에게서 선금으로 스무 냥을 받아챙겨 인부들에게 몰래 나눠주고는 이튿날 만나기로 한 장소에 안 나간 걸로 끝입니다."

아이들의 말에 연신 고개를 끄덕이던 윤상이 급기야 뒤로 벌렁 넘어가며 웃었다.

"그 담벽이 헐렸을 리는 없고 너희들 잘 했으면서 잘못했어……."

이때 윤진이 안색을 흐리며 말했다.

"이런 일은 한 번으로 족하다는 걸 분명히 못 박아둔다! 내가 떠나갔던 너희들을 다시 받아주며 뭐라 그랬어? 물론 십삼마마를 따라 호부에 나가 있을 땐 십삼마마가 시키는 대로만 하면 되겠지만 나머지 시간엔 나의 방식에 따라야 한다고 말했지? 아무튼 이번은 용서하지만 잘해! 알았어?"

두 아이가 알겠노라며 연신 다짐하고 나갔다. 그제야 윤진이 말했다.

"어제 무단을 만나 확인했는데, 이들 원로들이 진 빚 400만 냥 가운데서 대부분은 마마께서 몇 번씩 남순(南巡)하실 때 쓰여진 게 분명했어. 그런 공적인 일에 사용되는 돈은 제때에 관가의 결재를 받을 수도 있었는데 일이 이 지경에 이르러 개인적으로 노장군에게 참 모질게 한다는 생각에 마음이 편치 않다고 했더니. 무단은 오히려 날 위로하는 거 있지? 그리고 언제가 될지는 모르지만 꼭 갚겠노라고 하는 걸 보니 내가 실로 모처럼만에 가슴이 찡했어. 그들이야말로 오늘이 있기까지 온몸으로 충성해 온 우리 대청(大淸)의 소중한 재산이야. 그런데 살림살이가 뻔한데 그 엄청난 빚을 갚는다는 건 현실적으로 불가능하다는 생각이 들어. 그래서 내 생각인데 막판에는 폐하께서 쌈짓돈을 풀어놓으실 것 같아."

이에 연갱요가 웃으며 말했다.

"그렇게만 빨리 추진된다면 십삼마마와 시세륜 어른이 이 고생 안 해도 될 텐데 말입니다."

"폐하께서도 고민이 이만저만 아니실 거야."

윤상이 큰소리로 웃으며 말했다.

"창춘원을 보수하고 피서산장을 짓느라 돈을 많이 썼거든. 마마로선 체면상 더 이상 나랏돈으로 어떻게 도와주란 말씀은 못하시고 말 그대로 자신의 쌈짓돈인데 누군 주고 누군 안 준다는 소리들을 각오까지 하셔야 할 테니까. 그러고 보니 난 지금 아바마마에게 닦달을 해대는 거나 다름없네!"

한참동안 윤상에게 시선을 두고 있던 윤진이 말했다.

"맞는 말이야. 우린 지금 아바마마께서 대내(大內)에 있는 사고(私庫)에서 돈다발[銀標] 꺼내주시기만 기다리는 거지!"

윤진의 얼어붙은 듯한 눈길이 창밖에 꽂혔다. 한참 침묵이 흐른 후 윤진이 한 글자씩 힘주어 말했다.

"폐하께선 분명히 사적인 자리에서 무단네에게 약속을 하셨을 거야. 그러니 우린 조금만 더 버티고 있으면 모든 것이 저절로 해결될 거야. 우리는 신하로서의 직책에 충실하여 나라를 위해 국고를 회수할 수밖에 없어. 하지만 아들된 도리로서는 천자인 아버지를 위하여 군신(群臣)들에게 상내릴 돈도 없이 싹쓸이해 갈 수도 없어……."

"그럼 이제 어떡하죠……."

윤상이 물었다. 그러자 윤진이 말했다.

"태자마마에게 자문을 구하는 것은 허사야. 아바마마의 '자금사정'을 염탐해볼까 해서 담녕거로 몇 번이고 찾아갔었다니까! 말이나 되는 소릴 해야지 원. 내가 오 선생과 상의해 본 결과 무단과 위동정만 빼고 나머지는 그리 없는 형편도 아니고 하니 어떻게든 받아내는 쪽으로 생각해야겠어."

"그러죠!"

해법을 얻었다는 만족감에 윤상이 우렁차게 대답하며 자리에서 일어나 떠나가려고 하자 윤진이 좀더 있다 가라며 잡아당겼다. 윤상이 다시 자리에 앉자 윤진이 연갱요에게 물어 말했다.

"그래 폐하께서는 무슨 말씀이 계셨어?"

"이번에 동성 가서 일 잘했다고 하시며 주인의 정성에 앞으로도 잘 보답하라는 훈화와 덕담이 계셨습니다. 그러다가 태자마마께서 들어오시고 전 곧바로 퇴장했습니다."

"그 다음엔 누구 만난 사람 없어?"

윤진이 심문에 가까운 말투로 물었다.

"실은 나오다가 여덟째마마댁에 떠나기에 앞서 인사올리러 간다는 범시첩을 만났더랬습니다. 여덟째마마댁에 점괘를 기막히게 보는 장덕명(張德明)이란 도사(道士)가 올 거라며 같이 가자는 걸 뿌리치고 오다가 십삼마마를 만나 같이 왔습니다."

범시첩이란 말에 윤진은 잠깐 웃음기를 보였지만 그것은 순간에 불과했다. 윤진이 입을 열어 말했다.

"자네도 내일이면 떠날 텐데 내가 한마디 해주고 싶은 말이 있네. 부디 명심하게."

그러자 연갱요가 시립한 채로 상체를 굽히며 말했다.

"명심하겠습니다."

"앉아. 자넨 비록 나의 문하라고는 하지만 나의 가족이기도 하지."

이 대목에서 윤진의 표정은 한없이 부드러워졌다. 그리고는 얼굴 가득 웃음을 보이며 말했다.

"이번에 제독 자리는 조정에서 자네를 믿고 내준 자리이기 때문에 병사들을 잘 이끌어 조정의 기대에 부응하는 것이 곧 나의 체면을 살려주는 거야. 이게 첫째로 해주고 싶은 말이고, 두 번째는 절대 다른 황자들과 이유없이 어울려 다니지 마. 누가 무슨 일로 언제 찾아 왔었다는 걸 소상하게 제때에 내게 알려줘야겠어. 세 번째는 어지(御旨) 혹은 나의 명령없이는 북경에 자주 드나들지 않도록 해. 워낙 말 많은 곳이고 다사(多事)한 7-을인지라 자네 위치상 자주 모습을 보이는 게 득될 게 하나도 없네. 자네 여동생은 나를 비롯한 여러 사람이 아끼고 있으니 걱정 말고. 내 입에 고기 들어가면 자네 입에도 고기 들어갈 거고 내가 무사해야 자네도 무사한 거야. 무슨 말인지 알겠지?"

"예!"

연갱요가 튕기듯 일어나며 큰소리로 대답했다.

"명심하여 가슴에 아로새기겠습니다!"

"됐네, 가보게."

윤진이 만족스레 웃으며 말했다.

"떠나기 전 복진과 자네 여동생이나 보고 가게. 도착지에서 무사히 도착했다는 소식 알리는 거 잊지 말고."

연갱요를 보내고 난 윤진이 이번에는 윤상에게 의미심장하게 말했다.

"내가 방금 따지듯 연갱요에게 물었던 건 연갱요의 신분상승에 따른 주변의 반응이 궁금해서였어. 아니나다를까 난 보물을 캐냈어. 영웅이란 호기(豪氣)에 죽고 살지만 때론 치밀한 계산이 필요하다는 걸 명심해! 아직 무슨 말인지 잘 모르는 것 같은데 밤에 잘 때 가슴에 손 얹어 놓고 잘 생각해 봐……."

과연 연갱요의 말대로 조양문에 있는 팔패륵부에서는 한무리의 사람들이 장덕명이라는 도사를 기다리고 있었다. 아홉째 윤당과 열째 윤아는 벌써 도착했고 왕홍서, 아링아, 규서 등도 이제나저제나 장덕명을 데리러 간 임백안이 나타나길 애타게 기다렸다. 명목은 여덟째가 염군왕으로 봉해진 걸 축하하러 왔다곤 하지만 정작 당사자인 여덟째는 보이지 않았다.

"아홉째마마!"

왕홍서가 윤당의 옆에 다가앉으며 조급해 했다.

"왜 여태 안 오죠? 그자가 큰소리 뻥뻥 쳐놓고 정작 이 많은 사람들이 보자니까 겁에 질려 못 오는 거 아닐까요?"

그러자 윤당이 차를 마시며 말했다.

"그건 아닐 거야. 큰형이 그러시는데 이런 걸 안 믿기로 소문난 셋째형이 그 사람을 불렀는데, 기막히게 맞추더라는데?"

그러자 이번엔 건청궁(乾淸宮)의 시위로 있는 어룬따이가 기름기 번지르르한 얼굴을 들어 말했다.

"제대로 맞추지만 못해 봐라, 한번 뒈지게 패줄 테니!"

기다리다 못해 짜증섞인 목소리가 여기저기서 오가고 있을 때 임백안이 급히 달려들어와 말했다.

"사람데리고 왔는데 여덟째마마는 어디 계시죠?"

사람들은 한결같이 좀 있으면 올 거라고 했다. 드디어 60살 정도 되어 보이는 백발동안(白髮童顔)의 노인 하나가 몸짓도 날렵하게 날 듯이 걸어오는 게 보였다. 빨간색 두루마기를 입고 머리에 두건을 질끈 동여맨 채 부채를 부치며 나타난 노인은 가까이에서 보니 과연 도골선풍(道骨仙風)이었다. 노인은 보일 듯 말 듯한 미소를 흩날리며 문전에서 좌중을 둘러보았다. 이에 왕홍서가 이죽거리며 차갑게 물었다.

"도사께서는 산중에서 수도는 안 하시고 복잡한 인간세상에 웬일이시오?"

그러자 장덕명이 담담하게 입을 열어 말했다.

"포도(佈道)차 나왔습니다."

그러자 왕홍서가 가당치도 않다는 듯이 푸우 하고 웃어버리며 말했다.

"갈 곳 잃은 구름 속의 학 한 마리가 지쳐서 날아든 곳이 하필이면 재상(宰相) 아문이었구만! 도인(道人)께서 술수(術數)에 능하다는데, 무슨 신통력이라도 있는 거요?"

결코 호의적이지 않는 왕홍서를 오래도록 지켜보던 장덕명이 입을 열어 말했다.

"글쎄? 육부의 사대부들마저 감쪽같이 목빠지게 기다릴 정도면 대단한 술수가 아닌가 싶소!"

이같이 말하며 장덕명은 고개를 뒤로 젖히며 크게 웃었다.

"목이 두 개는 아닌 걸 보니 감히 사이비짓은 아니겠지!"

윤아가 거들먹거리며 다가가더니 장덕명의 어깨를 툭 건드리며 말했다.

"그럼 어디 나부터 봐주쇼?"

잠깐 윤아를 뒤돌아보고 난 장덕명이 말했다.

"열째마마시죠? 제비턱에 원숭이눈이고 빗자루눈썹에 네모난 입이라…… 원래는 대단한 장군감으로 태어나셨는데, 아쉽게도 머리에 너무 찰싹 달라붙은 귀가 다른 주인을 섬기고 있기에 두 가지 기운이 상충하여 살기(殺氣)를 소진하여 버려서 병사들을 이끄는 장군은 못 될 것입니다. 열째마마께선 공명운은 그리 밝지 않으나 장수하시어 아흔네 살까지는 무난하겠습니다."

그러자 윤아가 박장대소하며 좋아라 했다.

"돈, 권력 지금 가지고 있는 것으로도 난 충분하지. 부족할 게 없지만 단명할까봐 전전긍긍했었는데, 이보다 더 좋을 수 있을까!"

이번에는 아홉째에게로 다가온 장덕명이 얼굴을 유심히 뜯어보며 말했다.

"두툼한 입술에 반달 모양의 입, 봉황의 눈에 누에의 눈썹이며 수레바퀴 같은 커다란 귀는 권력의 상징임이 틀림없습니다. 안타까운 것은 독수리코가 조금 파상(破相)을 시켜 쉰네 살 때 한 차례 작은 액운이 따르겠습니다. 그것을 무사히 물리치면 여든까진 장수하겠지만 아닐 경우엔 큰 재앙으로 이어지겠습니다."

갈수록 숙연해진 윤당이 이번에는 장덕명이 시키는 대로 고분고분 왼손을 내밀었다.

가만히 들여다보던 장덕명이 말했다.

"쯧쯧, 집안의 빈비(嬪妃)를 죽인 적이 있네요? 어떡하다 그런 사고가…… 왜 아홉째마마께서 백척간두에서 갱일보(更一步)를 못하시는지 빈도(貧道)는 알 것 같습니다."

윤당의 얼굴 근육이 경련을 일으키듯 푸들거렸다. 빈비를 죽였다는 걸 대놓고 시인하지는 않았지만 그건 사실이었다. 치정에 얽힌 죽음은 아니지만 말썽을 일으켜 땡볕에 벌을 세웠는데 더위를 먹어 죽었던 것이다.

이때 바깥에서 한바탕 와자지껄하는 소리가 들리는가 싶더니 청의(靑衣) 일색인 남자들이 똑같은 차림새로 밀물처럼 밀려들었다. 여덟째가 끼어 있는 걸 발견한 어룬따이가 흠칫 놀라는 기색이 역력했다. 규서가 일어서며 말했다.

"관상에 능한 선장(仙長)께서 이 가운데서 여덟째마마를 찾아보시죠!"

사람들의 시선이 일제히 장덕명에게로 쏠렸다.

16. 황자들의 저항

　장덕명은 전혀 당황한 기색없이 편안한 표정으로 좌중을 둘러보더니 갑자기 실내가 떠나갈 듯 웃으며 말했다.
　"귀인에게는 수증기 같은 구름이 노을을 감싸고 있는 듯한 기(氣)가 감돌고 있나니, 오색(五色)에 미혹당하는 범부(凡夫)의 눈도 아닌 내 눈에 어찌 그것이 안 보일 수 있을까!"
　이같이 말하며 장덕명은 부채 끝으로 하나씩 가리켜 말했다.
　"맨앞에 있는 이는 뼛속 깊숙이 인색함이 그득하고 그 옆에 뱀의 눈을 한 이는 의(義)와는 인연이 없는 것 같고, 또 그 옆은 간사한 끼가 너무 드러났어……."
　이렇듯 하나씩 단정을 내려 말하며 드디어 열한 번째까지 온 장덕명은 그제야 고개를 끄덕여 말했다.
　"이 분이 바로 여덟째마마시네요! 백기(白氣)가 방안 가득 넘치나니 이들 쓰레기 같은 무리에 섞여 있지 않고 자금성(紫禁城)

의 금지옥엽들 사이에 속해 있다고 해도 난 한 눈에 그 범상치 않음을 보아낼 수 있을 것이오!"

순식간에 장덕명에게 간파당한 여덟째는 실소하듯 웃으며 손사래를 쳐 사람들을 내보냈다. 모자와 청의를 벗어내친 여덟째가 시원스런 몸짓으로 자리를 안내하며 말했다.

"진짜 도사를 몰라봐서 미안하오만 어서 앉지!"

"너무 신기합니다!"

규서가 못내 궁금해 하며 말했다.

"기(氣)라는 것이 내 눈에는 왜 안 보이죠?"

"유가(儒家)의 말을 빌리자면 그것은 곧 기우(器宇, 풍채)이지."

장덕명이 느릿느릿 부채를 부치며 말했다.

"하지만 도가(道家)에선 기를 정신이 머무르는 그릇이라 하고 소리도 없고 모양도 없는 것이 맑고 탁함은 있다 하였소."

그러자 이번에는 아홉째 윤당이 뒤질세라 물었다.

"그럼 내겐 어떤 기가 있는 것 같소?"

"아홉째와 열째 마마는 자기(紫氣), 왕홍서 대인과 규서 대인은 청기(靑氣), 여덟째 마마와 어룬따이 군문께선 백기(白氣)가 보입니다."

이같이 말하며 밖에서 하인들과 서 있는 임백안에게 시선이 머무른 장덕명이 혼자말처럼 중얼거렸다.

"저런 사람들은 먼지 같기도 하고 연기 같기도 한 어수선하고 난잡한 것이 기를 운운할 위인들도 못 되지."

한편 여덟째와 자신을 한데 엮어 말하는 장덕명의 말에 크게 놀라는 표정을 지으며 어룬따이가 물어 말했다.

"에이, 내가 어찌 여덟째마마와 같은 기를 갖고 있을 수 있겠소?"

그러자 장덕명이 냉소하여 말했다.

"그럼 당연히 같을 리가 없지? 군문께서는 서방(西方)의 사기(邪氣)가 그득한 백기(白氣)이고 여덟째마마에겐 때론 무지개, 때론 노을과 같은 기운을 잉태하고 있는 그런 왕기(王氣)이기에 같은 백기일지라도 둘은 천양지차이지!"

자신이 왕으로 봉해졌다는 소식을 방금 전에 접한 여덟째로선 퍽 수긍이 가는 눈치였다. 그러자 윤아가 비아냥거리는 투로 이죽거리며 말했다.

"그럼 태자마마와 넷째 십삼마마는 대체 무슨 기를 덮어썼길래 저렇게 재수없지?"

사람들이 킥킥 웃었다. 왕홍서는 전에 오행(五行)에 관한 공부를 좀 하였기에 크게 탄복하며 말했다.

"실로 가인(佳人)이 건네주는 술잔을 받은 것처럼 기분이 미묘(美妙)하군요!"

"그 말만 보더라도 날 칭찬해서가 아니라 미묘할 때 '미(美)'자와 가인의 '가(佳)'자는 결코 그냥 나온 말이 아닙니다."

장덕명이 흥이 올라 한바탕 논리를 펼 태세를 보였다.

"'미(美)'자는 8획(八劃)으로써 '양대(羊大)'라고 파자(破字)가 가능하오. '양(羊)'은 곧 상서로움을 뜻하는 '상(祥)'으로 볼 수 있소. '미(美)'자는 또한 '팔대왕(八大王)'이라고도 파자가 가능한 바 여덟째마마로선 대단한 길상스러움을 간직하고 있다고 보여지오. 그리고 '가(佳)'자는 사람 인(人)변에 천자를 뜻하는 옥 규(圭)자가 있는 바 한 사람이 규옥(圭玉, 천자나 제후가 의식을 거행할 때 손에 쥐었던 옥)을 움켜쥐고 있다는 뜻으로 풀이되는데, 이 역시 8획이니 어느 모로 보나 여덟째마마의 일취월장을 예언하고 있는 게 틀림없소!"

어떻게 해서든 교묘하게 짜맞추어 자신의 환심을 사보려는 노력이 애처롭기까지 한 장덕명을 보며 입꼬리를 치켜올려 실소하던 여덟째가 입을 열어 말했다.

"말이 너무 지나친 거 아니오?"

그러자 장덕명이 결코 그런 것이 아니라는 듯 고개를 저어 말했다.

"사실 여덟째마마는 현재 패륵이지만 섭정(攝政)의 대운이 기다리고 있는 건 사실입니다."

"입 못 닥쳐!"

여덟째가 갑자기 벼락같이 소리지르며 책상을 사정없이 내려쳤다.

"뒷골이 좀 당겨 깊은 산속의 시원한 바람이라도 한 줄기 가져올까 싶어 가볍게 불렀더니 아주 별소리 다하고 자빠졌네! 자네는 지금 나를 불충불의(不忠不義)의 위험한 경지로 내모는 거나 다름없어! 알아? 여봐라, 이 요상하고 사악한 자를 순천부에 넘기거라!"

팔현왕(八賢王)이라 불리는 윤사가 이토록 고래고래 고함지르는 모습은 측근들도 상상할 수가 없었다. 항상 자상한 웃음을 잃지 않아 부처님이 따로 없다는 태황태후의 기휘(忌諱)를 범할 정도로 아슬아슬한 호칭까지 달고 다녔던 여덟째가 아닌가?

사람들은 저마다 사색이 되어 그 자리에 굳어버렸고 실내엔 바늘 떨어지는 소리까지 들릴 만큼 조용했다. 장덕명 역시 여덟째의 고함소리에 놀라 잠시 어안이 벙벙해졌지만 이내 고개를 뒤로 젖히며 크게 웃었다. 패륵부의 하인 두 명이 다짜고짜 손을 대려고 하자 장덕명이 웃음을 멈추며 부채를 휙 접더니 그들을 가리키며 말했다.

"그 자리에 멈춰 서!"

신기하게도 성큼성큼 다가가던 두 사내는 마법에 걸려든 것처럼 그 자리에 멈춰섰고, 씩씩하게 활개치며 걸어오던 동작 그대로 본뜬 듯 굳어지고 말았다!

"사악한 인간 같으니라구!"

화가 난 여덟째가 이를 악물며 징그럽게 웃더니 말했다.

"구혈(狗血)을 준비하고 마마께서 하사하신 왜도(倭刀)를 모셔라!"

"잠깐만요!"

장덕명이 자리에서 일어나 실내를 거닐며 말했다.

"뜻이 맞으면 남고 뜻이 맞지 않으면 헤어지는 게 사나이 세계 아닙니까? 하온데 귀하디 귀하신 여덟째마마께선 어찌하여 무지한 시정잡배들처럼 칼을 마구 휘두르시려고 하십니까? 내가 저 두 사람을 묶어둔 건 술수가 아니라 스승님한테서 전수받은 삼매신기공(三昧神氣功)입니다. 결코 구혈(狗血)론 풀리지 않습니다. 빈도가 떠나가는 마당에 한 마디만 여쭤보고 싶은 것은 어찌하여 내가 여덟째마마를 불충불의(不忠不義)에 떨어뜨리려 했다는 겁니까?"

더욱 화가 치민 여덟째가 왜도를 낚아채듯 받아들고 서슬푸른 칼날을 휙 잡아 뽑았다. 그리고는 살기가 번뜩이는 눈으로 장덕명을 노려보며 이를 부드득 갈았다.

"그럼 먼저 내 칼부터 받고 가! 당신의 기공(氣功)이 이기나 나의 칼이 이기나 한번 붙어보자구!"

장덕명은 끝내 한발짝도 물러서지 않으며 크게 웃어 말했다.

"그거야 당연히 쇠붙이가 이기겠습니다만 빈도와 여덟째마마는 악착 같은 인연으로 서로를 뿌리치지 못하게 되어 있습니다. 단칼에 내 목을 치는 건 쉽지만 그땐 둘다 같이 잘못될 겁니다. 이 말을 증명해 보이겠습니다."

말을 마친 장덕명은 안주머니에서 자그마한 손칼 하나를 꺼내더니 단단한 부채 손잡이에 줄 긋듯 살짝 그어보이는 것이었다. 그러자 부채 손잡이가 힘없이 툭 떨어져 나가는 게 아닌가. 뒤이어 칼과 부채를 던져버리며 장덕명이 웃으며 말했다.

"자, 여덟째마마의 소매 속에 있는 단향(檀香)나무 부채를 한번 꺼내보시죠."

여덟째가 섬뜩한 웃음을 지어보이며 부채를 꺼냈다. 순간 그는 경악을 금치 못했다.

방금까지도 멀쩡하던 자신의 단향부채가 소매 속에서 두 토막나 있었던 것이다. 칼로 벤 흔적 또한 역력했다! 금세 안색이 하얗게 질려버린 여덟째의 손에서 왜도가 스르르 미끄러져 떨어졌다. 좌중의 모든 사람들은 그 자리에서 꽁꽁 얼어붙고 말았다.

"개수작 부리지 마! 그런다고 내가 무서워할 줄 알고?"

여덟째가 호통을 쳤다.

"성명하신 당금께서 높이 계시고 현덕하신 태자께서 이 나라를 훌륭히 영위하고 계신데, 섭정이니 어쩌니 하는 말은 날 충동질하여 모반을 선동하려는 음모가 아니고 뭐야! 자백해, 아니면……통째로 기름가마에 던져넣어 버릴 거야!"

그러나 여전히 안색 하나 흐트러지지 않은 장덕명이 비꼬듯 말했다.

"그렇게 충성심으로 가득하신 분이 산(山)사람은 왜 오가 가라하시는 거죠? 천명(天命)은 무상(無常)하고 제도(帝道)엔 무친(無親)하니 오로지 덕(德)을 쌓는 것만이 중요하다고 했습니다. 나를 불러들인 초심이 정녕 심심풀이였다면 뭐라고 지껄이고 돌아가든 심심풀이로 가볍게만 받아들여야 하지 않겠습니까?"

"후유……."

말문이 막혀버린 여덟째가 길게 한숨을 지으며 말했다.

"솔직히 수긍이 가는 말도 많지만 난 민감한 사안에 대해선 함부로 논하는 건 질색이오. 보아 하니 숨은 재주가 샘솟는 듯한 사람인 것 같은데 그럴수록 황자들 사이에서 놀아선 안 되겠네. 장작더미 메고 불속에 뛰어드는 격이 될 테니까. 내일 내가 예부에 얘기해 놓을 테니까 백운관(白雲觀)에 주지(住持)로 들어가 있는게 좋겠소!"

장덕명이 땅에 떨어진 부채와 손잡이를 주워 눈깜짝하는 사이에 원상태로 만들어 놓곤 합장하여 말했다.

"여덟째마마와 빈도는 불가분의 인연이라 빈도로선 황자마마의 뜻에 흔쾌히 응하겠습니다. 하오나 오늘 빈도가 한 말들은 역리(易理)에 근거하여 추리한 것이기 때문에 영험 여부는 시간이 증명할 겁니다. 부디 성불하십시오!"

칠월칠석이 지나고 찬 기운을 동반한 비바람이 연일 몰아치는가 싶더니 곧 가을바람이 일기 시작했다. 윤상과 시세륜이 불철주야 뛰어다닌 덕분에 음력 7월말 경엔 국고가 4천여 만 냥으로 불어났다. 심드렁해 있던 윤잉도 호부를 자주 들락거리기 시작했다.

매년 중추절을 앞둔 이 시점에서는 두 가지 일로 바빴다. 하나는 본격적인 수확철을 앞두고 양부(糧賦, 곡물로 납부하는 땅세) 수납업무를 준비해야 했고, 다른 하나는 일명 추결(秋決)이라 부르는 사형수들의 처형이었다. 국법을 크게 어겨 사형당하는 것도 '하늘의 지엄한 뜻'에 따른 것인 만큼 장소 선정에도 신중해야 했다.

강희는 중추절을 앞두고 늘 그러하듯이 대내(大內)의 양심전으로 돌아와 명전(明殿)을 참배하고 천단(天壇)에 제를 지냈다. 그리고는 예부의 사관들과 상서방 대신들을 불러 승덕에 가는 구체적인 계획을 세우느라 바빴다.

그리고 새로 봉해진 왕들에 대한 조서(詔書)가 내려졌다. 염군왕인 여덟째는 자신의 관할하에 있는 기주(旗主)들을 불러 수고비 명목으로 돈을 쥐어 보내고 각 농장에서 보내온 공품(貢品)들도 열심히 챙겼다. 그밖에 그는 중추절 행사를 준비하느라 한가할 새가 없었다. 비록 중추절은 해마다 명절 분위기를 내고 있지만 올해는 때마침 강희황제의 성탄 55주년과 겹쳐 있었기 때문에 여덟째는 이번이 황제의 환심을 사는 절호의 기회라 생각했다.

그는 여느 때와는 색다른 그 무엇을 고민하던 중 전국 각지의 55세 노인들에게 월병(月餠) 보내기 행사를 마련하기로 했다. 기무(旗務)와 궁무(宮務)를 똑같이 잘해 내려는 욕심에 여덟째는 불철주야 뛰어다녔지만 늘 일손이 부족했다. 고민 끝에 그는 아홉째와 열째네집으로 사람을 보내 도움을 요청했다. 사람을 보내자마자 기다렸다는 듯이 달려온 아홉째가 다소 우울한 기색을 보이며 말했다.

"방금 열째한테 갔더니 집안이 아수라장이 되어 있길래 하인에게 물었더니 살림살이를 내다 팔러 저잣거리며 골동품 시장으로 총출동했다는 거 아니겠어요? 그걸 팔아 빚을 갚는대나?"

깜짝 놀란 여덟째가 대뜸 안색을 찡그리며 고함치듯 말했다.

"말도 안 돼!"

"제 생각엔 한번 떠들썩하게 해놓는 것도 괜찮을 듯 싶은데요."

아홉째가 씩씩대며 말했다.

"인정머리 없는 것들, 형제들을 거리로 내몰아가면서까지 빚독촉을 해야 하나! 어디 여론의 심판대에 올려 고개도 쳐들지 못하게 해야 된다니깐요! 그런데 태자마마의 그 어마어마한 빚은 어떻게 쑤셔 박았는지 다 처리했더라고요. 다른 데서 수작을 부렸나 살펴봐도 아니고!"

여덟째 역시 그것이 궁금하긴 마찬가지였다. 그는 자신의 처남을 동북 지역으로 보내 태자가 몰래 인삼을 캐갔는지 여부를 뒷조사하기도 했다. 그러나 그것도 아니었다. 아무리 생각해 봐도 의혹만 증폭될 뿐 더 이상 심증이 가는 데는 없어 속이 타던 중 열째 윤아가 가산을 팔아 빚을 갚으려고 저잣거리에 나앉았다는 말에 여덟째는 일손을 놓고 무작정 아홉째와 함께 윤아를 찾아 떠났다.

좀처럼 곁을 주지 않는 넷째 윤진에게 앙심을 품은 윤아는 황자로서의 체통이고 위상 따위는 깡그리 버린 채 대대적인 윤진 흠집내기에 나섰다. 북경에서 유동 인구가 가장 많은 전문(前門) 일대에 길다랗게 천막을 쳐놓고 황제에게서 하사받은 금은보화와 총기류, 도자기를 비롯하여 병풍, 서화, 경대와 난로, 책장 외에도 심지어는 요강까지도 들고 나왔다. 물건 마다에 가격이 적혀 있는 빨간 종이가 붙여져 있었고 황제가 하사한 물건에는 특별히 노란 띠가 둘러쳐져 있었다.

여덟째와 아홉째가 도착했을 때 주변은 사람들로 북새통을 이루고 있었고, 교통은 마비된 지 오래였다. 황자가 빚을 갚기 위해 가산을 내다 판다는 말에 호기심을 느낀 사람들이 계속 꾸역꾸역 몰려 들었고 어디 값싸고 쓸만한 물건이 없나 여기저기를 쑤시고 다녔다. 인파에 묻혀 있을 열째를 찾느라 잠시 숨을 돌리고 있노라니 온갖 귀 따가운 비아냥거림이 두 황자로 하여금 쥐구멍을 찾게 했다. 바로 이때 사람들 속에서 누군가의 고함소리가 들려왔다.

"열째마마가 시세륜의 수레를 막고 한바탕 붙었대! 어서 구경 가자구!"

사람들은 물결치듯 우르르 서쪽으로 몰려갔다. 다급히 뒤쫓아 간 두 사람이 목을 한껏 빼들고 보니 아니나다를까 수레 하나가 멈춰 서 있고 안색이 파리하게 질린 시세륜이 땅에 길게 엎드려 있었다. 그 앞에 두 다리 쩍 벌리고 선 윤아가 집어삼킬 듯하며 고함지르고 있는 게 보였다.

"당신 그러고도 책을 몇 수레씩이나 읽은 사람이야? 어떤 빌어 먹을 놈이 눈깔이 뒤집혀져서 이런 괴물을 뽑아 여러 사람 피곤하게 만드는 거야? 내가 아무리 꼴 우습게 됐대도 엄연히 누런 띠를 두른 용자봉손(龍子鳳孫)이란 말이야! 당신이 뭔데 감히 내 눈 앞에서 우리 애들한테 손을 대는 거야!"

"열째마마께 아룁니다!"

시세륜이 다소 쉰목소리로 열심히 해명하는 것 같았다.

"하관(下官)은 그 자가 열째마마의 문하인 줄은 정말 몰랐습니다. 하지만 입은 비뚤어져도 말은 바른대로 하랬다고 정녕 그자가 열째마마께서 아끼는 부하라면 이 자리에서 분명히 해두어야 할 것이 있습니다. 열째마마께선 그자가 공공연히 조정의 대신을 모독하고 길을 막아 수레를 세워 입에 담지 못할 욕설을 퍼부었다는 걸 알고 계십니까? 열째마마의 문하가 이토록 막무가내이고 교양이 없다는 것에 그저 놀랍고 안타까울 따름입니다!"

"그래서? 지금 날 훈계하는 거야?"

윤아가 당장 시세륜을 짓밟을 것처럼 으르렁댔다.

"내가 무릎 꿇고 잘못을 싹싹 빌어보기라도 할까? 고작 이품경관(二品京官)인 주제에 안하무인으로 황자 앞을 그냥 지나쳐? 자네 애비 시랑(施琅)이 그렇게 가르쳤어?"

그러자 시세륜이 침을 꿀꺽 삼키며 말했다.

"하관은 맹세코 의도적으로 황자마마를 무시한 건 아닙니다. 근시(近視)가 심하여 미처 발견하지 못했을 뿐입니다……."

"근시? 그게 아닌 것 같은데? 근묵자흑(近墨者黑)이라고, 높은 가지에 기어오르니 세상이 녹두알 만큼 보이는 거겠지!"

윤아가 냉랭한 음성으로 비아냥거렸다. 그간에 병부(兵部) 원외랑(員外郞)으로 승진한 김옥택이 시세륜을 벌레 보듯하며 말했다.

"열째마마, 똥이 더러워서 피하지 무서워서 피하겠습니까? 구더기 같은 소인배 때문에 괜히 건강 해치실 건 없지 않습니까?"

"내가 이 나라를 위해 국고를 회수하느라 심혈을 기울이는데, 그래서 당당하고 거리낄 것 없는 사람인데 내가 왜 소인배란 말이오, 김옥택?"

시세륜이 화를 주체하지 못한 채 온몸을 걷잡을 수 없이 떨며 강경한 태도로 말했다.

"그리고 열째마마께서도 무슨 말씀을 그리 하십니까? 근묵자흑이라뇨? 묵(墨)은 누구고 높은 가지는 또 누구인지 속시원히 말씀해 보십시오!"

잠시 할말이 궁해진 윤아가 눈을 부릅뜨며 발을 굴렸다. 그러자 몇몇 부하들이 집어삼킬 듯한 기세로 시세륜에게 다가갔다. 자칫 조정이 발칵 뒤집힐 사건이 터질 순간이었다.

"잠깐만!"

다급해진 윤사가 윤당을 끌고 사람들 속을 비집고 나왔다. 윤아를 둘러싸고 있던 태감과 부하들이 여덟째를 보자마자 일제히 무릎을 꿇었다. 뭔가 일러 바치려는 듯 거만하게 턱을 쳐들고 입을 실룩거리는 윤아를 잠시 무섭게 째려보던 여덟째가 "흥!" 소리와 함께 시세륜에게로 발걸음을 옮겼다.

엎드린 채 분노와 일말의 두려움으로 떨고 있는 시세륜에게 다가간 여덟째는 허리를 굽혀 시세륜을 일으켜 세우며 부드러운 목소리로 말했다.

"방죽(方竹, 시세륜의 호) 형…… 이럴 수가…… 참으로 억울할 것이오……."

그러자 자기 설움에 겨운 듯 시세륜의 두 눈에서는 뜨거운 눈물이 흘러내렸다.

"열째마마가 말은 마구 해도 마음은 어질고 따뜻한 사람이라오. 성격이 더러워서 그렇지."

여덟째가 시세륜의 마음을 풀어주느라 노력하고 있었다.

"오늘 일은 형인 내 체면을 봐서라도 없던 일로 해줬으면 하오. 방죽 형은 조정의 기둥 역할을 하는 중신으로서 드넓은 아량이 있을 줄로 믿어 마지 않소! 사람이 많아 길게 말할 여건도 안 되고 돌아가 태자마마께 이 사실을 아뢰어 열째로 하여금 사과하러 가게끔 조치할 거요!"

그 말에 시세륜의 얼굴은 한결 부드러워졌다. 이어 그의 눈가에 또 새로이 눈물이 맺히는 걸 보며 윤당이 발을 구르며 윤아를 나무라는 척했다.

"그러게 어제 술을 좀 적게 마시라고 했잖아! 사람이 나빠서가 아니라 술이 나빠 일을 저지르게 한다고 말이야. 어찜 시세륜 어른 한테까지 그럴 수 있어?"

무작정 자신의 손을 들어줄 줄 알았던 두 형이 되레 자신을 나무라자 윤아는 황당한 표정으로 두 사람을 쳐다보았다. 이때 윤아가 다된 밥에 코라도 빠뜨릴까 걱정한 여덟째가 급히 좌중을 향해 명령했다.

"뭣들 해! 어서 시 어른을 수레에 모시지 못하고! 아홉째, 자네가 방죽 어른을 댁까지 모셔다 드리게!"

윤당이 고개를 끄덕이며 시세륜을 부축해 수레에 올랐다. 수레가 저만치 떠나가자 여덟째가 여태 어안이 벙벙해 있는 윤아를 무섭게 노려보며 엄하게 꾸짖어 말했다.

"명색이 황자라는 게 누구 얼굴에 똥칠하고 싶어 그래? 어서 천막을 거둬 들이고 물건을 차에 실어!"

화가 나면 앞뒤를 재지 않는 윤아가 땅이 꺼지게 발을 굴러 보이더니 간다온다 소리도 없이 휭하니 돌아서 가버렸다.

그 이튿날은 중추절이었다. 새벽같이 일어난 강희는 잠자리가 편했던 듯 안색이 좋아보였다. 그는 먼저 천궁전(天穹殿), 종수궁(鍾粹宮), 흠안전(欽安殿)을 두루 찾아 참배를 올리고 두단(斗壇)에 들러 향을 피워올렸다. 아침을 먹고 백관들의 조하(朝賀)를 받고 난 강희는 눈을 지그시 감고 신하들의 '만수무강부(萬壽無疆賦)'를 들었다. 해마다 들어왔기에 어떤 대목은 의울 수도 있을 것 같았다. 오래 전부터 준비해온 경축행사가 차질없이 진행되고 하루도 어느새 저물어 갔다.

만선(晚膳)을 가볍게 한 강희가 잠시 휴식을 취하려 할 때 여덟째가 들어와 아뢰었다.

"아바마마, 어화원(御花園)으론 언제 출발하실는지 말씀 해주시면 아신(兒臣)이 어화원 쪽에 대기시키겠습니다."

강희가 뭐라 입을 열려 할 때 때마침 양심전 총관태감(總管太監)이 된 이덕전이 형년(邢年)을 비롯한 70여 명의 태감, 궁녀들을 거느리고 청안(請安)차 들어섰다.

"폐하!"

이덕전이 웃으며 말했다.

"소인이 방금 어화원을 다녀왔사옵니다. 올 중추절 행사는 여덟째마마의 주도면밀한 준비에 힘입어 예전과는 색다른 멋을 느낄 수 있을 것 같았사옵니다. 구름 한 점 없는 맑은 하늘에 은쟁반 같은 달이 폐하의 품을 찾아 이리저리 기웃거리고 있는 것 같았사옵니다!"

이덕전의 눈물겨운 아부에 사람들은 속으로 킥킥 웃었다. 강희가 여덟째에게 물었다.

"황자들은 다 모였고?"

이에 여덟째가 연신 허리를 굽신거리며 말했다.

"집에서 직접 오다 보니 잘은 모르겠습니다만 하주의 말대로라면 거의 다 도착하여 마마께서 모습을 드러내시기만을 학수고대하고 있다 합니다! 어제 큰형과 셋째형을 만났는데 자기 앞가림 정도는 할 수 있을 황손(皇孫)들은 데리고 가서 아바마마의 은총을 목욕(沐浴)받게 하여 대단원의 의미를 더욱 풍부히 하는 게 어떻겠느냐고 아바마마께 말씀올려줄 것을 부탁받았습니다 ……."

그러자 잠시 생각에 잠겨 있던 강희가 입을 열어 말했다.

"백여 명의 황손들 중 큰애들은 열일곱 살 정도 됐다지만 작은 애들 중에는 갓난쟁이도 있는데, 그애들이 오면 유모, 어멈, 시녀 등 완전히 대부대들이 움직일 텐데 안 돼! 짐은 소란스러운 게 귀찮아."

"떠든다"는 강희의 말에 순간적으로 윤아를 떠올린 여덟째는 오늘 저녁엔 제발 무사해 주기를 바라며 급히 입을 열어 말했다.

"아바마마께서 별다른 지시가 안 계시면 아신은 그만 나가보겠습니다. 태자마마께서 이쯤하여 어화원에 도착하셨을 텐데 따라 움직이는 게 좋을 듯합니다."

그러자 강희가 고개를 끄덕이며 흐뭇한 표정을 지어보였다.

"그래, 형제간에 서로 돕는 모습이 보기 좋군. 시위들 중에 무단이 있나 없나 보고 안 왔으면 짐이 같이 달구경 하잔다고 전하게."

어화원 입구는 온갖 화려한 등불이 나무를 은화(銀花)처럼 수놓고 있었다. 어화원 내에는 달구경에 영향을 미칠까 등불을 켜지 못하게 돼 있기 때문에 여덟째가 특별히 고안해 낸 것인데, 보기에 썩 괜찮아 보였다.

어화원 앞의 한백옥 계단 밑에는 만여 개의 유리등으로 두 마리의 용이 구슬 하나를 같이 물고 마주 보며 꿈틀대는 도안을 만들어 내고 있어 등불이 명멸할 때마다 장관을 연출하고 있었다. 화원 입구에서 멀리 일황자, 삼황자와 담소를 주고 받고 있는 무단을 발견한 여덟째가 반색을 하며 말했다.

"무단 숙부님. 혹시 안오실까봐 아바마마께서 걱정하시고 계셨어요!"

이같이 큰소리로 말하며 무단에게로 다가온 여덟째는 무단의 손을 덥썩 잡으며 말했다.

"환갑을 넘기신 분이 어쩌면 아직도 이렇게 패기가 넘치시는지, 질투가 나려고 하네요!"

그러자 무단이 허허 웃으며 말했다.

"사지가 발달하고 골이 좀 빈다 싶은 필부(匹夫)니까 그런 좋은 점도 있나 봅니다."

두 사람은 한참동안 담소를 즐겼다. 그러던 여덟째가 큰황자에게 물었다.

"황자들은 다 도착했어요?"

"거의."

맏이가 시무룩하게 웃으며 말했다.

"세어 보진 않았지만 시끌벅적한 것이 올 사람은 다 온 것 같아."

도대체 다 모였다는 건지 안 모였다는 건지 알 수 없는 여덟째가 웃으며 셋째에게 말했다.

"먼저 들어가 계셔도 돼요. 전 원래 잘 생기다 보니 사람들의 시선이 부담스러워 여기 숨어서 무단 숙부님과 얘기나 나누다 들어갈게요."

익살스레 셋째에게 눈웃음을 지어 보이던 여덟째가 갑자기 정색하여 말했다.

"그리고 각별히 신경써야 할 게 있어요. 윤아 그 자식이 오늘저

녘 이 자리를 아수라장으로 만들어버릴 가능성이 없지 않아요.
아까도 청승떨며 우리 집에 입을 옷을 빌리러 온 걸 내가 쌀쌀맞게
대해 버렸더니!"

이시각 어화원 안에는 저마다 자기 자리를 찾아 질서정연하게
앉아 있었다. 서쪽에서부터 귀비(貴妃)인 뉴구루씨를 비롯하여
차례로 혜비(惠妃) 납란씨, 영비(榮妃) 마가씨, 덕비(德妃) 오아
씨, 의비(宜妃) 궈뤄뤄씨, 성비(成妃) 대가씨, 그리고 아직은 황자
를 낳지 않은 열 몇 명의 빈녀(嬪女)들이 줄줄이 앉아 있었다.
그 속엔 태자와 관계가 예사롭지 않은 정춘화(鄭春華)도 있었다.
한편 답응(答應), 상재(常在)라 불리는 품격이 낮은 빈녀들은 구
석에 줄지어 서 있었다.

동쪽에는 태자 윤잉을 위시하여 열여섯 명의 황자들이 나이 순
으로 나란히 자리하고 있었다. 큰황자가 서른여섯이고, 막내는 아
직 젖내 가시지 않은 어린이였다. 한껏 멋을 낸 여인들과 유난히
근엄해 보이는 남자들 사이로 스물한 명의 시집 안 간 화석공주
(和碩公主)들이 조금은 자유스럽게 웃으며 재잘거렸다.

17. 난장판

　황자들 중에서 열넷째 윤제만은 오늘저녁 열째 윤아가 한바탕 소란을 피울 것이라는 걸 확실히 점치고 있었다 목란(木蘭)에 있는 황실 전용 사냥터에서 명령을 받고 막 돌아온 윤제는 그날로 아홉째를 찾았었다. 아홉째의 말대로라면 오늘 저녁은 달구경보다 더 재미가 좋은 그 무엇이 기다리고 있을 것이다. 윤제는 윤상과는 나이가 동갑일 뿐더러 협객의 기질이며 생김새마저도 비슷했다. 그러나 동복형인 윤진과는 공통분모를 찾기가 수월치 않을 정도로 달랐다.

　청나라 황실의 규정상 황자들은 적자(嫡子), 서자(庶子)를 떠나 태어나자마자 어멈에게 맡겨지는 게 관례였다. 황자가 태어나면 각각 여덟 명의 보모, 여덟 명의 유모가 배치되고 바느질하고 빨래하고 불지피고 하는 몸종들만 수십 명이었다. 젖뗄 무렵이 되면 태감들 중에서 먹물깨나 먹은 태감들만 골라 여덟 명씩 나뉘어 황자들에게 '품위있게 걸음마타기' '교양있게 옹알대기' 등등 '조기교육'을 시키게끔 되어 있었다. 탯줄을 끊자마자 아이는 곧 어머니 아닌 다른 여인들 품에서 '전전'하며 자라기 때문에 부자, 모자, 형제의 정이란 강보에서 싹둑 잘라지게 마련이었다.

그러나 마침 효성황후(孝誠皇后)가 사산(死產)을 한 비극을 겪던 해에 태어난 윤진은 황후마마의 정서를 고려하여 또한 황후의 간절한 의사에 따라 파격적으로 종수궁에 들어가게 되었다. 이 때문에 윤진은 본의와는 무관하게 다른 황자들의 질시를 받아왔고 동복형제인 열넷째 윤제와도 자연히 멀어져 갔다. 그러다 보니 열넷째 윤제는 어려서부터 여덟째네와 어울려 다닐 뿐 정작 같은 '터전'에서 잉태된 윤진과는 그리 친하지 않았다.

이윽고 "강희부처님 납시오!" 하는 이덕전의 고함소리와 함께 사람들은 일제히 머리를 조아려 "만만세!" 하고 산이 떠나갈 듯 외쳤다.

"됐네!"

강희가 희색이 만면하여 일어나라는 손짓을 보이며 말했다.

"오늘은 집안잔치라 여러분들도 모처럼 편하게 즐겼으면 하네. 전 같으면 군신(群臣)들로 발디딜 틈 없을 테지만 올해는 여덟째의 건의사항을 받아들여 특별히 이들 군신들에게 배려를 했네. 낮 행사 때 같이 했으니 저녁은 식구들이랑 같이 있게끔 집에 보내주었지."

결과에 무척 만족하는 듯 강희가 흡족해 하며 어정(御亭) 앞에 있는 배월대(拜月臺)로 곧추 발걸음을 옮겼다.

산들바람이 상쾌하고 월색이 고요한 부드러운 밤이었다. 배월대에는 향연(香煙)이 가물가물 피어오르고 책상 위에는 숫제 은으로 만든 동물이며 갖은 법물(法物)들이 즐비하게 놓여 있었다. 은대야에 손을 씻고 난 강희는 근엄한 자세로 상체가 땅에 닿을세라 길게 읍하며 진지하게 둥근 달을 바라보며 기도했다.

"이 산하의 주인인 애신각라 현엽(愛新覺羅 玄燁)이 상천(上天)의 은혜에 훈욕(熏浴)하야 번창일로를 달리는 행운을 만끽하니 모든 광영을 지엄하고 자애로우신 상천께 바치나이다! 시작이 좋으면 끝을 조심하라 하였는 바 부디 상천께서 굽어 살피시어 신(臣)이 잘못할 땐 감수(減壽)를 시켜서라도 후세에 널리 알려지는 훌륭한 군주가 되게 해 주시옵소서!"

강희와 가장 가까이에 자리한 윤진은 강희의 일거수일투족을 뚫어지게 바라보며 자신의 가슴 속에 각인시켰다. 젊음을 불태워 기업(基業)을 닦았고 쾌마가편(快馬加鞭, 내닫는 말에 채찍질)하여 오늘을 이룩한 일대 영주(英主)임에도 여차했을 경우에는 실수보다는 감수를 달라는 강희의 말에 윤진은 깊은 감명을 받았다.

배월 의식이 끝나고 연회가 시작되었다. 가산(假山)과 정자 사이에 서른 개의 연회석이 마련되어 있었다. 저마다 진수성찬이 상다리 부러지게 차려져 있었고, 강희의 자리는 월단(月壇) 바로 밑에 있었다. 사람들을 편하게 해주려고 먼저 자리에 앉은 강희가 웃으며 윤잉에게 말했다.

"전에 지나치게 소심하고 무기력한 약점을 보완하여 이번엔 일을 아주 잘하던데? 짐은 요즘 같아선 콧노래가 절로 나오네. 태자 자네는 내 곁에 오게."

윤잉을 자신과 동석하게 하고 강희가 어룬따이에게 명령했다.

"어선방(御膳房)에 짐의 명령을 전달하게. 이곳 음식을 그대로 본따 새로이 만들어 자네들도 먹고 육경궁에 있는 태자비와 태자,

세자들에게 특별히 올려보내도록 말이네!"

말을 마친 강희는 곧 수저를 들었다. 고요한 달빛이 대낮 같은 어화원에서 진수성찬을 마주하고 앉은 사람들은 그러나 너무 조용해 보였다. 억지로 끌어다 최후의 만찬을 먹게 하는 듯한 압박감마저 들었다. 강희는 이네들이 자신을 의식하여 그러는 줄 알고 웃으며 말했다.

"다들 밥 빨리 먹고 어디 전쟁터라도 나갈 건가? 무서워서 음식이 넘어가질 않네! 오늘밤은 짐을 의식하지 말고 맘껏 웃고 떠들고 해도 괜찮네! 누구 우스갯소리 하여 이 사람들을 웃길 수 있는 사람 나와보게. 잘 웃기면 짐이 상을 푸짐히 내릴 테니!"

그제야 장내는 조금씩 술렁이기 시작했다.

"제가 먼저 하겠습니다."

칭찬을 받아 기분 좋은 윤잉이 태자답게 먼저 자리에서 일어섰다. 평소에 여자 같은 부드러움을 많이 보인 탓에 그가 사람을 웃긴다는 것에 대해 사람들은 큰 기대를 거는 것 같지 않았다. 그 또한 막막하긴 마찬가지였다. 애써 기억을 더듬던 윤잉이 마침내 입을 열었다.

"정말 있었던 얘긴데, 우리 조정의 어떤 관원이 살인사건을 담당했을 때의 일화입니다. 윤씨를 죽인 왕아무개를 심문하던 중 관원이 크게 노하여 하는 말, '너 왜 남의 남편 죽여서 동네여자 청상과부 만들고 그래? 사형 대신 윤씨 마누라를 데리고 살아봐. 네 마누라 청상과부된 느낌이 어떨까?'"

사람들의 반응도 무덤덤하고 달리 수습이 안 되는 윤잉이 정춘화에게 시선을 보냈다. 그러자 정춘화는 못 본 척하며 고개를 돌려 옆에 앉은 진씨에게 말을 걸었다.

강희가 일부러 크게 웃기 시작하자 썰렁하던 설내 여기저기서 어색한 웃음이 터져나왔다.

"제가 하나 들려 드리겠습니다."

네 번째 좌석에 앉았던 아홉째 윤당이 자신만만하여 윤잉을 힐끗 일별하며 입을 열었다.

"천하의 대시인인 소동파(蘇東坡)에게 팔자 사납게도 아둔하기 이를 데 없는 아들이 하나 있었답니다. 눈이 많이 내린 어느날, 그 아들의 작품이라고 하기엔 대단히 의심스러운 영악한 소동파의 손자 녀석이 책읽기를 게을리하여 소동파에 의해 눈밭에 무릎 꿇고 벌을 받게 되었답니다. 그러자 소동파의 아둔한 아들이 나란히 눈밭에 무릎을 꿇었답니다. 동파가 물어 말하길, '내가 널더러 무릎 꿇으라고 했더냐?' 그러자 아들 왈, '아버지가 내 아들을 동태 만들면 나도 얼마든지 아버지 아들을 동태 만들 수 있어요!'"

윤당의 우스갯소리가 끝나기 바쁘게 장내는 배꼽잡는 여인들의 깔깔 숨넘어가는 소리로 시끌벅적했다. 강희 역시 수염을 떨며 크게 웃어 말했다.

"아홉째, 보기보다 재밌는데! 자, 약속대로 선물로 송지(宋紙)를 하사할 테니 받게!"

이에 자신도 뭔가 아홉째를 능가할 수 있는 우스갯소리를 해야겠다고 생각하며 여덟째 윤사가 고개를 갸웃하고 있을 때 느닷없이 열째 윤아가 씩씩대며 들어서는 게 보였다. 악의에 찬 윤아를 보는 순간 여덟째는 가슴이 철렁 내려앉았다. 어떻게든 자신이 애써 준비한 중추절 행사를 망쳐선 안 된다는 생각에 사로잡힌 여덟째가 자기 옆으로 데려다 잘 다독거려보려 할 때 강희가 웃으며 물었다.

"자넨 씩씩대며 무슨 사무가 그리 바쁘신가? 고삐 풀린 망아지처럼 굴 게 아니라 황자의 체통도 생각해야지? 늦게 온 대가로 여러 사람들 한번 웃겨봐!"

"예, 아바마마!"

윤아가 크게 대답했다. 강희가 윤아를 좋아하는 건 바로 언제 보나 변함없는 그 씩씩함과 방정맞을 정도의 솔직함이었다. 윤아가 자신의 이름이 적혀 있는 세 번째 자리로 가더니 술잔을 들어 냉수마시듯 하고는 소매로 입을 쓱 닦은 다음 말했다.

"한 무리의 해적들이 상선(商船) 한 척을 추격하여 빼앗아 보니 화물칸에는 금은보화는커녕 향초만 가득했답니다. 팔자니 돈도 안 될 것이고 버리자니 아깝고 하여 머리 맞대고 고민한 결과 이들은 자신들의 행각이 지속될 수 있도록 천벌을 내리지 않고 있는 하늘에 효도하기로 하고 모든 향초에 불을 붙여 태워버렸답니다. 지상에서 불기둥이 치솟고 은은한 향기를 맡은 옥황상제가 '뉘라서 내게 이렇게 큰 공덕(功德)을 들이는지 알아보거라' 하고 명령하여 하인을 지상에 내려보냈답니다. 한참 후에 하인이 돌아가서 옥황상제께 일러 말하길, '수탈을 당한 가난뱅이들이 울고 있고 그 옆에 강도들이 불을 지피고 있었나이다!'"

누가 들어도 이건 하나도 우습지가 않았다. 그리고 그 의미를 알아차리고 삽시에 안색이 흐려진 강희가 천천히 술잔을 들었다. 황자들의 시선이 일제히 윤상에게로 날아가 꽂혔다. 윤아와 윤상의 눈싸움이 시작되고 이를 아슬아슬하게 지켜보는 5, 6백 명의 사람들은 어화원을 쥐죽은 나락으로 만들었다. 사태가 크게 번지는 걸 우려한 윤잉이 긴장하여 윤진에게 부지런히 시선을 보냈다. 어떻게든 윤상을 눌러 앉히라는 것이었다. 그러나 윤진은 대수롭지 않게 반응하며 사태를 주시하고 있었다.

다른 사람들이 보기에 사건은 없고 사태만 있는 윤아와 윤상 두 사람이었다. 집어삼킬 듯한 윤아의 눈빛을 피하지 않고 윤상이 천천히 한 발짝씩 다가갔다. 여인네들은 무슨 영문인지 몰라 몸을 움츠렸고 일부는 고개를 떨구었다. 윤상이 느릿느릿 입을 열어 말했다.

"오…… 이제보니 강도떼 만나 다 빼앗기고 입을 옷마저 변변찮아 동네방네 바지 빌리러 다녔구만!"

미간이 점점 굵게 찌푸려진 강희를 힐끗 쳐다보며 윤아가 더욱 기가 살아 펄펄 뛰며 윤상에게 말했다.

"말을 꺼내자마자 본질을 꿰뚫을 줄 아는 걸 보니 소문대로 똑똑하군. 다들 알겠지만 내 입으로 다시 말하지. 너와 그 지지리도 못 생긴 시세륜이란 자가 바로 강도야! 오늘 외나무 다리에서 잘 만났는데, 한번 제대로 붙어보자구!"

황자가 빚독촉에 못 이겨 가산을 팔러 다닌다는 말을 얼핏 들었지만 한낱 뜬소문으로 들어넘겼던 강희는 그게 바로 열째 윤아라는 사실에 적이 놀랐다. 그는 여덟째네의 꼬드김에 놀아난 열째가 이 자리를 빌어 일부러 윤잉 윤진에게 독화살을 쏘아댈 가능성도 배제할 수 없다고 생각했다. 다시 여덟째를 보니 그는 오만상을 찌푸리고 연신 한숨을 지어내고 있었다. 이때 두 번째 자리에 앉았던 윤진이 큰소리로 고함질렀다.

"윤상, 이리로 와 앉아! 그런 몰상식하고 파렴치한 상종 못할 인간하고 그러고 있을 게 뭐 있어!"

이성을 잃은 윤아가 펄쩍펄쩍 뛰더니 이번에는 윤진에게 손가락질하며 으르렁댔다.

"개미에게서 기름 짜내고 빈대에게서 칠을 긁어내는 추잡스런 것들 같으니라구! 믿기지 않으면 우리집에 가보라구. 울고불고 초상집이 따로 있나!"

그러자 윤진이 매정하게 받아쳤다.

"우는지 울부짖는지 내가 왜 가봐야 해? 한 집이 우는 게 낫지 그럼 나라 전체가 울어야겠어?"

"그럼!"

윤상이 맞장구를 치는 것과 동시에 솥뚜껑 같은 윤아의 손바닥이 갑자기 윤상의 얼굴에 날아와 찰싹 달라붙고 말았다.

"똥갈보년의 잡종새끼 같으니라구! 종일 태자와 넷째의 엉덩이나 핥고 다니는 주제에 누굴 업신여겨!."

이성을 잃게 하는 말들만 골라서 내뱉는 윤아를 가만 둘 윤상이 아니었다. 분기탱천한 윤상은 인정사정 보지 않고 윤아에게로 덤벼들었다.

순식간에 어화원은 아수라장이 되었고, 엎치락뒤치락 하며 두 사람은 갈수록 살벌하게 엉켜붙었다. 밖에 있다 놀라서 뛰어들어온 무단과 어룬따이가 급히 달려와 강희를 호위했다. 아홉째가 달려들어 뜯어 말리려고 했지만 허사였다. 순식간에 발생한 사태에 사람들은 충격에서 헤어나지 못했다. 윤당과 윤제가 윤아를 뜯어말리던 중 강희의, 드디어 강희의 불 같은 호령이 떨어졌다.

"말리지 말고 그대로 내버려 둬! 죽이든 살리든 맘대로 하게 내버려 두란 말이야!"

저마다 성격이 다른 아들들을 나름대로의 개성을 키워주고 존중해오던 강희였다. 개중에는 앙숙간이 따로 없을 정도로 미워하고 으르렁대는 아들들도 있다는 걸 알고 있었지만 그것은 어디까지나 총애를 더 받고 덜 받고를 따지는 질시와 불만에서 비롯된 것일 뿐이라고 자위해 오던 강희였다. 그런데 나라의 정책을 집행하는데 있어 의견 차이가 주먹을 휘두르는 지경에까지 이르렀다는데 강희는 분노와 실망이 클 수밖에 없었다.

한편 강희의 불호령에 정신이 들어 땅에서 일어선 두 사람의 얼굴에는 상처가 가득했다. 윤아가 성에 차지 않은 듯 윤상을 향해 퉤퉤 연신 침을 뱉는 사이, 유일한 편이 되어 있는 것 같은 윤진에게로 시선을 주던 윤상이 느닷없이 울음을 터뜨리고 말았다.

"아바마마 죄송합니다! 이런 꼴을 보여 정말 죄송합니다. 죄를 달게 받겠습니다. 하오나 아바마마께서 이참에 잡종새끼라는 굴욕을 달고 다니는 아들을 위해 진실을 밝혀 주십시오……."

윤상의 생모(生母)에 대해서 강희는 몇 날 며칠을 지새워도 이루 말하지 못할 사연이 있었다. 그러나 이 자리에서 길게 말할 입장은 못 된다고 생각한 강희가 입을 열어 말했다.

"너의 어머니 아슈는 토사도 칸이 금지옥엽으로 키워온 공주로서, 신분이 고귀하기 이를 데 없다. 짐도 많이 아껴왔지만 건강이 워낙 안 좋아 본인의 의사를 존중하여 출가를 윤허했을 뿐이지 결코 출신이 비천하여 쫓겨난 건 아니다. 덜된 인간들의 덜된 소리는 듣지 말거라. 짐이 지금 이시각 너의 모친 장가씨를 경민황귀비(敬敏皇貴妃)로 봉하는 바이다! 윤아, 너의 죄명을 열거하려면 밑도 끝도 없을 줄 안다. 모든 걸 떠나서 오늘 이자리에서 저지른 무례함은 죽음을 동경하는 자가 아니고서는 도저히 있을 수 없는 짓이다."

"저는 죽고 싶지 않습니다."

사전에 윤당, 윤제와 치밀한 논의 끝에 끝까지 세게 나올수록 점수를 많이 준다는 강희의 성격을 파악한 윤아가 거리낌없이 내뱉었다.

"저들이 저를 사지에 몰아넣고 있을 뿐입니다! 아시다시피 국고를 회수합네 하고 비명에 가게 한 관원들만 해도 스물세 명입니다. 전 결코 스물네 번째가 될 순 없습니다! 국고회수는 넷째마마께서 주관하는 줄로 알고 있는데, 열셋째 네까짓 게 뭔데 겁대가리 없이 까불고 다녀? 아바마마, 절 째려보지 마십시오. 오늘 죽는 한이 있더라도 할 말은 해야겠습니다. 안 갚겠다는 것도 아닌데 형제들을 죽음으로까지 내몰 건 없지 않습니까? 언제 길바닥에 나앉아야 할지 모르는 마당에서 무슨 즐거움이 있어 아바마마 앞에서 우스갯소리나 하며 재롱을 부릴 수가 있겠습니까?"

이같이 말하며 윤아의 눈에서는 어느덧 눈물이 흘러내렸다.

윤잉과 윤진이 하는 일이 사람들의 눈총을 밥먹듯 받을 것이라는 생각은 늘 가지고 있었지만 황자가 가산을 파는 지경에까지 이를 줄은 몰랐던 강희의 마음이 걷잡을 수 없이 무거워졌다. 이때 윤진이 느릿느릿 입을 열어 말했다.

"열째, 윤상이 인정사정보지 않는다고 되풀이 하여 말하는데 그럼 자네는 누구 사정 잘 봐주는 사람인가? 물처럼 깨끗한 관리라는 시세륜의 형상을 내세워 뿌리 깊은 개혁을 시도하려는 조정의 계획에 발길질하고 나선 건 자네야. 수많은 인파가 몰린 곳에서 그것도 벌건 대낮에 시세륜을 개돼지 취급하며 모독했다며? 이제 우리더러 어떻게 일하란 말이야?"

흥분을 주체할 수 없었던 윤진이 어제 있었던 일을 낱낱이 고소하듯 털어놓으며 말했다.

"시세륜이 어제 나한테 와서 얼마나 울었는지 몰라. 내가 폐하께 즉각 일러바치겠다고 하니까 그는 오히려 억지로 막고 나서더군. 오늘 폐하의 기분을 고려해야 하지 않겠느냐면서 말이야. 이런 충신을 네까짓 게 뭔데 울려?"

"뭔가 나쁜 기운이 들러 붙었었나 보죠."

여덟째가 기가 한풀 꺾여 있는 윤아를 보호하려고 나섰다.

"어제 일은 결과적으로 윤아의 잘못이 크지만 워낙 철저히 일방적인 일이란 있을 수 없는 법이니 시세륜도 조금은 잘못했던가 봐요. 윤아가 거기 서 있는 데도 안하무인격으로 수레에 앉은 채로 내다보지도 않고 지나갔다던데요."

그러자 윤진이 웃으며 말했다.

"열째의 아랫것들이 먼저 수레를 막고 소동을 피우지만 않았더라도 그런 일은 없었을 거야. 게다가 시세륜은 심한 근시야."

"개도 주인을 보고 팬다고. 시세륜 같은 한인(漢人)이 믿는 구석 없으면 그렇게 못하죠?"

윤당이 냉소하며 말했다.

얄미운 표정으로 윤당을 노려보던 윤상이 크게 소리를 질렀다.

"시세륜은 천하제일의 청관(淸官)이다! 이건 폐하께서 하신 말씀입니다! 국고회수는 폐하의 지시에 따른 것이고, 회수해 온 돈은 엄연한 국고이죠! 그런데 나라일을 함에 있어 무슨 얼어죽을 한인이고 만인(滿人)이고 따로 있어요? 그러는 아홉째형은 일할 때 만인들만 데리고 일하세요?"

"그만해!"

강희가 마침내 큰소리로 고함을 질렀다. 그는 잠시 윤아에게로 마음이 흔들렸지만 이내 마음을 다잡은 강희였다. 이럴 때 조금이라도 윤아에게 동정을 표할 순 없었다. 마무리 단계에 와 있는 윤잉과 윤진에게 더욱 힘을 실어주지는 못할 망정 강희 자신이 감정에 치우쳐 이들에게 악재를 심어줄 순 없다고 생각했던 것이다.

뒷짐을 진 채 윤아에게로 다가간 강희가 매서운 눈매로 노려보며 말했다.

"살인을 하면 목을 내놓아야 하고 빚을 졌으면 돈을 갚아야 하는 건 진리야! 너 보자보자 하니까 아주 못돼 먹은 아이로구나! 넷째와 열셋째가 자기보다 잘 나가는 것에 악의를 품고 질시하는 것 같은데, 네가 뭘 잘하는 게 있어야 짐이 맘 놓고 일을 맡기지? 그리고 다같이 들어. 강희 44년에 짐이 맏이, 여덟째, 아홉째더러 호부를 맡아보라고 했을 때 자네들은 다같이 아프다는 핑계를 대고 나 몰라라 했지. 그런데 이제 와서 남들이 잘 나가는 게 그렇게도 가슴 아파? 짐이 모르는 척해도 자네들의 행각이 짐의 눈을 피해 갈 수 있는 게 얼마나 된다고 생각해?"

강희의 이 한마디에 윤진과 윤상은 윤아에게서 받은 분노가 감동의 눈물이 되어 흘렀고, 윤아를 비롯한 다른 황자들은 저마다 고개를 떨구었다.

강희의 말이 이어졌다.

"태자와 윤진, 윤상이 돌팔매질을 두려워하지 않고 일을 열심히 한다는 건 곧 나라가 상서로울 길조를 말해주고 있어. 윤아, 짐을 우습게 알고 중추절날 짐의 기분을 잡치게 한 죄는 묻지 않겠다만 시세륜을 백주에 모독한 사실은 절대 간과할 수 없다. 진정한 용사는 죽음엔 초연하지만 굴욕은 참을 수 없다고 했어. 여봐라!"

"예!"

이덕전이 놀란 나머지 거친 숨소리를 애써 눅자치며 다가갔다.

"윤아를 종인부(宗人府)로 끌고 가거라."

강희가 이빨 사이로 내뱉듯 말했다.

"신형사(愼刑司)에 넘겨 척장(脊杖) 열 대를 안기고 사흘 동안 구금시키라!"

덜덜 떨며 윤아에게로 다가간 이덕전이 한 쪽 무릎을 끓어 앉으며 떨리는 목소리로 말했다.

"열째마마…… 그만……."

"잠깐만! 폐하께 인사올려야 떠나지!"

윤아가 이같이 내뱉더니 땅에 엎드려 강희를 향해 머리를 조아리며 말했다.

"되지게 맞고 오겠습니다! 아바마마!"

말을 마친 윤아는 매섭게 윤상을 노려보더니 칼바람을 일으키며 휭하니 떠나갔다. 화가 치밀어 숨소리가 거칠어진 강희가 애써 가라앉히며 무단을 불러 말했다.

"자네와 함께 멋있게 술 한잔 하려고 했더니 이 모양이 돼 버렸네. 무즈쉬가 북경에 왔다며? 내일 같이 패찰(牌札)을 건네고 들어와서 짐의 마음을 좀 달래주게나……."

18. 변통(變通)과 변심(變心)

이튿날 이른 아침, 무단은 곧 무즈쉬와 함께 서화문에서 패찰을
내밀었다. 두 사람이 영항(永巷)에 도착하여 보니 이덕전이 벌써
수화문 입구에서 기다리고 있었다. 좀 떨어진 곳에는 두 명의 8품
문관이 엎드려 있는 게 보였다.

이덕전이 허둥지둥 마주 걸어오며 말했다.

"두 분을 오래 기다렸습니다! 마마께선 어제저녁 한숨도 주무
시지 못하는 것 같았습니다. 방금 상서방대신들이 청안차 들어가
는 걸 보았습니다만 위동정 군문께서 돌아가셨다는 부음을 들으
시고 더욱 괴로워하실 것 같으니 두 분께서 위로의 말씀 많이 올려
주시길 부탁드립니다."

위동정이 죽었다는 말에 두 사람은 그 자리에 굳어지고 말았다.
강희황제가 가장 아끼는 일등시위이고 대청과 더불어 험난한 여
정을 같이 한 위동정이 죽었다니? 아무리 생로병사는 인지상정이

라지만 한때 생사를 같이 해왔던 두 사람으로선 대단히 충격적일 수밖에 없었다.

오장육부가 어디론가 도망간 듯 마음이 허전하고 쓸쓸했다. 통곡하며 불러보고 싶도록 아프고 서글펐다. 두 사람은 그러나 맘 놓고 울 수도 없었다. 재촉하기라도 하듯 앞장서 걸어가는 이덕전의 발뒤꿈치가 괴물같이 보였다.

두 사람은 무슨 정신에 양심전 동난각으로 들어왔는지 몰랐다. 장정옥과 동국유, 마제가 노란 방석에 무릎을 꿇고 앉아 있었고, 안색이 파리한 강희가 베개에 기댄 채 인삼탕을 마시며 육경궁의 총관태감임 하주(何柱)를 훈계하고 있었다.

"자넨 오래 전에 육경궁으로 짐싸서 들어갔네. 그곳에서 태자를 잘 섬기는 것이 자네의 본분이지. 별 일 없는데도 양심전으로 자주 드나들지 않는 게 태자를 위해서도 좋을 걸세!"

"예, 폐하! 명심하겠사옵니다."

하주가 웃으며 말했다.

"하오나 이번엔 명령을 받고 왔사옵니다. 태자마마께서 일찍 오셨다가 폐하께서 주무시니 말씀 못 드리고 소인더러 여기서 시중들고 있다가 폐하께서 기상하시는 대로 부르라 했사옵니다!"

강희가 가볍게 기침을 하며 말이 없었다. 그러던 중 무단과 무즈쉬를 발견한 강희는 급히 손사래를 쳐 인사는 필요없다는 손짓을 보냈다. 그리고 말했다.

"자네는 그만 나가보게. 태자한테 가서 짐이 이런 식의 효도는 부담스러워 한다고 전하게."

말을 마친 강희는 용안(龍案) 위에서 종이 한 장을 찾아내더니 하주에게 건네주며 말했다.

"짐이 읽어봤는데 사형에 처하는 사람이 너무 많아. 아무리 남의 목숨이라지만 심각하게 다시 한 번 고려해 보고 의혹이 있으면 캐고 석연치 않으면 재수사를 하라고 하게. 머리는 재생할 수 없으니까!"

하주가 나가자 그제야 강희는 무즈쉬를 묵묵히 바라보더니 입을 열어 말했다.

"몸도 성치 않은데 이렇게 멀리까지 오지 말래도 기어이 왔구만. 사람 나고 돈 났지, 돈 나고 사람 났나? 자네들 빚은 짐이 다 알아서 할 테니까 지나치게 걱정하지 말고 건강이나 잘 챙기게. 2년 후에 짐이 다시 남순할 때 만날 수 없다면 짐이 얼마나 상심하겠나? 위동정의 소식은 들었고?"

무즈쉬가 급히 엎드려 머리를 조아렸다. 죽어라 머리만 조아릴 뿐이었다. 눈물이 비오듯 흘러 말을 할 수가 없었다. 그러기를 한참, 무즈쉬가 가볍게 흐느끼며 겨우 입을 열어 말했다.

"신이 북경행을 강행한 건 꼭 빚 때문이 아니었습니다. 요즘들어 부쩍 남아 있는 날이 소중하게 느껴지고 지난 날이 그리워지는 것이 어쩐지 마마를 곁에서 뫼실 시간이 얼마 남지 않은 것 같아 두려웠습니다……. 작년에 남경(南京)에서 마지막으로 본 위동정이 하염없이 눈물을 쏟으며 폐하가 못 견디게 그립다고 했었습니다. 폐하께서 하사하신 금계랍(金鷄蠟)을 차마 먹지 못하고 머리맡에 놓고 가끔씩 만지작거리며 마마를 그리워 했다고 고백했었습니다. 이렇게 서둘러 가려고 그랬나 봅니다……."

무즈쉬는 어린이처럼 소리내어 울었다. 말없이 무즈쉬의 말에 귀기울여 듣기만 하던 강희가 몸둘 바를 모르더니 고개를 쳐들어 눈을 슴벅거렸다. 굵직한 눈물이 빗물처럼 볼을 타고 흘러내렸다.

"폐하, 부디 고정하시옵소서!"

애써 눈물을 참는 무단을 보며 마제가 급히 무릎걸음으로 다가가며 말했다.

"이제 곧 태자마마와 외신(外臣)들을 만나야 ㅎ-실 텐데 부디 용체(龍體) 보존하시옵소서. 위동정 어른은 이순(耳順)을 넘기셨으니 그만하면 호상(好喪)이옵니다. 무즈쉬 어른도 마마의 옥체를 위해주셔야지 않겠습니까?"

그제야 세 사람은 차츰 눈물을 거두었다. 틈새를 비집고 장정옥이 급히 아뢰었다.

"호부의 필요에 의해 임시로 투입되었던 이불과 전문경이 호부의 국고환수 작업이 마무리됨에 따라 지방으로 새로이 발령났다 하옵니다. 들게 하는 게 어떻겠사옵니까?"

잠시 생각한 후에 눈물을 깨끗이 닦고 난 강희가 고개를 끄덕이며 말했다.

"들라 하게. 자네들도 일어나 앉게."

전문경과 이불이 어느새 천정(天井, 안뜰)에 들어섰다.

호부에 긴급 투입된 지 두 달 만에 전문경과 이불은 각각 내향현(萊陽縣)의 현승(縣丞)과 조주시(潮州市)의 동지(同知)로 발령이 났다. 윤상을 따라 열심히 뛰어 인정을 받은 것이었다. 윤상은 원래 두 사람의 재주와 의지를 높이 사 자신 곁에 묶어두고 싶었지만 두 달 사이에 워낙 많은 사람에게 밉보였기에 밖으로 풀어주는 것이 진정 이들을 위하는 길이라는 걸 깨달았던 것이다.

애써 진정했지만 용안(龍顔)을 처음 마주한 두 사람은 긴장하여 손에 땀이 흥건했다. 이불이 전문경더러 먼저 이력(履歷)을 보고하라며 팔꿈치로 여러 번 툭툭 건드려서야 전문경이 겨우 소매를 쓸어내리며 무릎을 꿇었다. 그리고는 자신도 흠칫 놀랄 정도로 큰소리로 아뢰었다.

"신. 전문경은 강희 46년에 은과(恩科)에서 공생(貢生)에 합……."

"산동성(山東城) 사람이옵니다!"

전문경의 말이 채 끝나기도 전에 지나치게 긴장한 탓에 이불이 불쑥 이같이 말하고 말았다. 놀란 전문경이 이불을 뒤돌아 보았고 둘은 멍하니 서로를 번갈아 보았다.

비애와 슬픔에 잠겨 있던 강희의 얼굴에 얼핏 웃음기가 스쳤다. 지나치게 긴장한 탓에 경황이 없는 두 사람의 모습이 우스꽝스러웠던 것이다. 강희가 그만 들어오라는 손짓을 했다.

두 사람이 궁전 안에 들어와 강희 앞에 무릎을 꿇어 예배를 올리기를 기다렸다가 동국유가 가볍게 나무랐다.

"책깨나 읽었다는 사람들이 왜 그리 경망스러워?"

그러자 강희가 미소를 지으며 말했다.

"자네도 이런 시절이 있었다는 걸 명심하게."

이어 강희는 두 사람의 출신이며 이력을 소상히 물었고, 어느덧 차분해진 둘은 열심히 대답했다.

"자네들에 대해서는 시세륜한테 들어서 대충 알고 있네."

강희가 말했다.

"매사에 열심히 하고 최선을 다한다고 칭찬을 아끼지 않더군. 결코 아무나 소유한 덕목이 아니지. 호부의 일은 현상을 간파하여 실질을 드러내는 흑백과 시비의 전쟁이 주를 이루지. 그러나 외관(外官)으로 나가 한 지역의 부모관(父母官)이 된다는 것은 곧 민초들의 삶의 현장을 두루 들러 그네들의 고달픔을 어루만져 주어야 하기 때문에 호부에서 했던 대로 패기와 뚝심만으론 부족하다는 거네. 무슨 말인지 알겠나?"

"예, 폐하!"

"아무래도 걱정스러운데?"

강희가 천천히 입을 열어 말했다.

"이번 국고환수 때 보니 몇십 냥 밖에 안 되는 빚을 집이라도 팔아 갚으라는 식으로 나오던데, 매사에 융통성과 개연성이 필요하다는 말을 해주고 싶어서 그러네. 자네들은 살아온 날들보다 살아갈 날이 더 많은 전도유망한 젊은이들이니까."

"예, 폐하……."

관원들이 들고 날 때 의례적으로 치르는 행사치고는 파격적인 대우를 해주고 있는 건 분명했다. 상서방대신들은 강희가 자신들을 향한 마음의 소리를 이런 식으로 전달했다고 생각했다. 척 하면 삼천리라고 이들은 이제 강희의 의중을 읽는 데는 선수들이었다. 대체적으로 윤상네가 너무 가혹하게 했다는 뜻으로 이들은 풀이했다.

전문경과 이불 두 사람이 퇴장하자 강희가 곧 이덕전을 불러 명령했다.

"자네 즉각 호부로 가서 윤상과 시세륜에게 짐의 뜻을 전하게. 윤아를 호되게 혼내켰으니 사적인 앙금 같은 건 훨훨 털어버리고 마음 다잡아 전처럼 열심히 하여 짐이 홀가분하게 사냥을 떠나게 해달라고 말이네."

강희의 이같은 말을 듣는 순간 상서방대신들은 다시금 미궁에 빠졌다. 대체 윤상을 힘껏 밀어주라는 건지 설득하여 그만 하라는 건지 알 수가 없었다. 그만 물러가려는 이덕전을 강희가 다시 불러

세웠다.

"내고(內庫)에 화란국(和蘭國, 네덜란드)에서 공품으로 보내온 고급 안경(眼鏡)이 있는데, 시세륜에게 갖다주게. 짐이 하사하는 거라고 전해주게."

이덕전이 열심히 고개를 끄덕여 대답하고는 물러갔다. 그러자 동국유가 웃으며 농담조로 말했다.

"역시 복 있는 사람은 다릅니다. 저는 몇 년 동안 마마를 뫼셨어도 그런 행운은 없었습니다."

그러나 강희는 동국유의 사설을 짐짓 못 들은 척하며 말했다.

"상서방대신들은 그만 나가보게. 짐은 무단과 무즈쉬와 함께 오랜만에 산책 같은 산책 좀 해야겠네. 태자가 오면 근무전으로 보내게."

근무전(勤懋殿)은 자금성 서북쪽의 중화궁(重華宮) 동쪽에 위치하고 있었다. 공(工)자 형의 궁전이 고색창연하게 늘어서 있었다. 무단과 무즈쉬와 더불어 산책을 즐긴 강희는 기분이 한결 좋아 보였다. 발걸음을 멈추고 만한(滿漢) 두 가지 글씨로 씌여진 편액을 바라보며 강희가 물었다.

"무즈쉬, 그 옛날 자네가 짐을 떠나 지방에 내려갈 때도 짐은 이곳에서 자네를 바래다 주었지?"

"예, 폐하."

무즈쉬가 서둘러 대답했다.

"그때는 갈대가 쫙 깔린 피폐한 곳이었는데, 그 사이 몰라보게 변했습니다."

강희가 고개를 끄덕이며 감개에 젖어 말했다.

"그래 맞어, 세상 참 좋아졌지. 그땐 지진으로 태화전(太和殿)

이 무너졌어도 돈이 없어 제대로 손보지도 못하고……."

강희 일행을 발견한 태감들이 급히 허리를 굽히ㅁ 길을 비켰다. 무단은 이곳이 처음이었지만 두 번째인 무즈쉬는 이곳에 36명의 벙어리 태감들이 있다는 사실을 알고 있었다. 근무전은 강희가 비밀리에 군신들을 만나는 요충지였다. 정전(正殿)에 들어가 등나무에 앉은 강희가 태감이 건넨 차를 마시며 말했다.

"짐이 여기까지 온 건 오래 전부터 궁금했던 사실을 당사자의 입에서 전말을 속시원히 듣고 싶어서네. 무단을 동행시킨 것도 증인이 필요하기 때문이네. 오래 전부터 대충은 알고 있었지만 무즈쉬 자네와 위동정. 짐이 아끼는 두 사람이 상처를 입을까 봐서 여태 참아왔네."

순간 강희가 무엇을 뜻하는지 알 것 같은 무단의 얼굴이 하얗게 질렸다. 아무것도 눈치채지 못한 듯 무즈쉬가 황송스러워 하며 말했다.

"신이 폐하를 섬긴 세월이 자그마치 45년이옵니다. 한낱 마적(馬賊)에 불과한 저희 셋을 올바른 길로 인도하여 주시고 환골탈태시켜주신 마마의 은혜는 실로 백골난망하옵니다. 신은 가슴에 손을 얹고 생각해 봐도 절대로 폐하를 배반하거나 기만한 일이 없사옵니다."

"자네들이 성은을 명심하는 충군(忠君)의 전형인 것은 두 말할 나위도 없지."

강희가 웃으며 말했다.

"……하지만 맹세코 짐을 기만한 적이 없다는 말은 어딘가 어설퍼 보이네. 강희 23년. 자네가 강남 포정사(江南布政使)로 있으면서 가짜 주삼태자(朱三太子) 양기륭(楊起隆)을 생포했을 때의 일인데, 태자와 윤진이 자네한테 효도한 물건이 있었다는데? 못내 궁금해서 말일세."

맹세코 군주를 기만한 적이 없다던 무즈쉬가 석고상처럼 굳어지는 순간이었다. 마치 온몸의 피가 한꺼번에 빠져나가는 것 같았다. 잿빛으로 변한 얼굴엔 공포에 질린 커다란 눈과 핏기없이 실룩거리는 입술만 있을 뿐이었다!

그 당시 소어투와 양광총독(兩廣總督, 광동성과 광서성을 총괄하는 총독)으로 있던 거리, 그리고 소어투와 태자의 먹이사슬 같은 관계를 의식한 무즈쉬와 위동정이 윤진이 보내온 물건에서 적당한 선에서 마무리 지으라는 뜻을 읽어내면서 사건은 양기륭 한 사람을 처형하는 것으로 조속하게 마무리 지었다. 둘은 이 비밀을 무덤까지 갖고 가기로 약속했고, 24년이 흐르는 동안 두 당사자의 기억에서 멀어질 정도로 사건은 철저히 은폐되어 왔다.

그런데 위동정도 이미 고인이 되어버린 마당에 새삼스레 그것도 강희황제의 입에서 과거가 꼬챙이에 걸려 나오다니? 양기륭의 귀신이 수작을 부리기라도 하는 걸까? ……온몸을 사시나무 떨 듯하며 무즈쉬가 스르르 허물어지듯 내려앉았다.

"다 지나간 일이니 너무 두려워하진 말게."

우울한 표정의 강희가 말했다.

"천가(天家)엔 사소한 일이란 있을 수 없네. 황제와 태자 사이에서 고민했을 자네들의 처지를 충분히 이해하네. 짐이 자네를 없애버리려면 무슨 이유를 찾지 못하겠어? 하지만 결론부터 말하자면 짐은 이 나라에 치명타를 입히는 일이 아닌 이상 자네를 희생시킬 순 없네. 끝까지 모르는 척하려고 했었어. 그러나 살아있을 날이 점점 적어진다는 걸 새삼 느끼면서부터 부자간, 군신간 중심의 사고방식이 후세 쪽으로 기울기 시작했어. 짐은 조상님들께 한 치의 부끄러움도 없는 삶을 지향해왔고, 백성들에게서 칭찬은 못받을지언정 그들로 하여금 내 무덤에 침을 뱉게 해선 안된다고 생각해 왔어. 짐은 조상님들이 혼신을 불태워 이룩한 강산을 아무한테나 물려줄 순 없어. 그래서 짐은 태자를 정확히 해부하는 작업이 필요했고, 이 시점에서 번개같이 뇌리를 치는 그 사건이 떠올랐던 거야."

가물가물해지는 정신을 애써 가다듬으며 무즈쉬가 허겁지겁 땅을 짚고 일어섰다. 한참 후에야 그는 떨리는 목소리로 말했다.

"폐하께서 폭로하시지 않으셨다면 무덤까지 가지고 가려고 했사옵니다. 보내온 물건은 여의주(如意珠)와 와룡대(臥龍袋)였고, 심부름 온 사람은 아무 말도 없었사옵니다. 너무나 황당한 김에 그 당시엔 기군죄(欺君罪)에 해당한다는 사실조차 몰랐사옵니다. 부디 기군죄를 크게 물어 엄벌에 처해 주시옵소서. 신의 마음이 조금이라도 편하게……"

말을 마친 무즈쉬의 눈에서는 눈물이 비오듯 흘렀다. 이때 그동안 잠자코 있던 무단이 조심스레 입을 열어 말했다.

"곰곰이 생각해 보면 이 일은 어딘가 석연찮아 보이옵니다. 태자마마께선 그 당시 열두 살밖에 안 됐고, 넷째마마께선 일곱 살이었사옵니다……. 두 어린 황자들께서 일을 벌였을 리는 없고 분명히 소어투가 시키는 대로 했을 것이옵니다. 당시로선 황자가 외관을 만나서는 안 된다는 법 규정도 없었기에 철 모르는 태자께서 소어투의 희생양이 된 것 같사옵니다. 신중하게 굽어 살피시옵소서!"

"짐은 태자가 그때의 기억을 얼마나 간직하고 있으며 얼마나 깊숙이 빠져 들었었는지가 궁금할 뿐 달리 추궁할 생각은 없네."

장화소리를 크게 내며 거닐던 강희가 섬광이 번뜩이는 눈빛을 보이며 말했다.

"그러나 열두 살이 결코 어린 나이는 아니지. 자네들이 짐을 따를 때가 짐이 열두 살 되던 해이고 그해에 짐은 간신 오배를 제거했다는 사실을 보면 말이야……."

그러자 무단이 웃으며 말했다.

"그러게 사람은 별로 차이가 없어 보이지만 알고 보면 천양지차라고 하나봅니다. 신은 그 나이에 남의 집 개 도둑질에 신이 났었을 뿐이옵니다. 신이 보기에 태자마마께선 어질고 온화한 면이 주축을 이루는 반면 폐하께선 영명하시고 지혜로우심이 돋보이는 것 같사옵니다. 예지로움이 예사롭지 않으셨던 폐하셨기에 오배의 전횡에 공전(空前)의 위기를 느끼시면서 비로소 용감하게 오배와의 목숨을 건 싸움에 등 떠밀 듯 정면으로 나서실 수 있었던 것이옵니다. 태자마마께선 다른 사람의 종용에 반항할 만한 여건도 없었다고 보여지옵니다……."

무단의 말을 잠자코 듣고 있던 강희가 놀라운 시선으로 무단을 오래도록 바라보더니 갑자기 빙그레 웃으며 다가와 무단의 어깨를 감싸안으며 말했다.

"사람 죽이는 재주가 유일한 줄 알았더니 그사이 몰라보게 달라졌군! 아부가 아닌 진심의 말인 줄 알겠네. 그러나 자네가 한 가지 간과할 수 없는 건 짐이 재위기간이 길수록 짐의 수레를 들이박아서라도 내쳐버리고 싶어하는 사람이 있다는 거네. 태자보다 더 급해 하는 제3자 말일세. 사람은 주변 여건의 영향을 받아 초심과는 다른 행동을 하기가 일쑤지. 마치 뜰 안의 저 등나무처럼 하루에 세 번씩 휘어버리면 원하는 대로 모양새가 만들어지거든!"

무즈쉬와 무단은 태자에 대한 강희의 불신이 이 정도로 크다는데 놀랐다. 그렇다고 뭐라 의견을 말할 처지도 못되었다. 잠시 침묵이 흘렀다. 이때 태감 하나가 들어와 손짓을 해보였다. 그러자 강희가 알겠다는 듯이 고개를 끄덕여보이며 말했다.

"이 일은 알만큼 알았으니 이제 됐네. 〈역경(易經)〉에 이르길, '군주가 기밀을 발설하면 나라를 잃게 되고, 신하가 입이 가벼우면 육신을 잃게 된다[君不密失其國, 臣不密失其身]'고 했네. 부디 이 말 명심하게. 태자가 왔다고? 들여보내게."

동수당(東壽堂) 뒤편에서 아버지 강희의 빈비인 정춘화와 몰래 운우지정(雲雨之情)을 나누며 꿀단지에 파묻혀 있던 윤잉은 하주에게서 강희의 지의(旨意)를 전해듣는 순간 무슨 수가 있더라도 한 번 다녀가야 한다는 생각에 곧 이곳으로 줄달음쳤던 것이다.

"왔어?"

강희가 웃으며 방석을 가리켜 말했다.

"앉게. 그래 호부의 일은 잘 돼 가고? 윤상이 철수준비를 하는 것 같던데, 회수한 금액이 얼마나 되는가?"

다행히도 강희의 입에서 국고회수에 대한 질문이 앞서 나오자 적이 마음이 놓인 윤잉이 말했다.

"4천만 냥 가까이 모여졌습니다……."

"그렇게 두루뭉실하게 말하지 말고 정확한 액수를 말해 보게."

강희가 쐐기를 박았다. 다소 겁에 질린 윤잉이 마른침을 꿀꺽 삼키며 말했다.

"정확히 3,900만 냥입니다. 원래 남아있던 187만 냥을 합치면 현재 국고는 4,087만 냥이라고 윤진에게서 보고받았습니다."

말없이 자리에서 일어나 창가로 다가간 강희가 입을 열어 말했다.

　　"4,087만 냥이라! 결코 작은 액수는 아니지. 엄청난 일을 하면서 고생이 많았다는걸 짐이 잘 아네. 하지만 어떤 일은 제때에 짐에게 보고했어야 했어. 예컨대 윤아가 가산을 팔아 빚을 갚는다고 소동 피운 건 종실(宗室)에서 제일가는 친귀(親貴)로서의 황자 체면에 좋을 게 없지 않겠어?"

　　그러자 윤잉이 다급히 웃음을 지어보이며 말했다.

　　"그일은 전적으로 아들의 관리소홀입니다."

　　윤잉의 솔직한 고백에 강희가 고개를 끄덕이며 말했다.

　　"자네 처지를 감안한다면 잘못된 것도 없지. 윤아가 작정을 하고 고안해낸 수작일 테니까. 하지만 미워죽겠어도 형제이고 핏줄인 걸 어쩌겠나? 사전에 이상한 냄새 맡았을 때 미리 찾아 잘 다독였더라면 좋았을 걸."

　　"천만지당하신 말씀입니다, 아바마마."

　　윤잉이 말했다.

　　"어제 일은 전부 아들의 잘못입니다……."

　　"전부는 아니야."

　　강희가 윤잉의 말허리를 잘라 말했다.

　　"윤상의 몫도 있어. 개를 쫓아도 도망갈 구멍을 만들어놓고 쫓아야지 몽둥이 든 사람에게 맞아죽지 않으려면 물어뜯는 수밖에 더 있겠느냐는 거지. 융통성이 없는 것도 문제야. 위동정의 빚은 짐이 몇차례 남순할 때의 과도한 지출 때문이라는 걸 모르지 않는 자네들이 막판에 그렇게 몰아붙이면 어떡해? 그 타격만 아니었어도 위동정이 이렇게 급작스레 떠나지 않았을지도 몰라."

"모두 아들의 책임입니다."

윤잉이 똑같은 말을 벌써 몇 번째 반복하고 있었다.

"알면 됐네."

강희가 말했다.

윤잉은 몽유병환자인 양 흐리멍텅한 얼굴로 밖으로 나왔다. 일 잘했다고 칭찬은 하면서도 뭔가 석연치 않은 여운을 남기는 강희의 말을 되새김질하며 윤잉은 한바탕 머리가 빠개질 듯했다. 윤잉이 육경궁으로 돌아왔을 때는 진시(辰時)가 끝나가는 시각이었다. 왕섬과 진가유, 주천보가 각지에서 올라온 상주문을 읽고 있었다. 기분이 그리 밝아보이지 않는 윤잉에게 조심스레 다가간 주천보가 뭐라 입을 열어 물으려 할 때 윤잉이 말했다.

"내형(奶兄, 같은 유모 젖을 먹고 자란 사이) 능보(凌普)가 승덕(承德)에서 올라왔다는데 여기 왔었어? 능보가 여장을 푸는 대로 내게 보내라고 태감들에게 전하게."

"남황가(南橫街) 동래(東夾) 거리에 거처를 마련해 놓으셨다며 다녀갔습니다. 근데 무슨 일 때문에 급히 보자시는 겁니까?"

진가유가 조심스레 물었다.

그러자 윤잉이 한숨을 내쉬며 말했다.

"밖에 나가 일을 한다지만 필경은 나의 가노(家奴)야. 친정에 왔으니 당연히 와서 시중들어야 할 거 아니야?'

윤잉의 말을 들은 왕섬이 입을 열어 말했다.

"그렇긴 하지만 능보는 현재 승덕에서 도통(都統)이란 높은 자리에 있습니다. 뿐만 아니라 탁합제(托合齊), 제서 무(齊世武), 영빈(英斌) 등이 이번에 함께 상경한 것은 폐하께 술직차 온 것이기 때문입니다. 그러니 태자마마의 체통도 있고 이럴 때일수록 주위의 시선을 의식해야겠습니다. 꼭 찾아와 시중을 들어야 노복된 처사를 다하는 건 아니잖겠습니까?"

왕섬은 옳다고 생각한 말을 감추는 법이 없는 직선적인 성격이고 고집불통이었다. 이 역시 강희가 그를 맘에 들어하고 태자의 스승으로 점찍은 이유였다. 존사중도(尊師重道)를 지극히 숭상하는 왕섬은 그러다 보니 말끝마다 훈계하고 가르치려드는 톡쏘는 맛이 다분했다. 윤잉은 백관들 중에서 가장 짜증스럽고도 무서운 존재로 왕섬을 꼽았다. 이번에도 왕섬에게 한 소리 들은 윤잉은 화가 났지만 습관처럼 참아내며 웃는 얼굴로 말했다.

"스승님, 능보가 저의 내형인 걸 모르는 사람이 없는데 자주 드나든다고 누가 뭐라 하기야 하겠습니까?"

"남의 말 하기 좋아하는 사람들이 기상천외하게 몰아가는 여론을 우리 맘대로 요리할 수는 없지 않겠습니까?"

왕섬의 얼굴은 무덤덤했다.

"지난번에도 외관을 잠깐 집에 불러 저녁을 같이 했을 뿐인데 밖에선 태자가 사사로이 무리를 만드네 어쩌네 하며 온갖 소문이 난무하여 태자마마께 오점을 남기지 않았습니까?"

그러자 윤잉이 냉소하며 말했다.

"스승님, 구더기 무서워 장 못 담그겠습니까? 나만 당당하면 됐지 종아리 보고서도 엉덩이 봤다고 하는 자들의 비위를 애써 맞추려 할 건 뭡니까?"

윤잉의 말이 끝나기 바쁘게 주천보가 제동을 걸어왔다.

"태자마마께선 별 것 아닌데 왜 밥통 싸들고 반대하나 하고 아니꼽게 생각하실 수도 있습니다. 그러나 바로 우리에게 별 것 아니라고 생각되는 것들이 불순세력들에게는 타산지석으로 작용할 수 있다는 것을 간과해선 안 되겠습니다. 외관들은 맡은 바 임무에만 충실하면 되는 것이지 궁중 출입이 잦아봐야 좋을 게 없습니다. 지난번 병부상서인 경색도(耿索圖)가 양심전으로 들어오는 모습을 보며 마마께서마저도 '병부 그릇이 너무 작나? 아니던 태자한테 꿀단지 파묻었나?' 하고 말씀하셨더랬습니다. 오이밭에서 신발끈 고쳐 매지 말라는 말 괜히 나온 게 아닌 것 같습니다!"

자신이 무심코 한 말 한 마디가 이토록 거센 반발을 불러올 줄은 몰랐다. 화가 나고 우스웠다.

"됐어, 됐어. 없던 일로 하면 될 거 아니야! 나는 그만 사패륵부에 다녀와야겠어."

그러자 주천보가 급히 아뢰었다.

"태자마마! 상서방에서 급전(急電)을 전해 왔사온데, 아라부탄이 카얼카 몽고에 침입하여 카얼카 왕이 긴급지원을 요청해 왔다는 내용과 이에 따른 군향(軍餉) 지출문제와 금명간 결재하셔야 할 군무(軍務)들도 많습니다."

주천보에게서 서류뭉치를 받아들었지만 윤잉의 머리 속은 엉뚱한 생각으로 가득했다. 정춘화의 비단결같이 매끈하고 부드러운 몸뚱아리가 눈앞에 아른거렸고 태의원(太醫院) 하맹부(賀孟俯)에게 비밀리에 부탁한 춘약(春藥)이 궁금했다. 서류는 들고 있었지만 시선은 허투루 돌아가는 태자를 유심히 살펴보던 주천보가 걱정스런 어투로 말했다.

"태자마마, 뵙기에 뭔가 걱정스러운 일이 있어 보이십니다?"

속내를 들킨 듯 흠칫하던 윤잉이 그러나 금세 묘안이 떠오른 듯 서류뭉치를 책상 위에 던지듯 내려 놓으며 냉소하여 말했다.

"걱정이 있다 뿐이겠어? 태산 같지! 윤진만 믿고 막나가는 윤상 때문에 내가 오늘 똥바가지 뒤집어 쓴 거 모르지?"

윤잉은 곧 여차여차하여 강희황제에게 훈계당한 사실을 털어놓았다. 그리고는 땅이 꺼져라 한숨을 내쉬며 말했다.

"더 이상 인명사고가 나서는 안 되겠어. 태자마마의 중도하차가 제일 두려웠었는데, 아니나다를까 그렇게 돼 가고 있는 것 같아!"

"폐하께서 변통(變通)을 강조한 것은 결코 변심(變心)이라고 할 순 없습니다."

왕섬이 사색에 잠겨 말했다.

"대부분의 국고가 환수되고 이제 막바지 총력전을 기울여야 할 때입니다. 쇠뿔도 단김에 빼랬다고 이제부터가 완승을 거두드냐 마느냐의 중대한 고비입니다. 누가 뭐래도 이 일에서는 항해사나 다름없는 태자마마께서 끝까지 소신을 지켜나가는 게 중요한 때입니다."

뭔가 할말이 있는 듯 몇번 입을 열려다 말던 진가유가 마침내 입을 열어 말했다.

"태자마마께선 나라의 저군(儲君)으로서 신하들에겐 군주시고 폐하에겐 신하이십니다. 폐하께선 성심(聖心)이 고원(高遠)한 분이십니다. 이럴 때일수록 태자마마께선 자신의 목소리를 내야 합니다. 본인이 정당하다고 옳다고 생각되는 일이라면 폐하의 반대의사까지도 설득할 용기가 있어야 하고, 직간(直諫)을 서슴지 말아야 한다고 생각합니다. 태자마마께선 지금 자신이 너무 우유부단하다고 생각지 않으십니까?"

내쫓기기를 감수한 진가유의 거침없는 말에 윤잉은 그만 얼굴이 붉어지고 말았다. 왕섬은 그렇다 치고 '새우 새끼'들마저 자신을 훈시하려 든다고 생각한 윤잉이 벌떡 일어나 발작하듯 고함을 질러댔다.

"자네들 이렇게 무례해도 되는 건가? 내가 우유부단한 게 뭐가 있고 당당하지 못한 게 뭐가 있어? 분수를 알아, 주천보! 내 아들이 자네보다 한 살 더 많아!"

내뱉듯 이같이 대성질호하고 난 윤잉은 휑하니 밖으로 나가버렸다.

19. 태자 폐위설

옹군왕(雍郡王) 윤진의 자택으로 향하는 윤잉은 생각할수록 분하고 짜증났다. 밖에서 공공연히 나도는 태자 폐위설에 대해서는 한쪽 귀로 듣고 한쪽 귀로 내보낸다지만 측근들마저 이런 요언에 흔들려 어줍잖은 일로 겁이나 주고 괜히 손발이나 얽어매려고 한다는 사실이 괘씸했다.

강희 42년에 소어투가 꾀한 모반은 사실상 철모르는 윤잉을 등에 업고 일방적으로 저지른 짓이었다는 결론은 대리사(大理寺), 형부(刑部)와 이번원(理藩院)의 공조수사를 거쳐 장정옥에 의해 내려진 지 오래였다. 그 일로 마음의 상처를 크게 입었던 강희와 윤잉 두 부자는 건청궁에서 독대하여 껴안고 하염없이 울며 영원히 서로를 배신하지 않을 것을 하늘에 굳게 맹세했었다. 그러나 깊은 속내를 알 리 없는 사람들은 툭하면 그때 그 사실을 들먹거려 윤잉을 겁주려 했고 위험천만한 윤잉의 배에 올라타는 걸 두려워

한 나머지 슬금슬금 게걸음을 쳐 도망가기도 했다.

씩씩대며 윤진의 집으로 향하는 수레 속에서 윤잉은 자신의 아우들에 대해 나름대로의 분석을 시도했다. 맏이는 간신배인 명주의 조카로서, 그 경박함과 간사함을 멀어서 못 닮겠느냐는 계산이 금세 나왔다. 셋째는 정신병자처럼 달빛에 나가 시 나부랭이나 읊고 다니라면 신이 나서 돌아가지만 별 볼일은 없을 것 같고, 넷째는 보기에 원리원칙대로 시키는 일은 잘하지만 큰 야망은 없는 것 같았다. 다섯째는 어리숙한 것이 자기 주장도 변변히 내세우지 못하는 등신머저리이고, 여섯째는 종일 새조롱이나 들고 도처에 쏘다니며 노는 게 유일한 취미인 걸 보면 역시 별볼일없긴 마찬가지. 일곱째는 일찍이 저세상으로 떠나갔고, 여덟째…… 오직 이 여덟째만이 자신에게 주어진 숙명 같은 맞수라고 생각은 하면서도 아홉째, 열째, 열넷째와 한 덩어리가 되어 돌아가며 모름지기 압박감을 주지만 신접살림이란 차려본 적이 없는 그가 과연 종가집을 이끌어 나갈 거목감이 될 것인가라는 의문으로 늘 그랬듯이 자위했다.

여덟째 밑의 아우들은 아직 젖냄새도 제대로 가시지 않은 것들이 경계권 안에도 들지 못한다고 윤잉은 슬며시 웃었다……. 그렇다면, 만에 하나 자신이 정말 폐위당한다면 그 자리를 대체할 사람은 누구란 말인가? 윤잉은 다시금 골머리가 아파왔다. 그러나 어느덧 옹군왕부는 눈앞에 있었다.

수레에서 내린 윤잉은 서쪽 켠에 자신과 거의 비슷한 시간에 도착한 수레 하나를 발견하고는 잠시 주춤했다. 누구일까 눈여겨보니 수레에서 상반신을 드러내고 기웃거리는 사람은 다름아닌 셋째였다. 윤잉이 웃으며 말했다.

"셋째 아닌가! 아무래도 우린 뭔가 통하는 것 같아. 안 그래도 넷째랑 같이 자네가 요즘은 무슨 좋은 책을 읽나 알아보려고 송학산방(松鶴山房)으로 찾아가려고 했었는데, 잘 왔네."

"태자마마!"

셋째가 급히 다가와 격식차려 인사올리며 반색하여 말했다.

"그러게 말입니다. 저도 넷째랑 같이 태자마마께 문안 인사차 다녀오려고 했었는데 말입니다."

올해 31살인 셋째 윤지는 이목구비가 단정하고 몸매 또한 길게 쭉 뻗은 것이 마치 바람에도 끄떡없는 아름드리 나무 같았다. 책을 많이 읽어서인지 일거수일투족에 풍류스러운 멋이 다분했다. 두 사람이 담소하며 안으로 들어가려고 할 때 고복이 종종걸음으로 달려와 머리조아려 인사하며 말했다.

"문지기가 손님 오셨다길래 나와 봤더니 태자마마와 셋째마마시군요! 소인이 달려가 넷째마마께 아뢰겠습니다!"

그러자 셋째가 미소를 머금고 손을 가로저으며 말했다.

"맨날 출근하다시피 하는 사람인데 새삼스럽게 그럴 거 없네. 넷째마마가 내 꼴 좀 덜 보는 게 소원일지도 모르니까 그러지 말고 내가 태자마마의 안내를 해 드릴까 하네. 그래 넷째마마는 동원(東院) 서재에 계신가?"

"만복당에 계십니다."

고복이 실눈을 뜨고 웃으며 급히 아뢰었다.

"십삼마마께서도 오셔서 지금 두 분은 장기를 두고 계신 줄로 알고 있습니다!"

말을 마친 고복은 곧 하인들을 시켜 두 사람을 의문(儀門)에 있는 동쪽 안채에서 차를 마시며 기다리게 하라고 지시했다.

이곳이 처음인 윤잉은 윤지를 따라 자갈이 깔린 좁은 통로를 걸어 들어갔다. 전체적으로 고색 창연한 멋이 돋보이고, 건축양식 또한 대단히 장관이었다. 하지만 실내는 깔끔하긴 했지만 사치와는 거리가 있었다. 구석께에는 거문고가 비스듬히 늘여있고 벽에는 장검이 걸려 있었다. 그 외에 눈에 띄는 건 종류를 헤아릴 수 없을 정도로 많은 도서였다. 외모로 보나 성격으로 보나 왕털털이 같은 윤진이 자신의 방을 꾸며놓은 모습에 윤잉은 속으로 적이 놀랍고 새삼스러웠다.

장기판에 정신이 팔린 두 사람은 윤잉과 윤지가 들어선 것을 전혀 눈치채지 못하고 있었다. 등뒤에서 고개를 내밀어보니 장기에는 별 수가 없는 윤진이 한참 아랫동생에게 고전을 면치 못하고 있었다. 윤상이 세 개씩이나 양보를 했지만 여전히 쩔쩔매고 있던 윤진이 포기한 듯 웃으며 말했다.

"아우, 이제 더 이상은 못 봐준다 이거지……."

그러자 윤상이 웃으며 말했다.

"지나치게 양보하면 상대를 무시하는 거예요."

이같이 말하며 순간적으로 윤잉과 윤지를 발견한 윤상이 깜짝 놀라 말했다.

"태자마마, 셋째형! 언제 오셨어요?"

윤진도 놀라긴 마찬가지였다. 그는 왜 진작에 아뢰지 않았냐며 고복을 나무랐다. 그리고는 격식을 차려 주종간의 예의를 갖추려고 했다.

"문을 닫아 걸면 형, 아우 사이인데 우리끼리 있을 때는 그런 격식 안 차려도 돼."

윤잉이 급히 손을 가로저으며 말했다.

"충성심이 있느냐, 없느냐 하는 것은 인사를 깍듯이 하느냐, 안 하느냐에 있는 게 아니거든. 여덟째와 아홉째는 날 보면 아주 오체투지(五體投地)가 따로 없다가도 뒤돌아서면 침이나 뱉고 열째 같은 어리숙한 애들을 시켜 난동이나 부리고 그러잖아."

그러자 윤상이 냉소하여 말했다.

"대천세(大千歲)라는 양반은 또 어떻고요. 나랑 윤아가 엉켜붙어 돌아갈 때 말리는 척하면서 나만 붙잡아두는 거 봤죠? 그 바람에 꽤나 얻어 맞았잖아요! 그래 놓고는 저녁에 나한테 와서 뭐 '아홉째, 열째는 사람 되려면 멀었다'는 둥 속 보이는 소리나 하는 거 있죠! 명색이 형제간이지 웬수야, 웬수! 저것들이 내게 주먹을 휘둘렀지만 실은 태자마마를 노린 거예요."

"나를?"

윤잉이 크게 놀라는 척하며 과장된 표정을 지어 말했다.

"웃기는군. 그래, 무슨 소리 들었어?"

그러자 윤상이 말했다.

"생각해 보세요? 시세륜을 모독한 지 하루만에 어화원을 쑥대밭으로 만든 것은 태자마마를 욕되게 하려는 계획적인 행동이었다구요! 항간에서는 태자가 '태자노릇만 40년 한 사람 어딨냐'며 툴툴댔다는 둥 폐하께서 몸져 누우셨을 때 몰래 입을 감싸쥐고 돌아서서 웃었다는 둥 별의별 소문이 죽끓듯 하고 있어요! 소문의 발원지가 어디든 이런 소문이 돈다는 것은 태자마마를 음해하려는 움직임이 예사롭지가 않다는 명증 아니겠어요?"

잠자코 들으며 오랫동안 생각에 잠겨있던 윤잉이 마침내 냉소하여 말했다.

"난 절대 그런 적이 없어. 이건 터무니없는 소문이야! 난 내 마음의 소리에만 귀 기울일 뿐이지 악의에 찬 자들이 심심풀이삼아 씹고 다니는 그런 말들은 신경쓰고 싶지도 않아. 그런 소리에 일희일비했다면 지금까지 살아있지도 못했을 거야!"

그러자 안색이 파리하게 질린 윤지를 뒤로하며 윤상이 조롱어린 표정으로 말했다.

"앞장서서 저지르고 다니는 나도 그깟 새끼들 두려운 게 없는데, 형들이 무슨 걱정이에요?"

"당연히 두려워할 건 없지. 그러나 대책은 세워야 해."

윤진이 눈빛을 반짝이며 말했다.

"사실 난 나를 미워하는 사람들이 태자마마와 윤상을 훨씬 웃돈다고 봐요. 미워하는 정도가 아니라 아주 식육침피(食肉枕皮, 고기를 먹고 껍질을 베개 만들어 베다)에 가까울 걸! 우리가 중도하차하여 개털 되기만을 기다리는 거지. 우르르 몰려들어 잡아 먹으려고. 그러기 때문에 우리로선 누가 뭐라든 끝까지 밀고 나가는 수밖에 없어."

그러자 윤상이 크게 공감하여 왼손바닥을 오른주먹으로 탁! 내리치며 말했다.

"바로 그거예요! 끝까지 출혈은 안 하려고 이 눈치 저 눈치 보는 자들은 귀신처럼 쫓아다니며 장기전에 들어가야 해요. 흥! 칼날 잡은 자가 이기는 걸 본 적은 아직 없으니까."

말을 마친 윤상은 "찰싹!" 하고 자신의 뺨을 내리쳐 모기를 때려잡았다. 윤상의 기세에 놀란 윤잉은 자신을 바라보던 강희의 차가운 눈빛을 떠올리며 걱정어린 표정으로 말했다.

"십삼아우, 그렇다고 마구 목졸라선 안 되네! 더 이상 인명사고가 나선 곤란하다구! 인심이 우리를 점점 떠나는 게 안 보여? 지난

번에 시세륜이 열째한테 모욕을 당할 때도 몇십 명의 관원들이 옆에 있었다는데 저마다 낄낄대며 누구 하나 나서서 말리는 자가 없더래잖아. 강도를 더 높였다간 난 아주 고립무원의 지경에 빠지고 만다구."

윤잉의 말에 순간적으로 화가 치민 윤상은 애써 화를 눅자치며 웃는 얼굴로 말했다.

"우리는 엄연히 이 나라를 위해 좀도둑을 잡아내는 정의의 사자(使者)예요. 그런데 아무리 세상이 말세라고 해도 어찌 우리가 고립무원에 빠질 수가 있어요? 그리고 정녕 그렇게 된다고 해도 겁날 게 뭐가 있어요?"

윤상이 애써 부드럽게 말하느라 했지만 윤잉에겐 별것도 아닌 것이 무례하게 까불고 있는 쯤으로 비춰졌음은 분명했다. 그는 눈꺼풀을 차갑게 내리깔고 말했다.

"넌 호쾌한 성격의 소유자라서 괜찮을지 모르지만 난 남들의 손가락질 받으며 살 자신없어!"

"어련하시겠어요!"

윤상이 되받아쳤다.

"너?"

윤상의 코끝을 향한 윤잉의 손가락이 심하게 떨렸다.

"너 지금 나한테 한 소리야? 이게 정말 뭘 믿고 죽을 둥 살 둥 까부는 거야?"

윤잉이 장검이라도 있으면 뽑아서 찌를 태세로 대성질호하고 나서자 윤상이 그 앞으로 한걸음 다가서더니 피식 웃으며 말했다.

"그렇게까지 화가 나셨다면 제가 잘못했고 앞으로 좀더 깍듯이 모실게요. 실은 여기서 이러고 있을 시간도 없는데, 여덟째형이 술 사준다고 오라고 해서 말이죠. 저 먼저 가볼게요!"

말을 마친 윤상은 곧 머리에 김이 모락모락 피는 윤잉을 뒤로하고 나가려고 했다.

"거기 못 서?"

윤진이 탁자를 힘껏 내리치며 불러세웠다.

쥐죽은 듯한 정적이 감돌았다. 밖에 서 있던 고뇨과 송아지, 강아지네도 그 자리에 굳어지고 말았다. 잠시 후, 어깨를 맥없이 늘어뜨리며 긴 한숨과 함께 윤잉이 스르르 자리에 허물어져 내렸다. 그는 고통스런 표정을 두 손바닥으로 감싸안으며 말했다.

"가봐…… 맘대로 해……."

그러자 셋째 윤지가 심각한 표정을 지으며 말했다.

"열셋째, 태자마마께 너무 무례했어. 여덟째, 열째 뿐만 아니라 우리들도 태자마마께 이런 식으로 무례를 범해본 적은 아직 없어!"

"내가 여덟째형이랑 비교해서 이길 수 있는 게 뭐가 있어요?"

윤상이 거친 숨을 몰아쉬며 말했다.

"저라고 이러고 싶은 줄 아세요? 호부에 처음 들어갔을 때 그것들이 날 매장시키려고 안간힘을 썼죠. 난 그것들 기죽이기에 사활을 걸었고! 다들 몰라서 그렇지 참으로 처절한 싸움이었어요. 전후하여 호부에 모두 이 년 동안 있으면서 밤잠 한 번 제대로 맘놓고 자본 적이 있으면 난 사람도 아니에요!"

말 그대로 처절했던 그 시절을 떠올리며 윤상의 눈에 어느덧 눈물이 고이기 시작했다.

"……제가 혼자 잘 먹고 잘 살자고 이러는 줄 아세요? 나라고 남들한테 욕 얻어 먹는 게 소원이어서 이러겠느구요? 내가 일

잘해서 마마에게 인정받으면 궁극적으로 누구 얼굴이 빛나느냐구
요?"

윤잉의 머리가 저절로 수그러졌다. 그는 연신 한숨만 토해냈다.
윤상을 한켠에 끌어당기며 윤진이 말했다.

"태자마마도 일을 잘 마무리짓자는 뜻에서였을 거야! 그런데
뭘 그리 흥분하고 그래?"

셋째 윤지도 덩달아 말했다.

"태자마마의 말씀이 일리가 있어. 뭐든지 너무 지나쳐서는 독이
되는 거야. 중용(中庸)을 지켜야 해. 태자마마께서도 너무 걱정하
실 건 없어요. 마마께서 초심을 바꾸신 것이 아니라 위동정 어른의
사망 소식에 너무 충격을 받으셔서 그런 말씀을 하셨을 줄로 믿어
요."

셋째의 말대로라면 태자도 황제도 윤상도 다 잘못이 없었다.
결국 하나 마나한 말이고 영양가가 전혀 없는 말이었다. 윤진과
윤상은 마주보며 피식 실소하고 말았다.

"결코 웃어 넘길 일이 아니야."

윤상을 바라보며 윤잉이 대단히 모순된 표정을 지으며 말했다.

"자네가 진정으로 조정을 위하고 나를 위하는 걸 내가 모를 리
가 있겠나? 그러나 폐하의 말씀을 염두에 두지 않을 순 없잖아.
우리 대청(大淸)이 뭐 고리대금업자의 금고야? 우리가 몽둥이나
꿰차고 인상을 험악하게 구기며 빚독촉이나 다니는 고리대금업자
는 아니잖아? 흥분하지 말고 차분히 생각해 봐. 내일 일단 아무
소리 말고 사람들을 소집시켜 놓게. 내가 폐하를 뵙고 대체 무슨
뜻인지를 분명히 해올게. 우리는 지의(旨意)에 따라 움직일 수밖
에 없다는 걸 아는 이상 결론이 우리가 원치 않는 쪽으로 난다고

해도 우리를 원망할 사람은 아무도 없을 거야."

뭔가 결정을 내려놓고 일방적으로 통보를 하는 것 같았다. 윤진과 윤상은 더 이상 말이 없었다.

한참 후, 윤지가 윤잉과 함께 떠나가고 방안에는 윤진과 윤상만 남아 있었다. 무섭게 찌푸린 두 사람의 이마 사이로 창밖의 바람소리가 지칠 줄 몰랐고 음울한 잿빛 구름이 낮게 드리워졌다. 시간이 얼마나 흘렀을까. 윤진이 무겁게 한숨을 내쉬며 말했다.

"넌 너무 성급한 게 탈이야. 태자가 조금 신중했으면 하고 주문하는데 기분 나쁠 게 뭐가 있어!"

"신중은 무슨! 간덩이가 쥐불알만 해가지고 벌써부터 겁에 질린 거지!"

윤상이 침이라도 내뱉을 것처럼 말했다.

"밤낮으로 아바마마의 주변을 맴돌면서 비위를 맞추느라 가랑이가 찢어질 지경이지. 그러나 아바마마께서 가장 질색하는 것이 바로 그 물에 물 탄 듯, 술에 술 탄 듯한 성격 아니겠어요?"

윤진이 몸을 곧게 펴 등받이에 기대며 뭐라 입을 열어 말하려던 중 병풍 뒤에서 홀연 말소리가 들려왔다.

"맞는 말씀입니다! 세상만사는 엎드려 따르기란 용이하지만 고개 들어 항거하기란 어려운 법이지요. 태자마마는 아둔하지 않은 사람이 이 삼승묘의(三乘妙義)를 깨닫지 못하신다는 게 안타깝네요!"

말소리를 뒤로 하고 지팡이 소리를 내며 나타난 사람은 오사도였다. 늘 그러하듯이 입가엔 싸늘한 미소가 눈엔 유유한 빛이 마력적인 오사도가 말했다.

"뒤에서 오랫동안 엿들었습니다. 열셋째마마는 협객의 기질만 뛰어나신 줄로 알고 있었는데, 오늘 보니 투시력 또한 대단하십니다. 실로 넷째마마의 복이 아닐 수 없습니다!"

순간 눈빛이 크게 빛나던 윤진이 찻잔을 들어 입술을 갖다대며 웃었다.

"난 지금 면박줄 생각이었는데, 오 선생은 오히려 칭찬을 하시다니!"

천천히 자리한 오사도가 길고 흰 손가락을 깍지끼며 고개를 끄덕여 말했다.

"면박당할 이유가 전혀 없습니다. 태자마마께선 바로 열셋째마마께서 지적하신 대로입니다. 사람은 누구나 상대에게 구할 것이 있고 약점이 잡혀 있거나 자신이 없을 때면 스스로 알아서 설설기게 되는 속물입니다. 태자마마께서 황제폐하의 일거수일투족에 일희일비하는 것은 자신의 위치가 흔들리는 걸 의식했기 때문입니다. 태자마마께서도 이러는 자신을 알고 있지만 그저 눈감고 아웅하는 식으로 일관할 뿐입니다. 제가 언젠가 태자마마의 위태로움을 아침이슬에 비유한 것도 같은 이유에서였습니다. 폐하께선 종묘사직을 이끌어 갈 태자를 원하시는 것이지 결코 발밑에서 굽신거리는 노예를 원하는 건 아닙니다! 태자마마께서 진정으로 자신의 앞날을 위해 구해야 할 것은 바로 마마의 뜻일지언정 감히 간언하여 되돌리고 때론 거역할 줄도 아는 용기입니다. 쉽진 않겠지만!"

말을 마친 오사도는 의미심장한 웃음을 지었다. 넋이 나간 듯 열심히 듣고 있던 윤상은 좌선하는 자세로 눈을 감은 채 부지런히 염주를 돌리고 있는 윤진을 바라보며 갑자기 뇌리를 치는 생각이 있었다. 만약 넷째형이 태자가 된다면…… 그럼…….

윤상이 잠시 이런 생각에 잠겨 있을 때 윤진이 갑자기 눈을 번쩍 뜨며 물었다.

"그럼 우리는 이제 어떻게 하는 게 좋겠소, 오 선생?"

"백척간두(百尺竿頭)에서는 다시 한 걸음 나아가는 수밖엔 없습니다. 돌바위처럼 버티고 서서 등 두드려가며 토해내게 하는 수밖엔 없습니다!"

오사도의 얼굴에는 푸르스름한 빛이 감돌았다.

신이 난 윤상이 박수를 보내며 말했다.

"오 선생님 말씀 한마디가 책 몇 수레 읽은 것보다 더 소득이 큰 것 같아요! 십년 묵은 체증이 내려가는 느낌이라는 게 이런 것인가 봐요!"

그러자 윤진이 갑자기 물었다.

"끝까지 태자마마와 황제폐하의 의사와 상충된다면?"

"태자마마가 두려워할 만한 상대가 된다고 생각하십니까?"

오사도의 목소리가 갑자기 메마르게 들려왔다.

"폐하께서는 그러나 어디까지나 과유불급(過猶不及)을 우려하실 뿐 완벽하게 뒤집어 엎을 리가 없습니다!"

"태자마마가 등극을 하신다면……?"

윤진의 눈빛이 귀신불처럼 명멸했다. 그러나 다시금 암담해졌다.

"누군들 일인자의 보복으로부터 자유로울 수 있을까?"

잠시 생각에 잠겨있던 오사도가 단어 사용에 신경을 써가며 말했다.

"그 사람에게 잘못하는 게 없는데 보복이라뇨? 그리고 두 분을 떠나서 그 사람은 한 발짝도 움직일 수 없게 돼 있습니다. 그런데 감히 미워할 수가 있겠습니까? 설령 그날이 온다고 해도 여덟째마마와의 대결이 불가피하기 때문에 그는 두 분을 의지할 수밖에 없습니다!"

옹왕부에서 나온 윤잉은 납덩이처럼 무거운 머리도 식힐 겸 겸사겸사해서 윤지네 집에 들러 책 한 권을 빌린 후에야 궁으로 돌아왔다.

하지만 이미 왕섬 등은 퇴근을 하고 없었다. 홀로 텅 빈 궁전에 앉아 있노라니 처마를 스쳐가는 가을바람소리만 자지러지는 것이 갈수록 마음이 심란했다. 궁녀에게 보이차(普耳茶)를 가져오게 하고 의자에 파묻혀 멍하니 앉아있을 때 하주가 서류뭉치를 들고 들어오더니 말했다.

"태자마마, 언제 귀궁하셨습니까?"

"지금."

"상서방에 다녀오는 길입니다."

"그래."

"태의원의 하 태의가 다녀갔습니다. 태자마마의 지시에 따라 설련(雪蓮)을 가미한 한약이 준비됐다고 했습니다."

"환제(丸劑)래? 산제(散劑)래?"

"환제라고 들었습니다."

하주가 금칠을 한 큰 궤에서 약봉지 하나를 꺼내 윤잉에게 건네주었다. 펼쳐 보니 밀랍으로 딱딱하게 옷을 입힌 완두알 크기만한 알맹이였다. 코끝에 대보니 향기가 물씬했다. 그는 누가 빼앗기라도 할세라 재빨리 도로 안주머니에 집어넣었다. 지난번 윤지네집에서 가져온 〈영락대전(永樂大典)〉에서 옛 처방을 구했던 것이다. 정력강장에 특효이고 반로환동(返老還童)할 수 있는 미묘한 물건으로써, 황제어녀(黃帝御女)들이 복용했던 단방(丹方)이라고 했다. 그러나 이 물건을 황제에게 들키는 날엔 목숨이 붙어있을지조차 장담하기 어려운 일이었다. 왕섬에게조차도 들켜선 안 되는 일이었다.

황제와 왕섬을 떠올리며 가슴을 두근거리던 윤잉이 물었다.

"상서방사람들은 아직 하조(下朝)하지 않고 있나?"

"소인이 올 때까지는 몇 사람 남아 있었습니다."

하주가 웃으며 말했다.

"위동정 어른에게 내릴 시호(諡號)를 준비하느라 여념이 없는 것 같았습니다. 여기 마마께서 어비(御批)를 단 위동정 어른의 유언장이 있는데, 태자마마께서 열람해 주셨으면 합니다."

윤잉이 몸을 흠칫 떨며 자세를 바로잡고 앉았다. 하주에게서 넘겨받아 보니 과연 '이등공작, 월민전절, 4성해관총독 의동정 8월 14일 해시에 사망(二等公爵, 粵閩滇浙, 四省海關總督 魏東亭 八月 十四日 亥時死亡)'이라는 글귀와 함께 위동정의 우언장이 부착되어 있었다. 급급히 몇 장을 넘겨보니 과연 위동정의 친필이 틀림없었다.

구구절절 떠나가는 아쉬움이요, 행간마다 성은(聖恩)을 못 잊는 애절함이었다. 가슴이 뭉클해진 윤잉이 읽어보니 강희의 손톱자국이 분명한 줄이 선명하게 그어져 있는 부분이 유난히 눈에 띄었다.

　　……죄 많은 이몸 평생 입은 성은에 보답하기는커녕 빚만 가득 남겨놓고 떠나가니 지옥문에 들어가는 마음 무겁고 죄스럽기만 하

옵니다! 누각에 올라 서성이며 피눈물을 쏟으니 이젠 그나마도 말라
버려 가슴만 아프나이다. 평생 마마 곁에서 섬기며 결초보은하리라
던 맹세 허망하게 무너지고 서둘러 떠나가는 신을 부디 용서해주시
기 바라옵니다…….

강희의 것인지 위동정의 것인지 눈물이 글자 위에 떨어져 먹이
번져나간 흔적들이 여기저기에 엉켜 있었다. 끝부분에 강희의 주
비(朱批)가 한눈 가득 안겨왔다.

　　위동정의 아들 위천우(魏天祐)에게 일등백작(一等伯爵) 칭호를
　　수여하고, 영해관사(領海關事) 직책을 부여하며 매년 조금씩 나라
　　빚을 갚도록 한다.

강희의 별호인 '체원주인(體元主人)'이란 인새(印璽)가 선명하
게 찍혀 있었다.
강희의 '성의(聖意)'를 이젠 분명히 알 것 같은 윤잉은 팔베개를
하고 벌렁 자리에 드러누웠다. 천장을 바라보며 두서없는 생각에
잠겨 있노라니 설핏 잠이 들었다.
한 번도 얼굴을 본 적이 없는 생모 허서리씨가 실구름처럼 스쳐
지나갔고, 소어투와 명주가 인사한다며 들어서는 것 같더니 곧
어디론가 사라지고 없었다. 윤진의 반짝이는 눈빛이 확대경을 갖
다댄 듯 크게 다가왔고 광대짓을 하는 윤상의 모습이 잠깐 보이기
도 했다…….
흠칫 놀라서 눈을 뜬 윤잉은 부산하게 뒤척이다 겨우 잠이 드는
가 싶었다. 그러나 얼마 안 지나 또다시 악몽이 되풀이되고 말았

다.

새벽녘이 되어서야 겨우 잠이 든 윤잉은 진시(辰時)가 다 되어서야 자리를 털고 일어났다. 진작 깨우지 않았다며 하주들 한바탕 나무라고 난 윤잉은 아침도 먹는 둥 마는 둥 하고는 부랴부랴 양심전으로 향했다.

밤 사이 비가 내린 듯 바닥은 빗물이 고여 있었다. 하늘은 여전히 잔뜩 흐려 있었고 실비가 가늘게 흩날리고 있었다. 우비를 입은 윤잉의 뒤로 몇십 명의 태감들이 바싹 따라갔다. 각 영항(永巷) 입구에 도착했을 때 마주오는 양심전 시위인 더렁태와 태감 형년을 발견한 윤잉이 급히 물었다.

"폐하께서 지금 어디 양심전에 계시나?"

"안 계십니다."

형년이 웃음을 지어보이며 조심스레 답하여 맡했다.

"오늘 이른 아침부터 폐하께서는 무즈쉬 군문과 무단 군문을 부르셨습니다. 장정옥, 마제, 동국유 어른도 함께 불러 편복 차림으로 출타하셨습니다. 태자마마께서 청안오시면 사정을 말씀올리고 맘대로 하시라고 하셨습니다!"

무슨 일일까 못내 궁금해하며 돌아서던 윤잉은 그러나 발을 헛디디는 바람에 그만 물웅덩이에 엉덩방아를 찧고 말았다. 당황한 더렁태가 급히 다가가 윤잉을 부축해 세우며 물었다.

"태자마마, 어…… 엉덩이가 많이 아프십니까? 어…… 낯이 이상한데 무슨 병이라도 걸린 겁니까?"

더렁태는 몽고족 중에서도 한어(漢語)를 잘 못하는 편에 속했다. 사람들은 터져나오는 웃음을 억지로 참았다.

안색이 누렇게 뜬 윤잉이 억지로 웃어보이며 말했다.

"괜찮아. 수레 대라고 하게. 육경궁이 아닌 호부로 가봐야겠어. 형년, 양심전에서 갈아입을 옷 한 벌 챙기게."

말을 마친 윤잉은 곧 흙탕물 범벅이 된 두루마기를 벗어 내치듯 형년에게 던져주며 말했다.

"말려서 양심전에 보내도록 하라구!"

〈제②권에서 계속〉

부록 | 청나라의 관료제도

도움말 | 임계순 (한양대 교수, 〈淸史〉 저자)

청조(淸朝)의 통치기구와 그 운영은 명조(明朝)의 그것을 대부분 답습하였다. 전국은 18개의 성(省)으로, 성은 다시 부(府)·주(州)·현(縣)으로 구획되었다. 중앙행정기구는 명대의 내각(內閣)·육부(六部)·구사(九寺)·도찰원(都察院)·한림원(翰林院) 등의 기구를 존속시키는 한편 군기처(軍機處)·내무부(內務府)·이번원(理藩院)과 같은 기구를 신설하기도 했다. 그 운영에 있어 명나라의 제도와 같이 관료을 18개의 등급으로 나누었고, 관리들은 대부분 정기적인 과거제를 통하여 충원했다. 그리고 관리들의 승진·재임명·좌천·해임은 근무성적에 의하여 결정했다. 물론 황제와의 개인적 친분으로 5품 이상의 고위관직에 임명되는 관료에게 있어서 인사고과는 다만 형식에 불과하였다. 그들 관료 밑으로는 수천명에 달하는 한인(漢人) 서리가 행정을 보좌하고 있었다. 그러나 이민족 왕조라는 청조의 특수성 때문에 행정운영상 만(滿)·한(漢) 병용제나 밀접(密摺) 제도를 실시하는 등 명조와는 약간의 차이가 있었다.

1. 중앙행정기구

(1)주요 행정기관

청나라 초기의 최고정무기관은 내각이었다. 내각의 최고 관료인 4명의 대학사(大學士) 가운데 2명은 만인(滿人)이고 2명은 한인(漢人)이었다.

또한 각각 1명의 한인과 만인이 협변대학사(協辦大學士)로 임명되었다. 이들은 3태전(三太殿, 保和殿·文華殿·武英殿)과 3각(三閣, 文淵閣·體仁閣·東淵閣)에 파견되었다. 그러나 황족·귀족·고급 관료로 구성된 만주족 고유의 제도인 의정왕대신회의에서 국가의 중요정책들이 의결됨으로써 내각대학사들의 영향력이 견제되었으며, 강희제가 집권한 이후에는 그들의 권위가 더욱 실추되었다. 더욱이 옹정제가 군기처를 설치하자 내각의 지위는 단순히 유지를 전달하고 공문서를 공포하는 기관에 지나지 않게 되었다.

군기처는 1729년 서북 변경 준가르 부족과의 전쟁 중 군사전략을 자문하기 위하여 설립된 기구로 알려져 있다. 좀더 자세히 살펴보면 1729년 준가르 원정시 군수품 공급을 위해 내정(內廷)에 군수방(軍需房)으로 개편하고 다시 군기처로 명칭을 바꾸었다.

최고행정기관인 육부는 이부(吏部)·호부(戶部)·예부(禮部)·병부(兵部)·형부(刑部)·공부(工部)로 구분되었으며, 각 부의 장관인 상서(尚書)는 만·한 각 1명, 차관인 좌·우시랑은 만·한 각 2명으로 구성되었다. 상서뿐만 아니라 시랑(侍郎)에게도 황제에게 상주할 권한이 있어 상호간의 대립과 견제가 가능하였다.

이부에서는 관료의 임명·추천·평가·탄핵·퇴직 등을 담당하였고, 호부는 국가의 재무를 담당하는 부서로서 지정은량(地丁銀糧)과 각종 세금의 할당 및 징수·곡식 운반과 분배·봉급지급·그리고 총예산에 대한 지출과 결손에 대한 회계 및 인구조사·호적정리·소금행정·교역 등을 담당했다. 예부는 종묘사직에 대한 제례의식을 담당하며, 조공사절에 대한 예물과 연회를 관장하고, 천문(天文)·역법(曆法)·인장(印章)·과거(科擧) 등을 관리하였다. 병부에서는 군사행정을 담당하여 무관에 대한 군공·무기장비·군사보고·군사우편·무관의 과거를 관장하

청나라 중앙행정기구

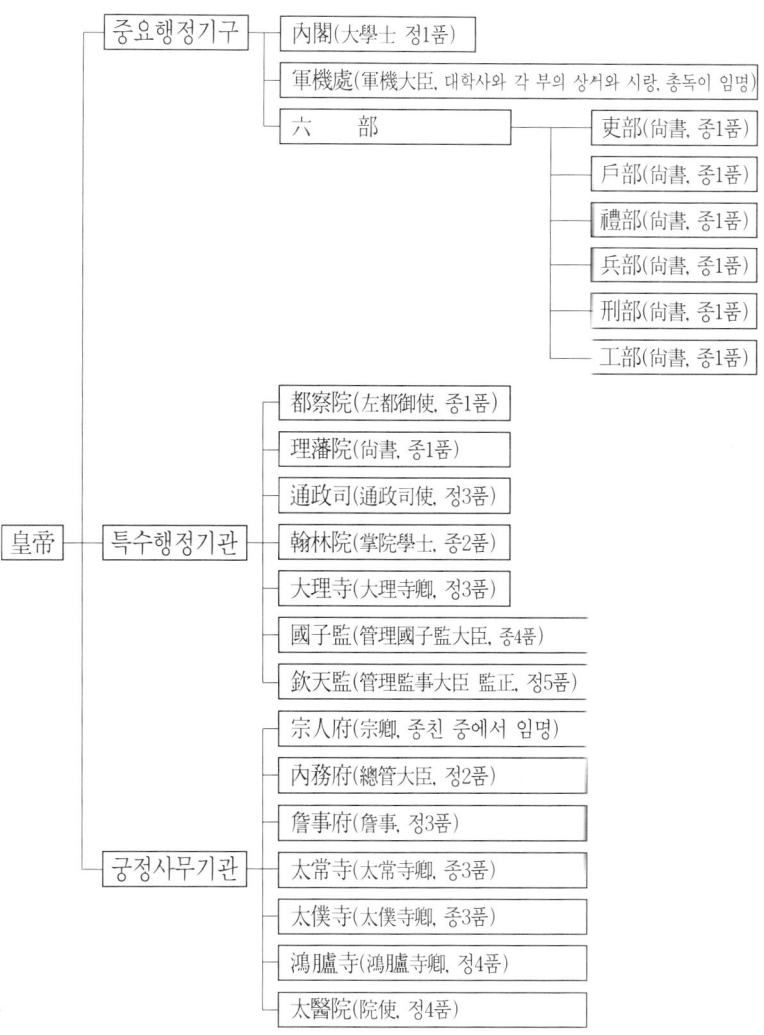

였다. 형부에서는 각종 소송에 대한 심판과 처벌을, 공부에서는 관개수로와 공공건물의 건축·관리를 담당하였다.

(2) 특수행정기관

특수행정기관으로는 최고감찰기관인 도찰원(都察院), 중앙아시아의 소수 민족들을 관리하던 이번원(理藩院), 궁중의 문서를 담당하던 한림원(翰林院), 문서출납을 담당하던 통정사사(通政使司), 그리고 궁정사무를 담당하던 내무부(內務府)를 들 수 있다.

청조의 최고감찰기관인 도찰원은 청태종이 재위했던 1636년(숭덕 원년)에 설치되었으나 순치제 재위시기에 이르러서야 감찰기구로서 확고히 자리를 잡았다. 관원으로는 2명의 도어사(都御史)와 4명의 부도어사(副都御史)로 구성되었는데, 만·한 병용의 원칙대로 만인과 한인이 같은 숫자로 임명되었다. 이들 관원 밑에는 24명의 어사가 육부에, 10명의 어사가 북경에, 그리고 56명의 어사가 15개의 감찰구(監察區)인 도(道)에 파견되었다. 어사들은 황제를 위한 귀와 눈과 같은 역할을 한다고 해서 '이목지관(耳目之官)', 또한 언론의 자유를 가졌다고 하여 '언관(言官)'이라 불렸다.

중앙아시아의 소수 민족들을 관할하기 위하여 중국 역사상 최초로 이번원이 설립되었다. 청조는 몽고족의 우수한 군사력을 이용하는 동시에 한편으로 잠재적인 위험성을 지닌 이들을 통제하기 위하여 1637년(숭덕 2년)에 특수 행정기구인 몽고아문(蒙古衙門)을 설치하였다. 이는 1638년에 이번원으로 개칭되었다가 1659년(순치제 16년)에는 잠시 예부에 예속되었으나, 몽고관계 사무가 단순한 조공관계 이상의 비중을 갖고 있었기 때문에 1662년에 다시 독립적인 의정기구가 되었다. 이후 몽고 이외에 신강(新疆)과 서장(西藏) 지역의 행정까지 담당하는 관서로 그 업무가 확대되었다.

　궁중의 문서를 관장하는 한림원은 과거 합격자로서 명망을 갖춘 진사(進士)들이 처음으로 관직에 나갈 때 배치되는 기관으로서 관료는 이곳에서 관직생활을 시작하는 것을 매우 영예롭게 생각하였다. 한림원의 관료는 황제에게 직접 간언할 수 있었고, 황자들의 스승이 될 수 있었으며, 여러 가지 국가의 학문사업에 참여하고 각 성과 북경어서 거행되는 과거를 감독하였다. 한림원에는 과거에 합격한 진사뿐만 아니라 한군기인·만주기인, 그리고 몽고기인도 각각 할당된 특정비율에 따라 한림학사와 관료로 임명되었다.

　내외장주(內外章奏)·봉박(封駁) 및 주접 등의 문서출납을 담당하는 통정사사는 통정사(通政使)·부사(副使)·참의(參議)·경력(經歷)·지사(知事) 등으로 구성되었으며, 만·한 각각 1명이 임명되었다. 각 성으로부터 전달된 상주문을 읽고, 원본을 복사한 후, 간략하게 요약하거나 상세히 요약하기도 하여 한 부는 통정사사에 보관하고 한 부는 관련부서로 보내 미리 안건을 살피도록 했다. 이러한 과정을 거친 뒤에야 내각에 문서가 전달되었다. 그러나 주접(奏摺)은 개봉되지 않은 채 군기처로 직접 전달되었다. 문서 전달시 그 도착 일자와 접수 아문과 전달자의 이름을 반드시 별지에 기입하도록 하여 문서전달의 책임을 강화하였다. 그리고 통정사는 육부상서·도찰원의 좌도어사·대리사(大理寺)의 대리사경(大理寺卿)과 함께 대구경회의(大九卿會議)에 참여하여 일반적인 정책이 결정되기 전에 황제에게 대안을 제시하고, 총독과 순무와 같은 고급관료를 추천하며, 행정부 전반에 관한 새로운 규율을 검토했다.

　이번원과 함께 만주족의 특성을 가진 기관으로 내두부를 들 수 있다. 이는 명조의 환관조직을 답습하여 1653년 순치제가 십삼아문(十三衙門)을 설치했던 것을 강희제가 1661년에 개칭한 부서이다 명조에는 환관의 권력남용이 무척 심각했기 때문에 별도로 그들만의 관리체계에 소속되어 있었다. 청조가 북경으로 천도했을 때 궁중의 환관 수는 무려 10만 명에 달했으나 강희 연간에 이르면 그 수가 400명으로 대폭 줄어 궁중의 비용이 명대에 비해 획기적으로 줄어들었다.

2 지방행정기구

청조는 명조의 지방제도를 답습하여 전국을 18개의 행정단위인 성(省)으로 구획하고 총독(總督)과 순무(巡撫)를 파견하여 통치하였다. 총독과 순무를 합쳐서 독무(督撫)라 불렀는데, 이는 중앙과 지방의 정책집행을 연결하던 중요한 직책이었다. 1667년까지는 1개 성에 1명씩 순무를 임명하였고 총독의 경우 시기나 상황에 따라 여러 성에 1명씩 임명하였다. 명의 제도를 본받아 각 지역에 순안감찰어사(巡按監察御史)를 파견하여 황제 대신 총독과 순무를 견제케 하였다. 그러나 순무가 병부에서 공부소속이 되고 총독이 병부소속이 되면서 1661년과 1662년 사이에 순안감찰어사제는 폐지되었고 그 업무는 독무와 안찰사가 맡게 되었다.

그러나, 1673년 삼번의 난이 일어나면서 순무는 다시 병부에 속하게 되었고, 옹정제 때에는 총독이 관할하지 않는 산동성·산서성·하남성의 경우 순무가 군사지휘관인 제독(提督)의 직무까지 겸하게 되었다. 그러다가 1748년 이후에는 직예성과 사천성을 제외한 각 성에 순무를 한 명씩 임명했고 전국을 8개 구역으로 나누어 각 구역마다 1명의 총독을 파견하였다. 직예성에 직예총독, 사천성에 사천총독, 강소성·강서성·안휘성에 양강총독, 섬서성과 감숙성에 섬감총독, 복건성과 절강성에는 민서총독, 호북성과 호남성에는 호광총독, 광동성과 광서성에는 양광총독, 운남성과 귀주성에는 운귀총독을 임명하였다. 독무제도가 정착되면서

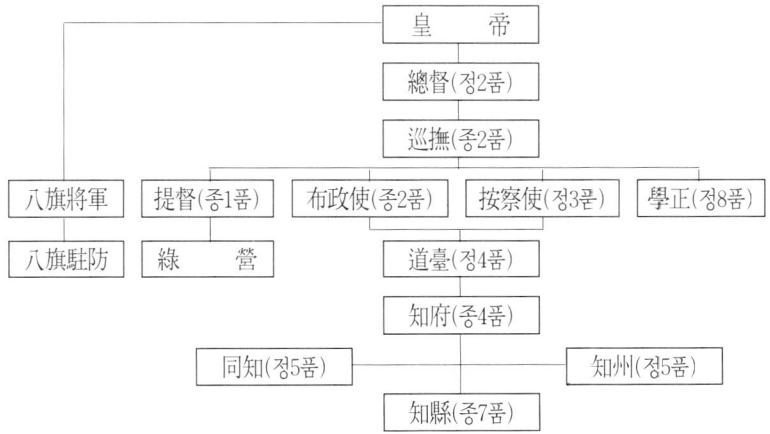

청나라 지방행정기구

```
                              皇    帝
                              │
                          總督(정2품)
                              │
                          巡撫(종2품)
                              │
  ┌──────────┬──────────┬────┴─────┬──────────┐
八旗將軍  提督(종1품)  布政使(종2품)  按察使(정3품)  學正(정8품)
  │          │             │
八旗駐防    綠  營        道臺(정4품)
                              │
                          知府(종4품)
                              │
     ┌────────────────────────┼────────────────────────┐
  同知(정5품)                                       知州(정5품)
                              │
                          知縣(종7품)
```

총독과 순무는 성의 장관으로 황제에게 직접 상주할 수 있는 권한을 가지고 군권과 민권을 장악하였다.

1749년에 이르면 총독은 정2품인 도찰원의 좌도어사·병부상서와 동급이 되었으며, 순무는 종2품인 부좌도어사·시랑과 동급이 되어 조직상으로 총독에게 종속되었다. 그러나 실제로 이들의 업무는 서로 중복되며 독자적으로 녹영군(綠營軍)을 지휘하였다. 그리고 대부분 만인 총독 아래 한인 순무가 임명되어 서로 견제하고 있었을 뿐만 아니라 중요한 성도(省都)에서는 팔기장군(八旗將軍)이 지휘하는 팔기군까지 주둔하여 이들을 감시하였다. 독무 아래에는 성의 행정과 재정을 모두 담당하다 재정만 담당하게 된 포정사(布政使), 사법책임자인 안찰사(按察使), 과거 담당관인 학정(學政), 소금전매 담당관인 염도(鹽道), 서곡운반 담당관인 조운관(漕運官), 관세담당관인 관세관(關稅官), 관개운하 책임자인 하도(河道) 등이 있었는데, 이들 대부분은 중앙에서 파견된 한인관리들로 황제에게 직접 상주할 권한이 있었다.

성은 다시 부(府)·주(州)·현(縣)으로 구획되었다. 가장 작은 행정구는 주와 현이며 군사적으로 중요한 지역은 주라 하였다. 인구 약 20만 명인 현이나 주가 7~8개 모여 부가 되었고, 다시 7~13개 정도의 부가 모여 하나의 성을 이루었다. 그리고 성과 부 중간에 도(道)라는 감찰구(監察區)가 있었다. 이들 각 행정구역에는 지부(知府)·지주(知州)·지현(知縣)·도대(道臺)라 불리는 행정관들이 파견되었다.

중앙에서 파견된 행정관 가운데 지현은 백성들을 직접 통치하는 관리로, 그는 행정체계상 핵심적 지방관이었다. 한인은 한인으로 통치한다는 정책에 의하여 지현의 90%는 한인이었다. 그리고 지현의 75%, 지주의 40%는 진사(進士)나 거인(擧人)들이었다. 그러나 지현은 회피제에 의하여 그의 출신지역이 아닌 타 지방에 임명됨으로 그 지방사정을 전혀 모르는 데다가 임기도 3년으로 제한되어 있었다. 그리하여 지현이 임지로 파견될 때에는 전문적인 지식을 갖춘 개인비서들을 대동하는 것이 일반적이었는데, 이들을 막우(幕友)라 불렀다. 현의 서리로는 기록을 담당하는 주부(主簿), 감옥을 담당하는 전리(典吏), 우편을 담당하는 역승(驛丞), 세금징수를 담당하는 과세사대사(課稅司大使), 창고를 관리하는 창대사(倉大使)가 있었다.